All jenen Lesern gewidmet,
die uns immer wieder gefragt haben,
wie die Geschichte weitergeht.

Kapitel Eins

Schließlich mag ein Kind in das seltenste der Mysterien, das Mysterium des Lebens, *hineingeboren werden. Der Thaumaturge oder Katalyt ist der Lieferant magischer Kräfte, obwohl er selbst nur in geringem Maß darüber verfügt. Der Katalyt ist es, wie sein Name erkennen läßt, der aus Erde und Luft, Feuer und Wasser* Leben *in sich aufnimmt und sammelt, um es an die Magi weiterzuleiten, auf daß sie gemäß ihrer Gabe Gebrauch davon machen.*

Kind des Todes

Saryon, der nach Zeitrechnung der Erde mittlerweile etwa siebzig Jahre alt war, lebte sehr zurückgezogen in einer kleinen Wohnung in Oxford, England. Er war im Zweifel bezüglich des Jahres seiner Geburt in Thimhallan, deshalb kann ich, der ich diese Geschichte für ihn aufschreibe, sein Alter nur ungefähr angeben. Ihm fällt es schwer, die Erdzeit in ein Verhältnis zu den Zeitläufen Thimhallans zu setzen. Geschichte hat nur für jene Bedeutung, die aus ihr hervorgegangen sind, und Zeit ist lediglich ein Mittel, um Geschichte einzuordnen, sei es die Geschichte des letzten Augenblicks oder der letzten Milliarden Augenblicke. Für Saryon war es wie für viele jener, die aus dem einstmals magischen Thimhallan zur Erde gekommen waren; für sie hatte die Zeit in einer anderen Welt, einer schillernden, wundersamen, zerbrechlichen Seifenblasenwelt begonnen, aber diese

Zeit hatte geendet, als Joram mit einem Stich des Dunklen Schwertes diese Seifenblase zum Platzen brachte.

Allerdings bestand für Saryon auch keine Notwendigkeit, sich dem Diktat der Zeit zu beugen. Der Katalyt (obwohl er in dieser Welt seine Funktion nicht mehr ausüben konnte, bezeichnete er sich noch immer als solchen) wurde nicht von Terminen bedrängt, lebte ohne Kalender, schaute nur selten die Abendnachrichten, hatte keine Verabredungen zum Mittagessen. Ich war sein Amanuensis, wie er mich zu nennen beliebte; ich persönlich bevorzuge die nüchternere Bezeichnung ›Sekretär‹. Prinz Garald hatte mich zu Saryon geschickt. Im Haus des Prinzen war ich Kammerdiener gewesen und sollte auch bei Saryon in dieser Eigenschaft tätig sein, doch er ließ es nicht zu. Nur indem ich Aufgaben nachkam, die er selbst noch nicht als solche erkannt hatte oder indem ich mich taub stellte, gelang es mir, ihm einige kleine Pflichten abzuringen und zu meinem Aufgabenbereich zu erklären.

Auch meine Bestimmung wäre die eines Katalyten gewesen, hätte man unser Volk nicht aus Thimhallan vertrieben. Ich war noch ein Knabe gewesen und hatte nur sehr geringe magische Kräfte besessen, als ich jene Welt verlassen mußte, und nach zwanzig Jahren Exil waren auch sie geschwunden. Doch ich verstehe mit Worten umzugehen, und das war einer der Gründe, weshalb mein Gebieter mich zu Saryon schickte. Nach Prinz Garalds Meinung war es von größter Wichtigkeit, daß die Geschichte des Schwarzen Schwertes erzählt wurde. Insbesondere hoffte er zu erreichen, daß die Menschen von der Erde die Exilanten aus Thimhallan besser verstehen lernten. Ich verfaßte sechs Bücher, die zwar von der Bevölkerung der Erde gut aufgenommen wurden, aber weniger gut von meinen eigenen Landsleuten. Wer von uns möchte sich schon betrachten müssen und erkennen, daß sein Dasein geprägt war von rücksichtsloser Verschwendung, Genußsucht, von Gier, Egoismus und Habsucht? Ich hielt den Bewohnern Thimhallans einen Spiegel vor, und sie nahmen Anstoß an der häßlichen Fratze, die ihnen daraus entgegenstarrte. Statt innere Einkehr zu halten und die Schuld bei sich selbst zu suchen, schmähten sie den Spiegel.

Mein Herr und ich erhielten nur selten Besuch. Er hatte beschlossen, sich dem Studium der Mathematik zu widmen, deshalb war er aus dem Umsiedlungslager nach Oxford gezogen, wo ihm die Bibliotheken dieser altehrwürdigen Universität zur Verfügung standen. Er besuchte keine Vorlesungen, sondern hatte eine Tutorin verpflichtet, die ihn zu Hause unterrichtete. Als offenbar wurde, daß sie nichts mehr zu lehren hatte und im Gegenteil die Lehrerin von dem Schüler lernte, kam sie nicht mehr, außer gelegentlich auf eine Tasse Tee.

Das war eine ruhige und gesegnete Phase in Saryons chaotischem Leben. Zwar gibt er es nicht zu, doch ich sehe, wie sein Gesicht leuchtet, wenn er davon erzählt, und ich höre die Traurigkeit in seiner Stimme, als bedauerte er, daß es ihm nicht vergönnt war, in diesem stillen Fahrwasser aus seinen mittleren Jahren in ein geruhsames Alter hinüberzugleiten und endlich in ewigen, ungestörten Schlummer.

Nun, es hat nicht sein sollen, und das bringt mich zu jenem Abend, der mir rückblickend vorkommt wie die erste Perle, die von der zerrissenen Kette zu Boden springt. Und all diese Perlen waren nichts anderes als die Tage auf der Erde, die von jener Stunde an schneller und schneller zu fallen begannen, bis keine mehr übrig war, nur die leere Schnur und der Verschluß, der einst die Kette zusammengehalten hatte. Und auch diese würde man fortwerfen, weil sie nutzlos waren.

Saryon und ich werkelten an dem betreffenden Abend müßig in seiner Wohnung herum. Er setzte den Teekessel auf, eine Handlung, die ihn stets – wie er sagte – an eine andere Gelegenheit erinnerte, als er einen Teekessel in die Hand genommen hatte und es kein Teekessel gewesen war, sondern Simkin.

Wir hatten im Radio die Nachrichten gehört. Wie schon erwähnt, war Saryon war bisher nicht sonderlich erpicht darauf gewesen zu erfahren, was auf der Erde vorging, da er sich nicht wirklich hierhergehörig fühlte. Die jüngsten Ereignisse jedoch schienen unglücklicherweise mehr mit ihm zu tun zu haben, als er oder sonst jemand es wünschte, deshalb verfolgte er sie aufmerksam.

Der Krieg mit den Hch'nyv verlief ungünstig für uns. Die geheimnisvollen Fremden, die so plötzlich aufgetaucht waren und eine kompromißlose Feindseligkeit an den Tag legten, hatten eine weitere unserer Kolonien erobert. Flüchtlinge erzählten Furchtbares von Zerstörungen und hohen Verlusten an Menschenleben und berichteten, die Hch'nyv wären nicht daran interessiert zu verhandeln, sie hätten im Gegenteil die Abgesandten getötet, die ihnen das Kapitulationsangebot der Kolonie überbringen sollten. Scheinbar wollten die Hch'nyv nichts anderes erreichen als die menschliche Rasse aus der Galaxis zu tilgen.

Soweit die düsteren Nachrichten. Wir unterhielten uns darüber, als ich Saryon zusammenzucken sah wie bei einem plötzlichen Geräusch, obwohl ich selbst nichts gehört hatte.

»Da ist jemand ist an der Tür«, sagte er.

Saryon, der mir über die Schulter sieht, unterbricht mich an dieser Stelle und bemerkt mit leichtem Tadel, es sei an der Zeit, den Leser wenigstens in großen Zügen mit der Geschichte von Joram und Simkin und dem Schwarzen Schwert vertraut zu machen, oder niemand würde die folgenden Ereignisse verstehen.

Ich entgegne, wenn wir, statt voranzuschreiten, umkehrten und unsere Leser auf die ausgetretenen Pfade führen (die viele von ihnen bereits selbst gegangen sind!), stünde zu befürchten, daß wir eine erkleckliche Anzahl von ihnen verlören. Ich versichere ihm, die Vergangenheit werde sich im Lauf der Geschichte Stück für Stück von selbst offenbaren. Ich weise darauf hin, daß ich ein fähiger Journalist bin, mit einiger Erfahrung als Biograph. Ich rufe ihm ins Gedächtnis, daß er mit meiner Gestaltung der ersten sechs Bände durchaus zufrieden gewesen sei, und bitte ihn, mit meiner Arbeit fortfahren zu dürfen.

Saryon, im Grunde seines Herzens ein außerordentlich bescheidener Mensch, der kaum glauben kann, daß seine Erinnerungen wichtig genug sind, um sie aufzuzeichnen, beugt sich bereitwillig meinem Urteil und überläßt es mir, den angemessenen schriftstellerischen Duktus zu finden.

»Wie seltsam«, fuhr Saryon fort. »Ich möchte wissen, wer mir zu dieser fortgeschrittenen Stunde einen Besuch abstatten möchte.«

Ich meinerseits fragte mich, warum Wer-auch-immer nicht die Türklingel benutzte, wie es guter alter Brauch war, und äußerte mich in diesem Sinne.

»Sie haben geläutet«, antwortete Saryon leise, »wenn auch nur in meinem Bewußtsein und nicht für die Ohren vernehmbar. Kannst du es nicht hören?«

Ich konnte es nicht, aber das war auch nicht verwunderlich. Nachdem Saryon den größten Teil seines Lebens in Thimhallan verbracht hatte, war er ungleich empfänglicher für magische Schwingungen als ich, der im Alter von fünf Jahren als Waisenkind von Saryon aus dem verlassenen Baptisterium gerettet worden war.

Saryon hatte soeben die Gasflamme angezündet und Wasser für unseren allabendlichen Schlaftrunk aufgesetzt, den wir beide genossen und den er stets eigenhändig zubereitete. Er wandte sich vom Herd ab, um zur Tür zu schauen und – ein Verhalten, das er mit vielen anderen teilen dürfte – statt sofort hinzugehen und zu öffnen oder sich mit einem Blick durchs Fenster Klarheit darüber zu verschaffen, wer Einlaß begehrte, stand er in Nachthemd und Pantoffeln in der Küche und wiederholte sinnend:

»Wer könnte mich zu dieser späten Stunde besuchen wollen?«

Hoffnung beflügelte den Schlag seines Herzens und rötete seine Wangen. Ich, da ich ihn mittlerweile gut kannte, ahnte, welche Gedanken ihn bewegten.

Vor langer Zeit (vor zwanzig Jahren, um genau zu sein, auch wenn ich bezweifle, daß er selbst eine Vorstellung davon hatte, wieviel Zeit vergangen war) hatte Saryon von zwei Menschen, die er liebte, Abschied nehmen müssen und seither nichts mehr von ihnen gehört. Es gab keinen Grund zu glauben, daß er je wieder von ihnen hören würde, abgesehen von Jorams Versprechen, daß er seinen Sohn, sobald dieser herangewachsen sei, zu Saryon schicken werde.

Deshalb, wann immer die Türglocke läutete oder der Schlag des Klopfers durchs Haus tönte, stand in Saryons Phantasie Jorams Sohn auf der Schwelle, ein junger Mann mit dem langen, lockigen schwarzen Haar seines Vaters, doch – so hoffte er – ohne dessen düsterrotes inneres Feuer.

Die unhörbare Aufforderung an Saryon, zur Tür zu

gehen, wiederholte sich, diesmal mit solch ungestümem Nachdruck, daß auch ich es spürte – eine ungewöhnliche Erfahrung für mich. Es war, als ob jemand seinen ausgestreckten Zeigefinger auf den Klingelknopf gepreßt hielt und sein ganzen Gewicht auf diesen einen Finger verlagerte. Von der Straße aus konnte man sehen, daß in der Küche Licht brannte, und wer immer sich dort draußen befand und uns durch die Kraft seiner Gedanken veranlassen wollte die Tür zu öffnen, wußte, daß Saryon und ich zu Hause waren.

Durch den zweiten telepathischen Befehl aus seinem Grübeln gerissen, rief Saryon: »Ich komme«, obwohl keine Aussicht bestand, daß seine Stimme durch Küche, geschlossene Küchentür, Wohnzimmer, Diele und Haustür bis an das Ohr unseres geheimnisvollen Besuchers drang. Er hastete in sein Schlafzimmer und warf sich den Schlafrock aus Flanell über das Nachthemd. Ich war noch angezogen, weil ich mich mit dieser Art von Gewandung nie hatte anfreunden können. Dann gingen wir gemeinsam durch das Wohnzimmer und hinaus in die kleine Diele. Als Saryon das Außenlicht anknipste, blieb alles dunkel.

»Die Birne muß durchgebrannt sein«, meinte er ärgerlich. »Dann mach das Dielenlicht an.«

Ich drehte den Schalter, aber nichts geschah. Merkwürdig, daß beide Glühbirnen sich diesen Moment ausgesucht haben sollten, um den Dienst zu quittieren.

»Das gefällt mir nicht, Herr«, gab ich ihm durch Zeichen zu verstehen, doch er hatte bereits den Schlüssel gedreht und den Riegel zurückgeschoben, um die Tür zu öffnen. Ich wollte ihn daran hindern, aber das plötzliche Einströmen von Magie in mein Bewußtsein hatte mich verwirrt, so daß ich zu langsam war.

Viele Male hatte ich Saryon davon zu überzeugen versucht, daß in dieser gefährlichen Welt mit üblen Subjekten zu rechnen sei, die Böses im Schilde führten und keine Skrupel hatten, in sein Haus einzudringen, ihn zu mißhandeln und auszurauben, vielleicht sogar ihn zu ermorden.

Thimhallan mag seine dunklen Seiten gehabt haben, doch solch gemeine Verbrechen waren seinen Bewohnern unbekannt gewesen, die zwar Zentauren und Riesen fürchteten und Drachen und Elfen und Bauernaufstände, jedoch keine Diebe, Schläger und Serienmörder.

»Werft erst einen Blick durch den Spion«, warnte ich ihn.

»Unsinn«, wehrte Saryon ab. »Es muß Jorams Sohn sein. Und wie soll ich ihn im Dunkeln durch den Spion erkennen können?«

Offenbar in der Erwartung, einen Säugling in einem Körbchen auf unserer Schwelle zu finden (ich hatte bereits erwähnt, daß er nur eine äußerst vage Vorstellung von Zeit hatte), riß Saryon die Tür auf.

Aber da war kein Körbchen mit einem rosigen Wickelkind. Da war ein Schatten, schwärzer als die Nacht, der auf der Eingangsstufe stand und das Licht aus den Fenstern unserer Nachbarn ebenso aussperrte wie das der Sterne am Himmel.

Der Schatten gerann zu einer schwarzgewandeten Gestalt, mit einer weiten schwarzen Kapuze über dem Kopf. Im schwachen Licht, das von der Küche her zu uns drang, sah ich zwei weiße, zeremoniell auf dem Schwarz des Gewandes gefaltete Hände und zwei glitzernde Augen.

Saryon prallte zurück. Er preßte die Hand auf sein Herz, das nun nicht mehr vor freudiger Erwartung pochte, sondern fast zum Stillstand gekommen war.

Angstvolle Erinnerungen stiegen in uns auf, von der düsteren Erscheinung heraufbeschworen.

»*Duuk-tsarith*« rief Saryon mit bebenden Lippen.

Duuk-tsarith, die gefürchteten *Erzwinger* Thimhallans. Als wir in diese neue Welt kamen – Vertriebene –, wo es so gut wie keine Magie gibt, hatten sie den größten Teil ihrer Kräfte verloren. Es wurde gemunkelt, im Lauf der vergangenen zwanzig Jahre hätten sie Mittel und Wege gefunden, um das Verlorene wiederzuerlangen. Ob dies zutraf oder nicht, die *Duuk-tsarith* hatten nichts von ihrer Fähigkeit eingebüßt, Angst und Schrecken zu verbreiten.

Saryon wich in den Flur zurück. Er stolperte gegen mich und, wie ich mich erinnern zu können glaube, breitete die Arme aus, um mich zu beschützen. Mich! Dabei sollte eigentlich ich ihn beschützen! Die Haustür blieb weit offen, weder er noch ich dachten daran, sie zuzuschlagen und uns dahinter zu verschanzen. Dieser Gast würde sich nicht abweisen lassen, höchstens erregten wir seinen Zorn. Ich wußte das so gut wie Saryon, und auch wenn ich einen Versuch machte, mich vor den Katalyten zu schieben, dachte ich nicht einmal im entferntesten an Gegenwehr.

Der *Duuk-tsarith* glitt über die Schwelle. Auf einen kurzen Wink seiner Hand schloß sich die Tür. Er schob die Kapuze zurück, so daß wir sein Gesicht sehen konnten, und hielt dabei den Blick unverwandt auf Saryon gerichtet, beinahe, als warte er auf irgendeine Reaktion. Saryon war zu verstört, um etwas anderes zu tun als dazustehen und zu zittern und zu beben.

Der Blick des Erzwingers wanderte zu mir, drang in meine Seele und bemächtigte sich meines Herzens, so daß ich fürchtete, wenn ich mich ungehorsam zeigte, würde er es zermalmen.

Der *Duuk-tsarith* ergriff das Wort: »Als erstes rate ich euch beiden gut, euch ruhig zu verhalten. Es ist zu eurer eigenen Sicherheit. Habt ihr das verstanden?«

Die Worte wurden nicht laut ausgesprochen; sie erschienen als feurige Schrift im Hintergrund meiner Augen. Saryon nickte. Er begriff ebensowenig wie ich, was das alles bedeuten sollte, doch keiner von uns war gesonnen, Einwände zu erheben.

»Gut«, meinte der Erzwinger. »Nun werde ich von meinen magischen Kräften Gebrauch machen. Erschreckt nicht. Euch wird nichts geschehen.«

Seine Lippen formten Worte, die mich nur als Wispern erreichten. Ängstlich, keineswegs beruhigt von der Versicherung des Erzwingers, schauten wir uns nach allen Seiten um und warteten ab, was um Almins willen geschehen würde.

Doch es geschah überhaupt nichts, zumindest nichts, das ich bemerkt hätte. Der *Duuk-tsarith* hatte Schweigen gebietend den Finger an die Lippen gelegt und ging vor uns her ins Wohnzimmer. Wir schlichen hinterdrein, es fehlte nicht viel und wir hätten uns an der Hand gehalten, wie Kinder im dunklen Wald. Im Wohnzimmer angekommen, streckte der Erzwinger einen langen knochenweißen Finger aus. Er wies auf ein Gemälde an der Wand, das zum Inventar der Wohnung gehörte; es zeigte ein bukolisches Idyll von Kühen auf der Weide. Hinter diesem Bild drang plötzlich ein gespenstisches grünes Leuchten hervor.

Der weiße Finger richtete sich auf das Telefon und auch den Apparat umgab eine Aura aus grünem Licht.

Der *Duuk-tsarith* nickte vor sich hin, als hätte er mit dieser Erscheinung gerechnet, welcher Art sie auch sein mochte. Er schien sich nicht bemüßigt zu fühlen, eine Erklärung abzugeben, sondern bedeutete uns nur erneut und mit noch größerem Nachdruck zu schweigen.

Dann tat er etwas außerordentlich Merkwürdiges. Er wandte sich nach links und trat in das dunkle Wohnzimmer mit der gelassenen Selbstverständlichkeit eines Gastes, der aufgefordert wurde, Mantel und Hut abzulegen und zum Tee zu bleiben. Mit traumwandlerischer Sicherheit bewegte er sich um die Möbelstücke herum, trat ans Fenster, öffnete die Vorhänge einen haarfeinen Spalt und schaute hinaus. Verschiedene Erklärungen für dieses sonderbare Verhalten schossen mir durch den Kopf. Mein erste Gedanke war, daß er Verstärkung heranwinkte, bis die Stimme der Vernunft mich nüchtern darauf hinwies, die Ergreifung eines ältlichen Katalyten und seines Schreibers erfordere kaum ein ganzes Einsatzkommando. Dann begriff ich.

Der *Duuk-tsarith* wollte sich vergewissern, ob er verfolgt worden war.

Ohne eine Vorstellung davon, was wir tun sollten oder konnten und mittlerweile eher neugierig als eingeschüchtert, blieben sowohl Saryon als auch ich bei dem *Duuk-tsarith* im Wohnzimmer. Aus Gewohnheit tastete ich nach dem Lichtschalter.

»Spart Euch die Mühe. Er funktioniert nicht.« Die Gedankenstimme des *Duuk-tsarith* durchfuhr mich von Kopf bis Fuß, auf eine Art, die mich an meine erste Erfahrung mit Elektrizität in dieser fremden Welt erinnerte. »Rührt euch nicht.«

Gehorsam blieben wir im dunklen Zimmer stehen. Ich spürte, wie Saryon neben mir fröstelte, denn er hatte für die Nacht die Heizung abgestellt, und sein dünner Hausmantel war nicht unbedingt ein wärmendes Kleidungsstück. Ich dachte daran zu fragen, ob ich meinem Herrn etwas zum Überziehen holen dürfe, als der *Duuk-tsarith* wieder lautlos zu uns sprach. Und obwohl die Worte nicht an mich gerichtet waren, verstand ich sie.

»Ihr erinnert Euch nicht an mich, Pater Saryon, habe ich recht?«

Saryon vertraute mir später an, da ihm in seiner Vergangenheit das zweifelhafte Vergnügen zuteil geworden war, die Bekanntschaft zahlreicher Angehöriger dieses finsteren Ordens zu machen, hätte er gefürchtet, dies sei einer jener Erzwinger, die ihn in der verbotenen Bibliothek des Baptisteriums ergriffen hatten oder womöglich gar einer von denen, die das Ritual der Wandlung zu Stein vollzogen hatten, jene grausame Bestrafung für Katalyten, die sich gegen die Autorität der Kirche aufzulehnen erfrechten. Weshalb eine dieser Personen sich nach all den langen Jahren nun mitten in der Nacht zu einem Plausch in seinem Haus einfinden sollte, stellte ihn allerdings vor ein Rätsel.

Nach mehreren Anläufen brachte er heraus, wenn man ihm gestatten würde, Licht zu machen und einen Blick in das Gesicht des geheimnisvollen Besuchers zu werfen, könnte sich das einem Wiedererkennen als außerordentlich hilfreich erweisen.

»Geduld, bald wird sich alles aufklären«, sagte der Erzwinger, und ich glaubte, einen bedauernden Tonfall in seiner Gedankenstimme wahrzunehmen, als wäre der Mann enttäuscht, daß Saryon ihn nicht erkannte. »Vorläufig befolgt meine Anweisungen. Geht zurück in die Küche und bereitet euren Schlummertrunk wie sonst auch. Nehmt die Becher mit ins Schlafzimmer, dann legt Ihr Euch hin, Hochwürden, und lest diesem jungen Mann vor wie sonst auch. Haltet euch genau an euer abendliches Ritual. Man kann euch durch das Schlafzimmerfenster beobachten. Ich glaube zwar nicht, daß mir jemand gefolgt ist, aber man kann nie wissen.«

Dieser letzte Satz war nicht dazu angetan, uns aufatmen zu lassen, trotzdem taten wir wie geheißen. Saryon war als Katalyt zum Gehorsam erzogen, ich als Diener in einem prinzlichen Haushalt ebenfalls. Jedenfalls war es sinnlos, daß mein Herr in seinem Nachtgewand hier stand und fror. Wir gingen in die Küche.

Der *Duuk-tsarith* blieb im Wohnzimmer zurück, aber ich konnte seinen Blick im Nacken spüren, ein ausgesprochen unbehagliches Gefühl. Bis jetzt war weder Saryon noch mir bewußt gewesen, daß unsere Abende nach einem festen ›Ritual‹ abliefen und folglich konnten wir, als wir uns jetzt gezwungen sahen, darüber nachzudenken, uns nicht daran erinnern, was wir gewöhnlich taten.

»Nicht denken«, raunte die Stimme. »Überlaßt eurem Unterbewußtsein die Führung. Wenn Ihr zu Bett gegangen seid, Hochwürden, werden wir uns unterhalten.«

Wie dieser Abend sich gestaltete, entsprach nicht unbedingt unserer Vorstellung vom geruhsamen Abschluß eines Tages, aber was blieb uns schon übrig? Saryon befolgte den Rat des Erzwingers und bemühte sich, nicht über seine Handlungen nachzudenken. Er nahm den Kessel, dessen gellendes Pfeifen bisher unbeachtet geblieben war, goß das sprudelnde Wasser in die Kanne und rührte um. Ich richtete einen Teller mit Vollkornkeksen, während Saryon die Becher füllte, anschließend tappten wir mitsamt Tee und Gebäck in sein Schlafzimmer.

Der *Duuk-tsarith*, ein Schatten in den Schatten, folgte uns lautlos.

Plötzlich erinnerte Saryon sich an seine Pflichten als

Gastgeber, er blieb stehen, drehte sich halb um und hob den Teebecher als stumme Frage an unseren Gast, ob er Wert darauf legte, an unserem späten Imbiß teilzunehmen.

»Geht weiter!« Die Stimme in meinem Kopf klang barsch, dann aber fügte sie freundlicher hinzu: »Nein, vielen Dank.«

In seinem kleinen Schlafzimmer stellte Saryon Becher und Teller auf den Nachttisch neben dem Bett. Ich zog mir den Stuhl heran, griff nach dem Buch und schlug es an der Stelle auf, wo wir abends zuvor aufgehört hatten zu lesen.

Saryon schlüpfte unter die Decke; erst als er sich mit dem Kopfkissen im Rücken bequem zurechtgesetzt hatte, fiel ihm ein, daß er sich eigentlich vor dem Schlafengehen die Zähne zu putzen pflegte. Er sah mich an und setzte mich pantomimisch von seinem Problem in Kenntnis.

Ich wußte auch keinen Rat.

Er öffnete den Mund, um den Erzwinger zu fragen, dann besann er sich eines anderen, tat das Problem mit einem Schulterzucken ab und ließ sich in das Kissen zurücksinken.

Ich schlug das Buch auf und trank einen Schluck Tee. Normalerweise pflegte ich einen Keks zu essen, aber mein Mund war so trocken, daß ich Angst hatte, er könnte mir im Hals steckenbleiben.

Der *Duuk-tsarith*, der uns vom dunklen Flur aus beobachtete, schien zufrieden zu sein. Er entfernte sich kurz, kehrte mit einem Stuhl aus der Küche zurück und setzte sich hin. Erneut die geflüsterte Formel, und Saryon und ich schauten uns gespannt um, weil wir damit rechneten, wieder das grüne Licht aufschimmern zu sehen, aber diesmal zeigte es sich nicht.

»Ich glaube«, bemerkte die unhörbare Stimme, »daß

Ihr gewöhnlich vor dem Einschlafen Musik hört, nicht wahr?«

Selbstverständlich! Saryon hatte es vergessen. Er schaltete den CD-Spieler ein, nach seiner Ansicht eine der geheimnisvollsten und wundersamsten Erfindungen dieser technologischen Welt. Herrliche Musik – Mozart, wenn ich mich recht erinnere – erfüllte den Raum. Saryon begann vorzulesen; aus »Weiter so, Jeeves« von P. G. Wodehouse, einem unserer Lieblingsautoren. Wir hätten uns ganz behaglich gefühlt, wäre nicht diese finstere Gestalt gewesen, die wie der Rabe von Edgar Allan Poe im Flur hockte und uns belauerte.

»Nun können wir unbesorgt reden«, sagte der *Duuk-tsarith,* und diesmal sprach er wirklich, wenn auch mit gedämpfter Stimme. Er warf die Kapuze zurück. »Aber wir müssen leise sein. Ich habe die Abhörgeräte der *D'karn-kair* deaktiviert, aber die Vorsicht gebietet, davon auszugehen, daß ich vielleicht nicht alle gefunden habe und man uns trotzdem noch belauschen kann.«

Vom Schweigegebot befreit, war mein Kopf plötzlich leer, mir fiel keine der Fragen mehr ein, die ich eben noch brennend gern gestellt hätte. Saryons Miene verriet, daß es ihm ebenso erging.

Er knabberte mit geistesabwesendem Blick an seinem Keks und schlürfte Tee. Nun, da Licht auf das Gesicht des *Duuk-tsarith* fiel, schien Saryon darin bekannte Züge zu entdecken. Später sollte er mir erzählen, er habe nicht das Gefühl namenlosen Grauens empfunden wie sonst in Gegenwart eines Erzwingers, sondern im Gegenteil eine unbestimmte freudige Erregung und die Gewißheit, wenn er sich nur erinnern könnte, wer er war, würde es ein frohes Wiedersehen geben.

»Es tut mir leid, Herr.« Saryon stockte. »Ich weiß, daß ich Euch kenne, aber das Alter und die Augen, die Augen . . .«

Der Mann lächelte.

»Ich bin Mosiah«, sagte er.

Kapitel 2

Eins nach dem anderen, von dem seltsamen, schwarzhaarigen Knaben schroff zurückgewiesen, überließen die anderen Kinder Joram sich selbst. Doch ein Junge ließ sich nicht davon abbringen, ihm freundlich zu begegnen. Das war Mosiah.

Kind des Todes

Ich bin sicher, Saryon hätte am liebsten laut aufgeschrien vor Überraschung und Freude, doch erinnerte er sich rechtzeitig an die Notwendigkeit, leise zu sein. Er machte eine Bewegung, als wollte er aus dem Bett springen, um den Gefährten vergangener Tage in die Arme zu schließen, aber der *Duuk-tsarith* schüttelte warnend den Kopf und bedeutete ihm mit einem Wink zu bleiben, wo er war. Auch bei zugezogenen Vorhängen konnte man von draußen die Vorgänge im erleuchteten Zimmer wie ein Schattenspiel verfolgen.

Saryon stammelte: »Mosiah ... ich kann nicht ... Ich schäme mich, mein lieber Junge, aber zwanzig Jahre ... Ich werde alt, verstehst du, und mein Gedächtnis ... ganz zu schweigen von meinen Augen ...«

»Ihr müßt Euch nicht entschuldigen, Hochwürden. Ich habe mich verändert über die Jahre. Kaum verwunderlich, daß Ihr mich nicht erkannt habt.«

»Es stimmt, daß du dich verändert hast«, bemerkte Saryon ernst, mit einem bedeutungsvollen Blick auf das schwarze Gewand der Erzwinger, das Mosiah trug.

Mosiah hob überrascht die Brauen. »Ich dachte, Euch wäre vielleicht zu Ohren gekommen, daß ich in den Orden eingetreten bin. Prinz Garald wußte es.«

»Wir sprechen nur selten miteinander, der Prinz und ich«, bekannte Saryon ein wenig verlegen. »Er hielt es für besser im Hinblick auf meine Sicherheit, wenigstens war er so gütig, das zu sagen. Mit mir in Verbindung zu bleiben, hätte ihm politisch geschadet, das war selbst für mich offensichtlich. In erster Linie aus diesem Grund habe ich das Umsiedlungslager verlassen.«

Nun war es Mosiah, der Saryon vielsagend anschaute, und der Katalyt machte einen befangenen und schuldbewußten Eindruck.

»Ich ... hielt es für das beste.« Eine Blutwelle stieg ihm ins Gesicht, und er redete wie einer, der sich verteidigen zu müssen glaubte. »Manche haben mich angesehen ... Wenn sie mir auch nicht die Schuld gaben, so erinnerte ich sie doch an ...« Er verstummte.

»Es gibt Stimmen, die behaupten, Ihr hättet sie im Stich gelassen, weil man Euch Vergünstigungen und Zuwendungen versprochen hat«, äußerte Mosiah.

Ich konnte mich nicht länger beherrschen und schlug heftig mit der Hand durch die Luft, als ließen sich dadurch die grausamen Worte wegwischen, die, wie ich fühlte, meinen Herrn tief getroffen hatten. Mosiah sah mich erstaunt an, weniger verwundert über den Umstand, daß ich nicht sprach – er als Erzwinger mußte alles wissen, was es über mich zu wissen gab, eingeschlossen die Tatsache, daß ich stumm war –, sondern weil ich mich so vehement auf Saryons Seite stellte.

»Das ist Reuven«, stellte Saryon mich vor.

Mosiah nickte. Wie gesagt, er kannte aller Wahrscheinlichkeit nach mein Dossier. »Er ist Euer Amanuensis.«

»Darauf haben wir uns geeinigt«, meine Saryon mit einem liebevollen Lächeln in meine Richtung, »obwohl ich immer das Gefühl hatte, ›Sohn‹ wäre die richtigere Bezeichnung.«

Mir wurde heiß vor Freude, doch ich schüttelte nur den Kopf. Er war mir lieb wie ein Vater, weiß der Almin, aber ich hätte mir niemals angemaßt, mich als mehr zu betrachten als seinen Diener und Sekretär.

»Er ist stumm«, erklärte Saryon ohne jede Befangenheit mein Gebrechen.

Auch ich fühlte mich nicht befangen. Für den, der es nicht anders kennt, ist die Behinderung Normalität. Außerdem besaß Mosiah ohnehin ausführliche Informationen über meine Person, wie seine nächsten Worte bewiesen.

»Reuven war zum Zeitpunkt des Kataklysmus noch ein Knabe. Er ist Vollwaise. Was auch immer ihm zugestoßen sein mag, es war so schrecklich, daß er darüber die Sprache verlor. Ihr fandet ihn, todkrank und allein, in dem verlassenen Baptisterium. Er wuchs im Haushalt von Prinz Garald heran, besuchte im Umsiedlungslager die Schule, und der Prinz sandte ihn zu Euch, um die Geschichte des Dunklen Schwertes aufzuzeichnen. Ich habe die Bücher gelesen«, Mosiah schenkte mir ein höfliches Lächeln. »Eine exakte Wiedergabe der Ereignisse, zumindest größtenteils.«

Ich bin es gewöhnt, die unterschiedlichsten Urteile über meine Arbeit zu hören, deshalb zeigte ich keine Reaktion. Es ist mir immer irgendwie würdelos erschienen, wenn man sich darauf einläßt, die Produkte seiner kreativen Bemühungen gegen Kritik zu verteidigen. Außerdem konnte ich ihm eine gewisse

Zurückhaltung nicht verdenken, schließlich war er einer der Beteiligten gewesen.

»Was die Tatsache angeht, daß ich das Lager verlassen habe«, nahm Saryon den unterbrochenen Disput wieder auf, »ich tat, was nach meiner Meinung das beste für alle Beteiligten war.« Seine Hand mit dem Teebecher begann zu zittern. Ich stand auf, trat zu ihm, nahm den Becher und stellte ihn auf den Nachttisch.

»Nett habt Ihr es hier«, sagte Mosiah ziemlich kühl, während er sich umschaute. »Eure Arbeit auf dem Gebiet der Mathematik und Reuvens Buchveröffentlichungen ermöglichen euch ein angenehmes Leben. Unsere Landsleute in den Lagern haben es weniger gut.«

»Sie könnten es ebenso gut haben, wenn sie nur wollten«, verteidigte sich Saryon mit einer Spur seines alten Kampfgeistes. Desselben Kampfgeistes, der ihn getrieben hatte, die verbotenen Bücher in der Bibliothek des Baptisteriums zu suchen und Joram zu helfen, das Dunkle Schwert zu schmieden. Derselbe Kampfgeist, der ihm die Kraft gegeben hatte, die Wandlung standhaft zu ertragen und der seine Seele am Leben erhielt, während sein Fleisch zu Stein wurde.

»Es sind keine Gefangenenlager«, fuhr Saryon leidenschaftlich fort. »Die Wachen an den Toren, die bei unserer Ankunft aufgestellt wurden, sollten die Neugierigen fernhalten, nicht uns am Weggehen hindern. Diese Posten wären sogar schon längst abgezogen worden, doch unsere Landsleute baten um ihre Beibehaltung. Jeder einzelne in diesen Lagern hätte hinausgehen können und sich in dieser neuen Welt einen Platz suchen.

Aber tun sie das? Nein! Sie hängen ihrem hoffnungslosen Traum nach, irgendwann nach Thimhallan zurückzukehren und es wiederzufinden. Wiederzufinden! Aber Thimhallan hat sich seit unserem Auszug nicht verändert, und es wird sich auch nicht verändern, sosehr wir es uns wünschen mögen. Die Magie ist fort, verschwunden!« Saryon sagte es leise und traurig und eindringlich. »Sie ist dahin, und wir sollten es akzeptieren und unter diesen neuen Vorzeichen unser Leben fortführen.«

»Die Menschen von der Erde mögen uns nicht«, warf Mosiah ein.

»Was meine Person betrifft, habe ich gegenteilige Erfahrungen gemacht«, entgegnete Saryon. »Natürlich mögen sie euch nicht. Ihr zeigt keine Bereitschaft, euch mit den ›Mundanen‹ einzulassen, wie ihr sie nennt, obwohl zahlreiche von ihnen ebensoviel Magie in sich tragen wie ihr. Trotzdem weicht ihr ihnen aus und kapselt euch ab, und es ist kein Wunder, daß sie euch mit Argwohn und Mißtrauen betrachten. Es war genau dieser Stolz und Hochmut, die den Untergang unserer Welt herbeigeführt und uns in die Umsiedlungslager gebracht haben, und es sind unser Stolz und unser Hochmut, die uns dort festhalten!«

Mosiah sah aus, als ob er etwas einwenden wolle, doch er hätte die Stimme erheben müssen, um meinen Herrn zu unterbrechen, der sich von seinem Lieblingsthema nicht so leicht abbringen ließ. Tatsächlich schien er von der Rede nicht unberührt zu bleiben, denn als Saryon endete, ließ er sich Zeit mit einer Antwort.

»Ihr habt recht, Hochwürden«, sagte er schließlich. »So war es. Anfangs. Wir hätten die Lager verlassen sollen, uns in diese Welt einfügen. Doch es war nicht Stolz, der uns hinter diesen Barrikaden festhielt. Es war Angst. Was für eine seltsame und erschreckende

Welt! Zugegeben, die Erdenmenschen brachten uns ihre Soziologen und ihre Psychologen, ihre Berater und Lehrer, die uns helfen sollten, uns einzuleben. Doch ich fürchte, sie richteten mehr Schaden als Nutzen an. Je mehr sie uns von den Wundern dieser Welt offenbarten, desto mehr schreckten die Unsrigen davor zurück.

Es stimmt, wir waren stolz«, fuhr er fort. »Und nicht ohne Grund. Unsere Welt *war* schön. Sie *hatte* ihre Vorzüge.« Mosiah beugte sich vor und musterte Saryon durchdringend. »Die Erdenmenschen aber glaubten es nicht, Hochwürden. Sogar den Soldaten, die dort gewesen waren, fiel es schwer zu glauben, was sie mit eigenen Augen gesehen hatten! Nach ihrer Rückkehr wurden sie verspottet und verlacht, bis sie an ihren eigenen Sinnen zu zweifeln begannen und behaupteten, wir hätten sie unter Drogen gesetzt, so daß sie Dinge sahen, die nicht vorhanden waren.«

Mosiah zuckte resignierend die Schultern. »Die ›-ologen‹ waren freundlich und bemühten sich zu verstehen, doch womit sie konfrontiert wurden, das überstieg ihr Begriffsvermögen. Angesichts einer jungen Frau, zwanzig Jahre alt und gesund – nach ihren Maßstäben –, die den lieben langen Tag im Bett lag und sich aufzustehen weigerte, konnten sie nicht begreifen, was ihr fehlte. Erklärte man ihnen, daß sie im Bett lag, weil sie gewöhnt war, auf den Flügeln der Magie durch die Luft zu schweben, daß sie nie in ihrem Leben einen Schritt zu Fuß gegangen war und nun, auf einer Welt ohne Magie gestrandet, auch nicht den Wunsch hatte, das zu tun, konnten sie es nicht glauben.

Oja, ich weiß, sie schienen es zu akzeptieren. Sämtliche ihrer medizinischen Tests bestätigten, daß die Füße des Mädchens niemals den Boden berührt hatten. Doch tief im innersten Kern ihres Wesens glaubten sie es nicht. Es war so, als verlangte man von ihnen, an die Elfen zu glauben, die in deinem Buch vorkommen, Reuven.

Habt Ihr mit Eurer Nachbarin über Euer Abenteuer bei den Elfen gesprochen, Hochwürden? Habt Ihr der Frau nebenan, die Sekretärin bei einem Grundstücksmakler ist, erzählt, daß Ihr um ein Haar den Verführungskünsten der Elfenkönigin erlegen wärt?«

Saryon wurde rot bis über beide Ohren. Er senkte den Blick und wischte geistesabwesend ein paar Krümel von der Bettdecke. »Natürlich nicht. Ich kann nicht von ihr erwarten, daß sie das versteht. Ihre Welt ist so anders ...«

»Deine Bücher, Reuven.« Mosiah richtete seinen durchdringenden Blick auf mich. »Die Menschen lesen sie und haben Gefallen daran. Aber sie glauben nicht, was sie darin lesen, oder? Sie glauben nicht, daß eine solche Welt jemals existierte, oder daß eine Person wie Joram je gelebt hat. Ich habe sogar gehört, wie man behauptete, du würdest deine Stummheit nur vortäuschen, um keine Interviews geben zu müssen, bei denen herauskommen könnte, daß die ganze Affäre ein groß angelegter Schwindel ist.«

Saryon warf mir einen verstohlenen Blick zu, er wußte nicht, daß ich über all das im Bilde war. Er hatte sich große Mühe gegeben, mir diesen Schmerz zu ersparen, deshalb zeigte ich ihm deutlich, daß ich mich von diesen Vorwürfen nicht getroffen fühlte. Dazu bedurfte es keiner Verstellung, denn solange meine Arbeit den Beifall eines bestimmten Menschen, meines Herrn, fand, kümmerte es mich nicht, was andere dachten.

»Die Einstellung der hiesigen Menschen uns gegenüber ist geprägt von einem seltsamen Widerspruch«, sagte Mosiah. »Sie glauben uns nicht, sie verstehen uns nicht, und doch fürchten sie uns. Sie fürchten, wir könnten Kräfte wiedererlangen, von denen sie nicht glauben, daß wir sie je besessen haben. Was sie fürchten, vernichten sie. Oder versuchen es zu vernichten.«

Ein unbehagliches Schweigen senkte sich herab. Saryon blinzelte und bemühte sich, ein Gähnen zu unterdrücken.

»Dies ist gewöhnlich eure Schlafenszeit.« Mosiah kehrte abrupt in die Gegenwart zurück. »Haltet euch daran, damit kein Verdacht aufkommt.«

Es war meine Gewohnheit, meinem Herrn gute Nacht zu wünschen und in meinem Zimmer noch eine Weile zu schreiben, bis auch ich mich zu Bett legte. Ich ging nach oben und knipste das Licht an, dann schlich ich im Dunkeln wieder die Treppe hinunter. Mosiah schien nicht besonders erfreut zu sein, mich zu sehen, aber ich glaube, er wußte, daß höchstens der Tod mich von meinem Herrn fernhalten konnte.

Saryons Zimmer lag im Dunkeln, im Halbdunkeln, genauer gesagt, wegen einer Straßenlaterne genau vor dem Fenster. Mosiah rückte mit dem Stuhl näher an Saryons Bett heran. Der CD-Spieler lief noch, denn Saryon pflegte sich von Musik in den Schlaf wiegen zu lassen. Er war schon viel länger wach als gewöhnlich, doch er weigerte sich starrsinnig zuzugeben, daß er kaum noch die Augen offenhalten konnte. Die Neugier war stärker als das Verlangen seines Körpers nach Schlaf. Ich wußte es, weil es mir genauso ging.

»Vergebt mir, Hochwürden«, sagte Mosiah schließlich. »Ich hatte nicht vor, mich wieder auf den alten Pfad locken zu lassen, der längst überwachsen ist und nirgendwo hinführt. Zwanzig Jahre sind vergangen. Das Mädchen von damals ist nun wahrscheinlich eine gesetzte Hausfrau und Mutter. Sie wird gelernt haben, mit den Füßen zu gehen und selbst zu tun, wozu sie sich früher der Magie bediente. Sie hat sich angepaßt. Vielleicht glaubt sie inzwischen sogar einiges von dem, was die Mundanen erzählen. Thimhallan ist für sie zu einer schönen Erinnerung verblaßt, in ihren Träumen wirklicher als in ihren wachen Gedanken. Und wenn sie sich in der ersten Zeit an die Hoffnung klammerte, sie würde in jenes verzauberte Reich der Wunder zurückkehren, wer kann es ihr verdenken?«

»Ein verzaubertes Reich der Wunder«, wiederholte Saryon. »Ja, doch auch ein Reich des Bösen. Und das Böse konnte ungehindert sein abstoßendes Haupt erheben, weil man es leugnete.«

»Das Böse nistete in den Herzen der Menschen, Hochwürden«, wandte Mosiah ein. »Nicht die Welt an sich war schlecht.«

»Wahr, nur zu wahr«, meinte Saryon und seufzte.

»Das Böse existiert noch immer«, fuhr Mosiah fort. Ein anderer Ton mischte sich in seine Stimme, eine Anspannung, so daß mein Herr und ich einen Blick tauschten und uns wappneten, denn wir spürten beide, daß etwas auf uns zukam.

»Ihr seid also seit vielen Jahren nicht mehr im Lager gewesen?« fragte Mosiah.

Saryon schüttelte den Kopf.

»Ihr steht auch nicht in Verbindung mit Prinz Garald – König Garald sollte ich sagen – oder sonst jemandem? Ihr wißt nichts von den Veränderungen, die stattgefunden haben?«

Saryon beantwortete beide Fragen mit einem beschämten Kopfschütteln. In diesem Moment hätte ich alles gegeben, um sprechen zu können, denn ich glaubte, aus Mosiahs Worten einen Vorwurf herauszuhören, und es drängte mich, meinen Herrn zu verteidigen. Saryon bemerkte meinen inneren Aufruhr und legte begütigend seine Hand über die meine.

Mosiah schwieg, vielleicht überlegte er, wie er beginnen sollte. Endlich sagte er: »Ihr behauptet, unsere Landsleute könnten die Lager verlassen, wenn sie nur wollten, wie Ihr es getan habt. In der ersten Zeit war es so. Jetzt nicht mehr.

Die Wächter der Mundanen haben uns schon vor Jahren uns selbst überlassen. Um ihnen Gerechtigkeit widerfahren zu lassen: Sie haben gekämpft, um uns zu beschützen, wie es befohlen war, aber sie waren der Aufgabe nicht gewachsen. Nachdem einige gefallen und eine größere Anzahl desertiert war, zog die Armee sich zurück. Die Wachposten der Mundanen wurden ersetzt – durch unsere eigenen Leute.«

»Sie haben gekämpft? Gegen wen? Wer hat euch angegriffen? Von solchen Ereignissen habe ich weder gehört noch gelesen!« entsetzte sich Saryon. »Es tut mir leid, wenn ich an deinen Worten zweifle, Mosiah, aber Vorfälle, wie du sie schilderst, *Kampfhandlungen*, hätten Scharen von Journalisten aus der ganzen Welt angelockt.«

»Ihr habt recht, Hochwürden, und sie sind auch gekommen. Aber die Khandischen Weisen haben zu ihnen gesprochen, und die Journalisten haben ihnen jedes Wort geglaubt. Was blieb ihnen auch übrig, verstehen die Khandischen Weisen sich doch auf die Kunst, ihre bitteren Lügen mit dem süßen Honig der Magie zu umhüllen.«

»Wer sind diese Khandischen Weisen?« Saryon war verwirrt, bestürzt und kaum in der Lage, zusammenhängend zu sprechen. »Und König Garald ... Wie konnte er ... Nie und nimmer hätte er zugelassen ...«

»König Garald ist ein Gefangener, zum Stillhalten verurteilt durch die Liebe zu seinem Volk.«

»Ein Gefangener!« Saryon riß die Augen auf. »Der ... der Mundanen?«

»Nein, nicht der Mundanen. Und auch nicht von uns, den Erzwingern«, Mosiah gestattete sich ein kleines Lächeln, »um die Frage vorwegzunehmen, die ich hinter Eurer Stirn lese.«

»Wer oder was hält ihn dann gefangen?«

»Sie nennen sich selbst *T'kon-Duuk*. In der Sprache der Mundanen heißen sie Technomanten. Den *toten* Dingen verleihen sie *Leben*. Ihre Magie nährt sich nicht von lebenden Dingen, wie es in unserem Thimhallan oberstes Gebot war, sondern vom Tod der Lebenden. Erinnert Ihr Euch an einen Mann, der sich Menju der Magier nannte? Jener Mann, der Joram zu ermorden versuchte?«

Saryon schauderte. »Ja«, sagte er mit leiser Stimme.

»Er war einer von ihnen. Ich kenne sie gut.« Mosiah holte tief Atem. »Ich war selbst einer der Ihren.«

Saryon starrte ihn an, unfähig, ein Wort herauszubringen.

Es war an mir, dem mit Stummheit Geschlagenen, das Wort zu ergreifen – bildlich gesprochen. Ich zeigte auf Mosiah, dann auf Saryon und mich: Weshalb war Mosiah gekommen, um uns das zu erzählen, zu diesem Zeitpunkt, und was hatten diese Vorfälle mit uns zu tun? Entweder verstand er, was ich meinte, oder er las die Frage in meinen Gedanken.

»Ich bin gekommen«, erklärte er, »weil sie kommen. Ihr Anführer, ein Khandischer Weiser namens Kevon Smythe, wird Euch morgen besuchen, um mit Euch zu sprechen, Hochwürden. Die *Duuk-tsarith* haben mich ausgewählt, um Euch zu warnen, weil sie wissen, daß ich der einzige unseres Ordens bin, dem zu vertrauen Ihr Euch bereit finden könntet.«

»Die *Duuk-tsarith*«, murmelte Saryon perplex. »Ich

soll den *Duuk-tsarith* vertrauen, deshalb schicken sie mir Mosiah, der jetzt zu ihnen gehört und vorher einer der Technomanten war. Technomantie. Leben aus dem Tod.« Er hob den Kopf. »Weshalb ich?« fragte er, obwohl wir alle die Antwort kannten.

»Joram«, antwortete Mosiah. »Sie wollen Joram. Oder vielleicht sollte ich sagen, sie wollen das Dunkle Schwert.«

Saryons Lippen zuckten, und ich erkannte die Klugheit meines Herrn, fast könnte man sagen, seine Gerissenheit, wäre es denkbar, einem so sanften und aufrichtigen Menschen wie ihm einen derartigen Charakterzug zu unterstellen.

Zwar waren die Neuigkeiten, die Mosiah brachte, für ihn wirklich neu gewesen, doch er hatte von Anfang an geahnt, was hinter dem überraschenden Besuch steckte, und sich nichts anmerken lassen.

Er hatte sich unwissend gestellt und zunächst Informationen gesammelt. Ich betrachtete ihn bewundernd.

»Es tut mir leid, Mosiah«, sagte mein Herr, »aber du und König Garald und dieser Kevon Smythe und offenbar noch eine Menge anderer Leute, ihr habt eure Zeit verschwendet. Ich kann euch nicht zu Joram führen, und Joram kann euch nicht das Dunkle Schwert geben. Die Umstände sind alle aufs genaueste in Reuvens Büchern beschrieben.« Saryon breitete die Hände aus. »Das Dunkle Schwert existiert nicht mehr. Als Joram es in den Altar im Tempel der Nekromanten stieß, wurde es eins damit. Joram könnte euch das Schwert nicht geben, selbst wenn er wollte.«

Mosiah sah weder überrascht noch enttäuscht aus, er machte auch keine Anstalten aufzustehen und sich dafür zu entschuldigen, daß er uns umsonst belästigt hatte.

»Das Dunkle Schwert existiert, Hochwürden. Nicht das Original. Das, wie Ihr ganz richtig sagt, wurde vernichtet. Joram hat ein neues geschmiedet. Wir sind uns deswegen sicher, daß es nicht nur ein Gerücht ist, weil man einen Versuch gemacht hat, es zu stehlen.«

Kapitel 3

Dafür bildet man sie aus, die Duuk-tsarith *– alles um sich herum wahrzunehmen, alles in der Hand zu haben und doch unbeteiligt über den Dingen zu stehen.*

Kind des Todes

Saryon war zornig. Er ballte die Hand zur Faust, seine Augen funkelten.

»Du hattest kein Recht! Wenn Joram ein neues Schwert geschmiedet hat, dann, weil er sich bedroht fühlte. Steckt König Garald dahinter? Sein eigenes Gesetz verbietet eindeutig ...«

»Was schert sie das Gesetz!« fiel Mosiah ihm ungeduldig ins Wort. »Sie kennen keine Gesetze außer ihren eigenen.«

»*Sie*?«

»Die Technomanten. Habt Ihr immer noch nicht verstanden, Hochwürden?«

Langsam öffnete sich Saryons Faust, Angst verdrängte seinen Unmut. »Ist Joram in Sicherheit? Er wollte den Jungen zu mir schicken, damit ich ihn erziehe, doch ich habe nichts von ihm gehört, und ich fürchtete ...«

»Joram lebt, Hochwürden«, beruhigte ihn Mosiah mit einem kleinen Lächeln. »Es geht ihm gut und Gwendolyn ebenfalls. Daß er Euch seinen Sohn nicht geschickt hat, kommt daher, daß dieser Sohn eine Tochter ist. Sie ist sein einziges Kind und seinem Herzen unendlich teuer. Es widerstrebt ihm, ein solches

Juwel in diese Welt zu schicken, und ich kann es ihm nicht verdenken.« Mosiah seufzte.

»Woher weißt du das alles?« fragte Saryon scharf. »Du und deinesgleichen, ihr bespitzelt ihn.«

»Wir haben ein wachsames Auge auf ihn, Hochwürden«, widersprach Mosiah sanft. »Wir beschützen ihn. Er weiß nichts von unserer Überwachung, er ahnt nichts. Wie auch, da er ohne *Leben* ist? Wir achten darauf, ihn und seine Familie nicht zu beunruhigen. Andere üben weniger Rücksicht.

Erst kürzlich hat ein Arm der Technomanten, bekannt als die *D'karn-darah,* das Gesetz gebrochen, das jedermann verbietet, Thimhallan zu betreten. Sie hatten Reuvens Buch gelesen« – er schenkte mir ein unfrohes Lächeln – »und sie gingen zu dem Altar im Tempel der Nekromanten, um den Versuch zu machen, das Dunkle Schwert in ihren Besitz zu bringen. Sie fanden vor, was man erwarten konnte. Wie Ihr wißt, Hochwürden, bestand auch der Altar aus Arkanum. Das Schwert verschmolz mit dem Stein.

Die Technomanten fuhren alles auf, was die Menschheit an entsprechenden Geräten erfunden hat, vom Laser bis zu altmodischen Schneidbrennern. Sie wollten der Altar zerlegen und die Stücke in ihre Labors transportieren. Sie konnten nicht einmal die Oberfläche ankratzen.«

Saryon atmete auf.

»Gut.« Er nickte bekräftigend. »Wunderbar. Dem Almin sei Dank.«

»Seid nicht vorschnell mit Eurem Dank, Hochwürden«, warnte Mosiah. »Weil sie an dem Altar nichts ausrichten konnten, gingen die Technomanten zu Joram.«

»Zeitverschwendung. Er wäre höchstens zornig geworden«, prophezeite Saryon.

Mosiah zog einen Mundwinkel zu einem schiefen Lächeln in die Höhe. »Er *war* zornig. Die Khandischen Weisen hatten niemals einen solchen Wutausbruch erlebt. Kevon Smythe redete persönlich mit Joram, auch wenn er es heute nicht mehr wahrhaben will. Er wollte ihn mit seinem Charme einwickeln, aber Ihr wißt, Hochwürden, unser gemeinsamer Freund läßt sich nicht so leicht beschwatzen. Smythe bot Joram ungeheuren Reichtum, Macht, was immer er haben wollte, wenn er ihm verriet, wo Arkanumerz zu finden war und was man brauchte, um Dunkle Schwerter zu schmieden.

Smythe konnte von Glück sagen, daß er mit dem Leben davonkam. Joram warf ihn hinaus – hob ihn buchstäblich vom Boden hoch und warf ihn aus der Tür – und warnte ihn, wenn er sich noch einmal blicken ließe, ginge es ihm an den Kragen. Mittlerweile war die Grenzpatrouille eingetroffen. Ihr wollt sicherlich wissen, weshalb so spät und wie die Technomanten die Überwachungseinrichtungen und Sperren überwinden konnten? Ein Kinderspiel. Einigen der ihren war es gelungen, sich in die Truppe einzuschleichen. Sie schalteten den Alarm aus und ermöglichten ihren Spießgesellen das unbemerkte Überschreiten der Grenze.

Die Patrouille eskortierte Smythe und seine Begleiter aus dem Land. Zu unserer Erleichterung verloren die Technomanten danach das Interesse an dem Dunklen Schwert. Ihre Wissenschaftler studierten die mitgebrachten Berichte und kamen zu dem Schluß, es gäbe weder Werkzeug noch Methode, um das Originalschwert aus dem Altar zu lösen, deshalb wäre es für sie wertlos. Ohne Jorams Unterstützung und ohne die Genehmigung, Arbeiter nach Thimhallan zu schaffen – eine Genehmigung, die zu erhalten keinerlei Aussicht bestand –, wäre die Suche nach Arkanumerz zu schwierig und zu kostspielig.

König Garald hoffte, dieser Vorfall wäre der Schlußstrich unter dem Bestreben der Technomanten, sich in den Besitz des Dunklen Schwertes zu bringen, und wahrscheinlich wäre tatsächlich Ruhe eingekehrt, Hochwürden, hätte Joram nicht etwas sehr Törichtes getan.«

Saryon machte ein bedrücktes und unglückliches Gesicht, als wäre er verantwortlich für Jorams Unvernunft. »Er hat ein neues Schwert geschmiedet«, vermutete er.

»Genau. Wir wissen nicht genau, wie. Seit Smythe' Besuch war Joram unruhig geworden, schien überall Gefahr zu wittern ...«

»Möglicherweise hatte er das Gefühl, beobachtet zu werden«, warf Saryon ein.

Mosiah schwieg einen Moment, dann lächelte er fein. »Dieser Sarkasmus ist ein neuer Wesenszug an Euch, Hochwürden. Nun gut, ich gebe zu, Joram hatte einigen Grund, sich beunruhigt zu fühlen. Wäre er doch nur zu König Garald oder General Boris gegangen, statt zu versuchen, allein gegen die ganze Welt zu Felde zu ziehen.«

»Joram hat stets allein gekämpft«, erklärte Saryon, und seine Stimme war erfüllt von liebevoller Sorge und Verständnis. »Das Blut von Kaisern fließt in seinen Adern. Er entstammt einer langen Reihe von Herrschern, die das Schicksal von Nationen in ihren Händen hielten. Um Hilfe zu bitten, wäre ein Zeichen von Schwäche. Du erinnerst dich vielleicht, wie schwer es ihm gefallen ist, mich darum zu bitten, ihm bei der Erschaffung des Dunklen Schwertes zur Seite zu stehen. Er war ...«

Saryon verstummte. Ich hatte mich schon gefragt,

wann ihm dieser Gedanke kommen würde. »Joram hätte kein Dunkles Schwert schmieden können. Nicht ohne einen Katalyten. Ich nahm *Leben* aus der Welt und leitete es in das Dunkle Schwert, das seinerseits davon Gebrauch machte, um denen *Leben* zu entziehen, die es in Besitz hatten.«

»Er brauchte Euch nicht, um das Schwert zu schmieden, Hochwürden. Er brauchte Euch nur, um dessen Eigenschaften zu verstärken.«

»Doch ohne Mitwirkung eines Katalyten, um das zu tun, ist das Schwert nicht gefährlicher als jede andere scharfe Klinge. Du glaubst, die Technomanten haben es immer noch darauf abgesehen?«

»Bedenkt die Anzahl der Katalyten in unserem Volk, Hochwürden. Katalyten, die unter ärmlichen Verhältnissen in den Übersiedlungslagern leben und gern bereit wären, für das Versprechen einer Belohnung den Technomanten ihre Gaben zur Verfügung zu stellen. Auch wenn der korrupte Bischof Vanya tot ist, sein Geist lebt in einigen seiner Anhänger weiter.«

»Ja, das kann ich mir vorstellen«, nickte Saryon bedrückt. »Wie hat Joram es fertiggebracht, sich lange genug vor den wachsamen Augen der *Duuk-tsarith* zu verbergen, um das Schwert zu schmieden?«

Mosiah zuckte die Schultern und breitete die Hände aus. »Wer weiß? Gar kein so großes Kunststück, besonders mit einem Amulett aus Arkanum. Vielleicht hatte er dieses Schwert auch schon vor Jahren geschmiedet, bevor wir anfingen, ihn zu observieren. Wozu jetzt noch unnütze Spekulationen anstellen? Wir versuchten, diese Entdeckung vor den Technomanten geheimzuhalten, aber sie fanden es heraus und wittern natürlich neue Möglichkeiten.«

»Sind Joram und seine Familie in Gefahr?«

»Vorläufig nicht. Zu verdanken hat er das in der

Hauptsache den Bemühungen der *Duuk-tsarith*. Ironisch, findet Ihr nicht, Hochwürden? Jene, die einst Jorams Tod wollten, riskieren jetzt den Tod, um ihn zu schützen.«

»Du?« fragte Saryon. »Du schwebst in Todesgefahr?«

»Ja«, antwortete Mosiah ruhig. Er deutete mit einer weiten Handbewegung durch das Zimmer. »Deshalb diese Vorsichtsmaßnahmen. Die *T'kon-Duuk* sind erpicht darauf, mich zu fangen. Ich kenne zu viele ihrer Geheimnisse, ich stelle eine große Gefahr für sie dar. Ich bin gekommen, um Euch vor ihnen zu warnen, vor ihren Methoden, mit denen sie versuchen werden, Euch dazu zu bringen, daß Ihr mit ihnen zu Joram geht ...«

Saryon hob die Hand, und Mosiah schwieg sofort, aus selbstverständlichem Respekt vor dem Älteren, wodurch er in meiner Gunst ein wenig höher stieg. Ihm vorbehaltlos zu vertrauen, konnte ich mich nicht entschließen, nicht, solange er das schwarze Gewand der Erzwinger trug.

Die *Duuk-tsarith* verfolgen niemals ausschließlich eine Absicht, sondern versuchen, sich alle Wege offenzuhalten, und nichts, was sie tun, tun sie ohne Hintergedanken.

»Ich werde nicht gehen«, sagte Saryon bestimmt. »Keine Angst. Was erhoffen sie sich überhaupt von mir? Was könnte ich ihnen nützen?«

»Joram respektiert und vertraut Euch, Hochwürden. Euer Einfluß auf ihn ist ...« Mosiah sprach nicht weiter.

Er starrte mich an. Beide starrten sie mich an. Ich hatte einen Laut ausgestoßen. Es muß sich seltsam angehört haben – eine Art kehliges Krächzen. Ich gab meinem Herrn ein Zeichen.

»Reuven sagt, da draußen ist jemand«, erklärte Saryon.

Er hatte noch nicht ausgesprochen, als Mosiah schon neben mir stand. Sein plötzlicher Standortwechsel erschreckte mich mindestens ebensosehr wie die Gestalt, die ich durch das Fenster gesehen zu haben glaubte. Eben noch saß er in meiner Blickrichtung, gleich hinter der offenen Schlafzimmertür im dunklen Flur, in der nächsten Sekunde stand er neben mir und spähte durch einen Spalt zwischen den Vorhängen. Man stelle sich meine Verblüffung vor, als ich, bei einem Blick zu meinem Herrn, um mich zu vergewissern, ob die Aufregungen dieses Abends nicht zuviel für ihn waren, Mosiah nach wie vor auf seinem Stuhl sitzen sah!

Da erst begriff ich, daß der Erzwinger neben mir ein körperloser Schemen war. Mosiahs Schatten hatte sich auf Befehl seines Herrn selbständig gemacht und war ausgeschickt worden, um meine Behauptung zu überprüfen.

»Was hast du gesehen? Sag es mir, schnell!« forderte er. Die Worte loderten in meinem Bewußtsein.

Ich antwortete ihm mit den Händen, Saryon übersetzte.

»Reuven sagt, er glaubt, er hätte eine ganz in Silber gekleidete Gestalt gesehen ...«

Mosiah – der Mosiah auf dem Stuhl – war aufgesprungen. Sein Schatten war zu ihm zurückgekehrt und wieder mit dem Körper verschmolzen.

»Sie sind hier«, sagte er. »Die *D'karn-darah*. Die Blutritter. Entweder sind sie mir gefolgt, oder ihre eigenen finsteren Pläne haben sie hierhergeführt. Ich fürchte, es ist das letztere. Ihr seid in Gefahr, beide. Ihr müßt mit mir kommen, auf der Stelle!«

»Wir sind nicht angezogen«, protestierte Saryon.

Es muß schon eine sehr wirkliche und unmittelbare Gefahr sein, die einen Gelehrten fortgeschrittenen Alters veranlaßt, nur mit Hausschuhen und Nachtgewand bekleidet, in die kalte Winternacht hinauszustürmen.

»Das ist auch nicht notwendig«, antwortete Mosiah. »Eure Körper werden nirgends hingehen, außer zu Bett. Tut, was ich sage. Hochwürden, Ihr bleibt, wo Ihr seid. Reuven, geh nach oben in dein Zimmer und leg dich hin.«

Ich zögerte, meinen Herrn allein zu lassen, obwohl ich bis heute nicht weiß, wie ich mir einbildete, ihm helfen zu können, sollte der *Duuk-tsarith* ihm übelwollen. Saryon gab mir mit einem Kopfnicken zu verstehen, daß wir Mosiah gehorchen sollten, also befolgte ich seine Anweisung. Ich wünschte meinem Herrn eine gute Nacht und ging die Treppe hinauf.

Saryon wartete gewöhnlich, bis er mich in meinem Zimmer hörte, das genau über dem seinen lag, bevor er unten das Licht ausschaltete. Wie schon gesagt, pflegte ich normalerweise erst noch eine Weile zu schreiben, in Anbetracht der besonderen Umstände wich ich jedoch von dieser Gewohnheit ab und begab mich sofort zu Bett. Ich knipste die Nachttischlampe aus, und das Haus lag im Dunkeln.

Allein im Finstern, begann ich mich zu fürchten. Es ist leicht, sich um diese Nachtzeit in Angst zu versetzen; schlaflos und auf sich selbst beschränkt, ist der Mensch wehrlos den Tollheiten seines Verstandes ausgeliefert. Kindheitsängste stiegen in mir auf, von Ungeheuern, die im Kleiderschrank lauerten. Keine Taschenlampe vermochte sie auf Dauer zu vertreiben. Ich wunderte mich über den plötzlichen kalten Griff um mein Herz und erkannte daß, es Mosiahs Angst war, die sich mir mitteilte.

Was immer da draußen in der Nacht lauerte, mußte furchtbar sein, dachte ich, wenn es einen *Duuk-tsarith* erschreckte.

Ich lag still auf dem Rücken und lauschte auf jeden Laut. Die Nacht war erfüllt von den üblichen Geräuschen, nehme ich an; mir, der ihnen nie zuvor sonderliche Beachtung geschenkt hatte, erschienen sie alle bedrohlich. Hundegebell, das Fauchen und Kreischen in Zwist geratener Katzen, ein einsames Auto, das langsam vorüberfuhr. Allem schrieb ich in meiner Phantasie eine finstere Bedeutung zu, und als ich Mosiahs Stimme in meinem Bewußtsein hörte, zuckte ich so heftig zusammen, daß das Bett erbebte.

»Komm zu mir«, befahl Mosiah. »Deinen Körper laß zurück. Löse dich von dieser Hülle und folge mir.«

Ich hatte keine Ahnung, wovon er redete.

Mir war nach Lachen zumute, die nervöse Anspannung wollte sich Luft machen, doch ich verbiß es mir, dazu war die Lage zu ernst. Ratlos fragte ich mich, was man von mir erwartete, ob mein Herr wußte, was zu tun war. Mosiah (oder vielleicht sollte ich sagen, Mosiahs ›Schatten‹) nahm in der Dunkelheit Gestalt an.

Er stand am Fußende des Bettes und streckte mir die Hand entgegen.

»Es ist ganz einfach«, sagte er. »Du kommst mit mir, dein Körper bleibt zurück. Mein Körper befindet sich in diesem Moment in Saryons Schlafzimmer, und doch stehe ich hier vor dir. Stell dir vor, wie du dich vom Bett erhebst und mir folgst. Du bist Schriftsteller, du mußt immer wieder in deiner Phantasie auf diese Weise Ausflüge unternommen haben. Als ich deine Beschreibung Merilons las, konnte ich es vor mir sehen, so lebendig war die Schilderung. Du bist ein berufsmäßiger Tagträumer, könnte man sagen. Für dieses Abenteuer mußt du dich einfach noch etwas stärker konzentrieren.«

Als ich nicht sofort Anstalten machte zu tun, wie geheißen, fügte er in scharfem Ton hinzu: »Saryon wird nicht ohne dich gehen. Du bringst ihn in Gefahr.«

Er wußte, daß ich diesem Argument nichts entgegenzusetzen hatte, selbst aus dem Grab hätte er mich damit zurückrufen können. Ich schloß die Augen und malte mir aus, wie ich mich vom Bett erhob und zu Mosiah gesellte. Nichts geschah. In meiner Aufregung und Angst fiel es mir schwer, mich zu sammeln.

»Entspanne dich«, sagte Mosiah leise, eindringlich. »Entspanne dich und befreie dich von der Schwere des Körpers, der dich niederhält.«

Seine Worte erschienen nicht als Flammenschrift in meinem Bewußtsein wie vorher, sondern strömten hindurch wie ein murmelndes Wasser. Eine große Ruhe überkam mich. Tatsächlich fühlte mein Körper sich schwer an, so schwer, daß ich wußte, ich konnte ihn nicht bewegen. Und doch, da war diese unbedingte Notwendigkeit, daß wir uns vor der nahenden Gefahr in Sicherheit bringen mußten!

Ich stand auf und trat neben Mosiah. Als ich zurückschaute, war ich nicht überrascht, den schweren Körper immer noch im Bett liegen zu sehen, allem Anschein nach tief und fest schlafend. Über Staunen und Verwunderung vergaß ich meine Ängste.

Ich wollte zur Tür, um die Treppe hinunterzugehen und in Saryons Schlafzimmer, doch Mosiah hielt mich zurück.

»Du bist nicht mehr den Gesetzen der materiellen Welt unterworfen, Reuven. Ein Gedankenbefehl wird dich zu Saryon bringen.«

Es stimmte. Kaum dachte ich an meinen Herrn, war ich schon bei ihm. Als er meiner ansichtig wurde, lächelte Saryon und nickte, und dann, zögernd, als müsse er sich lange ungeübter Fertigkeiten erinnern, verließ seine Seele den Körper.

Mich verwunderte nicht zu sehen, daß sein Schemen durchdrungen war von einem sanften, opalisierenden Leuchten, im Gegensatz zu Mosiah, dessen Geist dieselben schwarzen Gewänder zu tragen schien wie sein Körper.

Ich konnte meinem Herrn ansehen, daß er darüber betrübt war. Mosiah ebenfalls.

»Ihr erinnert Euch, Hochwürden, früher war meine Seele so hell und kristallklar wie die Reuvens. Die düsteren und furchtbaren Dinge, die ich seither gesehen habe, haben mich gezeichnet. Doch wir müssen eilen. Sie werden abwarten, bis sie glauben, daß Ihr eingeschlafen seid. Keine Angst, ich werde nicht zulassen, daß sie einem von euch etwas zuleide tun.«

Mosiahs Seele schlüpfte zurück in seinen Körper. Er sprach ein Wort und streckte die Hand aus, wie um eine unsichtbare Tür zu öffnen, drückte gegen nichts und ging hindurch.

»Schnell!« befahl er. »Kommt.«

Das Gehirn denkt in den unpassendsten Momenten die merkwürdigsten Dinge. Mir fiel plötzlich ein Zeichentrickfilm ein, den ich als Kind im Fernsehen gesehen hatte, und in dem die Figur – ich glaube, es war ein Kaninchen – von einem Jäger mit Flinte durch einen Wald verfolgt wird. Schließlich hat das Kaninchen scheinbar keine Fluchtmöglichkeit mehr, aber dann zieht es mit einem Reißverschluß ein Loch auf, kriecht hinein und zieht das Loch hinter sich wieder zu, während der Jäger verwirrt und ratlos zurückbleibt.

Mosiah hatte etwas Vergleichbares getan. Er hatte in unserem Schlafzimmer ein Loch geöffnet und forderte uns auf, hineinzukriechen!

Saryon, der viele, viele Jahre in der magischen Welt Thimhallan gelebt hatte, war besser an solche magischen Manifestationen gewöhnt als ich. Er zögerte nicht, Mosiah in die Öffnung zu folgen, dann bedeutete er mir nachzukommen. Ich hob den Fuß, erinnerte mich daran, daß ich auf diese umständliche Fortbewegungsweise nicht mehr angewiesen war, und wünschte mich an die Seite meines Herrn.

Ich befand mich in der Enklave. Die Öffnung schloß sich hinter mir und formte sich um uns zu einer Blase, in der wir dicht unter der Decke von Saryons Schlafzimmer schwebten.

»Eine Transversale?« fragte Saryon verwundert. »Hier auf der Erde?«

Ich muß erwähnen, daß wir nicht miteinander redeten, sondern auf gedanklichem Weg kommunizierten. Und in diesem Spektralreich war ich nicht mehr stumm, ich konnte sprechen und wurde gehört. Diese Erkenntnis erfüllte mich mit solcher Freude und grenzenlosen Verwirrung, daß ich ebensowenig zu einer Äußerung fähig war wie auf der physischen Ebene.

»Nicht, was Ihr darunter versteht, Hochwürden. Nicht ein Korridor durch Zeit und Raum wie auf Thimhallan«, erwiderte Mosiah. »Diese Gabe ist uns abhanden gekommen, und wir haben sie nicht wiedergewonnen. Aber wir besitzen die Fähigkeit, in eine der Falten der Zeit zu schlüpfen.«

Ich will versuchen zu erklären, was für ein Gefühl es war, in einer ›Falte‹ der Zeit verborgen zu sein, wie Mosiah es nannte. Im Grunde genommen war es so ähnlich, wie sich hinter den Falten eines schweren Vorhangs zu verstecken. Und tatsächlich empfand ich schon bald eine zunehmende Beklommenheit, hervorgerufen, wie ich später erfuhr, durch das Wissen, daß für meinen Körper die Zeit verging und ich – der Geist – stillstand.

Es ist, wenn ich recht verstanden habe, weniger schlimm, wenn man als Einheit von Geist und Körper die Enklave betritt, denn man muß nur den Schritt hinaus tun, um wieder vom Strom der Zeit ergriffen zu werden. Doch ungeachtet der Tatsache, daß mein Körper schlief, erfüllte mich die Panik eines Menschen, der fürchtet, den letzten Zug nach Hause zu verpassen. Der Zug – mein Körper – bewegte sich weiter, und ich lief keuchend hinterher, um ihn einzuholen. Am liebsten hätte ich die Flucht ergriffen, aber ich wollte Saryon nicht im Stich lassen.

Später fand ich heraus, daß Saryon das gleiche empfand, aber meinetwegen ausharrte. Wir lachten darüber, aber das Lachen klang hohl.

»Pst, still jetzt! Sie kommen«, ermahnte Mosiah uns.

Wir sollten nicht deshalb schweigen, weil man uns sonst gehört hätte, das war nicht möglich, nicht einmal für die *D'karn-darah*. Wir sollten still sein, damit wir sie hören konnten. Was wir hörten und was wir sahen, erfüllte uns mit unbeschreiblichem Grauen.

Zwar konnten wir uns durch materielle Barrieren bewegen, aber sie nicht mit den Blicken durchdringen. Gefangen in der Zeitenklave, konnten wir uns nicht in einen anderen Teil des Hauses begeben und nicht beobachten, was sich in den übrigen Räumen abspielte, wir waren auf Saryons Schlafzimmer beschränkt. Ich besitze jedoch ein ausgezeichnetes Gehör, und die nervöse Anspannung schärfte es noch zusätzlich. Ein leises, klickendes Geräusch – das Schloß der Haustür, dann das Quietschen der Angeln (die ich längst hätte ölen sollen), als sie behutsam geöffnet wurde. Gleichzeitig machte sich jemand an der Hintertür zu schaffen, ich hörte Schritte über den Fußabtreter scharren, den wir dort hingelegt hatten.

Wer immer uns die Ehre gab, sie überließen nichts dem Zufall. Sie bewegten sich vollkommen lautlos durch das Haus, einer von ihnen war im Schlafzimmer, bevor ich sein Auftauchen registriert hatte.

Er war von Kopf bis Fuß in papierdünne silberne Gewänder gehüllt, die sich an seinen Körper schmiegten und bei jeder Bewegung leise knisterten; hin und wieder sprühten sie winzige blaue Funken wie das Fell einer Katze. Auch sein Gesicht war mit diesem dünnen silbernen Material überzogen, so daß man nur die Konturen erkennen konnte – Nase und Mund. Die silberne Folie überzog seine Hände und Füße wie eine zweite Haut.

Er stand im Schlafzimmer, und Mosiah machte uns mit einem Gedankenraunen auf ein seltsames Phänomen aufmerksam. Die elektrischen Geräte im Raum schienen die Präsenz des *D'karn-darah* zu spüren, es war fast, als begrüßten sie ihn und erwiesen ihm Reverenz. Die Deckenleuchte schaltete sich an, aus dem CD-Spieler ertönte leise Mozart, die Leselampe verbreitete matte Helligkeit.

Der *D'karn-darah* ignorierte all das und begab sich sofort zum Bett, wo Saryon lag, allem Anschein nach in tiefem Schlummer. Er streckte eine silberne Hand aus und schüttelte den Katalyten an der Schulter.

»Saryon!« sagte er laut.

Neben mir fühlte ich Saryons Schemen erschauern, und ich war auf einmal von Herzen dankbar für Mosiahs Kommen und seine rechtzeitige Warnung. Wäre mein Herr mitten in der Nacht aufgeschreckt und hätte diese unheimliche Gestalt über sich gebeugt gesehen, es hätte sein Tod sein können.

Im selben Moment hörte ich eine Frauenstimme meinen Namen aussprechen und fühlte eine leichte Berührung an der Schulter. Der zweite Eindringling, weiblichen Geschlechts also, war die Treppe hinauf in mein Zimmer gegangen und versuchte, mich zu wecken.

Der *D'karn-darah* schüttelte Saryon heftiger, drehte den schlafenden Körper auf den Rücken. »Saryon!« wiederholte er scharf.

Ich zitterte, denn ich fürchtete, er könne meinem Herrn ein Leid zufügen, doch Mosiah beruhigte uns beide.

»Sie werden euch nichts antun«, versicherte er uns. »Sie wagen es nicht. Sie wissen, daß ihr ihnen von Nutzen sein könnt.«

Die Frau, die bei mir oben gewesen war, erschien in Saryons Schlafzimmer.

»Dasselbe?« fragte sie.

»Ja«, antwortete der *D'karn-darah*, der neben meinem Herrn stand. »Ihre Seelen sind geflohen. Man hat sie vor unserem Kommen gewarnt.«

»*Duuk-tsarith*.«

»Selbstverständlich. Ohne Zweifel der, den man Mosiah nennt, der Erzwinger, der früher ein Freund des Katalyten gewesen ist.«

»Dann hattest du recht. Du hast gesagt, wir würden ihn hier finden.«

»Er war hier. Vermutlich ist er immer noch im Haus, verborgen in einer ihrer verfluchten Zeitenklaven. Und die anderen beiden dürften bei ihm sein. Sehr wahrscheinlich« – der silberne, gesichtslose Kopf drehte sich von einer Seite zur anderen, als schaute er blind suchend durchs Zimmer – »beobachten sie uns in diesem Augenblick.«

»Dann ist es einfach. Foltern wir den Körper.

Schmerzen werden sie veranlassen, zurückzukehren. Nach einer Weile werden sie froh sein, uns sagen zu können, wo wir den Erzwinger finden.«

Der weibliche *D'karn-darah* hob die Hand, und wo vorher fünf Finger gewesen waren, glänzten jetzt fünf lange stählerne Nadeln. Funkenbögen sprangen von einer zur anderen. Sie streckte die Hand mit den entsetzlich knisternden Nadeln nach Saryons wehrlosem Körper aus.

Ihr Begleiter umfaßte ihr Handgelenk und hielt sie zurück. »Die Khandischen Weisen werden morgen kommen und ihre eigenen Methoden der Überredung praktizieren. Sie würden merken, daß wir hier gewesen sind und wären nicht erfreut.«

»Sie wissen, daß wir diesen Erzwinger verfolgen. Seine Ergreifung käme auch ihnen gelegen.«

»Schon, aber in erster Linie haben sie es auf diesen Katalyten abgesehen.« Die Stimme des *D'karn-darah* klang ungehalten. »Nun gut, sie sollen ihn haben. Schade, daß wir nicht ein paar Minuten früher hier waren, dann hätten wir den *Duuk-tsarith* fangen können. Wie auch immer, unsere Begegnung ist nur aufgeschoben, Erzwinger!« Er sprach ins Leere hinein. »Und du, Katalyt«, das silberne Gesicht wandte sich der reglosen Gestalt im Bett zu, »ich lasse dir etwas zurück, meine – Visitenkarte.«

Er öffnete eine geballte Faust, griff mit silbernen Fingern in die Handfläche und riß etwas los, einen Gegenstand, den er auf das Bett fallen ließ, zu Füßen des schlummernden Saryon. Dann verließen beide *D'karn-darah* das Schlafzimmer und durch die Hintertür das Haus.

Nach ihrem Weggang stellten die Geräte ihre Tätigkeit ein, die Lichter erloschen, der CD-Spieler verstummte.

Wir warteten ab, um sicherzugehen, daß die *D'karndarah* tatsächlich fort waren und nicht etwa versuchten, uns mit einem Täuschungsmanöver aus unserem Versteck zu locken. Als Mosiah uns erlaubte, die »Falte« zu verlassen, hatte mein Geist es eilig, sich wieder mit meinem Körper zu vereinen. Vor dem Bett schwebend, schaute ich auf meine fleischliche Hülle nieder.

Was ich sah, ließ sich nicht mit einem Blick in den Spiegel vergleichen, denn der Spiegel zeigt uns, was wir jeden Tag sehen und woran wir uns gewöhnt haben. Nie zuvor hatte ich mich so bewußt wahrgenommen. Obwohl es mich drängte, zu Saryon zurückzukehren und Mosiah einige Fragen zu stellen, nahm ich mir einige Momente Zeit, um mich zu betrachten, als sähe ich einen Fremden.

Die körperlichen Attribute kannte ich gut, denn sie zeigt uns der Spiegel. Weißblondes Haar, ziemlich lang, braune Augen unter Brauen, die ich nicht mochte. Sie waren dick und fast schwarz, ein scharfer Kontrast zu meinem hellen Haar, und verliehen mir ein ernstes, fast düsteres Aussehen. Die Züge meines Gesichts waren scharf, mit hervortretenden Wangenknochen und einer Adlernase, die im Alter noch markanter werden würde.

Mein Körper war der eines jungen Mannes, schlank und wohlgestalt, doch alles andere als muskulös. Übungen des Verstandes behagten mir weit besser, als sehr schnell auf einer Maschine zu laufen, ohne je irgendwohin zu gelangen. Doch jetzt schaute ich mit Mißvergnügen auf diese schmalen Hände und dünnen Arme. Wie sollte ich meinen Herrn vor den Gefahren beschützen, die plötzlich von allen Seiten heraufzogen?

Ich hatte nicht die Muße, lange bei diesen Betrachtungen zu verweilen. Meine Seele drängte es danach, in ihr Gefäß zurückzukehren, und ich hatte den Eindruck, aus großer Höhe auf meinen Körper niederzusinken. Ich erwachte zitternd und schweißgebadet, wie aus einem dieser Träume, in denen man fällt und fällt und fällt. Seither habe ich mich immer gefragt, ob diese Träume nicht vielleicht die ersten zaghaften Reisen sind, die unsere Seele unternimmt?

Ich setzte mich auf und schüttelte die Schlaftrunkenheit ab, die meinem Körper anhaftete, dann stand ich auf, wickelte mich in meinen Morgenmantel, knipste die Flurbeleuchtung an und eilte die Treppe hinunter. Aus Saryons Schlafzimmer fiel Licht. Mein Herr sah ebenso mitgenommen aus wie ich und starrte auf den Gegenstand, den der *D'karn-darah* auf dem Bett zurückgelassen hatte.

»Nur zu«, sagte Mosiah gerade, als ich hereinkam. »Ihr könnt es ruhig aufheben, wenn Ihr wollt.«

»Laßt mich das tun, Herr«, gab ich durch Zeichen zu verstehen, bückte mich und nahm den Gegenstand an mich, bevor Saryon ihn berühren konnte.

Mosiah beobachtete mich mit einem kleinen Lächeln, das mir beifällig zu sein schien. Saryon schüttelte in liebevoller Verzweiflung den Kopf.

Als ich sicher sein zu können glaubte, daß der Gegenstand aller Wahrscheinlichkeit nach nicht im nächsten Moment explodieren oder in Flammen aufgehen würde – ich weiß nicht, was genau ich erwartete –, öffnete ich die Hand und hielt sie Saryon hin. Er betrachtete den Gegenstand verwundert.

»Was ist das?« fragte er verwundert.

»Tod«, antwortete Mosiah.

Kapitel 4

Gleich einem lebenden Wesen saugte das Schwert ihm die Magie aus, trank ihn leer und benutzte ihn dann, um weiterhin allem Lebendigen ringsum Magie zu entziehen.

Kind des Todes

»Tod!« Saryon versuchte mir den Gegenstand wegzunehmen, aber ich war schneller und schloß die Finger darum.

»Nicht für uns, hier und jetzt«, fügte Mosiah hinzu. Seine Stimme enthielt einen leisen Vorwurf. »Ich hätte nicht zugelassen, daß es hier im Zimmer bleibt, wenn es gefährlich wäre.«

Saryon und ich wechselten einen Blick, beide fühlten wir uns beschämt.

»Natürlich, Mosiah«, sagte Saryon. »Verzeih mir – verzeih *uns* –, daß wir dir nicht vertraut haben. Alles ist so – so seltsam ... Diese schrecklichen Menschen ...« Er fröstelte und zog den Schlafrock enger um seinen hageren Körper.

»Wer waren sie?« fragte ich in der Zeichensprache. »Und was ist dies hier?«

Ich machte die Hand auf. Der Gegenstand, den der *D'karn-darah* zurückgelassen hatte, war ein rundes Amulett von ungefähr fünf Zentimetern Durchmesser, es bestand aus sehr hartem, schwerem Plastik. An der Rückseite befand sich etwas, das ein Magnet zu sein schien. Die Vorderseite war durchsichtig. Ich konnte hineinsehen, und was ich sah, war äußerst seltsam. Im Innern des Medaillons befand sich eine blaugrüne, dicke, zähflüssige Masse. Während ich das Medaillon betrachtete, geriet die Substanz in Bewegung, drängte gegen die Ränder der Kapsel, als versuchte sie zu entkommen. Es war kein schöner Anblick, mir verursache er Unbehagen. Ich wäre das Medaillon gerne los gewesen und bewegte es auf der Handfläche hin und her.

»Es – es sieht aus, als wäre es lebendig!« Saryon runzelte angewidert die Stirn.

»Das sind sie«, antwortete Mosiah, »oder vielmehr, sie waren es. Die meisten sind bereits tot, deshalb hat der *D'karn-darah* sich davon getrennt. Der Rest wird ebenfalls bald absterben.«

»Der Rest wovon? Was ist darin gefangen?« Saryon war entsetzt, sein Blick flog durchs Zimmer wie auf der Suche nach etwas, womit er das Medaillon aufbrechen konnte.

»Ich werde es gleich erklären, zuvor aber will ich die Abhörgeräte unschädlich machen, die die *D'karn-darah* in Eurem Wohnzimmer und an dem Telefon angebracht haben. Sie wollten uns wissen lassen, daß sie hiergewesen sind. Es gibt keinen Grund mehr, mit dem Versteckspiel weiterzumachen.«

Er ging hinaus und kam nach einer Minute wieder zurück. »Erledigt. Nun können wir offen sprechen.«

Ich war froh, ihm das Medaillon geben zu können.

»Ein sehr primitiver Organismus.« Mosiah hielt es ins Licht. »Eine Art organische Suppe, wenn man so will. Einzellige Lebewesen, von den Technomanten nur zu einem einzigen Zweck gezüchtet – um zu sterben.«

»Wie grauenhaft!« rief Saryon erschüttert.

»Es verhält sich dabei auch nicht anders als bei Kälbern«, signalisierte ich, »die nur geboren werden, um nach wenigen Monaten den Weg zum Schlachter anzutreten.«

»Nun, nun«, meinte Saryon lächelnd und schüttelte den Kopf.

Die einzigen Unstimmigkeiten – man kann es nicht einmal Streit nennen –, die es je zwischen uns gab, entstanden aus der Tatsache, daß ich Vegetarier bin, während er hin und wieder ein Stück Huhn oder Rindfleisch nicht verschmäht. In der ersten Zeit nach meinem Einzug unternahm ich in missionarischem Übereifer den Versuch, ihn zu meiner Denkweise zu bekehren. Ich machte uns beiden das Leben ziemlich schwer, muß ich zugeben, bis wir uns darauf einigten, einer die Überzeugung des anderen zu respektieren. Er betrachtet jetzt mit Gleichmut meinen gebratenen Tofu, und ich veranstalte keine Protestaktion wegen eines Hamburgers.

»Die Lebenden ernähren sich von den Toten«, sagte Mosiah. »Der Falke schlägt die Maus. Große Fische fressen die kleinen. Das Kaninchen tötet das Gänseblümchen, das es frißt, wenn man so weit gehen möchte. Das Gänseblümchen ernährt sich von den Stoffen im Boden, Stoffe, die von den verwesenden Leibern anderer Pflanzen und Tiere stammen. Leben entsteht aus dem Tod, das ist der ewige Kreislauf.«

Saryon machte ein verdutztes Gesicht. »So habe ich das nie betrachtet.«

»Ich auch nicht«, gab ich zu.

»Es ist das Credo der Apostaten«, erläuterte Mosiah. »Und sie gehen noch einen Schritt weiter. Wenn Tod die Basis für Leben ist . . .«

». . . dann ist auch für Thimhallans Begrifflichkeit *Tod* die Basis für magisches *Leben*!« vollendete Saryon in plötzlichem Begreifen den Satz.

Ich brauchte etwas länger, um zu verstehen,

hauptsächlich, weil ich nicht auf die Betonung der Worte geachtet hatte.

Wenn er von *Leben* sprach, bezog er sich natürlich auf Magie, denn nach dem Glauben der Bewohner von Thimhallan ist Magie Leben und solche, die ohne magisches Potential geboren werden, gelten als *tot*, als ohne *Leben*.

Magie oder – *Leben* – ist in der gesamten belebten Schöpfung vorhanden. Das Gänseblümchen besitzt seinen gemäßen Anteil, das Kaninchen, der Falke, der Fisch und wir Menschen.

In uralter Zeit entdeckten einige Leute die Möglichkeit, aus den Dingen um sie herum *Leben* zu beziehen, und zu benutzen, um zu vollbringen, was ihre Zeitgenossen ›Wunder‹ nannten.

Sie selbst bezeichneten die Wunder als ›Zauberei‹, und jene, die keine Zauberkraft besaßen, fürchteten diese Macht und mißtrauten ihr. Hexer und Hexen wurden verfolgt und getötet.

»Aber wer sind diese Apostaten?« fragte Saryon.

»Erinnert Euch an Euren Geschichtsunterricht, Hochwürden«, sagte Mosiah. »Wir alle haben gelernt, wie in alter Zeit die Magi zusammenkamen und beschlossen, die Erde zu verlassen und eine andere Welt zu suchen – eine neue Heimat, wo Magie wachsen und gedeihen konnte, statt zu verkümmern und zu sterben, wie es hier ihr vorhersehbares Schicksal war. Erinnert Euch, wie Merlyn, der größte von uns allen, die Seinen zu den Sternen führte, und wie er die neue Welt fand, Thimhallan, wo die Magie gesammelt wurde und gebunden, so daß sie von der Erde spurlos verschwunden zu sein schien.«

»Schien?« wiederholte Saryon.

»Entschuldigt«, gestikulierte ich, »aber wenn wir die ganze Nacht aufbleiben wollen, können wir vielleicht in die Küche gehen? Ich werde die Heizung anstellen und Tee für uns kochen.«

Wir standen frierend in Saryons Schlafzimmer – und zumindest Saryon und ich froren. Mein Herr sah verhärmt und müde aus, doch weder er noch ich hätten nach all den aufregenden und verwirrenden Ereignissen jetzt schlafen können.

»Das heißt«, fügte ich hinzu, »sofern nicht damit zu rechnen ist, daß diese furchtbaren Wesen zurückkehren.«

Saryon übersetzte meine Gesten, aber ich hatte das Gefühl, als wäre es gar nicht nötig. Mosiah verstand mich, entweder meine Gedanken oder die Zeichensprache.

»Die *D'karn-darah* werden uns heute nacht keinen zweiten Besuch abstatten«, antwortete Mosiah überzeugt. »Sie wollten mir einen Hinterhalt legen, mich überrumpeln. Jetzt wissen sie, daß ich vorbereitet bin, und sie werden mir nicht gegenübertreten. Sie wären gezwungen, mich zu töten, und das wollen sie nicht. Sie wollen – sie *müssen* – mich lebend fangen.«

»Warum?« fragte Saryon.

»Weil ich mich in ihre Organisation eingeschlichen habe. Ich bin der einzige Schüler der Blutritter, der ihren Fängen je lebend entkommen ist. Ich kenne ihre Geheimnisse. Die *D'karn-darah* wollen herausfinden, wieviel ich weiß und, was noch wichtiger ist, an wen ich dieses Wissen weitergegeben habe. Sie hoffen, ich würde es ihnen verraten, wenn sie mich fangen. Sie irren sich.« Mosiah sagte die folgenden Worte ohne besondere Betonung, aber es gab keinen Zweifel an ihrem Wahrheitsgehalt. »Eher würde ich sterben.«

»Laßt uns Tee trinken«, schlug Saryon ruhig vor.

Er legte die Hand auf Mosiahs Arm, und ich wußte nun, daß mein Herr diesem Mann unbegrenztes Vertrauen entgegenbrachte. Ich hätte es auch gern getan, doch innerhalb weniger Stunden war zuviel auf mich eingestürmt. Mir fiel es schwer, meinen eigenen Sinnen zu vertrauen, geschweige denn einem anderen Menschen. War das alles wirklich geschehen? Hatte ich wahrhaftig meinen Körper verlassen? Mich in einer Falte der Zeit verborgen?

Ich füllte den Teekessel mit Wasser, stellte ihn auf den Herd und nahm Kanne und Becher aus dem Schrank. Mosiah setzte sich an den Tisch. Als ich ihm eine Tasse hinstellen wollte, schüttelte er den Kopf. Er hielt das Medaillon in der Hand. Wir alle hingen schweigend unseren Gedanken nach, während wir darauf warteten, daß das Wasser kochte und der Tee durchzog. Als ich schließlich meinem Herrn und mir einschenkte, war ich bereit zu glauben.

»Nun wollen wir die ganze Geschichte hören, von Anfang an«, wandte Saryon sich an Mosiah.

»Ist es erlaubt«, fragte ich in der Zeichensprache, »daß ich mir Notizen mache?«

Saryon runzelte die Stirn und schüttelte den Kopf, Mosiah aber sagte, er hätte nichts dagegen, und unsere Erlebnisse eigneten sich möglicherweise später als Stoff für ein weiteres spannendes Buch. Er hoffte nur, es gäbe dann auf der Erde noch Menschen, um es zu lesen.

Ich holte meinen Laptop von oben, stellte ihn mir auf die Knie und schrieb mit, was er sagte.

»Die, die ich Apostaten genannt habe, gibt es seit Menschengedenken, obwohl wir auf Thimhallan keine Aufzeichnungen darüber besaßen. Was wir in unserer Heimat als das Konzil der Neun kannten, war einst das Konzil der Dreizehn hier auf der Erde. Damals vertrat das Konzil die Meinung, daß alle magischen Schulen vertreten sein sollten, ungeachtet ihrer ethischen Grundsätze, und deshalb gehörten auch diejenigen dazu, die Schwarze Magie praktizierten. Vielleicht hofften einige der naiveren Magi, ihre Brüder und Schwestern, die im Schatten wandelten, zurück ins Licht führen zu können. Wenn dies der Fall war, so war ihnen kein Erfolg beschieden, im Gegenteil, durch ihre Duldsamkeit bereiteten sie sich den Weg für ihr späteres Verderben.

Die Apostaten, Adepten der Dunklen Kräfte, waren es, die das Mißtrauen der Mundanen gegenüber Zauberei zum gnadenlosen Haß schürten. Für sie war nicht Leben die Quelle von *Leben. Leben* – oder Magie – entstand aus Sterben und Tod. Sie praktizierten Tier- und Menschenopfer in dem Glauben, daß der Tod anderer Lebewesen ihre Macht vergrößerte. Grausam und selbstsüchtig, waren die arkanen Künste ihnen ein Mittel, um ihre Gelüste zu befriedigen, ihrem Ehrgeiz zu frönen, zu versklaven und zu verführen, zu zerstören.

Die Mundanen setzten sich ihnen mit Hexenprozessen und der Inquisition zur Wehr. Zauberer wurden verhaftet, einer hochnotpeinlichen Befragung unterworfen, bis sie gestanden, und dann zum Tod auf dem Scheiterhaufen, am Galgen oder durch Ertränken verurteilt. Unter ihnen befanden sich zahlreiche Mitglieder des Konzils, die ihre magische Kräfte nur eingesetzt hatten, um Gutes zu tun. Erschüttert und betrübt über die Verluste, kam das Konzil von Thimhallan zusammen, um zu überlegen, was zu tun sei.

Die Apostaten, die vier Dunklen Kulte – der Kult des Weißen Pferdes, des Schwarzen Pferdes, des Roten Pferdes und des Fahlen Pferdes –, rieten zu Krieg und Eroberung. Sie wollten sich erheben und jene vernichten oder versklaven, die sich gegen sie stellten. Die Neun Kulte des Lichts weigerten sich, diese Möglichkeit auch nur zu erwägen. Erzürnt verließen die Abgesandten der Vier die Versammlung. Da sie nun erkannten, welche Gefahr die Apostaten für ihren Orden darstellten, achtete das Konzil darauf, daß sie als Aberranten von allen Plänen und Vorbereitungen ausgeschlossen blieben.

Im Jahr 1600 Anno Domini, als Merlyn und das Konzil der Neun diese Welt verließen, erfuhren die Apostaten zwar von dem Exodus, aber sie kamen zu spät, um ihn zu verhindern oder ihre Mitnahme zu erzwingen. Sie blieben auf der Erde zurück.

Zuerst begrüßten sie die Entwicklung, denn das Konzil der Neun hatte seit langem die Aktivitäten der Vier eingeschränkt. Sie betrachteten sich als Herrscher der Erdbevölkerung und machten sich nun daran, ihre Allmachtträume zu verwirklichen. Zur gleichen Zeit jedoch erschuf auf Thimhallan Merlyn den Born der Welt, der von der Erde Magie abzog und in Thimhallan konzentrierte. Die Aberranten fanden sich plötzlich ihrer Magie beraubt.

Sie waren außer sich, aber sie konnten nichts dagegen tun. Sie wußten, was geschehen war und daß die Magie nach Thimhallan strömte. Ihre Macht schwand, außer in Zeiten von Teuerung oder Seuchen oder Krieg, wenn Gevatter Tod als Schnitter über die Erde schritt und ihre Macht vergrößerte. Aber selbst dann waren sie nur noch zu kleineren Zaubereien imstande, die sie meistens zu ihrem eigenen persönlichen Nutzen einsetzten. Jedoch verloren sie niemals ihren Ehrgeiz noch die Erinnerung daran, wie stark sie einst gewesen waren. Sie glaubten, einst werde eine Zeit kommen, in der sie wieder zur alten Bedeutung aufsteigen würden.

Über die Jahrhunderte hinweg erhielten die Vier ihre lose geknüpfte Organisation aufrecht. Eltern gaben ihr dunkles Erbe an ihre Kinder weiter, für würdig befundene Bewerber wurden in den Zirkel aufgenommen. Aus Furcht vor Entdeckung übten die Aberranten ihre Schwarze Kunst im Verborgenen und hielten sich abseits von anderen Menschen. Doch untereinander kannten sie sich, als Erkennungsmerkmal und zur Verständigung dienten ihnen gewisse geheime Zeichen und Worte.

Eine Zentrale existierte, geführt von den Khandischen Weisen und so geheim, daß nur wenige der Mitglieder wußten, wer die Fäden zog. Einmal im Jahr klopften die *Sol-huena*, die Eintreiber, an die Tür eines jeden Apostaten und forderte einen Beitrag, der dazu verwendet wurde, das Konzil funktionsfähig zu erhalten. Die Mitglieder kamen nur zusammen, wenn einer von ihnen schlechte Zahlungsmoral bewiesen oder gegen eine der strengen Regeln verstoßen hatte. Die Zauberer des Schwarzen Pferdes, die *Sol-t'kan* oder Richter, sprachen das Urteil, und die *Sol-huena* führten es aus.

Im Laufe der Zeit verlor die Welt den Glauben an Hexen und Zauberer. Die Apostaten konnten aus ihren Kellern und Höhlen hervorkommen, in denen sie ihre Riten praktiziert hatten, und in Wohnungen und Häuser ziehen. Sie traten in die Politik ein, wurden Minister und Staatsoberhäupter, und wenn es ihren Zwecken diente, schürten sie Krieg und Rebellion. Sie erfreuten sich an Leiden und Tod, denn dadurch wurde und wird ihre Macht vergrößert.

Und dann kam der Tag, an dem das Dunkle Schwert erschaffen wurde.«

Mosiah schaute zu Saryon, der milde lächelte und seufzend den Kopf schüttelte. Auch wenn er seine Rolle bei der Erschaffung des Schwertes und dem Untergang Thimhallans nicht bereute und oft betonte, daß er es wieder tun würde, hat er ebensooft hinzugefügt, daß er wünschte, man hätte die Umwälzung mit weniger Schmerz und Leid herbeiführen können.

»Die Vier Orden der Apostaten wußten von der Erschaffung des Schwertes«, fuhr Mosiah fort. »Einige von ihnen behaupten, sie wären sich vom Augenblick der Entstehung an seiner Existenz bewußt gewesen.«

Saryon hob verblüfft die Augenbrauen. »Aber wie ist das möglich? So weit entfernt ...«

»Nicht weit genug. Ob es uns gefällt oder nicht, Filamente aus Magie verbinden uns untereinander wie die Fäden eines Spinnennetzes. Reißt ein Faden, so macht sich die Erschütterung im ganzen Netz bemerkbar. Die Vier hatten keine Ahnung, was genau geschehen war, doch sie spürten die dunkle Energie des Schwertes. Sie wurden von seltsamen Träumen und Vorzeichen heimgesucht. Einige sahen den Schatten eines schwarzen Schwertes, wie der schwarze Schatten eines Menschen, der sich aus Flammen erhebt. Anderen erschien das Schwert, und sie sahen, wie es eine Kugel aus dünnem Glas zerschmetterte. Sie sahen darin ein Zeichen der Hoffnung. Sie glaubten, seine Erschaffung würde ihnen die Magie wiederbringen. Und sie hatten recht.

Vor zwanzig Jahren irdischer Zeitrechnung benutzte Joram das Dunkle Schwert, um den Brunnen der Welt zu zerstören. Magie strömte in das Universum, breitete sich aus. Sie erreichte die Erde nur in verdünnter Form, doch für die dürstenden Anhänger der Dunklen Vier war es ein lebenspendender Regen.«

»Aber ich verstehe nicht, weshalb sie das Schwert haben wollen«, meinte Saryon. »Das Dunkle Schwert neutralisiert Magie. Es war auf Thimhallan für Joram unersetzlich, weil er der einzige Mensch dort war, der nicht über magische Kräfte verfügte. Für ihn stellte es die einzige Möglichkeit der Verteidigung in einer Welt der Zauberer dar. Doch was sollten diese Technomanten hier auf der Erde damit anfangen? Seine Macht ist nichts, verglichen mit einer – einer Atombombe.«

»Im Gegenteil, Hochwürden. Die Technomanten glauben, daß das Dunkle Schwert ihnen ungeheure Macht verleihen wird; Macht, um ganze Völkerschaften zu kontrollieren. Und das Dunkle Schwert würde ihnen diese Macht auf individueller Basis in handlicher, kompakter und preiswerter Form verfügbar machen. Viel praktischer zu gebrauchen als eine Atombombe und verbunden mit erheblich weniger Aufräumungsarbeiten.«

»Ich fürchte, ich verstehe immer noch nicht . . .«

»Das Dunkle Schwert absorbiert *Leben*, Hochwürden. Ihr selbst habt berichtet – und Euer junge Freund hat es aufgeschrieben –, wie das Schwert Euch die Magie entzog, die Ihr aus der Welt in Euch aufgenommen hattet. ›Die Magie fuhr durch ihn hindurch wie ein Sturm‹, so hat, wenn ich nicht irre, Reuven es ausgedrückt.«

Saryon erblaßte. Er stellte den Becher, den er an den Mund gehoben hatte, mit zitternder Hand auf den Nachttisch zurück. Sein Gesicht, als er Mosiah anschaute, trug einen Ausdruck banger Sorge.

»Ich fürchte, es ist genau so, wie Ihr gerade denkt Hochwürden«, antwortete Mosiah auf den Blick, den unausgesprochenen Einwand. »Die Technomanten wissen, daß das Dunkle Schwert die Macht hat, *Leben* zu absorbieren. Sobald sie das Schwert in ihrem Besitz haben, wollen sie es untersuchen, feststellen, wie man es in größeren Mengen herstellen kann und Dunkle Schwerter an ihre Anhänger ausgeben. Die Schwerter werden Magie in sich einsaugen und dieses *Leben* dann verströmen, ähnlich wie ein Lebewesen, das im

Sterben sein Leben aushaucht. Und da die Technomanten daran gewöhnt sind, Magie aus dem Tod zu beziehen, glauben sie, Dunkle Schwerter als Energiequelle für ihre Zaubermacht benutzen zu können – eine erheblich billigere und effizientere Methode als die, deren sie sich momentan bedienen.«

Eine Art magische Batterie, tippte ich in den Computer.

»Was benutzen sie denn jetzt, um ihnen Kraft zu spenden?« fragte Saryon leise. Er betrachtete das Medaillon, dessen Inhalt sich inzwischen zu einem bräunlich-schwärzlichen Grün verdunkelt hatte.

Mosiah hob das Medaillon auf und hielt es ins Licht.

»Stellt euch vor, daß diese Organismen in riesigen Behältern wachsen – Tanks, die siebenmal so hoch sind wie dieses Haus, mit einem Umfang, daß dieser ganze Wohnblock darin Platz hätte. Verschiedene Gase werden in die Tanks gepumpt, Strom wird hindurchgeleitet. Das Ergebnis ist diese primitive Lebensform. Große Mengen davon werden hergestellt. Die lebende Masse wogt und brodelt in den Tanks, während sie wächst und sich vermehrt. Nun stellt euch weitere Tanks vor, für den Tod dieser Organismen bestimmt. Wieder der elektrische Strom. Nur vernichtet er diesmal, statt zu erschaffen.

»Wie die Katalyten uns *Leben* gewähren ...« Mosiah verstummte und schaute Saryon an. »Wie Ihr mir *Leben* gewährt habt, Hochwürden. Wißt Ihr noch? Wir kämpften gegen Blachloqs Vasallen, und ich verwandelte mich in einen großen Tiger ... Ich war damals noch sehr jung«, fügte er mit einem kleinen Lächeln hinzu, »und brüstete mich gern mit meinen Fähigkeiten.«

Saryon erwiderte das Lächeln. »Ich entsinne mich.

Und ich erinnere mich auch, daß ich sehr froh gewesen bin, diesen Tiger zu sehen.«

»Wie auch immer«, Mosiah schüttelte die Erinnerung ab – »wie die Katalyten uns *Leben* gewähren, indem sie allen lebenden Wesen die Magie entziehen und in jene einströmen lassen, die davon Gebrauch zu machen vermögen, so beziehen die Technomanten ihre Kraft aus dem Sterben – nicht nur dem Sterben dieser von ihnen produzierten Organismen, sondern aus dem Sterben aller Dinge im Universum. Der Krieg mit den Hch'nyv ist für sie ein Segen«, schloß er bitter.

»Niemals werde ich die Technomanten zu Joram führen«, verkündete Saryon entschieden. »Wie du«, er nickte Mosiah zu, »würde ich eher sterben. Du brauchst keine Angst zu haben.«

»Im Gegenteil, Hochwürden«, sagte Mosiah. »Wir *wollen*, daß Ihr sie zu Joram führt.«

Saryon starrte Mosiah an, lange und schweigend. Sein Schmerz war so groß, daß es mir ins Herz schnitt, ihn anzusehen.

»*Du* willst das Dunkle Schwert«, sagte er schließlich und runzelte die Brauen. »Wer hat dich geschickt?«

Mosiah beugte sich vor, er hielt die verschränkten Hände vor der Brust. »Die Technomanten sind außerordentlich mächtig, Hochwürden. Sie haben viele unseres Volkes auf ihre Seite gezogen, die merkten, daß man in dieser Welt schneller und leichter zu etwas kommt, wenn man Magie gegen Technomantie eintauscht. König Garald ...«

»Ah!« rief Saryon aus und nickte heftig.

»König Garald wagt nicht, sie offen anzuklagen«, fuhr Mosiah fort, ohne darauf einzugehen. »Nicht jetzt, nicht zu diesem Zeitpunkt. Doch insgeheim stärken wir unsere Reihen, bereiten uns vor. Wenn der Tag kommt, werden wir handeln und ...«

»Und was?« schleuderte Saryon ihm entgegen. »Sie töten? Noch mehr Blutvergießen?«

»Wenn Ihr Joram nicht überzeugt, Euch das Dunkle Schwert zu geben, was, glaubt Ihr, werden sie ihm und seiner Familie antun?« fragte Mosiah kalt. »Der einzige Grund, weshalb sie ihn bis jetzt unbehelligt gelassen haben, ist das Gesetz der Mundanen, das die Einreise nach Thimhallan verbietet. Die Technomanten sind vorläufig noch nicht bereit, ihre Maske abzunehmen und ihr wahres Gesicht zu zeigen.

All das wird sich in Kürze ändern. Ihr Oberhaupt, jener Kevon Smythe, hat große politische Macht in der Regierung der Mundanen erlangt, die nicht ahnen, daß er ein Technomant ist und es selbst dann nicht glauben würden, wenn man es ihnen sagte. Smythe hat die Erdstreitkräfte überzeugt, daß die Technomanten mit der Macht des Dunklen Schwertes die Hch'nyv besiegen können. In der augenblicklichen Situation ist das Verteidigungsministerium verzweifelt genug, um alles zu versuchen. Morgen werden Kevon Smythe, König Garald und General Boris Euch einen Besuch abstatten, Pater Saryon. Sie werden Euch drängen, zu Joram zu gehen und ihn im Namen der Menschen auf der Erde zu bitten, Euch das Dunkle Schwert zu übergeben.«

»Er wird es nicht tun.« Saryon schüttelte entschieden den Kopf. »Du solltest es besser wissen als jeder andere, Mosiah. Du kennst ihn.«

Mosiah zögerte einen Moment. »Ja. Ich kenne ihn. Und König Garald kennt ihn. Wir zählen darauf, daß er das Dunkle Schwert nicht hergeben wird. Wir wollen nicht, daß die Technomanten es bekommen.«

Saryon zwinkerte verwirrt. »Du willst, daß ich ihn bitte, das Schwert herzugeben, von dem du nicht willst, daß er es hergibt?«

»In gewisser Weise verhält es sich so, Hochwürden. Bittet Joram nur, Euch zu zeigen, wo das Schwert verborgen ist. Sobald wir den Ort kennen, werden wir uns um alles kümmern. Wir werden es holen und an uns nehmen. Wir werden es aufbewahren und beschützen, mit unserem Leben, wie wir auch Joram und seine Familie beschützen werden. Dessen könnt Ihr gewiß sein.«

Saryons langes Haar war grau und schütter und lag weich wie das eines Kindes auf seinen Schultern. Er hielt sich gebeugt, und manchmal litt er unter einem leichten Zittern der Hände. Diese äußeren Merkmale, zusammen mit einem etwas weltfremden, gütigen Gesichtsausdruck, verleitete Menschen oft dazu, ihn für einen gebrechlichen, sanftmütigen alten Mann zu halten. Doch von Sanftmut war nichts mehr zu bemerken, als er sich jetzt kerzengerade aufrichtete und seine Augen Blitze schossen.

»Ihr habt schon selbst versucht, das Schwert zu finden, nicht wahr? Aber es ist euch nicht gelungen!«

Mosiah hielt Saryons Blick stand; er zuckte mit keiner Wimper. »Es wäre besser für Joram gewesen, wenn wir das Versteck gefunden und das Schwert ohne Aufhebens entfernt *hätten*. Die Technomanten hätten dann kein Interesse mehr an ihm. Glaubt mir, Hochwürden, wenn es Euch nicht gelingt, ihn im Guten zur Herausgabe des Schwertes zu bewegen, werden sie es sich auf andere Weise beschaffen, mit welchen Methoden auch immer.«

»Und was ist mit den *Duuk-tsarith*?« verlangte Saryon mit flammendem Blick zu wissen. »Welcher Methoden werdet *ihr* euch bedienen, um das Schwert in euren Besitz zu bringen?«

Mosiah erhob sich, die schwarze Kutte fiel in strengen Falten um seine breitschultrige Gestalt. Er verschränkte auf die rituelle Art der *Duuk-tsarith* die Hände vor dem Leib. »Ihr müßt wissen, Hochwürden, daß wir auf keinen Fall das Dunkle Schwert in die Hände der Technomanten fallen lassen werden.«

»Weshalb nicht?« fragte ich mit Handzeichen. »Und wenn sie wirklich damit die Hch'nyv besiegen können? Wäre das nicht das Risiko wert?«

»Die Hch'nyv planen die Menschheit auszurotten, die Technomanten wollen uns versklaven. Keine sehr verlockenden Alternativen, nicht wahr, Reuven? Und das Schicksal von mir und meinesgleichen wäre in jedem Fall besiegelt. Außerdem gibt es unter den *Duuk-tsarith* Stimmen, die meinen, *wir* könnten in der Lage sein, das Schwert im Krieg gegen die Hch'nyv zu benutzen.

Nun, Hochwürden?« Mosiah wartete auf eine Antwort. »Dank König Garalds Intervention habt Ihr die Möglichkeit zu versuchen, das Schwert mit friedlichen Mitteln zu erlangen. Gelingt Euch das nicht, werden die Technomanten es Joram mit Gewalt entreißen. Was gibt es da zu überlegen?«

»Und was wird aus Joram?« Saryon erhob sich ebenfalls und stellte sich vor Mosiah hin. »Aus seiner Frau und seinem Kind? Er ist der bestgehaßte Mann im Universum. Die *Duuk-tsarith* haben einst geschworen, ihn zu töten. Vielleicht habt ihr ihn bis jetzt nur deshalb noch am Leben gelassen, weil ihr nicht wißt, wo das Schwert verborgen ist!«

Mosiah wurde bleich, seine Züge versteinerten. »Wir werden Joram beschützen ...«

Saryons schaute ihn durchbohrend an. »Tatsächlich? Und was ist mit unseren Landsleuten? Wieviel Tausende haben ihm ewige Rache geschworen und daß sie ihn und seine Frau und sein Kind töten werden, sollte er ihnen je in die Hände fallen?«

»Wie viele Menschen werden die Hch'nyv töten?« hielt Mosiah ihm entgegen. »Ihr sprecht nur von *Jorams* Kind, Hochwürden. Was ist mit den Millionen Kindern, die sterben werden, wenn wir im Krieg gegen diesen Feind unterliegen? Und unsere Niederlage ist abzusehen, Hochwürden! Jeden Tag kommen sie der Erde näher. Wir müssen das Schwert haben! Um jeden Preis!«

Saryon stieß einen tiefen Seufzer aus, das Feuer in ihm erlosch. Plötzlich wirkte er sehr alt, sehr müde und sehr hinfällig. Er sank auf seinen Stuhl nieder und barg den Kopf in den Händen. »Ich weiß nicht. Ich kann nichts versprechen.«

Mosiah runzelte die Stirn und schien neue Argumente ins Feld führen zu wollen.

Ich stand auf und wandte mich an den Erzwinger. »Mein Herr ist ermüdet«, gab ich ihm zu verstehen. »Ihr solltet jetzt gehen.«

Mosiah sah von mir zu Saryon. »Die Ereignisse dieses Abends waren zuviel für Euch«, sagte er, »Ihr seid nicht mehr imstande, klar zu denken. Geht zu Bett, Hochwürden. Überschlaft Eure Entscheidung. Möge der Almin geben, daß es die richtige ist.«

Zu unserem größten Erstaunen materialisierten sich zwei fremde *Duuk-tsarith* in unserer Küche. Schwarz gewandet, die Gesichter im Schatten der Kapuze verborgen, erschienen sie links und rechts von Mosiah.

Leibwächter, Verstärkung, Zeugen ...? Vielleicht alles auf einmal. Fraglos waren sie die ganze Zeit über hier gewesen, hatten unsichtbar gelauscht, beobachtet, sich bereitgehalten einzugreifen, sollte es nötig sein. Die drei Erzwinger bildeten ein Dreieck, hoben die Hände und legten sie flach gegen die Hände der Nebenmänner. Solcherart verbunden, schlossen sie den Strom der Kräfte und verschwanden.

Saryon und ich blickten auf die Stelle, wo sie gestanden hatten, beide erschüttert und verstört.

»Sie haben es geplant«, teilte ich Saryon in der Zeichensprache mit, als ich mich ausreichend gefaßt hatte, um meine Gedanken auszudrücken. »Sie wußten, daß die Technomanten heute nacht kommen würden. König Garald hätte uns eine Warnung schicken können, damit wir uns in Sicherheit bringen.«

»Aber das hat er nicht getan. Ja, Reuven«, stimmte Saryon zu, »dies alles wurde inszeniert, um uns Angst vor den Technomanten einzuflößen und zu erreichen, daß wir uns auf die Seite der *Duuk-tsarith* stellen.«

»Weißt du was, Reuven?« fuhr mein Herr fort und richtete den Blick auf den Stuhl, auf dem Mosiah gesessen hatte. »Es tut mir leid um ihn. Er war Jorams Freund, als es nicht leicht war, Jorams Freund zu sein. Er hat treu zu ihm gestanden, auch als es um Leben und Tod ging. Nun ist er geworden wie alle anderen. Joram ist allein, ganz allein.«

»Er hat Euch.«

Ich legte meinem Herrn die Fingerspitzen an die Brust.

Saryon sah mich an. Kummer und Schmerz in seinem bleichen eingefallenen Gesicht rührten mich zu Tränen.

»Wirklich, Reuven? Wie kann ich mich weigern? Wie kann ich mich ihrem Ersuchen verschließen?« Auf den Tisch und die Stuhllehne gestützt, erhob er sich mühsam. »Ich gehe zu Bett.«

Ich wünschte ihm eine gute Nacht, auch wenn es der blanke Hohn war.

Meinen Laptop unter dem Arm, stieg ich die Treppe hinauf in mein Zimmer und gab die Ereignisse des Abends ein, solange sie noch frisch in meinem Gedächtnis waren. Dann legte ich mich hin, aber ich konnte nicht schlafen. Sobald ich eindämmerte, sah ich wieder meinen Geist sich aus meinem Körper erheben. Und ich hatte Angst, beim nächstenmal würde er vielleicht nicht mehr den Weg zurück finden.

Kapitel 5

»Was du getan hast, war richtig, mein Sohn. Vergiß das nicht. Und denk immer daran, daß ich dich liebe und achte.«

Saryons Abschiedsworte an Joram;
Der Herrscher von Merilon

Am nächsten Morgen strömte zu früher Stunde ein Heer von Polizisten in unser beschauliches Viertel, unmittelbar gefolgt von Reportern in großen Übertragungswagen, bestückt mit futuristischen, himmelwärts gerichteten Gebilden.

Ich hätte zu gerne gewußt, was die Nachbarn dachten, und wieder fiel mir auf, wie das menschliche Gehirn dazu neigt, sich in Zeiten der Krise mit belanglosen Nebensächlichkeiten zu befassen. Während ich einen Hausputz improvisierte, um unser bescheidenes Domizil für den Empfang dreier so hochstehender Persönlichkeiten vorzubereiten – immerhin die drei mächtigsten Männer der Welt –, war meine größte Sorge, wie wir all dies Mrs. Mumford von gegenüber erklären sollten.

Sie war die ungekrönte Königin hier in dieser Straße (oder glaubte dies zumindest von sich), und nichts durfte geschehen – sei es eine Scheidung oder ein Einbruchdiebstahl –, ohne daß sie das Zepter schwang.

Bis zu diesem Tag hatte sie Saryon und mich in Frieden gelassen, weil unsere Lebensführung absolut uninteressant war. Jetzt konnte ich sehen, wie sie ihr verkniffenes Spürhundgesicht an die Scheibe des Wohnzimmerfensters drückte, rote Flecken der Frustration und brennender Neugier auf den Wangen. Sie unternahm sogar einen kurzen Vorstoß auf die Straße, um einen Polizisten auszufragen. Ich weiß nicht, was er ihr erzählte, aber sie huschte wie ein Wiesel zum Haus ihrer Busenfreundin, Mrs. Billingsgate, hinüber, und nun drückten sich zwei Gesichter an das Wohnzimmerfenster der letzteren. Morgen würde es wahrscheinlich die Glasscheibe unserer Haustür sein.

Ich stellte einige der letzten Rosen dieses Jahres in eine Vase und grübelte darüber nach, was für eine Geschichte wir unseren Nachbarn als Erklärung anbieten konnten, als Saryon ins Zimmer kam. Sofort vergaß ich die beiden klatschsüchtigen alten Damen.

Mein Herr war zum Frühstück nicht aufgestanden, und ich hatte ihn schlafen lassen, doch er sah aus, als hätte er kein Auge zugetan. Sein Gesicht war gramzerfurcht und grau, er ging gebückt wie unter einer schweren Last und schien über Nacht um zwanzig Jahre gealtert zu sein. Mit leeren Augen schaute er sich im Zimmer um, lächelte und dankte mir dafür, daß ich aufgeräumt hatte, doch ich merkte, daß er gar nichts von all dem bewußt wahrnahm.

Er ging in die Küche. Ich goß Tee auf und stellte ihm Toast mit Butter hin. Den Toast schaute er nur verloren an, doch trank er den Tee.

»Setz dich zu mir, Reuven«, sagte er auf seine ruhige, sanfte Art. »Ich habe eine Entscheidung getroffen.«

Ich folgte der Aufforderung, in der Hoffnung, ich könnte ihn dazu bringen, etwas zu essen, doch im selben Moment ertönte die Klingel an der Haus- und gleichzeitig ein Klopfen an der Hintertür. Ich warf meinem Herrn einen hilflosen Blick zu, und mit einem resignierten Lächeln und Schulterzucken machte er sich auf den Weg zur Haustür, während ich die Hintertür öffnete.

Das Polizistenheer ergriff nun, nachdem es die Straße abgegrast hatte, Besitz von unserem Heim. Eine Frau in strengem Hosenanzug, die sich als Chefin der Sicherheitsabteilung der Erdstreitkräfte vorstellte, bemächtigte sich Saryons und meiner und erklärte uns, ihre Leute würden alle Räume durchsuchen und sichern. Von ihrem Feldherrnblick gelenkt, marschierten wir gehorsam zurück in die Küche und saßen stumm am Tisch, während sie den PLAN darlegte. Ein Trupp kühläugiger, professioneller und gründlicher Leute drang hinter ihr ins Haus, begleitet von kühläugigen, professionellen Hunden.

Bald hörte ich sie im Obergeschoß rumoren, unten im Keller und in jedem Zimmer. Ob sie noch weitere grünleuchtende Geräte fanden, weiß ich nicht, aber ich nehme es an, denn sie fanden alles mögliche andere, auch einen angebissenen Keks unter einem Sofakissen, den einer der Männer mir höflich überreichte. Ich bot ihn seinem Hund an, der allerdings viel zu professionell war, um während der Arbeit solche Leckereien zu akzeptieren.

Da ich merkte, daß Saryon tief in Gedanken versunken war und dem PLAN nicht die geringste Aufmerksamkeit schenkte, bemühte ich mich zuzuhören und mir zu merken, was wir tun sollten. Die ganze Zeit über fragte ich mich, welche Entscheidung Saryon getroffen haben mochte.

»Seine Majestät und General Boris sowie ihre Adjutanten und Berater werden um exakt Dreizehn-Null-Null Uhr in einem Fahrzeug hier vorfahren. Seine Hochwohlgeboren Kevon Smythe wird in einem zweiten Wagen mit seinen Begleitern um präzise Dreizehn-Drei-Null ankommen. Um Vierzehn-Null-Null werden sie alle zusammen wieder aufbrechen.«

»Verzeihung, Madam ...« Ich begann auf eine Tafel zu schreiben, die ich immer bei mir hatte, aber sie bedeutete mir, daß sie Zeichensprache verstand, was unsere Kommunikation sehr erleichterte. »Mit wie vielen Personen insgesamt müssen wir rechnen?«

Ich dachte an unser kleines Wohnzimmer und fragte mich, wo um alles in der Welt wir die vielen Leute unterbringen sollten. Auch wollte ich wissen, ob man erwartete, daß wir Tee servierten. Falls ja, mußte ich erst noch einkaufen!

Sie beruhigte mich. Wir sollten uns keine Gedanken machen, sie und ihre Leute würden sich um alles kümmern. Das Scharren von Möbelstücken auf dem Fußboden verriet mir, daß man in unserem Wohnzimmer bereits mit dem Kümmern begonnen hatte.

An diesem Punkt stand Saryon seufzend vom Tisch auf, und mit einem Kopfnicken und einem vagen Lächeln in Richtung der Frau – ich bin überzeugt, er hatte keine Ahnung, wer sie war oder was sie hier wollte – verließ er die Küche. Im Hinausgehen murmelte er etwas von »... in meinem Arbeitszimmer ... mich rufen, wenn es soweit ist.«

Die Frau runzelte mißvergnügt die Stirn. »Er scheint sich nicht im mindesten darüber im klaren zu sein, welch große Ehre man ihm erweist. Diese wichtigen und bedeutenden Persönlichkeiten, die ihren Terminkalender umstellen und angereist kommen – einige vom anderen Ende der Welt! –, um diesem Herrn an seinem Geburtstag ihre Glückwünsche auszusprechen ... Wirklich, ich finde er könnte ein bißchen mehr Dankbarkeit zeigen!«

Sein Geburtstag! In der ganzen Aufregung hatte ich vergessen, daß dieses Datum in etwa mit dem übereinstimmte, an dem Saryon in Thimhallan zur Welt gekommen war. Ich hatte das durch theoretische Überlegungen herausbekommen (Saryon hätte sich nicht die Mühe gemacht) und für diesen Abend eine kleine Feier geplant.

Das Geschenk für ihn, ein neues Schachbrett mit Spielfiguren in Gestalt von Drachen und Greifen und anderen Fabelwesen, lag eingepackt und mit einer Schleife versehen oben in meinem Zimmer. Eigenartig, woher außer mir jemand wissen sollte, daß heute sein Geburtstag war, denn wir hatten es niemandem verraten. Dann erinnerte ich mich an die grünleuchtenden Abhörgeräte.

Das sollte also als Vorwand herhalten – der Geburtstag des alten Katalyten, anläßlich dessen man ihm eine Stippvisite abstattete. Wie günstig, daß er auf dieses Datum fiel. Welchen anderen Grund hätten sie wohl an den Haaren herbeigezogen, wäre ihnen der Zufall nicht hold gewesen? Ich fühlte heißen Zorn; dieser Akt der Berechnung ergrimmte mich mehr als das Eindringen der silbergewandeten Technomanten in unser Haus.

Manchmal ist es ein Segen, stumm zu sein. Hätte ich sprechen können, hätte ich der Frau gegenüber aus meinem Herzen keine Räubergrube gemacht und wahrscheinlich alles verdorben. So aber, da ich gezwungen war, meine Worte durch Gesten zu übermitteln, hatte ich Zeit, sie zu überdenken und sah widerwillig ein, daß König Garald und der General weise handelten, indem sie den Grund für dieses Treffen geheimhielten.

»Sie müssen Pater Saryon vergeben«, teilte ich der Frau mit. »Er ist ein sehr bescheidener Mensch und kann die große Ehre, die ihm zuteil werden soll, kaum fassen. Er fühlt sich dessen nicht würdig und ist überwältigt von dem ganzen Aufwand und der Mühe, die man seinetwegen unternimmt.«

Sie zeigte sich halbwegs versöhnt, und wir besprachen den Rest des Prozedere. Der Aufenthalt der Gäste war auf eine Stunde beschränkt, keine Minute länger, und zu meiner Erleichterung waren keine Erfrischungen vorgesehen. Sie deutete an, daß es vorteilhaft wäre, wenn Saryon sich zur Feier des Tages von seiner braunen Kutte trennte – das Gewand des Katalyten, das er sein ganzes Leben lang getragen hatte – und einen Anzug anlegte, und auch von mir könnte man wohl erwarten, daß ich auf meine Jeans verzichtete und mich dem Anlaß entsprechend kleidete. Als ich gestehen mußte, daß keiner von uns beiden einen Anzug besaß, gab sie uns als hoffnungslos auf und ging, um nachzusehen, was ihre Leute machten.

Ich begab mich in das Arbeitszimmer meines Herrn, um ihn an seinen Geburtstag zu erinnern, den er mit an Sicherheit grenzender Wahrscheinlichkeit vergessen hatte, und ihm frischen Toast und Tee zu bringen. Während er an der Tasse nippte, erklärte ich ihm den Sachverhalt, ziemlich ungestüm, fürchte ich. Saryon folgte den Bewegungen meiner fliegenden Hände mit einem matten, gutmütigen Lächeln und schüttelte den Kopf.

»Intrigen, Politik. Allesamt sind sie in das Spiel hineingeboren worden. Sie leben in diesem Spiel. Sie haben keine Ahnung, wie sie herauskommen sollen, und deshalb spielen sie es bis zu ihrem Ende.« Er seufzte wieder und knabberte geistesabwesend den Toast. »Sogar Prinz Garald. *König* Garald, sollte ich sagen. Als er jung war, hat er sich abseits gehalten. Doch ich nehme an, es ist wie mit Treibsand. Er zieht auch gute Männer in die Tiefe.«

»Hochwürden«, fragte ich ihn, »welche Entscheidung habt Ihr getroffen?«

Er antwortete nicht mit Worten, sondern ebenfalls mit Handzeichen. »Die Männer sind eben in diesem Raum gewesen, Reuven. Woher wissen wir, daß sie nicht ihre elektronischen Augen und Ohren hier angebracht haben? Und vielleicht gibt es auch noch andere, die beobachten und lauschen.«

Ich erinnerte mich an die beiden *Duuk-tsarith*, die aus dem Nichts in unserer Küche erschienen waren, und verstand, was er meinte. Mich überkam eine Anwandlung von Klaustrophobie bei der Vorstellung, daß sich möglicherweise ein Dutzend Leute in diesem kleinen Arbeitszimmer drängten, und ich und mein Herr als einzige davon sichtbar waren. Ich machte mich mit dem Tablett auf den Weg zurück in die Küche und ertappte ich mich dabei, daß ich mich wie ein Fremder in einem stockfinsteren Raum bewegte. Ich hatte Angst, unversehens mit einem der Unsichtbaren zusammenzustoßen.

Die hohen Herrschaften trafen auf die Minute pünktlich ein. Erst kam die schwarze Limousine mit flatternden Fähnchen in Thimhallans Farben auf den Kotflügeln und dem königlichen Wappen an der Tür. Mrs. Mumford und Mrs. Billingsgate hatten mittlerweile alle Zurückhaltung aufgegeben. Sie standen auf ihrer Eingangstreppe und gafften mit offenem Mund. Unwillkürlich fühlte ich Stolz in mir aufsteigen, als Seine Majestät, zwar in einem konservativen dunklen Anzug, doch mit Orden und Schärpe geschmückt, gefolgt von dem General in Galauniform, aus dem großen glänzenden Wagen stieg. Die Schar der Berater trabte hinter ihnen her, Soldaten nahmen Haltung an und salutierten. Mrs. Mumford und Mrs. Billingsgate rissen die Augen auf, bis ich fürchtete, sie könnten ihnen aus dem Kopf fallen.

Mein Stolz nahm noch zu, als ich mir ausmalte, wie ich morgen mit den beiden Damen Tee trinken und ihnen in aller Bescheidenheit erzählen würde, der König sei ein alter Freund meines Herrn und der General wäre einst ein ehrenhafter Gegner gewesen. Es war eine harmlose (wenn auch ein wenig prahlerische) Phantasterei, aber sie wurde leider niemals Wirklichkeit. Ich sollte keinen unserer Nachbarn je wiedersehen.

König und General betraten unser Haus, wo Saryon und ich in banger Erwartung bereitstanden, um sie zu empfangen. Mein Herr wußte, diese Männer waren entschlossen, ihn zu überreden, etwas zu tun, was sie für richtig hielten, und er fürchtete sich vor diesem Treffen. Ich war in Sorge um ihn, muß aber zugeben, daß ich mich darauf freute, zwei Menschen leibhaftig gegenüberzustehen, die ich in meinen Büchern beschrieben hatte, besonders dem König, der einst einen so prägenden Einfluß auf den jungen Joram gehabt hatte.

König Garald war damals noch Prinz Garald gewesen. Über ihn hatte ich geschrieben:

> *Der Wohlklang der Stimme fand seine Entsprechung in den Zügen des Gesichts, feingezeichnet, ohne jedoch Weichheit oder Schwäche auszudrücken, mit einem markanten Kinn und hohen Wangenknochen. Die großen Augen hatten einen scharfen, klugen Blick, der Mund war fest, umgeben von Linien, die einen heiteren, humorvollen Charakter verrieten.*

Die Beschreibung, inspiriert von meinen frühen Erinnerungen und Saryons Schilderungen, war auch jetzt noch, in des Königs mittleren Jahren, zutreffend. Kummer, Leid und Mühsal hatten die Linien um den festen Mund tiefer eingekerbt, doch wenn die Lippen sich zu einem Lächeln verzogen, verschwanden die Spuren der Jahre wie weggewischt. Es war ein warmes, echtes Lächeln, das aus dem Herzen kam. Ich begriff sofort, wie dieser Mann den Respekt und vielleicht sogar die Zuneigung des mißtrauischen, verschlossenen Joram hatte gewinnen können.

Saryon wollte sich verbeugen, doch Garald griff nach der Hand meines Herrn und nahm sie zwischen die seinen.

»Pater Saryon«, sagte er, »laßt mich derjenige sein, der Euch Reverenz erweist.«

Und der König verneigte sich vor meinem Herrn.

Zwischen Freude und Bestürzung hin- und hergerissen, war Saryon im ersten Moment sprachlos. Seine Ängste und Befürchtungen schmolzen in der Wärme von des Königs Lächeln dahin. Er wurde rot, trat von einem Fuß auf den anderen und konnte nur stammeln, daß Seine Majestät ihm zuviel der Ehre erwiese. Garald überspielte mit ein paar heiteren Belanglosigkeiten diesen ersten ungeschickten Augenblick, um ihnen beiden die Befangenheit zu nehmen, und tatsächlich lösten sich Saryons Züge, er gewann seine Fassung wieder. Mit glänzenden Augen schaute er zu König Garald auf und fragte ein ums andere Mal, während er seine Hand umfaßt hielt: »Wie geht es Euch, Hoheit? Wie geht es Euch?«

»Es könnte besser sein, Pater Saryon«, erwiderte der König, und ein Schatten glitt über sein Gesicht und löschte sein Lächeln aus. »Die Zeiten sind schwer. – Ihr erinnert Euch an James Boris?«

Aber der Zauber des Augenblicks war gebrochen. Für einen Augenblick hatte Garald die Last von meines Herrn Schultern genommen, um sie ihm im nächsten wieder aufzubürden. James Boris, klein, untersetzt, kompakt wie einer von seinen Panzern, war ein guter Mann, ein guter Soldat. In Thimhallan hatte er als Sieger Großmut walten lassen, obwohl es sein gutes Recht gewesen wäre, uns die ganze Härte der Niederlage spüren zu lassen.

Er freute sich aufrichtig, Saryon zu sehen und begrüßte ihn mit einem herzlichen Händedruck. So herzlich, daß Saryon, während er lächelte, schmerzerfüllt das Gesicht verzog. Trotz allem, James Boris und seine Armee repräsentierten Thimhallans Untergang. Mochte der Mann noch so sympathisch sein, er blieb ein böses Omen.

»General Boris, willkommen in meinem Haus«, sagte Saryon ernst.

Er ging voraus ins Wohnzimmer, denn schon für vier Personen war es reichlich eng in dem schmalen Flur; der Troß der Begleiter mußte sich im Vorgarten einrichten. Im Wohnzimmer angekommen, stellte Saryon mich den Gästen vor. Seine Majestät und der General äußerten sich höflich lobend über meine Chronik des Dunklen Schwertes. König Garald fand noch einmal zu der unbeschwerten Stimmung zurück und bemerkte mit seinem entwaffnenden Lächeln, er fände meine Darstellung seiner Person allzu schmeichelhaft.

»Nicht halb so schmeichelhaft, Majestät«, antwortete ich in der Zeichensprache, die Saryon übersetzte, »wie *manche Leute* es gerne gesehen hätten.« Dies mit einem liebevoll-nachsichtigen Blick auf meinen Herrn. »Ich mußte sehr tief graben, um wenigstens ein paar menschliche Schwächen bei Euch zu entdecken, ohne die es unmöglich gewesen wäre, einen interessanten und glaubhaften Charakter aus Euch zu machen.«

»Ich habe Schwächen genug, weiß der Almin«, sagte Garald und fügte dann freundlich hinzu: »Einige Mitglieder meines Stabes haben großes Interesse an deiner Arbeit, Reuven. Vielleicht bist du so gut und beantwortest ihre Fragen, während dein Herr und der General und ich über alte Zeiten plaudern?«

Die elegante und rücksichtsvolle Art, auf die er sich meiner entledigte, nötigte mir Hochachtung ab. Ich stand auf und wollte mich zum Gehen wenden, als Saryon die Hand ausstreckte und mich festhielt.

»Reuven besitzt mein vollstes Vertrauen.«

Garald und General Boris tauschten einen Blick und ein Nicken.

»Nun gut. General, dann laßt uns beginnen.«

Der General ging zur Tür des Wohnzimmers und wechselte ein paar Worte mit einem Angehörigen seines Stabes. Der Soldat gab einigen seiner Männer ein Zeichen, und man ließ uns allein. Ich hörte Stiefeltritte im ganzen Haus – ein letzter Rundgang –, dann entfernten sich die Schritte, und die Haustür fiel ins Schloß. Durchs Fenster sah ich die Soldaten ausschwärmen und die Gegend sichern.

Obwohl wir vier im Haus zurückblieben, wirkte es plötzlich leer und unbewohnt. Ich fröstelte. Fast schien es mir, als hätten wir dieses Haus bereits verlassen, um niemals wiederzukehren.

Von uns Anwesenden legte Saryon die größte Gelassenheit an den Tag. Da er seine Entscheidung getroffen hatte, war er ruhig, freundlich und – merkwürdig, in Gegenwart eines Königs und eines Generals – ganz Herr der Situation.

Als Garald das Wort ergreifen wollte, kam Saryon ihm zuvor.

»Majestät, Euer Beauftragter, Mosiah, hat mir gestern sehr genau auseinandergesetzt, wie die Dinge liegen. Der Besuch der Technomanten war ebenfalls sehr aufschlußreich.«

König Garald bewegte sich unbehaglich auf dem Sofa und schien wieder etwas sagen zu wollen, aber Saryon fuhr unbeirrt fort:

»Ich habe eine vorläufige Entscheidung getroffen. Um daraus eine endgültige zu machen, benötige ich weitere Informationen. Ich hoffe, Ihr, König Garald, und Ihr, General Boris, sowie der Herr, der später noch eintreffen wird, könnt mir diese Informationen geben.«

General Boris nickte. »Was diesen Herrn angeht, der später noch eintreffen wird. Es gibt einige Dinge, Pater Saryon, die Sie über Kevon Smythe wissen sollten.«

»Ich weiß bereits ziemlich viel über ihn«, antwortete Saryon mit einem feinen Lächeln. »Ich habe gestern nacht im World Wide Weave Nachforschungen über ihn angestellt.«

»World Wide *Web*«, berichtigte ich ihn mit Handzeichen.

»Web.« Saryon schüttelte den Kopf. »Immer verwechsle ich das.«

Auf den Gesichtern unserer beiden Besucher spiegelte sich Verblüffung.

Hätten sie Saryon etwas besser gekannt, hätten sie sich nicht gewundert. Die Funktionsweise eines Verbrennungsmotors mochte für ihn ein Buch mit sieben Siegeln sein, aber in der Welt des Computers hatte er sich so schnell zu Hause gefühlt wie eine Ente im Wasser.

»Ich habe verschiedene Quellen angezapft«, fuhr er fort, und ich mußte mir ein Lächeln verkneifen, weil ich merkte, daß er jetzt in aller Unschuld mit seinem Wissen kokettierte. »Ich habe Artikel über Smythe gelesen, verfaßt von Analytikern der politischen Szene, ich habe Zeitungsberichte studiert, sogar in einer Biographie gestöbert, die noch in der Entstehung begriffen ist. Nirgends wurde erwähnt, daß Kevon Smythe ein Technomant ist.«

»Selbstverständlich nicht«, sagte Garald. »Er hat alles getan, um diesen Teil seines Lebens geheimzuhalten. Außerdem, wer würde es glauben? Nur wir, die wir in Thimhallan geboren und aufgewachsen sind. Und«, fügte er an General Boris gewandt hinzu, »jene, die einmal dort gewesen sind. Ihr könnt doch nicht daran zweifeln. Nach den Vorfällen der letzten Nacht . . .«

»Allerdings, Majestät.« Saryon war die Ruhe selbst. »Wie gesagt, die vergangene Nacht war äußerst lehrreich. Sämtliche Artikel über Kevon Smythe erwähnen seinen Ehrgeiz, seinen kometenhaften Aufstieg zu Ruhm und Reichtum, sein Charisma, mit dem er die Menschen für sich einnimmt. Alle staunen über sein Glück – glückliche Zufälle, die ihm Geld einbrachten oder ihn zur rechten Zeit an den rechten Ort führten oder ihn veranlaßten, in irgendeiner Sache genau die richtige Entscheidung zu treffen.«

»Was sie Glück nennen, nennen einige von uns Zauberei«, äußerte König Garald.

»Wie ist es möglich, daß niemand Verdacht geschöpft hat?« fragte Saryon.

»Zweifeln Sie am Wort Seiner Majestät?« General Boris stieg die Zornesröte ins Gesicht.

Garald bedeutete ihm zu schweigen. »Ich kann Pater Saryons Besorgnis verstehen. Auch ich konnte es erst nicht glauben, aber sein Vorhaben war von jeher die Art der Technomanten, sich in dieser Welt zu behaupten. Ihr habt natürlich von Leuten gehört, die sogenannte Schwarze Magie praktizieren, Teufelsanbeter, die schwarze Gewänder anlegen, Tiere abschlachten und um Mitternacht auf Friedhöfen tanzen. Das ist, was die meisten Menschen der Erde unter den arkanen Künsten verstehen, aber es hat nichts mit den Technomanten zu tun. Die Technomanten lachen über solchen Unfug und instrumentalisieren ihn sogar zum eigenen Nutzen – er lenkt die Aufmerksamkeit von ihnen ab.

Wer würde schon glauben, daß der Geschäftsmann im dreireihigen Anzug, das Börsengenie, seine magischen Kräfte benutzt, um unsichtbar bei Vorstandssitzungen verschiedener Firmen mit am Tisch zu sitzen und sich auf diese Weise Insiderinformationen zu verschaffen? Wer würde glauben, daß die Bankrotteurin, die sich mit dem Firmenvermögen ins Ausland abgesetzt hat, alle zu täuschen vermochte, weil sie ihnen durch Magie Sand in die Augen streute?«

Was er sagte, hörte sich völlig aus der Luft gegriffen an, sogar für mich, der ich die silbergekleideten Technomanten in unserem Haus gesehen hatte.

König Garalds Miene drückte Verbitterung aus. »Als ich herausfand, daß die vier Dunklen Kulte der Apostaten noch immer existierten, versuchte ich die Regierung zu warnen. Selbst meine besten Freunde schenkten mir keinen Glauben.« Er schaute James Boris an, der mit einem reuevollen Lächeln den Kopf schüttelte. »Ich will keine Zeit verschwenden, indem ich erzähle, was ihn schließlich überzeugte. Es hätte uns beinahe beide das Leben gekostet, doch am Ende war er überzeugt. Und er wies mich darauf hin, daß ich nur Zeit und Kraft verschwendete, wenn ich auf legalem Weg gegen die Technomanten vorzugehen versuchte; man müsse sie vielmehr mit ihren eigenen Waffen schlagen.«

»Mosiah hat Ihnen gesagt, daß er einer von ihnen gewesen ist«, wandte General Boris sich an Saryon. »Hat er auch erzählt, daß er unser Agent war? Als verdeckter Ermittler in den Geheimbund eingeschleust, um unter Lebensgefahr ihre düsteren Geheimnisse auszukundschaften?«

»Nein.« Saryon schüttelte den Kopf, ihm schien ein Stein vom Herzen zu fallen. »Nein, davon hat er nichts erwähnt.«

»Durch ihn haben wir viel über ihre Organisation herausgefunden, zum Beispiel entdeckten wir, was es in Wirklichkeit mit der ›Chemiefabrik‹ auf sich hatte, die sie betrieben und für die sie« – König Garald lächelte mit schmalen Lippen – »sogar erhebliche Zuschüsse von der Regierung erhielten!«

»Aber selbst Ihr arbeitet mit Smythe zusammen«, meinte Saryon, »statt ihn zu entlarven und ihm das Handwerk zu legen.«

»Uns bleibt keine Wahl«, antwortete König Garald und hob in einer Geste der Hilflosigkeit die Hände. »Er hat unser Volk und die Bevölkerung der Erde gleichermaßen als Geiseln.«

»Die Technomanten haben jeden Bereich des Militärs infiltriert«, erläuterte General Boris. »Sie begehen nicht etwa Sabotage, o nein, dafür sind sie viel zu schlau. Sie haben es verstanden, sich uns unentbehrlich zu machen. Nur mit ihrer Hilfe können wir die Hch'nyv noch in Schach halten. Falls sie uns ihren magischen Beistand entziehen oder, schlimmer noch, ihre Magie gegen uns richten, sind wir verloren.«

»Wie soll das gehen?« Saryon zeigte sich verwundert.

»Nehmen wir ein ganz einfaches Beispiel: Wir haben einen Torpedo mit einem elektronischen Gehirn. Wir können dieses Gehirn so programmieren, daß der Torpedo sein Zielobjekt ansteuert. Wenn der Feind den Torpedo entdeckt, kann er einen Signalton aussenden, der das Elektronengehirn verwirrt. Aber gegen Magie haben sie kein Mittel. Ein Technomant, der diesen Torpedo durch Magie steuert, wird ihn unfehlbar ins Ziel führen. Aber falls« – der General senkte die Stimme – »es ihnen opportun erscheinen sollte, die magische Programmierung des Torpedos zu ändern, ihn zu veranlassen kehrtzumachen und ein anderes Ziel als ein feindliches Ziel anzusteuern ...« Er hob bedeutungsvoll die massigen Schultern.

»Nach allem, was wir wissen, kontrollieren die Technomanten das Arsenal der Nuklearwaffen auf die gleiche Weise«, fuhr König Garald an seiner Stelle fort. »Und unsere Nachforschungen lassen uns mit gutem Grund annehmen, daß dies der Wahrheit entspricht.«

»Ohne Umschweife gesagt, wir wagen es nicht, die Probe aufs Exempel zu machen«, schloß der General knapp.

»Ich begreife nicht, wie das Dunkle Schwert euch gegen diese Leute helfen könnte«, meinte Saryon, und ich war plötzlich überzeugt, seine Entscheidung zu kennen.

»Offen gesagt, wir auch nicht«, bekannte König Garald freimütig.

»Warum dann ...«

»Weil sie es fürchten«, beantwortete der König die halb ausgesprochene Frage. »Wir wissen nicht, warum. Wir wissen nicht, was sie herausgefunden haben, aber sie erhielten eine Warnung von ihren Wissenschaftlern, den *D'karn-kair,* daß das Dunkle

Schwert sowohl ein Gewinn als auch eine Gefahr für sie sein könnte.«

Saryon schüttelte den Kopf.

Garald musterte ihn schweigend, dann sagte er: »Es gibt noch einen anderen Grund.«

»Das habe ich mir gedacht«, meinte Saryon und fügte trocken hinzu: »Ihr hättet Euch sonst nicht so große Mühe gemacht, mich zu rekrutieren.«

»Niemand weiß davon, außer den *Duuk-tsarith*, und sie sind durch ihre Gelübde zum Stillschweigen verpflichtet. Andernfalls hätte Mosiah Euch gestern abend eingeweiht. Erinnert Ihr Euch an Bischof Radisovik, den Ihr als Kardinal Radisovik gekannt habt?«

»Ja, ja, ich erinnere mich an ihn. Ein guter, klar denkender Mann. Also er ist jetzt Bischof. Ausgezeichnet!« Saryon lächelte erfreut.

»Der Bischof befand sich eines Tages allein in seinem Arbeitszimmer, als er spürte, daß sich jemand bei ihm im Raum befand. Er hob den Kopf und sah zu seinem Erstaunen eine Frau im Sessel vor seinem Schreibtisch sitzen. Das Ungewöhnliche des Vorfalls wird deutlich, wenn man bedenkt, daß der Sekretär des Bischofs strikte Anweisung hatte, niemanden und wirklich *niemanden* vorzulassen, der nicht angemeldet war.

Weil er fürchtete, bei der Fremden könne es sich um eine Attentäterin oder eine gefährliche Fanatikerin handeln, unterhielt sich der Bischof freundlich mit ihr und drückte dabei einen versteckt unter der Schreibtischkante angebrachten Knopf, um die Wachen herbeizurufen.

Der Alarmknopf schien nicht zu funktionieren; die Wachen ließen sich nicht blicken. Die Frau aber versicherte dem Bischof, er habe nichts zu befürchten.

›Ich bin gekommen, um Euch Informationen zu

bringen‹, sagte sie. ›Erstens rate ich dazu, den Krieg gegen die Hch'nyv nicht weiterzuführen. Es wird euch nicht gelingen, die Fremdwesen zu besiegen. Sie sind viel zu stark und zu mächtig. Bis jetzt habt ihr nur einen Bruchteil ihrer Streitmacht zu sehen bekommen, die nach Billionen zählt. Sie werden nicht mit euch verhandeln. Das brauchen sie nicht. Sie haben vor, euch zu vernichten, und das werden sie tun.‹

Der Bischof war erstaunt.

Die Frau, berichtete er, sei vollkommen gelassen gewesen und machte ihm diese schreckliche Mitteilung in einem Tonfall, der in ihm nicht den geringsten Zweifel daran aufkommen ließ, daß sie die Wahrheit sprach.

›Ich bitte um Vergebung‹, sagte der Bischof, ›aber wer seid Ihr? Wen vertretet ihr?‹

Sie lächelte ihn an und sagte: ›Ich vertrete jemanden, der Euch sehr nahesteht und ein persönliches Interesse an Euch hat.‹ Dann fuhr sie fort und erzählte ihm: ›Ihr und die Bevölkerung der Erde und Thimhallans habt nur eine Chance zu überleben. Das Dunkle Schwert hat eine Welt zerstört, jetzt könnte es helfen, eine andere zu retten.‹

›Aber das Dunkle Schwert gibt es nicht mehr‹, wandte der Bischof ein. ›Es wurde ebenfalls zerstört.‹

›Es wurde neu geschmiedet. Bietet es Thimhallans Schöpfer an, und ihr werdet errettet werden.‹

In diesem Moment summte die Sprechanlage des Bischofs.

Er sah nur einen Augenblick weg, und als er sich wieder umdrehte, war die Frau verschwunden, so lautlos und unbemerkt, wie sie gekommen war. Er befragte seinen Sekretär und die Sicherheitsbeamten, die übereinstimmend aussagten, niemand wäre in das Arbeitszimmer hineingegangen oder herausgekommen. Der Alarmknopf an seinem Schreibtisch funktionierte einwandfrei. Keiner konnte sich erklären, weshalb der Alarm nicht gehört worden war.

Das Bemerkenswerteste an der Sache ist«, fügte Garald hinzu, »daß die Aufnahmen der Überwachungskameras keine Spur von dieser Frau zeigen, nicht einmal die Kamera im Büro des Bischofs. Und noch merkwürdiger: Zu jenem Zeitpunkt war uns noch nichts von Smythe' Besuch bei Joram bekannt oder daß Joram, nach der Aussage der Frau, ein neues Schwert geschmiedet hatte.«

»Welche Erklärung hat der Bischof für diesen Vorfall?« erkundigte sich Saryon.

Garald zögerte, bevor er antwortete: »In Anbetracht dessen, was die Frau sagte, nämlich, daß sie von jemandem käme, der dem Bischof nahestünde und ein persönliches Interesse an ihm hätte, ist Radisovik überzeugt, daß er von einem Boten des Almin besucht worden ist. Einem Engel, wenn man so will.«

General Boris hüstelte, er machte einen ausgesprochen peinlich berührten Eindruck. »Sie könnte ein Bote gewesen sein«, meinte er. »Vom CIA, von Interpol, dem Geheimdienst Ihrer Majestät, vom FBI. Aber nicht von Gott.«

»Faszinierend«, äußerte Saryon, und ich konnte ihm ansehen, wie seine Gedanken sich mit dem Gehörten beschäftigten.

»Von wem die Informationen letztlich auch stammen mögen, jetzt wollen unsere eigenen Wissenschaftler das Schwert haben«, erklärte General Boris. »Um herauszufinden, ob es uns wirklich dabei helfen kann, die Hch'nyv aufzuhalten, auf welche Weise auch immer.«

»Aber der Eng ... die Frau hat etwas anderes gesagt«, wandte Saryon ein. »Sie hat gesagt, das

Schwert müsse an Thimhallans Schöpfer zurückgegeben werden.«

Der Ausdruck auf General Boris' Gesicht war der eines Mannes, der dem Wunsch eines Kindes nach einem Märchen nachkommt. »Wer soll damit gemeint sein – Merlyn? Wenn Ihr ihn finden könnt, Hochwürden, werde ich ihm das Schwert freudig überreichen.«

Saryon warf ihm einen strafenden Blick zu, er empfand seine Worte als Sakrileg.

»Vor allem anderen«, sagte König Garald in beschwichtigendem Ton, »müssen wir verhindern, daß das Schwert den Technomanten in die Hände fällt.«

Saryon senkte nachdenklich den Kopf, als überprüfe er noch einmal einen bereits gefaßten Entschluß. Seine beiden Besucher würden ihn weiter bedrängt haben, wäre nicht in diesem Augenblick eine zweite schwarze Limousine vorgefahren.

General Boris hob eine Hand ans Ohr. »Ich sehe sie«, sagte er in ein Sprechgerät, dann schaute er uns an und verkündete grimmig: »Smythe ist hier.«

Kapitel 6

»Das ist meine Magie«, sagte Joram und richtete den Blick auf das Schwert zu seinen Füßen.

KIND DES TODES

Saryon und ich hatten uns kürzlich im Fernsehen eine Vorstellung von Gounods *Faust* angeschaut, und mir spukte Mephistopheles im Kopf herum, während ich auf das Erscheinen des Oberhaupts der Technomanten wartete. Wie sich herausstellte, hatte Smythe äußerlich gar nichts von Mephistopheles, mit flammendrotem Haar und Sommersprossen auf der Nase. Doch in den hellblauen Augen, hart und kalt wie Diamanten, flimmerte der entwaffnende Charme, den der Teufel angeblich besitzt und den er gebraucht, um die Menschheit ins Verderben zu locken.

Smythe war geistreich und wortgewandt und brachte Licht und Luft in unser Haus, das plötzlich düster und muffig wirkte. Unzweifelhaft konnte er sich ausrechnen, wie wenig schmeichelhaft der König und der General sich über ihn geäußert hatten, doch es kümmerte ihn nicht. Er unternahm keinen Versuch, sich zu rechtfertigen, und begrüßte seinerseits die beiden Männer mit Respekt und so, als freue er sich, sie zu sehen. Sie waren es, die verglichen mit ihm, durch die unterkühlte förmliche Art, in der sie ihm begegneten, einen äußerst ungünstigen Eindruck machten.

»Pater Saryon!« Kevon Smythe ergriff die Hand meines Herrn, und ein Leuchten ging von ihm aus, das Saryon umhüllte, so daß er wahrhaftig blinzelte, wie von einem hellen Schein geblendet. »Ich betrachte es als eine Ehre, Sie endlich kennenzulernen, nachdem ich so viel Gutes von Ihnen gehört habe und von Joram. Dieses Thema fasziniert mich.« Er ließ sich auf einem Sessel nieder und nicht auf dem Sofa, wo steif und aufrecht die beiden anderen Gäste saßen. »Erfüllen Sie mir die Bitte, Hochwürden, und erzählen Sie mir von Joram und dem Dunklen Schwert. Die entscheidenden Fakten kenne ich natürlich, aber ich würde gern die ganze Geschichte hören, aus Ihrem Mund.

Leider muß ich gestehen, Reuven«, er wandte sich leutselig an mich, »daß ich Ihre Bücher nicht gelesen habe, obwohl mir von vielen Seiten versichert wurde, sie seien ausgezeichnet. Termine, Termine, ich komme nicht dazu, all das zu lesen, wie ich gern möchte. Ihre Bücher stehen an einem bevorzugten Platz in meiner Bibliothek, und ich freue mich darauf, sie eines Tages, wenn die Pflichten meines Amtes von mir genommen sind, in aller Ruhe zu genießen.«

Auch ich glaubte allmählich daran, daß Kevon Smythe über magische Kräfte gebot, denn ich merkte, wie dankbarer Stolz mich erfüllte, als hätte er meinem schriftstellerischen Werk höchstes Lob gezollt, während doch ein Teil von mir die nüchterne Wahrheit kannte, daß er sich nämlich von seinen Untergebenen eine knappe Zusammenfassung des Inhalts meiner Bücher hatte anfertigen lassen, und daß er, selbst wenn er ihnen in seinem Regal die nötige Stellfläche zugestand, nicht die leiseste Absicht hegte, je einen Blick hineinzuwerfen.

Noch befremdlicher mutete die Tatsache an, daß er sich der Dichotomie der Gefühle, die er in anderen hervorrief, wohl bewußt war und es mit Absicht tat. Ich fühlte mich gleichzeitig fasziniert und abgestoßen.

In seiner Gegenwart wirkten alle anderen Menschen, einschließlich König Garalds und des Generals, unbedeutend und gewöhnlich. Und während ich sie mochte und ihnen vertraute, empfand ich nichts dergleichen für Smythe, und dennoch konnte ich mich des unbehaglichen Gefühls nicht erwehren, daß ich ihm folgen würde, wenn er mich rief.

Saryon befand sich ebenfalls in seinem Bann, was ich daran merkte, daß er über Joram redete, was er sonst nur ungern Fremden gegenüber tat.

»... Thimhallan wurde gegründet von dem Zauberer Merlyn als ein Reich, in dem jene, die mit der Gabe der Magie gesegnet waren, in Frieden leben und von dieser Gabe Gebrauch machen konnten, um schöne Dinge zu erschaffen. Es gab die Neun Mysterien des Lebens. Jeder Mensch, der das Licht dieser Welt erblickte, wurde in eins dieser Mysterien hineingeboren.«

War es eine Täuschung oder sah ich wirklich, wie Kevon Smythe' Lippen unhörbar das Wort ›dreizehn‹ formten? Ich fröstelte. Die Apostaten, die vier Dunklen Kulte, die auf der Erde zurückgeblieben waren, hätten die Zahl der Mysterien auf dreizehn erhöht.

Saryon, der nichts davon bemerkte, fuhr fort. »Es gibt Neun Mysterien, acht davon befassen sich mit *Leben* oder Magie, denn Magie und Leben sind in der Welt Thimhallan *eins*. Alles, was in jenem Reich existiert, existiert entweder durch den Willen des Almin, dem es entsprang, oder ist seither ›geschaffen, geformt, beschworen oder herbeigezaubert worden‹, entsprechend den vier Gesetzen der Natur. Diese Gesetze unterstehen mindestens einem der acht Mysterien: Zeit, Seele, Luft, Feuer, Erde, Wasser, Schatten und Leben. Zwei der Mysterien, jene von Zeit und Seele, gingen während der Eisenkriege verloren und mit ihnen das Wissen der Ahnen – die Fähigkeit, in die Zukunft zu sehen und die Fähigkeit, mit denen zu kommunizieren, die aus diesem Leben in das Jenseits eingegangen sind.

Was das letzte Mysterium betrifft, das Neunte, so wird es nur von jenen praktiziert, die im Finstern wandeln. Es hat zwei Namen, der eine lautet *Tod*, der andere Technologie.«

»Sehr hübsch.« Kevon Smythe lächelte amüsiert. »Man hat mir bereits berichtet, daß ihr Leute etwas in dieser Richtung glaubt. Und die anderen beiden – Mysterien? Zeit und – was war das andere? – Seele? Sie sind also verlorengegangen? Vielleicht gut so. Wie Macbeth schon schmerzlich erfahren mußte, ist es gefährlich, einen Blick in die Zukunft zu werfen. Vollziehen wir eine schicksalhafte Vorbestimmung oder erliegen wir der suggestiven Macht der Prophezeiung, die sich dadurch selbst erfüllt? Ich denke, es ist sicherer – und ehrlicher –, sich von einer *Vision* seiner Zukunft leiten zu lassen. Was meinen Sie, Pater Saryon?«

Mein Herr überlegte eine Weile, bevor er antwortete.

»Ich bin nicht sicher«, sagte er schließlich. »Die Tragödie, die Joram und ganz Thimhallan befiel, wurde gewissermaßen von einer Vision der Zukunft ausgelöst, einer erschreckenden Vision. Hätten wir unseren eigenen Untergang auch dann herbeigeführt, wenn diese Prophezeiung über das *tote* Kind nicht gewesen wäre?«

»Ja, das hätten wir, davon bin ich überzeugt«, warf König Garald ein. »Unser Niedergang nahm seinen Anfang schon lange vor Jorams Geburt, zur Zeit der Eisenkriege. Intoleranz, Vorurteile, Angst, blinder Glaube, Gier, Ehrgeiz – diese Kräfte würden uns von innen heraus zerfressen haben, mit oder ohne Joram und das Dunkle Schwert.«

Während er sprach, hielt er den Blick auf Kevon Smythe gerichtet, doch falls seine Worte zu dessen Belehrung bestimmt waren, verhallten sie ungehört. Smythe' Aufmerksamkeit und vielleicht auch seine Magie, falls sich sein Charme aus dieser Quelle nährte, war einzig und allein auf Saryon konzentriert.

»Für mich steht Jorams Mutter für Thimhallan«, sagte Saryon leise und traurig. »Sie war die Kaiserin, und ihr Gemahl weigerte sich, ihren Tod anzuerkennen, obwohl alle am Hof es wußten. Er verlieh ihrem Leichnam durch Magie einen Anschein von Lebendigkeit. Die Höflinge verneigten sich vor ihr, erwiesen ihr Respekt, plauderten mit ihr – spielten eine traurige Komödie mit der leblosen Hülle eines Menschen, der einst voller Leben, Gefühl und Schönheit gewesen war. Diese abscheuliche Maskerade durfte nicht ewig so weitergehen.

Jorams Geschichte ist im Grunde genommen sehr einfach. Nach den Eisenkriegen wurde uns eine Weissagung zuteil, die lautete: ›Dem Königshaus wird einer geboren werden, der tot ist und doch lebt, der sterben wird und wieder leben. Und wenn er wiederkehrt, hält er in seinen Händen das Ende der Welt.‹ Joram war ein Sproß des Herrscherhauses, Sohn der Kaiserin und des Kaisers von Merilon. Er wurde *tot* geboren, was nichts anderes bedeutet, als daß er keinerlei magische Kräfte besaß, kein Leben. Ich weiß es.« Saryon seufzte verhalten. »Ich war dabei, als man ihn den Prüfungen unterzog.

Bischof Vanya, der die Prophezeiung kannte, ordnete an, daß dem Säugling keine Nahrung gereicht werden dürfe, man solle ihn fortschaffen und sterben lassen. Aber der Almin läßt sich nicht ins Handwerk pfuschen. Eine geistig umnachtete Frau namens Anja fand den Säugling, nahm ihn an sich und floh mit ihm auf das Land, an die Grenze zu den Außenlanden, wo sie ihn als ihr eigenes Kind aufzog.

Anja wußte, daß Joram nicht über Magie verfügte. Sie wußte, wenn man diesen Mangel bemerkte, käme es einem Todesurteil gleich, also brachte sie ihm bei, wie er vortäuschen konnte, Magie zu besitzen.

Joran wurde zu einem FeldMagus erzogen, zu einem Bauern. In dem Dorf, in dem Anja mit ihm schlecht und recht ihr Dasein fristete, traf er Mosiah, der Jorams einziger Freund wurde. Ebenfalls dort geschah es, daß ein harter Aufseher sein Geheimnis entdeckte. Um ihren Sohn zu schützen, stürzte Anja sich auf den Mann, der sie in Notwehr tötete. Dafür wurde er von Joram getötet.

Joram floh ins Außenland, wo er vom Zirkel des Neunten Mysteriums gefunden wurde, den Technologen. Sie hatten die Gesetze Thimhallans gebrochen, indem sie Technologie benutzten, um ihre Magie zu unterstützen. Bei ihnen lernte Joram das Handwerk der Metallbearbeitung und er entdeckte Arkanum und dessen Eigenschaft, Magie zu neutralisieren. Joram kam auf den Gedanken, eine Waffe aus Arkanum anzufertigen, eine Waffe, die seine fehlende Magie ausgleichen sollte, eine Waffe, die ihm die Macht verlieh, die er sich wünschte.

Ich hatte meine eigenen Gründe dafür, ihm bei der Erschaffung des Dunklen Schwerts zu helfen.« Mit besonderer Betonung, für Smythe bestimmt, fügte Saryon hinzu: »Arkanum muß durch das Wirken eines Katalyten magisches *Leben* verliehen werden. Andernfalls sind seine Eigenschaften nur die jedes anderen Metalls.«

Smythe' Miene drückte unverbindliche Höflichkeit

aus. »Wie interessant. Bitte, fahren Sie fort, Hochwürden.«

Saryon zuckte die Schultern. »Viel mehr gibt es nicht zu erzählen. Anders gesagt, Jorams Geschichte ist sowohl sehr lang als auch sehr kurz. Hier nur soviel: Durch eine Reihe von Umständen erfuhr Joram, wer er war. Er erfuhr von der Prophezeiung. Er wurde zum Tode verurteilt. Er hätte seine Bedränger vernichten können, doch er entschied sich dafür, diese Welt zu verlassen. Er ging über die Grenze in – nach unserem Glauben – das Reich des Todes. Statt dessen gelangte er zu einem anderen Teil des Planeten, den wir als Thimhallan kennen. Dort wurden er und die Frau, die er liebte, von Soldaten der Grenzpatrouille der Erde entdeckt. Er wurde zur Erde gebracht und lebte dort zehn Jahre mit seiner Gemahlin Gwendolyn.

Als er entdeckte, daß es auf der Erde Kräfte gab, die einen Plan zur Eroberung Thimhallans propagierten, kehrte Joram mit dem Dunklen Schwert zurück, um jene zu bekämpfen, die unser Volk, unsere Art zu leben auslöschen wollten. Er wurde verraten und wäre ermordet worden, hätte das Schicksal es nicht anders bestimmt. Als er erkannte, daß die Streitkräfte der Erde« – Saryon sah zu General Boris, der einen roten Kopf bekommen hatte und sich nicht wohl in seiner Haut zu fühlen schien – »die Oberhand behielten und wir ihnen unterliegen mußten, beschloß Joram, dem Krieg ein Ende zu machen. Er stieß das Dunkle Schwert in den geweihten Altar und befreite damit die gespeicherte Magie, die sich in das Universum ergoß. Der Krieg war zu Ende.

Die magische Hülle, die Thimhallan umgeben hatte, war zerstört, wie früher fegten Orkane und Wirbelstürme über das Land. Unsere Heimat war kein Ort mehr, an dem man leben konnte. Die Bevölkerung mußte in Sicherheit gebracht werden; man richtete einen Fährdienst zur Erde ein, wo wir in Umsiedlungslagern untergebracht wurden. Nur zwei blieben zurück: Joram und Gwendolyn, seine Frau. Durch seine Tat zum bestgehaßten Mann des Universums geworden, wußte Joram, daß sein Leben in Gefahr war, sollte er je zur Erde zurückkehren. Er faßte den Entschluß, auf Thimhallan zu bleiben, der Welt, die er zerstört hatte, wie es die Prophezeiung vorhergesagt hatte.«

Saryons Bericht hatte um einiges länger gedauert als die von Kevon Smythe veranschlagte halbe Stunde. Trotzdem machte letzterer keine Anstalten, ihn zu unterbrechen, schien sich gar nicht bewußt zu sein, wie die Zeit verging, sondern lauschte mit gespannter Aufmerksamkeit den Worten des Katalyten. König Garald und General Boris, die Teile der Geschichte erlebt hatten, warfen immer wieder verstohlen einen Blick zur Uhr und wurden sichtlich ungeduldig, doch sie wollten Smythe nicht mit uns allein lassen und mußten wohl oder übel ausharren. Bei einem Blick durchs Fenster sah ich die Adjutanten in ihre Handys sprechen, höchstwahrscheinlich fieberhaft damit beschäftigt, die Termine neu zu organisieren.

Mir war in der Zwischenzeit der Gedanke gekommen, doch etwas zu essen und zu trinken anbieten zu müssen, wenn sie noch viel länger blieben, und fragte mich gerade, ob noch genug Kekse da waren, als Saryon zum Ende kam.

»Wahrhaftig«, sagte Kevon Smythe, allem Anschein nach tief bewegt von der Geschichte, »das Dunkle Schwert ist ein interessantes Artefakt. Man sollte seine Eigenschaften analysieren, um herauszufinden, in welcher Weise es der Menschheit von Nutzen sein kann. Ich weiß, daß es bereits mehrere Theorien diesbezüglich gibt. Nach meiner Ansicht ist es von größter Bedeutung, diese Theorien zu überprüfen.

In einer meiner Firmen habe ich eine Gruppe von Wissenschaftlern – allesamt Koryphäen auf ihrem Gebiet –, die bereits Vorbereitungen für entsprechende Testreihen getroffen haben. Sie sind sich natürlich der Tatsache bewußt«, Smythe hob lächelnd den Blick zu König Garald, der aufgesprungen war, »daß dieses Artefakt außerordentlich wertvoll ist. Diese Wissenschaftler werden es mit dem größten Respekt behandeln und nur kleine Proben entnehmen, um die Tests durchführen zu können. Anschließend wird man die Waffe an das Volk des ehemaligen Thimhallan zurückgeben ...«

»Am Sankt Nimmerleinstag vielleicht!« General Boris erhob sich ebenfalls.

König Garald war bleich vor Zorn. »Selbstverständlich wissen wir alle, daß die Testreihen niemals abgeschlossen sein werden, nicht wahr, Smythe? Es wird immer noch eine Untersuchung geben, die unbedingt durchgeführt werden muß, immer noch eine Theorie, die bestätigt oder verworfen sein will. In der Zwischenzeit würdet ihr die Macht des Dunklen Schwerts benutzen ...«

»Um Gutes zu tun«, unterbrach ihn Kevon Smythe ruhig, »im Gegensatz zu solchen, wie zum Beispiel Ihren schwarzgekleideten Erzwingern, die wer weiß was damit vorhaben.«

König Garalds Züge versteinerten, der Zorn machte ihn stumm; Smythe konnte ungestört fortfahren.

»Hochwürden, es ist Ihre Pflicht als einer aus der Bruderschaft der Menschen, Joram in diesen unruhigen und gefährlichen Zeiten an seine Pflicht zu gemahnen. Er benutzte einst das Dunkle Schwert zur Zerstörung. Nun bietet sich ihm Gelegenheit zur Sühne, indem er es benutzt, um zu erschaffen. Ein besseres Leben für uns alle.«

Ich sah, wie König Garald stutzte und den Blick auf Saryon richtete. Der König wußte, genau wie ich, daß Smythe einen Fehler begangen hatte. Sein vielgepriesener Charme – ob magischen Ursprungs oder natürlich – konnte diesen Schnitzer nicht übertünchen. Er hätte besser daran getan, meine Bücher zu lesen, statt sich von seinen Untergebenen ins Bild setzen zu lassen. Dann wäre er besser in der Lage gewesen zu beurteilen, mit was für einem Menschen er es zu tun hatte.

Ein Schatten fiel auf Saryons Gesicht.

Doch falls König Garald glaubte, daß der Fehler seines Feindes ihm den Sieg gebracht hatte, beging auch er eine Fehleinschätzung. Von allen im Zimmer war ich als einziger nicht überrascht, als mein Herr seine Entscheidung kundtat.

Saryon stand auf und schaute die drei Männer an, die ihn alle, mehr oder weniger diplomatisch, zu ihrem Werkzeug machen wollten. Seine Worte wie auch sein Tonfall enthielten eine unüberhörbare Zurechtweisung.

»Joram, seine Frau und sein Kind leben jetzt allein auf Thimhallan. Sie stehen unter dem Schutz der Erdstreitkräfte. Sie sollen nicht bedroht oder bedrängt oder auf welche Weise auch immer belästigt werden. So lautet das Gesetz.« Er wandte sich an Kevon Smythe. »Sie sprechen mit großer Selbstverständlichkeit von Sühne. Sühne ist das Vorrecht des Almin. Er allein wird Joram richten, weder Sie noch ich, noch der König oder ein anderer Sterblicher!«

Saryon trat einen Schritt zurück, hob den Kopf und

musterte sie alle mit festem Blick. »Ich habe meine Entscheidung getroffen. Ich werde *nicht* zu Joram gehen. Ich werde mich nicht vorschicken lassen, um ihm zu entlocken, wo er das Dunkle Schwert versteckt hat. Er hat genug gelitten. Laßt ihn den Rest seiner Tage in Frieden leben.«

Die drei Männer waren erbitterte Feinde, doch sie hatten den gleichen Wunsch.

Sie schauten sich an.

Kevon Smythe ergriff das Wort.

»Die Hch'nyv werden Joram nicht erlauben, in Frieden zu leben.«

»Sie werden ihn töten«, bekräftigte General Boris, »wie sie bereits Zehntausende unseres Volkes getötet haben. Sämtliche Außenposten, die uns noch geblieben sind, werden evakuiert, die Bewohner zurück zur Erde transportiert. Unsere Flotte ist zu stark dezimiert, als daß wir riskieren könnten, sie aufzusplittern. Hier auf der Erde werden wir unsere letzte Bastion gegen die Invasoren errichten.«

Seine Worte blieben nicht ohne Wirkung auf Saryon, der ernst und besorgt von einem zum anderen schaute.

»Ich wußte nicht, daß die Lage so ernst ist.«

Garald seufzte. »Wir haben einen Fehler bei Euch gemacht, Hochwürden. Wir haben unser gewichtigstes Argument zuerst vorgebracht und das auch noch sehr ungeschickt. Nun mißtraut Ihr uns, und ich kann es Euch nicht übelnehmen. Aber nur sehr wenige Menschen auf der Erde wissen, wie verzweifelt die Situation ist. Wir möchten, daß es möglichst lange so bleibt.«

»Die Panik, der Schaden, der unserer Sache entstehen würde, wäre unabsehbar«, fügte der General hinzu. »Unsere Truppen sollen gegen den Feind kämpfen und nicht in den Straßen Aufstände niederschlagen.«

»Was Sie hier gehört haben, Hochwürden«, sagte Kevon Smythe, »dürfen Sie nicht wiederholen, außer gegenüber einer einzigen Person: Joram. Ihm dürfen Sie die Wahrheit offenbaren, aber auch nur, um ihm die Gefahr in vollem Ausmaß vor Augen zu führen. Dann, hoffe ich, wird sein Gewissen ihn veranlassen, das Dunkle Schwert zu übergeben, gleich wem. Schließlich stehen wir alle auf derselben Seite.«

Er sah aus wie ein Heiliger in seiner demütigen Selbstlosigkeit, der König und der General wirkten im Vergleich eher schäbig.

Doch der Bann, einmal gebrochen, ließ sich nicht erneuern.

Saryon sank in den Sessel nieder, als hätte ihn eine plötzliche Schwäche überkommen. Wahrscheinlich verstieß es gegen Etikette oder Protokoll, aber ich war nicht in der Stimmung, darauf Rücksicht zu nehmen. Ich trat zu Saryon, beugte mich über die Sessellehne und erkundigte mich mit einer Gebärde, ob ich ihm Tee bringen sollte.

Er lehnte mit einem Lächeln und einem Kopfschütteln ab, doch er hielt meine Hand fest und gab mir damit zu verstehen, daß ich an seiner Seite bleiben sollte. Lange saß er da und dachte nach, in bedrücktem, unglücklichem Schweigen.

Der König und der General setzten sich wieder hin, Smythe schlug die Beine übereinander und lehnte sich zurück. Alle drei bemühten sich um eine mitfühlende Miene, doch keiner vermochte einen Anflug von Selbstgefälligkeit zu verbergen. Sie waren von ihrem Sieg überzeugt.

Endlich hob Saryon den Kopf. »Ich werde zu Joram gehen«, sagte er leise, »und werde ihm sagen, was Ihr mir erzählt habt, daß er und seine Familie in Gefahr sind und auf der Erde Zuflucht suchen sollten. Das Dunkle Schwert werde ich mit keinem Wort erwähnen. Bringt er es mit, steht es jedem von euch frei hinzugehen und sein Anliegen vorzutragen. Wenn nicht, bleibt euch die Möglichkeit, nach Thimhallan zu fliegen – sobald Joram fort ist – und danach zu suchen.«

Es war ein Sieg für sie – mehr oder weniger. Alle drei waren klug genug, sich damit zufriedenzugeben.

»Und nun, meine Herren«, Saryon richtete sich auf, als wäre ihm eine Last von den Schultern gefallen, »haben Sie sich länger als vorgesehen hier aufgehalten. Ich möchte nicht unhöflich erscheinen, aber wir haben Reisevorbereitungen zu treffen . . .«

»All das ist bereits für Sie geregelt worden, Hochwürden«, platzte General Boris heraus und fügte betreten hinzu: »Nur für den Fall, daß Sie sich – hm – entschließen würden, diese Reise zu unternehmen.«

»Wie praktisch«, bemerkte Saryon, und seine Mundwinkel zuckten.

Wir sollten noch am Abend dieses Tages aufbrechen.

Eine Adjutantin des Generals war abgestellt, um uns beim Packen zu helfen, uns zum Raumhafen zu fahren und an Bord des Schiffes zu begleiten.

Kevon Smythe verließ uns mit vielen liebenswürdigen Worten, und es war, als nähme er die Sonne mit sich.

General Boris eilte hinaus, sichtlich erleichtert, die unangenehme Sache halbwegs mit Anstand hinter sich gebracht zu haben, und war sofort umringt von seinem Stab, der ihn ungeduldig zum Auto schwemmte.

Wir hatten unsere Gäste zur Tür begleitet. König

Garald zögerte auf der Schwelle, er sah fast so elend aus wie mein Herr.

»Es tut mir leid, Euch diese Bürde auferlegen zu müssen, Hochwürden«, sagte er. »Aber was sollte ich tun? Ihr habt den Mann kennengelernt.« Wir wußten, wer gemeint war, auch ohne daß er den Namen aussprach. »Was hätte ich tun sollen?« wiederholte er.

»Habt Vertrauen, Majestät«, antwortete Saryon milde.

Auf König Garalds Gesicht erschien ein Lächeln, er griff nach Saryons Hand. »Das habe ich, Hochwürden. Ich vertraue Euch.«

Saryons sprachlose Verblüffung über die Erwiderung nötigte mir ebenfalls ein Lächeln ab. Aufrecht, in majestätischer Haltung, schritt König Garald zu der schwarzen Limousine, in der bereits General Boris saß und ihn erwartete. Kevon Smythe war bereits abgefahren.

Saryon und ich traten rasch in den Flur zurück, im strategischen Rückzug vor einer Horde von Reportern, die Interviews haben wollten. Die Adjutantin des Generals hatte Erfahrung im Umgang mit der Presse, und alles in allem kamen wir glimpflich davon. Nachdem sie lediglich ein einziges Fenster zerbrochen und die Blumenbeete zertrampelt hatten, zogen sie schließlich ab. Ich sah, wie einige von ihnen Mrs. Mumford interviewten. Wahrscheinlich hielt man die Geburtstagsfeier für einen angejahrten Kleriker nicht den Aufwand an Zeit und Geld für wert. Hätten sie die wahre Geschichte gekannt, hätten sie das Haus gestürmt.

Saryon blieb für einen Moment auf dem Flur stehen. Ich bemerkte seinen Gesichtsausdruck und berührte seinen Arm, damit er mich ansah.

»Ihr habt das Richtige getan«, sagte ich ihm in der

Zeichensprache und fügte hinzu, in der Hoffnung, ihn mit dieser Neckerei ein wenig aufzuheitern: »Ihr müßt Vertrauen haben.«

Er lächelte, aber es war ein mattes, blasses Lächeln. »Ja, Reuven, so ist es. Ich muß Vertrauen haben.«

Seufzend, mit gesenktem Kopf, begab er sich in sein Zimmer, um Vorbereitungen für die Reise zu treffen.

Kapitel 7

Die Beobachter standen seit Jahrhunderten an der Grenze Thimhallans. Es war ihre erzwungene Pflicht, durch schlaflose Nacht und trostlosen Tag in dem Streifen Niemandsland Wache zu halten, der das Zauberreich von den Geheimnissen des Jenseits trennte.
Aber was waren das für Geheimnisse?

Der Herrscher von Merilon

Ich verzichte auf eine detaillierte Schilderung unserer Reise, die, nehme ich an, genauso verlief wie jeder andere interplanetarische Flug, abgesehen davon, daß wir uns an Bord eines Militärschiffs befanden, in Begleitung einer Militäreskorte. Für mich war es ein aufregendes, begeisterndes Erlebnis. Es war erst mein zweiter Raumflug und der erste, den ich bewußt erlebte. Daran, wie ich vor vielen Jahren an Bord eines der Evakuierungsschiffe Thimhallan verlassen hatte, konnte ich mich nur vage erinnern.

Saryon vergrub sich in seinem Quartier und gab vor, er hätte zu arbeiten. Ich glaube, ich habe vergessen zu erwähnen, daß er seit längerem damit beschäftigt war, ein mathematisches Theorem zu entwickeln, das mit Lichtwellenpartikeln zu tun hatte oder so ähnlich. Selbst ohne jede mathematische Begabung, konnte ich mir nichts darunter vorstellen. Sobald er und seine Tutorin darüber zu diskutieren begannen, fühlte ich ein Pochen in den Schläfen und war froh, aus dem Zimmer gehen zu können. Saryon behauptete zwar stets, daran zu arbeiten, doch jedesmal, wenn ich die Kabine betrat um nachzusehen, ob er etwas brauchte, ertappte ich ihn dabei, wie er durch das Bullauge auf die Sterne schaute, die an uns vorbeiglitten.

Er war in Erinnerungen an Merilon versunken, nahm ich an. Vielleicht befand er sich wieder am Hof der Elfenkönigin oder stand als einer der steinernen Beobachter an der Grenze zum Jenseits. Die Vergangenheit hielt für ihn beides bereit, Freuden wie Schrecknisse. Als ich den Ausdruck auf seinem Gesicht sah, zog ich mich leise wieder zurück.

Wir landeten auf der Welt, die ich als Thimhallan gekannt hatte, das erste Schiff von der Erde seit zwanzig Jahren, wenn man von denen absieht, die nur kamen, um ihre Ladung zu löschen – Versorgungsgüter für die Station – und sofort wieder zu starten, und von denen, die, wie man so sagt, bei Nacht und Nebel landeten und die *Duuk-tsarith* oder Technomanten absetzten.

Auch nach der Landung kam Saryon nicht aus seiner Kabine, so daß ich schon zu glauben begann, er hätte seine Entscheidung revidiert und wollte nun doch nicht mit Joram reden. Die Adjutantin war aufs höchste beunruhigt und sandte Hilferufe an General Boris und König Garald. Ihre ernsten Gesichter flimmerten auf den Schirmen, bereit zu beschwören und zu bitten, wenn Saryon erschien.

Doch als er kam, forderte er mich mit einem Wink auf, ihm zu folgen, schritt an der Adjutantin vorbei, ohne ein Wort, ohne einen Blick auf die Schirme. Er ging so schnell, daß ich mich, den Knappsack mit ein paar der notwendigsten Utensilien über der Schulter, sputen mußte, ihn einzuholen. Nach seiner verklärten Miene zu urteilen, schwebte Saryon hoch über solchen trivialen Dingen wie frischen Strümpfen, Trinkwasser und Rasierzeug. Was hätte er ohne mich getan!

Welche Zweifel ihn auch gepeinigt haben mochten, sie waren verschwunden. Das Gewicht seiner Verantwortung und sogar das Gewicht der inzwischen vergangenen Jahre, schien von ihm abgefallen. Dies war für meinen Herrn mehr als nur ein Wirklichkeit gewordener Traum. Er hatte nie gewagt, diesen Traum zu träumen, hatte nie gedacht, daß diese Wiedervereinigung je stattfinden könnte. Joram war in seinem selbstgewählten Exil für ihn verloren, damit hatte er sich abgefunden.

Kaum öffnete sich die Luke, als Saryon sich schon hindurchzwängte und mit flatternder Kutte die Rampe hinunterstürmte. Ich trabte hinterdrein, behindert von dem schweren Knappsack, der auf meinem Rücken Bocksprünge vollführte. Am Fuß der Rampe erwartete uns ein Empfangskomitee aus Mitarbeitern der wissenschaftlichen Station. Saryon blieb nur stehen, weil er sie sonst über den Haufen gerannt hätte.

Er schenkte ihnen allerdings nur sehr wenig Aufmerksamkeit, sein Blick schweifte über ihre Köpfe hinweg auf jenes Land, das sich dahinter erstreckte, ein Land, das, als er es gekannt hatte, von einem magischen, schützenden Nebel eingehüllt gewesen war. Der Nebel war verschwunden, das Land den Blicken preisgegeben.

Saryon verschlang es mit den Augen, sog den Anblick der verlorenen Heimat in sich ein. Während er mit langem Hals in die Ferne spähte, Vertrautes auszumachen versuchte, gab er kurze und mehr oder weniger unverständliche Erklärungen ab und verzichtete schließlich ganz darauf, sich protokollgerecht zu benehmen.

Er wanderte davon und ließ den Kommandanten

samt der dringenden Nachricht, die er an den Mann zu bringen versuchte, stehen.

Saryon schritt über den steinigen Boden, betrat das Land seiner Geburt. Der Stützpunktkommandant wäre ihm gefolgt, aber ich hatte die Tränen auf dem Gesicht meines Herrn gesehen, deshalb verstellte ich ihm in den Weg und bedeutete ihm, Saryon in Ruhe zu lassen. Die Adjutantin des Generals kam herbei, und gemeinsam mit dem Kommandant besprachen wir die für unseren Aufenthalt wichtigen Dinge.

»Sie *müssen* es ihm begreiflich machen«, verlangte der Kommandant aufgebracht. »Wie ich dem Priester zu erklären versuchte, haben wir gestern Order erhalten abzuziehen, die Station zu evakuieren. Die Uhr läuft. Erinnern Sie den Priester daran, daß er hier nicht im Urlaub ist. Das letzte Schiff startet in zweiundsiebzig Stunden.«

Bestürzt starrte ich den Mann an, und er verstand meine wortlose Frage.

»Ja. Die Hch'nyv sind nah«, bestätigte er grimmig. »Wir bringen Sie beide und den Gefangenen von hier fort. Ich nehme an, Sie und der Priester haben den Auftrag, ihn zur Vernunft zu bringen? Ich beneide Sie nicht darum.« Der Kommandant richtete den Blick auf die ferne Gebirgskette. »Dieser Joram – er hat den Verstand verloren, wenn Sie mich fragen. Führte sich auf wie ein Tobsüchtiger, als wir kamen, um Senator Smythe zu retten. Wohlgemerkt, er hatte durchaus einen Grund, sich aufzuregen, aber schließlich war ja kein Schaden entstanden, und da stand Joram vor dem armen Senator, die Fäuste geballt und in einer Haltung, als wolle er den letzten Funken Leben aus ihm herausprügeln. Und der Blick, den Joram mir zuwarf, als ich ihn fragte, ob seine Frau und seine Tochter unversehrt wären! Er durchbohrte mich fast mit seinen schwarzen Augen und sagte mir, die Gesundheit seiner Familie ginge mich nichts an. Nein, guter Mann, ich möchte nicht mit Ihnen und dem Priester tauschen. Wenn Sie meine Meinung hören wollen, nehmen Sie eine bewaffnete Eskorte mit.«

Zum Glück enthob mich unsere Betreuerin der Mühe, dem guten Mann umständlich klarzumachen, daß »der Priester« nicht dulden würde, daß Fremde uns begleiteten.

»Sie haben nicht weit zu reisen, außerdem kennt sich der Katalyt hier aus«, erklärte sie dem Kommandanten. »Der alte Herr ist ein Freund Jorams. Ihnen droht keine Gefahr. Und sie haben Sprechgeräte in ihrem Gleiter, für den Fall, daß etwas Unvorhergesehenes geschieht.«

Sie schaute mich bei diesen Worten verstohlen an, um zu sehen, wie ich reagierte, was mich zu der Vermutung brachte, daß wir trotz allem eine Eskorte haben würden – der unsichtbaren Sorte. *Duuk-tsarith*, vielleicht verborgen in ihren Zeitenklaven, würden uns das Geleit geben.

»Was ist mit einem Fahrer?« fragte der Kommandant.

»Ich werde fahren . . .«, begann die Betreuerin, doch ich schüttelte entschieden den Kopf und tippte mir auf die Brust.

Ich fahre, gab ich in mein Notepad ein.

»Können Sie mit einem Gleiter umgehen?« erkundigte sie sich zweifelnd.

Ja, antwortete ich dreist, was mit etwas gutem Willen durchaus der Wahrheit entsprach.

Einmal hatte ich Gelegenheit gehabt, einen Flugwagen oder Gleiter zu steuern, in einem Vergnügungspark, und mich eigentlich recht wohl dabei gefühlt, nur die anderen Wagen brachten mich aus dem Konzept und nötigten mich zu gewagten Ausweichmanövern. Wenn nun mein Gleiter der einzige in diesem Teil des Sonnensystems war, dürfte es eigentlich keine Probleme geben.

Außerdem, ich hielt das Notepad hoch, damit die Betreuerin sehen konnte, was ich geschrieben hatte, *wissen Sie doch, er will keine Fremden dabei haben.*

Sie wußte es, aber es gefiel ihr nicht. Ich begann zu ahnen, daß man fest damit gerechnet hatte, daß sie als unser Chauffeur uns im Auge behalten und über unsere Aktivitäten Bericht erstatten würde.

Habt ihr nicht schon Spitzel genug? dachte ich bitter, behielt es aber für mich. Ich hatte diese Runde gewonnen und konnte es mir erlauben, großzügig zu sein.

»Halten Sie Kontakt«, legte der Kommandant mir ans Herz. »Die Lage an der Front könnte sich unversehens ändern und aller Voraussicht nach nicht zum Besseren.«

Die Betreuerin kehrte zum Schiff zurück, um sich bei General Boris zu beschweren. Der Kommandant begleitete mich zum Gleiter und verabreichte mir einen kurzen Auffrischungskurs in der Handhabung, an dessen Ende ich mich schließlich gar nicht mehr auskannte. Ich warf den Knappsack auf den Rücksitz und lief los, um Saryon zu holen, der sich in seiner Ungeduld bereits zu Fuß auf den Weg zu den fernen Bergen gemacht hatte.

Nach ein paar Schritten hörte ich den Kommandanten rufen. Als ich mich umschaute, sah ich ihn etwas vom Boden aufheben.

»Hier.« Er reichte mir den Gegenstand. »Der Priester hat das verloren.«

Er hatte Saryons Reisegürtel in der Hand, eines der wenigen Dinge, die er aus Thimhallan mitgebracht hatte. Ich kannte ihn gut, denn er lag in Saryons Arbeitszimmer auf einem Ehrenplatz, einem kleinen Hocker neben seinem Schreibtisch. Manchmal legte er die Hand darauf und streichelte über das abgewetzte Leder, dann wußte ich, daß er in Gedanken bei Joram oder den Ereignissen der Vergangenheit war.

Ich fand es rührend von ihm, den Gürtel mitzunehmen wie einen guten alten Freund, der ihn auf der Reise in die alte Heimat begleitete. Es erschien mir merkwürdig, daß er ihn verloren und es nicht bemerkt haben sollte, weil ich wußte, wie sehr er daran hing. Ich dankte dem Kommandanten und legte das wertvolle Stück zu dem Knappsack auf den Rücksitz, dann machte ich mich auf, um Saryon einzuholen und ihm zu sagen, daß man keineswegs von uns erwartete, Thimhallan auf – wie sagt man? – Schusters Rappen zu durchqueren.

»Ein Flugmobil«, sagte er und warf mir einen scharfen Blick zu. »Und wer chauffiert uns?«

»Ich«, gab ich zur Antwort. »Entweder ich, oder die Betreuerin wird uns fahren, aber ich wußte, Ihr wollt keine Fremden dabeihaben.«

»Das wäre mir immer noch lieber, als mich um einen Baum gewickelt wiederzufinden«, bemerkte Saryon ungehalten.

»Ich habe schon einmal ein Flugmobil gesteuert«, verteidigte ich mich.

»In einem Vergnügungspark!«

Ich hatte gehofft, dieses Detail wäre in Vergessenheit geraten. Offenbar nicht.

»Dann gehe ich jetzt und sage der Betreuerin Bescheid.« Kleinlaut machte ich mich auf den Rückweg zum Schiff.

»Reuven, warte.«

Ich drehte mich um.

»Kannst du wirklich eins dieser – Vehikel dirigieren?« Er warf einen nervösen Blick auf den Gleiter.

»Nun ja.« Ich lächelte und zuckte die Schultern. »Ich kann's zumindest versuchen.«

»Also gut, dann gehen wir das Wagnis ein.«

»Kennt Ihr den Weg? Welche Richtung müssen wir einschlagen?«

Er deutete über die Ebene zu den Bergen, die sich schneebedeckt am Horizont erhoben. »Dort. Das Baptisterium. Das einzige Gebäude, das den Stürmen trotzte, die nach der Zersplitterung über Thimhallan hereinbrachen. Joram und Gwendolyn suchten dort Zuflucht, und wenn es stimmt, was König Garald sagt, leben sie noch immer dort.«

Wir kehrten um und gingen zu unserem Gleiter zurück. »Der Stützpunkt wird evakuiert«, informierte ich ihn. »Uns bleiben zweiundsiebzig Stunden, bevor das letzte Schiff startet.«

Er sah mich mit dem gleichen bestürzten Blick an wie ich den Kommandanten. »So eine kurze Frist?«

»Ja. Aber bestimmt werden wir nicht so lange brauchen? Wenn Ihr Joram die Lage erklärt habt . . .«

Saryon schüttelte den Kopf. Ich fragte mich, ob ich ihm erzählen sollte, was der Kommandant über Jorams Geisteszustand geäußert hatte, doch ich beschloß, das lieber für mich zu behalten. Wozu meinem Herrn noch eine weitere Sorge aufbürden? Meine Recherchen für die Chronik vom Dunklen Schwert hatten zu der Vermutung Anlaß gegeben, daß Joram manisch-depressiv war, und ich hielt es für durchaus wahrscheinlich, daß sein Einsiedlerdasein und zusätzlich die Belastung durch das Auftauchen der Technomanten einen psychotischen Schub ausgelöst hatten.

Beim Gleiter angekommen, öffnete ich Saryon die

Tür, sah den Reisegürtel über dem Rücksitz hängen und zeigte darauf.

»Ihr habt ihn verloren. Der Kommandant hat ihn gefunden und mir gegeben.«

Saryon betrachtete den Gürtel mit hochgezogenen Augenbrauen. »Ich kann ihn gar nicht verloren haben. Ich hatte ihn ja nicht einmal dabei. Wozu auch?«

»Aber es ist doch Eurer?« Vielleicht gehörte der Gürtel jemandem auf dem Stützpunkt.

Saryon nahm ihn genauer in Augenschein. »Sieht aus wie meiner. Etwas neuer vielleicht, nicht so abgewetzt. Seltsam. Unmöglich, daß er jemandem auf dem Stützpunkt gehören soll, seit zwanzig Jahren ist kein solcher Gürtel mehr hergestellt worden! Es muß meiner sein, nur ... Hm. In der Tat, seltsam.«

Ich erinnerte ihn daran, wie geistesabwesend und aufgeregt er gewesen war, daß er ihn vielleicht gegriffen hatte und nicht mehr daran gedacht. Ich deutete an, daß sein Gedächtnis ihn schon früher im Stich gelassen hätte, zum Beispiel war er ständig auf der Suche nach seiner Lesebrille.

Er gab mir bereitwillig recht und gestand, er habe daran gedacht, den Gürtel mitzunehmen, aber gefürchtet, er könnte ihn verlieren. Eigentlich war er überzeugt gewesen, ihn an seinem gewohnten Platz zurückgelassen zu haben.

Der Reisegürtel blieb auf dem Rücksitz liegen. Wir stiegen in den Gleiter, und ich war vollauf davon in Anspruch genommen, mir ins Gedächtnis zu rufen, was der Kommandant über die Armaturen und die Funktionsweise des Flugmobils gesagt hatte. Das nicht ganz erklärliche Auftauchen des Gürtels rückte in den Hintergrund.

Saryon ließ sich auf dem Beifahrersitz nieder. Ich war ihm mit seinem Sicherheitsgurt behilflich und legte anschließend meinen an. Er wollte mit einem Unterton von Besorgnis wissen, ob keine weiteren Sicherheitsvorrichtungen vorhanden seien, und ich antwortete mit größerer Zuversicht, als ich fühlte, daß diese ausreichen würden. Ich drückte den Startknopf. Der Antrieb begann zu summen.

Ich drückte den Knopf mit der Aufschrift JETS. Das Summen wurde lauter, gefolgt vom Fauchen der Düsen. Der Gleiter erhob sich vom Boden, Saryon umklammerte den Türgriff.

Alles ging leicht und glatt, es war ein Kinderspiel.

»Steigen wir nicht zu hoch?« erkundigte sich Saryon mit gepreßter Stimme.

Ich schüttelte den Kopf, umfaßte selbstbewußt das Lenkrad und drückte es nach vorn, um den Gleiter in die Waagerechte zu bringen.

Die Steuerung war viel empfindlicher als erwartet, auf jeden Fall empfindlicher als die in dem Flugmobil im Vergnügungspark. Ehe ich mich's versah, rasten wir im Sturzflug auf den Boden zu. Ich riß das Steuer zurück und zog die Nase des Gleiters hoch, gleichzeitig gab ich mehr Schub, wir schossen in die Höhe und mit einem gewaltigen Satz nach vorn – der plötzliche Ruck hätte uns fast das Genick gebrochen.

»Almin hilf uns!« ächzte Saryon.

»Euer Wort in Sein geneigtes Ohr, Hochwürden«, ertönte eine dumpfe Stimme.

Saryon starrte mich an, er muß geglaubt haben, das Beinahe-Schleudertrauma hätte mir die Sprache wiedergegeben, doch ich schüttelte heftig den Kopf und deutete mit dem Kinn über die Schulter nach hinten zum Rücksitz – meine Hände umkrampften das Lenkrad und wollten es nicht loslassen.

Saryon drehte sich herum. »Ich kenne diese Stimme«, murmelte er. »Aber das kann nicht sein!«

Ich weiß nicht, was ich erwartete, die *Duuk-tsarith* wahrscheinlich. Da ich vor Schreck vergessen hatte, wie man den Gleiter landete, flog ich stur weiter, bis es mir endlich gelang, unseren Taumelflug zu stabilisieren. Dann warf ich einen kurzen Blick in den Rückspiegel.

Auf der hinteren Sitzbank war nichts weiter zu sehen.

»Autsch! Verflixt noch mal!« Die Stimme hatte jetzt einen grämlichen Klang. »Dieser große, übelriechende grüne Sack ist auf mich gefallen. Ich fühle mich zutiefst bedrückt.«

Saryon hatte sich zwischen den Vordersitzen nach hinten gebeugt und tastete aufgeregt mit den Händen über die Bank und den Boden. »Wo? Was?«

Endlich gelang es mir, den Gleiter anzuhalten; bei minimalem Schub schwebten wir ein Stück über dem Boden. Ich griff über die Rücklehne und schob den Knappsack zur Seite.

»Sehr zu Dank verpflichtet«, sagte der lederne Reisegürtel.

Kapitel 8

»Laßt mich Euer Narr sein, Sire. Ihr braucht einen, glaubt mir.«
»Und wieso?« fragte Joram, den Schimmer eines Lächelns in den dunklen Augen.
»Weil nur ein Narr es wagt, Euch die Wahrheit zu sagen«, antwortete Simkin.

Kind des Todes

»Simkin!« Saryon schluckte, räusperte sich. »Bist du das?«

»Leibhaftig. Nun ja, mehr oder weniger«, antwortete der Gürtel.

»Das ist unmöglich.« Saryons Stimme verriet seinen aufgewühlten Gemütszustand. »Du bist ... du bist tot! Ich habe deinen Leichnam gesehen.«

»Unbestattet«, erwiderte der Gürtel. »Gravierender Fehler, wie man weiß, spätestens seit 1897 A.D. Man empfiehlt einen Pflock durchs Herz. Das oder eine Silberkugel. Oder einen Stechpalmenzweig durch die Ferse. Aber alle waren so beschäftigt in jenen letzten Tagen, Zerstörung der Welt und so weiter, daß ich schon verstehe, weshalb man mich übersehen hat.«

»Hör auf mit dem Unfug!« befahl Saryon streng. »Bist du es wirklich, dann nimm Gestalt an, menschliche Gestalt, heißt das. Ich finde es äußerst irritierend, mich mit einem – einem ledernen Reisegürtel unterhalten zu müssen.«

»Ah, da stehen wir vor einem Problem.« Der Gürtel schien in sich zusammenzukriechen, die Lederriemen ringelten sich verlegen. »Ich scheine nicht mehr dazu in der Lage zu sein menschliche Gestalt anzunehmen. Krieg' irgendwie den Dreh nicht mehr raus. Der Tod kann einem ganz schön zu schaffen machen, wie ich kürzlich zu meinem guten Freund Merlyn sagte. Ihr erinnert Euch an Merlyn? Gründer von Merilon? Passabler Zauberer, wenn auch nicht so gut, wie man behauptet. Natürlich verdankt er sein Image zum größten Teil seinem guten Presseagenten. Und seinen Namen mit ›y‹ zu schreiben! Ich bitte Euch – wie prätentiös! Aber schließlich, wenn sich einer schon nicht geniert, in einem blauen Bademantel mit weißen Sternen herumzulaufen ...«

»Ich bestehe darauf.« Saryon ignorierte den verzweifelten Versuch des Themenwechsels. Er streckte die Hand nach dem Gürtel aus. »Sofort. Oder ich werfe dich aus dem Fenster.«

»So leicht werdet Ihr mich nicht los!« sagte der Gürtel kühl. »Ich komme mit, egal was oder wie. Ihr könnt Euch nicht vorstellen, wie öde die letzten Jahre waren! Keine Abwechslung, nicht die klitzekleinste. Wenn Ihr mich hinauswerft«, der Gürtel legte eine vielsagende Pause ein, als Saryons Hand sich ihm näherte, »verwandle ich mich in einen Bestandteil der Maschine dieses immens faszinierenden Fortbewegungsmittels. Und ich weiß nur sehr wenig über Maschinen«, fügte er hinzu, um seiner Drohung mehr Gewicht zu verleihen.

Nachdem ich mich von meinem ersten Schreck über ein der Sprache mächtiges Gepäckstück erholt hatte, musterte ich Simkin mit großem Interesse. In allen Büchern, die ich geschrieben hatte, gefielen mir die Episoden mit Simkin am besten. Saryon und ich hatten oft darüber diskutiert, wer oder *was* Simkin wirklich war.

Ich vertrat die Meinung, er sei ein Magier aus Thimhallan, ausgestattet mit überdurchschnittlichen Fähigkeiten – ein Wunderkind, ein magisches Genie, wie Mozart ein musikalisches Genie gewesen war. Man füge ein chaotisches Naturell hinzu, ein unstillbares Verlangen nach Abenteuer und Aufregung sowie eine egozentrische, oberflächliche Persönlichkeit, und heraus kommt ein Mensch, der nebenher, wie er sich mit seinem orangefarbenen Cachenez die Nase betupft, seine Freunde verrät.

Saryon hatte zu dieser Theorie genickt und gemeint, ich hätte sicher recht, *aber* ...

»Es gibt einiges an Simkin, was deine Theorie nicht erklärt«, hatte er einmal zu bedenken gegeben. »Ich glaube, er ist alt, sehr alt, vielleicht so alt wie Thimhallan selbst. Nein, ich kann es nicht beweisen, es ist nur so ein Gefühl, wegen mancher Dinge, die er gesagt hat. Und eins weiß ich hundertprozentig genau, Reuven, daß die Magie, die er praktiziert, allen Gesetzen der Logik und Mathematik widerspricht. Was er tut, ist einfach *nicht möglich*. Man brauchte mehr *Leben*, als hundert Katalyten gewähren könnten, um sich in eine Teekanne oder einen Eimer zu verwandeln. Simkin aber kostete es nicht mehr Mühe, als sich – wie du es so schön ausgedrückt hast – mit seinem orangefarbenen Cachenez die Nase zu betupfen.«

»Und was glaubt Ihr, was er ist?« fragte ich ihn.

Saryon hatte gelächelt und die Schultern gezuckt. »Ich habe nicht die geringste Ahnung.« Mein Herr machte Anstalten, den Geldgürtel aufzuheben.

»Ich warne Euch!« giftete Simkin. »Vergaser! Ich habe keine Vorstellung davon, was ein Vergaser ist oder was er tut, aber der Name gefällt mir. Ich werde zum Vergaser, wenn Ihr auch nur einen Finger ...«

»Keine Angst, ich will dich nicht hinauswerfen«, beschwichtigte ihn Saryon. »Im Gegenteil, ich werde dich an einem sicheren Platz aufbewahren, wo man normalerweise einen Geldgürtel trägt. Unter meiner Kutte. Auf der bloßen Haut.«

Der Gürtel verschwand so plötzlich, daß ich mich fragte, ob ich ihn gesehen – und gehört! – oder nur geträumt hatte.

An seiner Statt saß auf dem Rücksitz des Gleiters die blasse, durchscheinende Gestalt eines jungen Mannes.

Er sah nicht aus wie ein Geist. Geister besitzen nach allem, was ich darüber gelesen habe, mehr Substanz. Simkin hingegen ... Als hätte jemand mit Aquarellfarben ein Bild von ihm gemalt und dann Wasser darübergegossen. Ätherisch und transparent, verschmolz er mit dem Hintergrund und war so gut wie unsichtbar, wenn man ihn nicht bewußt ins Auge faßte. Der einzige Farbfleck an der monochromen Erscheinung war ein Hauch von trotzigem Orange.

»Da seht ihr, was aus mir geworden ist«, beklagte Simkin sich kummervoll. »Nur noch ein Schatten meiner selbst. Und wer ist unser schweigsamer Freund hier, Hochwürden? Hat die Katze seine Zunge gestohlen? Da fällt mir der Earl von Marchbank ein. Dem Ärmsten ist dieses sprichwörtliche Mißgeschick zugestoßen, als er nach Tisch sein Mittagsschläfchen hielt. Lag auf dem Rücken, sein Mund stand offen. Man hatte Thunfisch gespeist. Die Katze kam herein und ... Kein schöner Anblick.«

»Reuven ist ...«, wollte Saryon erklären, doch Simkin fiel ihm ins Wort.

»Laßt ihn für sich selbst sprechen, Hochwürden«, mahnte er im ernsten Tonfall eines Familientherapeuten.

»Stumm«, beendete Saryon den angefangenen Satz. »Reuven ist stumm. Er kann nicht sprechen.«

»Spart den Atem, um seinen Haferbrei zu kühlen, wie? Dann muß er kalten Haferbrei in erstaunlichen Quantitäten zu sich nehmen. Dieses Fingerwackeln. Hat etwas zu bedeuten, nehme ich an?«

»Gebärdensprache. Er macht sich auf diese Weise verständlich.«

»Charmant«, meinte Simkin und gähnte. »Wohlan! Könnten wir uns jetzt vielleicht auf den Weg machen? Schön, Euch wiederzusehen und all das, was man in solchen Momenten zu sagen pflegt, Hochwürden, doch ich fand Eure Gesellschaft immer etwas, wie sag' ich's nur, *hypnagog*. Ich freue mich regelrecht auf ein Schwätzchen mit Freund Joram. Das letztemal ist schon eine Ewigkeit her, eine ganz lange Ewigkeit.«

»Du hast Joram nicht gesehen? In all den Jahren nicht?« Saryon war skeptisch.

»Na ja, es gibt ›sehen‹ und, nun ja, ›sehen‹«, antwortete Simkin ausweichend. »›Sehen‹ wie ›jemanden aus der Ferne erblicken‹ und ›sehen‹ so wie ›jemandem einen Besuch abstatten‹. Man könnte also sagen, ich habe Joram ›gesehen‹. Andererseits habe ich ihn nicht ›gesehen‹, wenn Ihr versteht, was ich meine.

Um es anders auszudrücken«, erbarmte er sich unserer verständnislosen Mienen, »Joram weiß nicht, daß ich am Leben bin. Aber es wäre natürlich *très aimable,* wenn ihr mich mitnehmen könntet. Ihr seid doch auf dem Weg zu ihm?« Simkin seufzte elegisch. »Fröhliche Wiedervereinigung. In Eurer klerikalen Gesellschaft, Hochwürden, findet unser düster umwitterter und aufbrausender Freund sich möglicherweise bereit, diese harmlose kleine Polissonnerie zu vergessen, zu der ich mich seinerzeit habe hinreißen lassen.«

»Als du ihn verraten hast? Ein Komplott geschmiedet, um ihn zu ermorden?« fragte Saryon grimmig.

Simkin war tief getroffen. »Es hat doch alles ein gutes Ende genommen. Ohne meine bescheidene Mithilfe wäre das nicht möglich gewesen.«

Saryon und ich schauten uns an. Wir hatten im Grunde genommen keine Wahl, und das wußte Simkin genau.

Entweder nahmen wir ihn mit oder warfen ihn hinaus, und mochten seine magischen Kräfte auch schwächer geworden sein, er war immer noch – quod erat demonstrandum – sehr geschickt darin, seine Gestalt zu ändern.

»Na schön«, gab mein Herr nach, wenn auch sichtlich ungehalten. »Du kannst mitkommen, aber rechne nicht auf unsere Hilfe. Ob und wie Joram dich empfängt, ist allein seine Entscheidung.«

»Seine Entscheidung ...«, wiederholte Simkin halblaut. »Mir scheint, nach allem, was ich gehört habe – Merlyn ist so ein schwatzhafter alter Knabe –, stehen Joram nicht mehr viele Möglichkeiten der Entscheidung offen. Hört mal, macht es euch etwas aus, wenn ich mich wieder in den Reisegürtel verwandle? Sehr anstrengend, diese Gestalt – atmen und so weiter. Ihr müßt mir aber versprechen, Hochwürden, daß Ihr mich nicht unter der Kutte umbindet!« Simkin schauderte. »Halten zu Gnaden, Hochwürden, aber Ihr seid ganz faltig und schrumpelig geworden.«

»Willst du damit sagen, daß Joram nicht mehr viele Möglichkeiten der Entscheidung offenstünden?« fragte Saryon beunruhigt. »Simkin! Was – der Almin soll ihn holen!«

Das Aquarellphantom war verschwunden, dafür lag der Reisegürtel wieder auf dem Rücksitz des Gleiters und hatte offenbar die Sprache verloren, jedenfalls konnte nichts, was Saryon sagte, ihm eine Antwort entlocken.

Ich fragte mich, ob der Gürtel jemals geredet hatte. Und falls nicht, was sagte das über meinen Geisteszustand aus? Günstigstenfalls, daß ich unter Halluzinationen litt. Ich schaute zu meinem Herrn, um zu sehen, ob er von den gleichen unbehaglichen Gefühlen heimgesucht wurde. Er betrachtete den Gürtel mit unverhohlen grimmiger Miene.

»Wir sollten weiterfahren, Reuven«, meinte er und fügte mit einem an die Adresse des Gürtels gerichteten Stirnrunzeln hinzu: »Wir haben schon genug Zeit vergeudet.«

Wir durchquerten das Grenzland, das Thimhallan viele Jahrhunderte lang vom Rest des Universums getrennt hatte. Ein Feld magischer Energie, geschaffen als Grenze von den Gründern Thimhallans, war nur in einer Richtung durchlässig: Man hatte Thimhallan verlassen, aber niemals wiederkehren oder überhaupt nur betreten können. Erst Joram, *toter* Sproß einer sterbenden Welt, gelang es, den Streifen Niemandsland in umgekehrter Richtung zu überwinden. Er hatte die beiden Reiche – das eine auf Magie gründend, das andere auf Technik – zusammengebracht. Sie waren sich mit der Gewalt eines Donnerschlags begegnet.

Ich hielt unsere Geschwindigkeit so gering, daß es mir gelang, unser Vehikel mit einiger Effektivität zu steuern, obwohl unsere Reise immer noch ziemlich rauh verlief und wir gehörig durchgeschüttelt wurden. Da er nicht viel Erfahrung mit Flug- oder auch nur mit Automobilen hatte, schrieb Saryon die Unannehmlichkeiten dem böigen Wind zu. Ich muß zu meiner Schande gestehen, daß ich ihn nicht über den wahren Sachverhalt in Kenntnis setzte.

Was Simkin anging: Wir waren kaum gestartet, da

glitt der Reisegürtel vom Sitz auf den Boden und der Knappsack hinterdrein. Wir hörten einen erstickten Aufschrei, doch Saryon kam nicht an den Gürtel heran.

»Soll ich anhalten?« Ich formte die Worte mit den Lippen.

»Nein. Geschieht ihm recht«, antwortete Saryon.

Ich hatte nicht geahnt, daß mein Herr so rachsüchtig sein konnte.

Wir passierten eine rote Signalboje, die allerdings nicht mehr funktionierte. Saryon betrachtete sie mit gerunzelten Brauen und blickte über die Schulter zu ihr zurück, als wir weiterflogen.

»Das muß die Alarmboje gewesen sein«, meinte er und richtete den Blick wieder nach vorn. »Damit wurden die Außenposten auf jeden aufmerksam gemacht, der die Grenze überschreiten wollte. Als nächstes müßten wir die steinernen Beobachter sehen. Oder das, was von ihnen übriggeblieben ist.«

Einst hatten gigantische Standbilder die Grenze gesäumt, die Beobachter, Hüter der Grenze. Sie waren atmende Menschen gewesen, bevor man ihr Fleisch zu Stein verwandelte, worin auf ewig eingekerkert das lebendige Bewußtsein schmachtete. Zu dieser furchtbaren Strafe war einst auch Saryon verurteilt worden.

Obwohl ich nie zuvor dort gewesen war, erkannte ich den Ort. Während der letzten Tage Thimhallans, als schwere Erdbeben und wütende Stürme das Land verwüsteten, stürzten die Wächter, endlich im Tode erlöst. Nun lagen ihre Trümmer auf der Erde verstreut, manche zur Gänze unter vom Wind angetriebenem Sand verborgen. Die flachen runden Hügel erinnerten an Gräber.

Ich legte die Hand auf den Gashebel, um diese

unglückselige Stätte schmerzlicher Erinnerungen für meinen Herrn möglichst schnell und weit hinter uns zu lassen, doch er bemerkte meine Absicht und schüttelte den Kopf. Mir wurde bang bei dem Gedanken, er könnte mich auffordern anzuhalten, denn der Wind, obwohl etwas abgeflaut, hatte immer noch Sturmstärke, wirbelte den Sand auf, trieb ihn in schleppenden Fahnen über den Boden und schleuderte ihn prasselnd gegen die Windschutzscheibe. Wenn ich den Antrieb drosselte, waren wir den Launen des Sturmwinds auf Gedeih und Verderb ausgeliefert.

Doch Saryon sagte nur: »Nicht so schnell, Reuven«, und schaute sinnend auf die Tumuli, während wir langsam daran vorbeiglitten. »Sie stießen ihre Warnrufe aus, aber niemand wollte sie hören. Die Menschen waren zu sehr mit ihren eigenen Plänen und Vorhaben beschäftigt, um auf die Stimmen der Vergangenheit zu lauschen. Welche Stimmen rufen uns heute, frage ich mich. Und hören wir auf sie?«

Er verstummte und hing seinen Gedanken nach. Die einzige Stimme, die ich hörte, kam aus dem Fußraum des Rücksitzes und befleißigte sich einer wahrhaft schockierenden Ausdrucksweise. Zum Glück konnte Saryon Simkins Unflätigkeiten über dem Fauchen der Antriebsdüsen nicht hören, und seine melancholische Retrospektive blieb ungestört.

Wir ließen das Grenzland hinter uns, durchquerten den breiten Streifen Sandwüste und gelangten in die Steppe. Saryon schaute sich ratlos um, und ich merkte, daß er nichts wiedererkannte, nichts an der Umgebung kam ihm bekannt vor. Nicht nur hatte sich die gesamte Topographie während der geologischen Katastrophen, die der Zerstörung der Schutzhülle folgten, drastisch verändert, sondern davon abgesehen war mein Herr gewöhnt gewesen, durch die magischen Transversalen zu reisen, geschaffen von den seit langem verschollenen Sehern, die es in der alten Zeit den Bewohnern Thimhallans ermöglichten, im Nu von einem Ort zum anderen zu gelangen.

Ich hielt Kurs auf die Gebirgskette am Horizont, wo sich irgendwo unser eigentliches Ziel befinden sollte, aber ich machte mir Sorgen. Massige, graublaue Wolken ballten sich zu Wettertürmen zusammen, von flackernden Blitzen gesäumt. Der Wind frischte auf. Einer der heftigen Stürme, für die Thimhallan berüchtigt ist, kündigte sich an. Die Berge waren mein einziger Orientierungspunkt. Wenn es erst anfing zu regnen, konnte ich sie nicht mehr sehen. Der Gleiter war mit allen möglichen Navigationshilfen ausgestattet, doch ich hatte keine Ahnung, wie man sie bediente.

Mittlerweile bereute ich, auf einen Fahrer verzichtet zu haben. Wir würden den Gleiter anhalten müssen, sobald der Sturm losbrach, nicht bloß, weil wir uns leicht verirren konnten, sondern weil die Gefahr bestand, mangels Sicht einen Baum zu rammen oder eine Felswand. Vor uns lag dicht bewaldetes Gelände, dahinter erhoben sich die Bergausläufer.

Eine Bö traf den Wagen und stieß ihn ungefähr einen Meter zur Seite. Der Regen setzte ein, große Tropfen, die auf der Frontscheibe zerplatzten. Ich dachte an das kleine, leichtgewichtige Zelt, das wir dabei hatten, und schüttelte den Kopf. Gern hätte ich meine Zweifel und Befürchtungen mit Saryon geteilt, aber meine Hände waren meine Stimme, und sie wollten sich nicht von dem Lenkrad lösen, das sie krampfhaft umklammert hielten.

Die Vernunft gebot mir umzukehren, bevor das Unwetter noch schlimmer wurde. Ich drosselte den Schub und ließ den Gleiter bodenwärts sinken. Saryon schaute mich fragend an. Sobald wir aufgesetzt hatten, wollte ich ihm unsere Lage auseinandersetzen, doch plötzlich weiteten sich seine Augen, sein Blick richtete sich auf einen Punkt hinter mir. Ich wandte hastig den Kopf und prallte beim Anblick der düsteren Erscheinung vor dem Fenster erschrocken zurück.

Warum erschrak ich? Ich hätte mir denken können, daß sie uns folgten. Der in seine schwarzen Gewänder gehüllte *Duuk-tsarith* machte eine auffordernde Bewegung, ich drückte auf den Knopf, und das Seitenfenster glitt nach unten. Regen schlug mir ins Gesicht. Der Wind wehte mir das Haar in die Augen und heulte so laut, daß er alle anderen Geräusche übertönte.

Doch die schwarze Kutte des *Duuk-tsarith* blieb trocken, nicht eine Falte bewegte sich, fast, als stünde er im Auge des Zyklons, während wir – nur wenige Zentimeter neben ihm – der Gewalt des Sturms preisgegeben waren.

Er schob die Kapuze zurück, und ich erkannte Mosiah.

»Was willst *du* hier?« schrie Saryon gegen den Wind an. Er sah nicht erfreut aus.

»Ihr vergeudet Zeit«, antwortete Mosiah. »Verlaßt diese technologische Monstrosität. Ihr könnt in einem Lidschlag bei Joram sein, wenn ihr euch der Magie bedient.«

Saryon schaute mich an und hob die Augenbrauen.

»Wir kennen den Weg nicht«, gab ich ihm zu verstehen. »Das Unwetter wird noch schlimmer werden. Wir können unsere Reise nicht blind fortsetzen. Und wir haben nur zweiundsiebzig Stunden.«

»Wie es scheint, bleibt uns nichts anderes übrig«, wandte Saryon sich wieder an Mosiah. »Wie willst du uns dorthin bringen?«

»Durch die Transversalen. Ihr müßt das Vehikel verlassen. Nehmt euer Gepäck mit.«

Ich öffnete die Tür. Ein Windstoß hätte sie mir beinahe aus der Hand gerissen, und ich war augenblicklich durchnäßt. Als ich meinen Knappsack hinter dem Vordersitz herauszog, suchte ich darunter nach dem Reisegürtel. Dies war vielleicht eine gute Gelegenheit, Simkin loszuwerden.

Der Gürtel war verschwunden.

Erfüllt von bösen Ahnungen, nahm ich den Knappsack an mich und mußte daran denken, was für einen absurden Gegenstand ich wohl beim Auspacken zwischen Socken und Unterwäsche entdecken würde – eine Teekanne möglicherweise.

Saryon stand neben Mosiah, die braune Kutte flatterte um seinen hageren Leib. Unter einigen Schwierigkeiten, verursacht von den Tücken der Witterung, gelang es mir, den Knappsack zu schultern.

»Hast du meinen Gürtel mitgebracht?« schrie Saryon.

»Nein, Herr«, antwortete ich mit Handzeichen. »Ich konnte ihn nicht finden.«

»Liebe Güte.« Saryon verzog das Gesicht.

»Habt Ihr etwas verloren?« erkundigte sich Mosiah.

»Wer weiß«, erwiderte Saryon düster. Er spähte durch den Regenvorhang zu Mosiah hin. »Wie benutzen wir die Transversalen? Ich dachte, sie wären nicht mehr vorhanden.«

»Das dachten wir auch«, sagte Mosiah. »Nach der Zerstörung Thimhallans suchten wir nach den Transversalen, konnten sie aber nicht finden. Wir nahmen an, sie wären ausgelöscht worden, weil die Magie, auf der sie basierten, verloren war. Doch wie es scheint, hatten sie sich nur im Zuge der geologischen Umwälzungen mit verlagert.«

Saryon runzelte die Stirn. »Ich kann nicht begreifen, wie das möglich sein soll. Mathematisch gesehen ist es *nicht* möglich. Zugegeben, wir haben nie genau das Prinzip verstanden, aber die Kalkulationen, die erforderlich waren, um die Transversalen zu öffnen, schlossen aus, daß . . .«

»Hochwürden!« unterbrach ihn Mosiah, doch mit einem Lächeln wie aus alten Zeiten. »Ich lasse mich gerne über diese Kalkulationen belehren, aber ein andermal. Sollten wir uns jetzt nicht lieber beeilen?«

»Ja, natürlich. Tut mir leid. Der arme Reuven, naß bis auf die Haut. Habe ich dir nicht gesagt, du sollst dir etwas Wärmeres anziehen als nur diese Jacke?« tadelte er mich besorgt. »Hast du keinen ordentlichen Mantel?«

Eigentlich fror ich nicht, ich war nur – wie er gesagt hatte – naß bis auf die Haut. Doch ich kannte meinen Herrn. Selbst wenn ich von Kopf bis Fuß in Pelze vermummt gewesen wäre, hätte Saryon sich immer noch Sorgen um meine Gesundheit gemacht.

»Die Zeit läuft uns davon«, gab ich ihm durch Zeichen zu verstehen.

Es ging mir nicht nur darum, ins Trockene zu kommen, ich wollte die Magie wirken sehen.

»Erwartest du von mir, daß ich die Transversale öffne?« fragte Saryon. »Ich weiß nicht, ob ich noch . . .«

»Nein, Hochwürden«, beruhigte ihn Mosiah. »Die Tage sind vorbei, als Katalyten die Transversalen kontrollierten. Heute kann sie jeder benutzen, der über Magie verfügt.«

Er sprach ein Wort, und eine ovale Öffnung erschien mitten in Regen und Wind. Sie vergrößerte sich, bis wir hineintreten konnten, ohne uns bücken zu müssen. Saryon warf einen unsicheren Blick auf Mosiah.

»Kommst du mit uns? Joram würde sich freuen, dich wiederzusehen.«

Mosiah schüttelte den Kopf. »Ich glaube kaum. Begebt Euch in die Transversale, bevor Ihr Euch den Tod holt.« Er wandte sich an mich. »Das Gefühl, das du gleich haben wirst, ist anfangs ziemlich beängstigend, aber das vergeht. Bewahre nur die Ruhe.«

Saryon tat einen Schritt auf die Öffnung zu, dann hielt er inne. »Wohin bringt sie uns?«

»Zum Baptisterium, wo Joram lebt.«

»Bist du sicher? Ich möchte mich nicht in irgendeiner verfallenen Burg in Merilon wiederfinden.«

»Ich bin sicher, Hochwürden. Wie schon gesagt, die Transversalen haben sich verlagert. Den Speichen eines Rades gleich, führen sie nun alle entweder zum Baptisterium hin oder davon weg.«

»Eigenartig«, murmelte Saryon. »Höchst eigenartig.«

Er trat in die Transversale. Von Mosiah gedrängt, hielt ich mich dicht hinter ihm und verlor ihn doch sofort aus den Augen. Die Transversale zog sich um uns zusammen, als wollte sie mich zu einem Nichts zerquetschen. Ich fühlte mich eingeschnürt, beklommen, hatte das Gefühl, nicht atmen zu können.

Ruhe bewahren ...

Mosiah hatte gut reden! Er war nicht dabei zu ersticken! Ich rang nach Atem, stemmte mich gegen die Umklammerung. Versinken, Sterben, Ohnmacht ...

Dann plötzlich öffnete sich die Transversale, wie in einem dunklen Zimmer plötzlich ein Vorhang beiseite gezogen wird und Sonnenlicht hereinströmt. Ich konnte atmen. Ich stand auf einem Berggipfel. Die Luft war prickelnd frisch und kühl. Kein Regen. Die Sturmwolken ballten sich im Tal unter uns.

Ich blickte in den blauen Himmel, sah weiße Wolken so dicht über mir vorüberziehen, daß ich sie mit der ausgestreckten Hand greifen zu können glaubte.

Saryon neben mir hatte den aufmerksamen, sehnsüchtigen, hungrigen Blick eines Menschen, der nach langer Zeit endlich an einen Ort voll mit seinen Erinnerungen zurückgekehrt ist, wo er im Guten wie im Schlechten geprägt worden war. Wir standen auf der verfallenen Umfassungsmauer dessen, was einst eine beeindruckende Festungsstadt gewesen war.

Er schüttelte benommen den Kopf. »So viel hat sich verändert«, murmelte er. »Sieh dort«, er trat dichter an mich heran, nahm meinen Arm und deutete mit der Hand zum höchsten Gipfel, »dort oben, aus dem Felsgestein herausgehauen, stand die Kathedrale. Sie ist vollkommen verschwunden, ausgelöscht, nicht einmal Ruinen sind noch zu sehen. Sie muß eingestürzt sein, nachdem wir Thimhallan verlassen hatten. Und ich habe nichts davon geahnt.«

Er starrte auf die verstreuten Trümmer, dann drehte er sich um und schaute in eine andere Richtung. Seine Miene erhellte sich ein wenig. »Zumindest die Universität steht noch. Sieh, Reuven, das Gebäude an der Bergflanke. Magi aus ganz Thimhallan kamen herbei, um hier zu studieren und ihre Kunst zu vervollkommnen. Ich habe dort Mathematik studiert. Glückliche Stunden waren das damals!«

Die Hänge waren übersät mit Eingängen zu Tunnels, Schächten und Gängen. Hier hatte das Herz der Kirche von Thimhallan geschlagen, hier hatten die Katalyten gelebt, gearbeitet, gebetet. Tief im Innern des Berges befand sich der Born des Lebens, die Quelle der Magie von Thimhallan, seit über zwanzig Jahren geborsten und leer.

Plötzlich kam mir der Gedanke, wären Joram und

das Dunkle Schwert nicht gewesen, könnte ich nun ein Katalyt sein und geschäftig durch diese Gänge eilen, ein Arbeiter im Weinberg des Almin. Das Bild stand mir sehr deutlich vor Augen, als hätte derselbe Vorhang, der sich öffnete, um uns aus der Transversale in das Sonnenlicht zu entlassen, mir auch den Ausblick auf ein neues Leben gewährt. Ich blickte durch jenes Fenster und sah mich selbst zu mir hineinschauen.

Saryon sah seine Vergangenheit. Ich sah meine Gegenwart. Es war aufregend und beunruhigend und zugleich ungeheuer befriedigend. Dies war das Land meiner Geburt.

Ich war ein Teil dieses Berges, von Sand, Bäumen, dem Himmel. Ich atmete tief die prickelnde Luft ein und fühlte mich erfrischt. Und obwohl ich keine Ahnung hatte, wie man es anstellen mußte, glaube ich, in diesem Moment wäre ich imstande gewesen, der Welt *Leben* zu entziehen, in mir zu sammeln und weiterzugeben.

Ein Laut weckte mich aus meiner Versunkenheit, die Sorge um meinen Herrn holte mich in die Wirklichkeit zurück.

Saryon hielt den Kopf gesenkt, wischte sich hastig mit dem Handrücken über die Augen.

»Schon gut«, wehrte er meinen Versuch ab ihn zu trösten. »Schon gut. Es ging um das Beste, das ich je kannte. Ich weine um das Schöne, das zerstört wurde, das ist alles. Doch es hätte ohnehin nicht mehr lange Bestand gehabt. Die Verderbnis hätte es von innen heraus zerfressen, und wie Camelot wäre es vielleicht unwiederbringlich vernichtet worden und untergegangen. Wenigstens leben unser Volk und die Erinnerung, und die Magie wird fortbestehen für jene, die danach suchen.«

Ich hatte nicht danach gesucht, und doch hatte es mich gefunden, dieses Gefühl von Heimat. Ich war kein Fremder für dieses Land. Es erinnerte sich meiner, auch wenn ich keine Erinnerung daran besaß.

Wie Saryon war auch ich nach Hause gekommen.

Kapitel 9

»Ich werde zu Joram gehen, und er wird mich in die Arme schließen, und wir werden zusammensein, für immer und ewig.

Gwendolyn; **Der Weg nach Merilon**

»Also wirklich!« beschwerte sich eine grämliche Stimme aus den Tiefen des Knappsacks. »Wollt ihr beiden den ganzen Tag hier herumstehen und euch gegenseitig anmelancholieren? Ich sterbe vor Langeweile – das gleiche traurige Schicksal, welches dem Herzog von Obernhausen widerfuhr, gewöhnlich gut unterrichteten Kreisen zufolge ein solch öder alter Furz, daß ihn seine eigene Gesellschaft zu Tode ennuyierte.«

Mein erster Impuls riet mir, den Knappsack auszuleeren und nach Simkin zu suchen, aber damit hätten wir kostbare Zeit vertrödelt. Außerdem hatte ich Stunden damit verbracht, ihn so ökonomisch zu packen, daß alles hineinpaßte, und mir graute vor dem Gedanken, die Prozedur wiederholen zu müssen.

Ich gab Saryon durch Zeichen zu verstehen: »Wenn wir ihn ignorieren, verschwindet er vielleicht.«

»Das habe ich genau gehört«, kam es prompt von Simkin. »Und ich kann dir versichern, es funktioniert nicht!«

Ich war verblüfft, denn natürlich hatte ich nicht laut gesprochen, und auch wenn ich Simkin einiges zutraute, daß es ihm gelungen sein sollte, sich in den wenigen Stunden, die wir uns kannten, die Gebärdensprache geläufig zu machen, grenzte an ein Wunder.

Mein Herr zuckte die Schultern und lächelte schmal. »Die Magie lebt«, flüsterte er, und die Tränen trockneten in dem warmen Leuchten, das in seine Augen trat.

»Wo sind wir?« fragte ich.

»Das habe ich gerade selbst herauszufinden versucht«, antwortete Saryon und hielt von unserer Warte auf den Befestigungen Umschau.

»Ich weiß es«, verkündete die Stimme aus dem Knappsack und fügte spitz hinzu: »Aber ich verrat's nicht.«

Unter uns erstreckte sich ein weitläufiger Hof, das Pflaster von Rissen durchzogen und überwuchert von einem artenreichen Pflanzenteppich. Begrenzt wurde er von einem langgestreckten niedrigen Gebäude mit vielen Fenstern. Einige davon waren zerbrochen, aber die Löcher im Glas waren gewissenhaft mit Brettern ausgeflickt worden. Hier und dort hatte man im Hof Versuche unternommen, die Pflanzenwildnis einzudämmen, das welke Laub wegzufegen und dem Bereich einen gartenähnlichen Anstrich zu geben.

»Ach ja! In jenem Gebäude dort«, Saryon deutete auf die Baracke, »hatten die Theldara ihr Hospital. Jetzt finde ich mich wieder zurecht.«

»Habe ich je davon erzählt, wie ein Theldara kam, um meine Schwester gegen Bandwurm zu behandeln? Oder war es Drehwurm? Ich bin sicher, da gibt es einen Unterschied. Bei dem einen hat man's im Bauch, bei dem anderen im Kopf. Nein, letzteres kann's nicht gewesen sein, der armen kleinen Nan blickte die heilige Einfalt aus den Augen. Um die Wahrheit zu sagen, ich bezweifle, daß wir verwandt gewesen sind. Vom Esel im Galopp verloren, behaupte ich. Wo war ich stehengeblieben? Ach ja, der Theldara. Er ...«

Simkin schwadronierte weiter, während Saryon sich umdrehte und auf der Mauerkrone entlang zu einer Treppe ging, die in den Hof hinunterführte. »Auf der anderen Seite gab es einen Garten, in dem sie Kräuter und andere Pflanzen zogen, die man in der Heilkunde benötigte. Ein ruhiger, friedvoller, besinnlicher Ort. Ich bin einmal hiergewesen bei einem Theldara. Ein sehr feiner Mann, er versuchte mir zu helfen, aber das stellte sich als unmöglich heraus. Ich war ganz und gar unfähig, mir selbst zu helfen, und das ist immer der erste Schritt zur Heilung.«

»Wie es scheint, wohnt hier jemand«, gab ich zu verstehen und zeigte auf die verbarrikadierten Fenster.

»Ja«, stimmte Saryon eifrig zu. »Ja, dies wäre ein ausgezeichnetes Domizil für Joram und seine Familie, mit Zugang zu den inneren Bezirken des Baptisteriums.«

»Na irre«, kommentierte der Knappsack.

Um die Ecke einer Umfassungsmauer biegend, entdeckten wir weitere Hinweise auf Bewohner. Ein Teil des Hofs, wo einst Bischof Vanya in all seinem Pomp gelustwandelt war, wurde nun allem Anschein nach als Wäscheplatz genutzt. Wannen und Bottiche standen unter einem Vordach, zwischen zwei ursprünglich wohl zur Zierde angepflanzten Bäumen hatte man Leinen gespannt. An diesen Leinen flatterten Hemden und Unterröcke, Laken und Wäsche, die in der Sonne trockneten.

»Sie sind hier!« sagte Saryon zu sich selbst, und dann mußte er einen Augenblick stehenbleiben, um sich zu sammeln. Bis zu diesem Moment hatte er sich geweigert zu glauben, es könnte tatsächlich nach all den vielen Jahren ein Wiedersehen mit dem Mann geben, den er liebte wie einen Sohn oder sogar mehr, als er einen leiblichen Sohn geliebt haben würde.

Nachdem er frischen Mut gefaßt hatte, eilte Saryon weiter, die Erinnerung wies ihm den Weg. Wir umgingen die Wannen, duckten uns unter der Wäsche hindurch.

»Jorams Fahne – ein Nachthemd. Irgendwie passend«, meinte Simkin.

Durch ein Fenster neben der Tür sah man in einen sonnendurchfluteten Raum, eingerichtet mit bequem aussehenden Sesseln und Sofas und Tischen, auf denen blumengefüllte Schalen standen. Saryon zögerte einen Moment, seine erhobene Hand zitterte, dann klopfte er an. Wir warteten.

Von drinnen kam kein Laut.

Er klopfte wieder, dann beugte er sich zur Seite und lugte gespannt und hoffnungsvoll durch die Fensterscheibe, ob jemand kam.

Ich nutzte die Gelegenheit, um mich umzuschauen, schlenderte bis zum Ende des Gebäudes, bog um die Ecke und sah einen großen Garten vor mir. Sofort eilte ich zurück zu meinem Herrn, zupfte ihn am Ärmel und bedeutete ihm mitzukommen.

»Hast du sie gefunden?« fragte er.

Ich nickte und hielt zwei Finger hoch. Zwei, es waren zwei Personen.

Ich blieb zurück, als er in den Garten trat. Die Frauen würden überrascht sein, sich vielleicht erschrecken. Es war besser, wenn sie zuerst nur ihn sahen.

Beide waren mit Unkrautjäten beschäftigt, hatten die langen, flachsfarbenen Röcke hochgeschürzt, die Ärmel hochgekrempelt und trugen breitkrempige Strohhüte, um den Kopf vor der Sonne zu schützen.

Sie arbeiteten zielstrebig, ihre Hände und darin die langstieligen Hacken hoben und senkten sich mit gleichmäßigen, kraftvollen Bewegungen. Windharfen auf der Veranda hinter ihnen begleiteten die Arbeit mit harmonischem Geläut, der Geruch von frisch umgegrabener Erde hing in der Luft.

Saryon setzte hölzern einen Fuß vor den anderen. Er öffnete das Tor, das in den Garten führte, dann überwältigte ihn der Aufruhr der Gefühle, und er mußte sich auf das Mäuerchen stützen. Seine Lippen bewegten sich, es sah aus, als versuchte er einen Namen auszusprechen, doch er war so stumm wie ich.

»Gwendolyn«, sagte er endlich und mit soviel Liebe und Sehnsucht in der Stimme, daß niemand, der sie hörte, sich erschrecken konnte.

Sie erschrak nicht. Sie war bloß überrascht, verständlicherweise, zum ersten Mal seit zwanzig Jahren hier eine fremde Stimme zu hören, doch Angst hatte sie nicht. Sie hörte auf zu jäten, hob den Kopf und wandte sich dem Geräusch zu.

Sie erkannte meinen Herrn auf den ersten Blick, ließ die Hacke fallen und lief geradewegs auf ihn zu, ohne der Pflanzen zu achten, die sie zertrat, der Blumen, die sie knickte. Der Hut flog ihr vom Kopf, und das goldene Haar wehte hinter ihr her wie ein Banner aus Sonnenlicht.

»Pater Saryon!« rief sie und schlang die Arme um ihn.

Er zog sie an sich, und sie hielten sich gegenseitig umfangen, lachten und weinten gleichzeitig. Ihr Wiedersehen war heilig, ein besonderer, eigener Moment, ihnen allein vorbehalten. Deshalb, um nicht Voyeur zu sein, aber auch mit beträchtlicher Neugier, richtete ich den Blick auf die Tochter.

Sie hatte sich aufgerichtet und beobachtete uns unter der breiten Hutkrempe hervor. In Gestalt und Statur war sie das Ebenbild ihrer Mutter, mittelgroß, rank, anmutig in ihren Bewegungen. Daß sie an körperliche Arbeit gewöhnt war, zeigte sich an den gut ausgebildeten Muskeln der tiefgebräunten Unterarme und Beine, ihrer Haltung und den geraden Schultern. Ihr Gesicht konnte ich nicht erkennen, es lag im Schatten der Krempe. Sie kam nicht näher, sondern blieb, wo sie war.

»Sie hat *Angst*«, dachte ich, »und wer kann es ihr verübeln? Ganz allein aufgewachsen, ohne Kontakt zu anderen Menschen. Gewendolyn war einen Schritt zurückgetreten, ohne Saryon loszulassen, und musterte ihn mit leuchtenden Augen.

»Hochwürden, welche Freude nach all den Jahren! Wie gut Ihr ausseht!«

»Für einen alten Mann.« Saryon lächelte auf sie nieder. »Und du bist schön wie immer, Gwen. Oder noch schöner, wenn das möglich wäre. Denn du bist glücklich.«

»Ja«, sagte sie und schaute zu ihrer Tochter hin, »ja, ich bin glücklich, Hochwürden. Wir sind glücklich.« Sie betonte das *wir*.

Dann fiel ein Schatten auf ihr Gesicht, sie sah beschwörend zu ihm auf. »Und deshalb könnt Ihr nicht bleiben, Hochwürden. Geht schnell. Ich danke Euch, daß Ihr gekommen seid. Joram und ich haben uns oft gefragt, was aus Euch geworden sein mag. Er machte sich Sorgen. Ihr hattet viel gelitten um seinetwillen, und er fürchtete, Eure Gesundheit könnte auf Dauer zerrüttet sein. Jetzt endlich kann ich ihn beruhigen, ihm sagen, daß es Euch gutgeht, daß Ihr Euch ein neues Leben aufgebaut habt. Danke, daß Ihr gekommen seid, aber nun müßt Ihr gehen.«

»Klassischer Fall von Guten Tag und Auf Wiedersehen«, lästerte Simkin. Ich verabreichte dem Knappsack einen Knuff.

»Wo ist Joram?« fragte Saryon.

»Draußen bei den Schafen.«

Ein gedämpftes, verächtliches Schnauben drang aus dem Knappsack. Gwen hörte es. Sie schaute mich an, runzelte die Stirn und sagte trotzig: »Ja, er ist jetzt ein Schafhirte. Und er ist glücklich, Hochwürden. Glücklich und zufrieden. Zum ersten Mal in seinem Leben! Und obwohl er Euch liebt und respektiert, seid Ihr Teil der Vergangenheit, einer dunklen, trostlosen Vergangenheit. Wie dieser schreckliche Mann, der vor Euch hiergewesen ist, bringt Ihr uns diese furchtbaren Zeiten zurück!«

Sie sorgte sich, daß wir ihnen die Erinnerung zurückbrachten, aber Saryons schmerzlich berührte Miene verriet mir, daß er ihren Worten eine andere Bedeutung unterlegte, eine, die der Wahrheit näherkam. Es war nicht die Erinnerung, die wir ihnen brachten, sondern die Wirklichkeit.

Er schluckte. Seine Hände, die ihre Arme umfaßten, zitterten, seine Augen wurden feucht. Er mußte mehrere Male ansetzen, bevor seine Stimme ihm wieder gehorchte. »Gwen, genau aus diesem Grund habe ich mich all die Jahre von Joram ferngehalten. Wie sehr es mich auch danach verlangte, ihn zu sehen, wie gerne ich erfahren hätte, daß es ihm gutging, ich fürchtete, mein Auftauchen würde nur seinen Seelenfrieden stören. Auch jetzt wäre ich nicht gekommen, aber ich habe keine andere Wahl. Ich muß Joram sprechen.« Er schaute sie beschwörend an. »Ich muß mit euch beiden sprechen. Es ist nicht zu ändern, und wenn es mir noch so leid tut.«

Gwens Augen suchten in seinem Gesicht. Sie erkannte den Schmerz, den Kummer, das Verstehen. Sie erkannte die Entschlossenheit.

»Seid Ihr – kommt Ihr wegen des Dunklen Schwerts? Er wird es nicht hergeben, Hochwürden, auch nicht, wenn Ihr ihn darum bittet.«

Saryon schüttelte den Kopf. »Es geht mir *nicht* um das Schwert. Mir geht es um Joram, um dich und um eure Tochter.«

Gwen klammerte sich haltesuchend an ihm fest. Nur widerstrebend ließ sie ihn los, um sich die Augen zu wischen.

Über der dramatischen Szene hatte ich die Tochter vergessen.

Als sie merkte, wie sehr der unerwartete Besuch ihre Mutter aus der Fassung brachte, ließ sie die Hacke fallen und kam mit langen Schritten auf uns zugelaufen. Sie schob den Hut in den Nacken, um besser sehen zu können, und ich merkte, daß ich sie falsch eingeschätzt hatte. Nicht aus Angst hatte sie bis jetzt gezögert näherzukommen. Sie hatte sich nur die Zeit genommen, uns zu mustern, in sich hineinzuhorchen, ihr Gefühl zu befragen.

Auch ich nahm mir Zeit, sie zu betrachten, und die Welt stand still. Als einen Atemzug später mein Leben weiterging, konnte nichts wieder sein wie vorher. Auch wenn ich sie niemals wiedersah, von diesem Moment an würde ihr Bild mir immer vor Augen stehen.

Dichtes, schwarzes, ungebärdiges Haar fiel als wirre Lockenmähne auf ihre Schultern. Die schwarzen Brauen, wie mit einem breiten, fast waagerechten Tuschestrich gezogen, verliehen ihrem Gesicht einen strengen, abweisenden Ausdruck, der jedoch überstrahlt wurde von dem Leuchten klarer, aquamarinblauer Augen. Das war das Erbteil ihres Vaters. Von der Mutter stammten das ovale Gesicht und das spitze Kinn, die leichten, anmutigen Bewegungen.

Es war nicht Liebe, was ich in diesem Moment empfand. Liebe war unmöglich in diesem ersten Moment unserer Begegnung, denn Liebe entbrennt zwischen Menschen, und sie war etwas Außergewöhnliches, nicht wirklich *nur* ein Mensch. Es war, als verliebte man sich in ein Bild oder eine Statue in einer Galerie. Ich war überwältigt, ein staunender Bewunderer.

»Prosperos Tochter«, dachte ich bei mir, die Szene verlangte geradezu nach Shakespeare. Doch sogleich lächelte ich mitleidig über mich selbst, denn mir fielen die Worte ein, die sie beim Anblick der Fremden sprach, welche es durch die Künste ihres Vaters schiffbrüchig an die Küste des Eilands verschlagen hatte. »O Wunder! Was gibt's für herrliche Geschöpfe hier! Wie schön der Mensch ist! Wackere neue Welt, die solche Bürger trägt!«

Der Blick, mit dem sie mich streifte, verriet kaum mehr denn Neugier. Ich war für sie kein Repräsentant einer schönen neuen Welt. Und doch erregte ich ihr Interesse. Zwar hatte sie ihre Eltern als Gesellschaft, aber Jugend zieht es zu Jugend, um die neugefundenen Träume zu teilen, die erwachenden Hoffnungen, die allein der Jugend gehören.

Doch ihre Sorge galt in erster Linie der Mutter. Sie legte ihr schützend den Arm um die Schultern und schaute uns unerschrocken an, die schwarzen Brauen zu einer finsteren waagerechten Linie zusammengezogen.

»Wer seid ihr? Was habt ihr gesagt, daß sie weinen muß? Warum könnt ihr von der Erde uns nicht in Ruhe lassen?«

Gwen hob den Kopf, wischte sich die Tränen ab und brachte ein Lächeln zustande. »Nein, Eliza, sprich nicht so. Dieser Mann ist nicht wie die anderen, er ist einer von uns. Dies ist Pater Saryon. Du hast uns von ihm erzählen gehört. Er ist ein alter Freund deines Vaters und mir und steht uns nahe.«

»Pater Saryon!« wiederholt Eliza, ihre Züge lösten sich, die blauen Augen leuchteten hell wie die Sonne, die nach einem Gewitter durch die Wolken bricht. »Natürlich habe ich von Pater Saryon gehört. Ihr seid gekommen, mich zu lehren, nicht wahr? Vater versprach, mich zu Euch zu schicken, doch er hat es immer wieder verschoben, und nun weiß ich, warum – *Ihr* seid zu *mir* gekommen!«

Saryon errötete, schluckte und schaute hilfesuchend zu Gwen.

Sie konnte ihm nicht helfen, aber sie brauchte es auch nicht, denn Elizas Blick wanderte von einem zum anderen, und sie erkannte ihren Irrtum. Das Leuchten in ihren Augen erlosch. »Das ist nicht der Grund, weshalb Ihr gekommen seid. Nein. Sonst würde meine Mutter nicht weinen. Was wollt Ihr dann hier? Ihr und Euer ...«, sie richtete die blitzenden Augen auf mich und versuchte zu raten, »... Euer Sohn.«

»Reuven!« Saryon drehte sich um, streckte die Hand aus und winkte mich heran. »Mein Junge, verzeih mir! Du bist so still, und ich habe dich ganz vergessen. Er ist im Herzen mein Sohn, wenn schon nicht durch Geburt. Er wurde in Thimhallan geboren, hier im Baptisterium sogar, denn seine Mutter war eine Katalytin.«

Eliza unterzog mich einer kühlen Musterung, und plötzlich erlebte ich wieder eine solche Vision, wie ich sie schon einmal gehabt hatte, als ich durch ein Fenster in ein anderes Leben zu blicken schien.

Ich sah mich selbst als Katalyt in einer Reihe anderer Katalyten stehen. Wir trugen unsere besten Feiertagskutten in harmonischem Farbenspiel und hielten respektvoll die kahlgeschorenen Köpfe gesenkt. Sie schritt an uns vorbei, majestätisch, anmutig, geschmückt mit Seide und Juwelen, unsere Königin. Ich wagte es, den Kopf zu heben und sie anzusehen, und sie wandte im selben Moment den Kopf und schaute zu mir. Sie hatte in der Menge nach mir Ausschau gehalten und lächelte mich an.

Ich erwiderte das Lächeln, und wir teilten einen geheimen, köstlichen Moment, dann, aus Angst, es könnte bemerkt werden, schlug ich die Augen nieder. Als ich verstohlen wieder aufblickte, in der Hoffnung, daß sie vielleicht immer noch herschaute, sah ich nur noch ihren Rücken, doch auch der verschwand, als die Schar ihrer Höflinge sich zwischen sie und mich schob.

Alle berührten mit den Füßen den Boden. Weshalb berührte mich das so seltsam?

Die Vision verblaßte, doch in meinem Kopf blieb sie erhalten, so klar und deutlich, daß mir die Worte »Euer Majestät« auf den Lippen lagen, und ich glaube, ich hätte sie ausgesprochen, wäre ich imstande gewesen zu sprechen. Ich fühlte mich benommen, verwirrt, ähnlich wie in der Nacht von Mosiahs Besuch, als wir die Zeitenklave verlassen und in unsere Körper zurückkehren durften.

Ich nahm mich zusammen und sagte in der Gebärdensprache, daß ich mich geehrt fühlte, die Menschen kennenzulernen, die im Herzen meines Herrn einen besonderen Platz innehatten.

Eliza beobachtete mit großen Augen meine gestikulierenden Hände. »Was tut er da?« fragte sie mit der unschuldigen Offenheit eines Kindes.

»Reuven ist stumm«, erklärte Saryon. »Er spricht

mit den Händen.« Und er wiederholte für sie, was ich ›gesagt‹ hatte.

Gwendolyn schenkte mir ein geistesabwesendes Lächeln und hieß mich willkommen. Eliza betrachtete mich mit größerer Aufmerksamkeit, diese klaren blauen Augen studierten mich mit unbefangener Neugierde. Was sie sah, war ein junger Mann, mittelgroß, eher schmächtig, mit langem, blondem Haar und einem Gesicht, dessen Fluch es war, in Frauen schwesterliche Zuneigung zu wecken. Aufrichtig, verläßlich, einfühlsam, waren Adjektive, die Frauen gebrauchten, um mich zu beschreiben. »Endlich ein Mann, dem wir vertrauen können«, sagten sie. Und dann fingen sie an, mir alles über die Männer zu erzählen, die sie liebten.

Für mich, der ich Eliza ansah, bekam ihre statuenhafte Schönheit, Leben und Wärme, wurde menschlich.

Gwendolyn warf mir einen Blick zu, und es schien, daß sie plötzlich eine Sorge mehr hatte. Ein Blick auf Eliza beruhigte sie ein wenig. Sie wandte sich wieder an Saryon, zog ihn ein Stück beiseite und sprach mit gedämpfter Stimme in beschwörendem Ton auf ihn ein. Eliza rührte sich nicht vom Fleck und hielt unverwandt den Blick auf mich gerichtet.

Meine Lage war außerordentlich unangenehm und peinlich. Nie zuvor hatte ich meine Behinderung so sehr verflucht wie jetzt. Wäre ich der Sprache mächtig gewesen, hätte ich eine Unterhaltung beginnen können.

Ich dachte daran, mein elektronisches Notizbuch hervorzuholen und darauf zu schreiben. Aber was hätte ich schreiben sollen? Irgendwelche albernen Floskeln? *Schönes Wetter heute. Oder glauben Sie, daß es regnen wird?*

Nein. Wohl besser nicht.

Und doch wollte ich etwas tun, um ihr Interesse an mir wachzuhalten. Schon irrte ihr Blick ab, wanderte zu der Stelle, wo ihre Mutter und Saryon standen. Mir kam die verrückte Idee, eine Blume zu pflücken und ihr zu überreichen, als plötzlich vor mir etwas auf den Boden plumpste.

Eliza stieß einen Freudenschrei aus. »Teddy!«

Zu meinen Füßen saß ein Plüschbär, reichlich abgegriffen, fast ohne Fell, und er hatte nur noch ein Ohr.

Im Nu war Eliza bei mir, hob den Bären auf, hielt ihn hoch und rief entzückt: »Sieh doch, Mutter, Reuven hat Teddy gefunden!«

Gwen und Saryon unterbrachen ihr Gespräch. Gwen verzog den Mund zu einem bemühten Lächeln. »Wie schön, Liebes.«

Saryon warf mir einen besorgt fragenden Blick zu, ich konnte nichts anderes tun, als ratlos die Schultern zu zucken.

Um den Hals trug Teddy stolz eine orangefarbene Schleife.

Kapitel 10

»Trotzdem plazierte ich mich als Teekanne auf seinem Schreibtisch ...«

Simkin; **Der Herrscher von Merilon**

»Ich habe Teddy schon, seit ich ein kleines Mädchen war.« Eliza drückte den Spielgefährten ihrer Kindheit liebevoll an sich.

Ich habe nie einen selbstzufriedeneren und dünkelhafteren Plüschbären gesehen. Es juckte mich in den Fingern, ihn zu nehmen und zu schütteln.

»Ich fand ihn in einem der alten Bezirke des Baptisteriums«, fuhr sie fort, »wo ich immer spielte. Es muß früher ein Kinderhort gewesen sein, denn es lag auch noch anderes Spielzeug herum. Aber Teddy mochte ich am liebsten. Ich vertraute ihm all meine Geheimnisse an, er war mein Freund und Spielkamerad.« Ein wehmütiger Ton schlich sich in ihre Stimme. »Mit ihm fühlte ich mich weniger allein.«

Ich fragte mich, ob Elizas Mutter wußte oder zumindest ahnte, daß Teddy in Wirklichkeit Simkin war – obwohl, genau besehen, Simkin und die Wirklichkeit wenig miteinander gemein hatten.

Gwendolyn biß sich auf die Unterlippe und warf Saryon einen warnenden Blick zu, er solle schweigen.

»Vor ein paar Jahren habe ich Teddy verloren«, erzählte Eliza. »Ich kann mich nicht genau erinnern, wie. Eines Morgens wollte ich mit ihm spielen, und er war verschwunden. Wir haben lange nach ihm gesucht, nicht wahr, Mama?«

Eliza sah zuerst mich an, dann Saryon. »Wo habt ihr ihn gefunden?«

Mein Herr war für einen Moment ebenso stumm wie ich.

Er war ein miserabler Lügner. Ich gab ihm durch Zeichen zu verstehen, er solle sagen, wir hätten den Bären in der Nähe der Grenzlande gefunden, was mehr oder weniger der Wahrheit entsprach. Saryon wiederholte mit schwacher Stimme, was ich vorgeschlagen hatte.

»Wie mag es ihn dorthin verschlagen haben?« wunderte sich Eliza.

»Wer weiß, Kind«, sagte Gwendolyn kurz. Sie strich mit beiden Händen ihren Rock glatt. »Und jetzt lauf und hol deinen Vater. Sag ihm – nein, warte! Bitte, Hochwürden, gibt es keinen anderen Weg?«

»Nein.« Saryons Stimme klang sanft, aber bestimmt. »Die Angelegenheit, in der ich komme, ist äußerst dringend. Und sehr ernst.«

Sie seufzte und neigte ergeben den Kopf. »Sag Joram, daß Pater Saryon hier ist.«

Eliza zögerte. Der offensichtliche Kummer der Mutter verdrängte ihre Freude über den wiedergefundenen Bären. Einen Moment lang war sie wieder ein Kind gewesen, aber nun war dieser Moment unwiderruflich vorüber.

»Ja, Mama«, sagte sie kleinlaut. »Aber es wird eine Weile dauern. Er ist auf der hinteren Weide.« Dann schaute sie mich an, und ihr Gesicht erhellte sich. »Könnte ich – könnte Reuven mitkommen? Pater Saryon hat gesagt, er wäre im Baptisterium geboren. Unser Weg führt mitten hindurch, vielleicht möchte er es gern wiedersehen.«

Gwen schien der Vorschlag nicht zu gefallen. »Ich weiß nicht, was dein Vater davon halten würde, Kind.

Wenn plötzlich ein Fremder vor ihm steht, völlig unerwartet ... Geh lieber allein zu ihm.«

Das Leuchten, das Eliza umgab, verblaßte, als hätte sich eine Wolke vor die Sonne geschoben.

Ihre Mutter gab nach. »Nun gut. Reuven kann mitgehen, wenn er möchte. Aber mach dich erst etwas zurecht, Mädchen.« An Saryon gewandt, fügte sie zu gleichen Teilen stolz wie verlegen hinzu: »Ich kann ihr einfach nichts abschlagen.«

Aus diesem Grund hatten sie ihr auch Teddy nicht weggenommen, obwohl beide, Gwen und Joram, genau wußten, daß der Plüschbär kein wirklicher Plüschbär war. Ich konnte die Schuldgefühle der Eltern nachempfinden, die gezwungen waren, ihr Kind in der Isolation aufwachsen zu lassen. Jorams eigene Kindheit war von bitterer Einsamkeit und Tristesse geprägt gewesen; wie sehr es ihn geschmerzt haben mußte und wohl noch schmerzte, daß das Schicksal ihn zwang, dieses traurige Erbe an seine Tochter weiterzugeben.

Eliza setzte Teddy in einen Blumenkorb und ermahnte ihn scherzhaft, nicht wieder verlorenzugehen.

»Hier entlang, Reuven«, sagte sie dann freundlich zu mir. Durch die Entdeckung des Bären war ich in ihrer Gunst gestiegen, dabei hatte ich daran gar keinen Verdienst. Während ich Eliza folgte, warf ich über die Schulter einen Blick auf den Bären. Teddy rollte seine schwarzen Knopfaugen und zwinkerte mir zu.

Ich ließ meinen Knappsack stehen, nur mein Notepad nahm ich mit. Saryon und Gwendolyn saßen nebeneinander auf einer Steinbank im Schatten und tauschten wahrscheinlich Erinnerungen aus, während Eliza und ich uns auf den Weg machten. Sie schüttelte ihre Röcke zurecht, so daß ihre Beine bedeckt waren, und schob das schwarzschimmernde Haar unter den Strohhut, dessen Krempe ihr Gesicht beschattete. Sie schritt weit und rasch aus, so daß ich mich beeilen mußte, um an ihrer Seite zu bleiben.

Von ihr erfolgte keine Anregung zu einer Unterhaltung, und mir war es versagt, ein Gespräch zu beginnen, deshalb gingen wir schweigend nebeneinander her. Doch es war ein angenehmes Schweigen, wir füllten es mit unseren Gedanken und waren uns dadurch nahe. Ihre verschlossene Miene verriet mir, daß sie sich mit einem schwerwiegenden Problem beschäftigte.

Eine Mauer umschloß den Garten. Sie öffnete das Tor und führte mich zu einer langen Treppe, die im Zickzack in die Bergflanke hineingehauen war. Der Ausblick von hier oben, hoch über den anderen Gebäuden des Baptisteriums, von denen manche gut erhalten und manche nur mehr Ruinen waren, war grandios. Der graue Fels und die grünen Matten. Die Berggipfel vor dem blauen Himmel. Das Dunkelgrün der Baumgruppen im hellgrünen Gras. Gleichzeitig, in unausgesprochenem Einvernehmen, blieben wir beide auf den schmalen Stufen stehen, um zu schauen und zu bewundern.

Sie war als Ortskundige vor mir hergegangen, jetzt stand sie unterhalb von mir, den Kopf nach hinten geneigt, um unter der Krempe des Strohhuts hervor zu mir aufsehen zu können.

»Gefällt dir die Aussicht?« fragte sie.

Ich nickte. Auch wenn ich der Sprache mächtig gewesen wäre, hätten mir die Worte gefehlt.

»Mir auch«, antwortete sie zufrieden. »Ich bleibe auf dem Rückweg oft hier stehen. Wir wohnen dort unten.« Sie deutete auf ein langgestrecktes, niedriges Gebäude, Anbau eines erheblich größeren Komplexes.

»Mein Vater sagt, es handele sich dabei um jenen Bezirk des Baptisteriums, in dem die Katalyten gelebt haben. Dort gibt es eine Küche und einen Brunnen mit gutem Wasser.

Vater hat für Mutter und mich Webstühle gebaut. Die Räume hier oben sind unsere Werkstatt und Handarbeitsstuben. Wir spinnen unser eigenes Garn, weben unseren eigenen Stoff. Die Wolle stammt natürlich von den Schafen. Auch die Bibliothek befindet sich hier. Nach getaner Arbeit lesen wir dort. Manchmal gemeinsam, manchmal jeder für sich.«

Während wir gemächlich die Treppe hinunterstiegen, redeten wir. Oder vielmehr, sie redete, doch in ihrer Gesellschaft kam es mir nicht so vor, als befände ich mich in einer einseitigen Unterhaltung. Manchmal kommt es vor, daß Leute aus Befangenheit wegen meines Handicaps an mir vorbeireden, statt mit mir zu reden.

Eliza sprach über Bücher.

»Papa liest über Holzbearbeitung und Gartenbau und alles, was es über Schafe gibt. Mama liest Rezepte, obwohl sie Bücher über Merilon und Abhandlungen über Magie am liebsten hat. Allerdings gönnt sie sich das Vergnügen nur, wenn mein Vater nicht da ist. Es macht ihn traurig.«

»Und welche Bücher magst du am liebsten?« fragte ich in der Gebärdensprache und bewegte meine Hände besonders langsam und exakt. Ich hätte das Notepad benutzen können, doch in dieser archaischen Umgebung erschien es mir fehl am Platz, ein Fremdkörper.

»Welche Bücher ich mag? Das hast du gefragt, nicht wahr?« Eliza war begeistert, weil sie mich verstanden hatte. »Bücher, die sich mit der Erde befassen. Ich weiß ziemlich viel über Geschichte und Geographie, über Wissenschaft und Kunst. Aber am liebsten lese ich Romane.«

Mit hochgezogenen Augenbrauen drückte ich meine Verwunderung aus.

Wenn es je Literatur der Erde auf Thimhallan gegeben hatte, mußten Merlyn und die Gründer sie mitgebracht haben, und falls Elizas Informationen aus solchen Quellen stammten, glaubte sie wahrscheinlich, die Erde sei eine Scheibe und würde von der Sonne umkreist.

Mir fiel ein, daß, wie Saryon erzählte, Simkin einst in den Besitz eines Exemplars der gesammelten Werke Shakespeares gelangt war. Auf welch verschlungenen Wegen, vermochte auch Saryon nicht zu sagen. Er vermutete, daß irgendwann vor den Eisenkriegen, bevor Simkins Zauberkräfte nachzulassen begannen (parallel zu dem allgemeinen Schwinden von *Leben*), er ungehindert zwischen der Erde und Thimhallan hin und her zu pendeln pflegte. Durchaus möglich, daß er entweder Shakespeare persönlich gekannt hatte oder – wie Saryon zu spötteln pflegte – vielleicht *war* Simkin Shakespeare. Hatte ›Teddy‹ Eliza die Bücher beschafft?

Eliza interpretierte meinen fragenden Blick richtig. »Nach der Zerstörung Thimhallans kamen die Evakuierungsschiffe, um die Bevölkerung zur Erde zu bringen. Mein Vater wußte, daß er hierbleiben würde. Er verlangte, daß die Schiffe Gerätschaften, Werkzeug und Lebensmittel mitbringen sollten, bis wir in der Lage wären, uns selbständig zu ernähren. Und er forderte Bücher an.«

Natürlich. Joram hatte zehn Jahre seines Lebens auf der Erde verbracht, bevor er nach Thimhallan zurückkehrte. Man konnte ihm zutrauen, daß er wußte, was man brauchte, um mit seiner Familie im Exil zu überleben; was nötig war, um Körper und Geist zu erhalten.

Mittlerweile waren wir zu jenem Bereich des Baptisteriums gelangt, in dem Joram sein Domizil eingerichtet hatte. Wir gingen aber nicht hinein, sondern schlugen einen Bogen um den weitläufigen Komplex, einem Netzwerk verschlungener Pfade und Wege folgend, bis ich vollkommen die Orientierung verloren hatte. Die Gebäude ließen wir hinter uns und gingen erneut bergab, aber nur ein Stück weit. Vor mir lag ein Hang mit saftigem grünem Gras. Auf dem Grün sah ich einen wandernden weißen Fleck, die Schafherde, und einen schwarzen Punkt, ihren Hirten. Joram.

Ich blieb stehen. Mein Kommen schien mir nun keine so besonders gute Idee mehr gewesen zu sein. Ich deutete auf Eliza und anschließend auf ihren Vater, dann tippte ich mir gegen die Brust und legte die Hand auf die halbhohe Steinmauer – die Umfriedung des Pferchs, dem Geruch und den ein, zwei ruhenden Schafen im offenen Schuppen nach zu urteilen. Ich versuchte ihr verständlich zu machen, daß ich hier auf ihre Rückkehr warten wollte.

Eliza schaute mich an und runzelte die Stirn. Sie wußte ganz genau, was ich meinte, tatsächlich verständigten wir uns mit einer Leichtigkeit, die, hätte ich darüber nachgedacht, ausgesprochen bemerkenswert war. Doch ich war zu diesem Zeitpunkt zu aufgeregt und verwirrt, um einen klaren Gedanken fassen zu können.

»Aber ich möchte, daß du mich begleitest«, sagte sie ungeduldig, als wäre damit alles entschieden.

Ich schüttelte den Kopf und gab ihr zu verstehen, ich sei müde, was durchaus der Wahrheit entsprach. Wir hatten mindestens zwei Kilometer zurückgelegt, und ich war körperliche Anstrengungen nicht gewöhnt. Ich nahm das Notepad heraus und schrieb: *»Deine Mutter hat recht. Du solltest allein zu ihm gehen.*

Sie las die Worte auf dem Display. »Vater hat ein ähnliches Gerät«, sagte sie und berührte es zögernd mit dem Finger. »Nur viel größer. Er benutzt es für Aufzeichnungen.«

Sie verstummte. Ihr nachdenklicher Blick wanderte von mir zu den Schafen und der fernen, dunklen, ständig in Bewegung begriffenen Gestalt, die sie hütete. Sie wandte sich wieder mir zu.

»Mutter hat Pater Saryon angelogen, Reuven«, sagte sie bedrückt. »Sie hat auch sich selbst belogen, deshalb ist es vielleicht nicht wirklich eine Lüge. Papa ist *nicht* glücklich. Er war zufrieden, bis dieser Mensch Smythe auftauchte, doch seitdem macht er ständig ein finsteres Gesicht und spricht kaum noch, außer mit sich selbst. Er will uns nicht sagen, was ihn quält. Ich glaube, es wird ihm guttun, mit Pater Saryon zu reden.« Sie machte eine Pause. »Was ist das für eine Botschaft«, sagte sie dann in einschmeichelndem Ton, »die er uns bringt?«

Es war nicht an mir, mit ihr darüber zu sprechen und das gab ich ihr auch zu verstehen, dann wiederholte ich meine Aufforderung, sie solle allein zu ihrem Vater gehen. Sie zog einen Schmollmund, aber ich glaube eher unbewußt, denn sie war eigentlich sehr vernünftig und meinte schließlich zögernd, ich hätte vermutlich recht mit meinem Vorschlag.

Mit fliegenden Röcken lief sie den Hang hinunter, der Wind wehte ihr den Hut auf den Rücken und wühlte in ihren schwarzen Locken.

Allein zurückgeblieben, dachte ich über sie nach. Ich erinnerte mich an jedes Wort, jedes Mienenspiel, den Klang und Tonfall ihrer Stimme. Nicht, daß ich mich in sie verliebt hätte. Noch nicht. Meinetwegen, vielleicht ein kleines bißchen. Ich hatte einige Verabredungen mit Frauen gehabt, bei einigen war es sogar etwas ernster geworden – dachte ich, aber nie zuvor hatte ich mich in der Gesellschaft einer Frau so wohl gefühlt, so entspannt. Woran es lag? Die ungewöhnlichen Umstände unserer Begegnung, ihre Unbefangenheit, ihr offenes Wesen. Vielleicht war es die schlichte Tatsache, daß wir dieselbe Heimat hatten. Und dann schlich sich ein befremdlicher Gedanke in mein Bewußtsein.

Ihr seid euch nicht als Fremde begegnet. Irgendwo, irgendwie kennen sich eure Seelen.

Ich grinste über diese unsägliche romantische Vorstellung, obwohl das Grinsen ein wenig gezwungen ausfiel, wenn ich an meine lebhafte Vision von Eliza als Königin und mir selbst als einem langweiligen, tumben Katalyten in der Menge dachte.

Unfug. Hirngespinste. Ich widmete mich der Schönheit meiner Umgebung. Auch wenn der Krieg und später Stürme, Erdbeben und Feuersbrünste dem Land tiefe Wunden geschlagen hatten, diese Wunden heilten. Junge Bäume sprossen aus der Asche der alten, Gras überzog die Narben und Schrunden der Erde, und der ewige Wind rundete die schroffen Kanten der Felsen.

Die Einsamkeit war friedvoll, still. Keine Flugzeuge dröhnten am Himmel, keine Fernsehgeräte plärrten, keine Sirenen heulten. Die Luft war frisch und rein und roch nach Blumen und Gras und Regen in der Ferne, statt nach Abgasen und dem Mittagessen der Nachbarn. Selten hatte ich mich so wunschlos glücklich gefühlt wie allein in der Sonne auf diesem niedrigen Mäuerchen. Ich konnte mir Joram und Gwen und Eliza vorstellen, wie sie hier lebten, lasen, im Garten arbeiteten, die Schafe hüteten, Stoffe webten. Auch mich selbst konnte ich mir an diesem Ort vorstellen, und mein Herz sehnte sich plötzlich nach einem Dasein, das so einfach und so idyllisch war.

Natürlich sah ich alles viel zu einfach, zu idyllisch. Ich ließ absichtlich die harte Arbeit außer acht, die Beschwernisse, die Einsamkeit. Die Erde hingegen war nicht der Vorhof der Hölle, als die ich sie hingestellt hatte. Auch dort war Schönheit zu finden, ebensogut wie hier.

Doch wieviel Schönheit würde uns allen bleiben, wenn die Hch'nyv unseren Verteidigungsring durchbrachen und unsere Welt verwüsteten, wie sie andere verwüstet hatten? Wenn es zutraf, daß man die Macht des Dunklen Schwertes einsetzen konnte, um die Fremdwesen zurückzuschlagen, wie konnte Joram sich weigern, es auszuliefern? War auch Saryon zu dieser Schlußfolgerung gelangt?

Ich sann und grübelte und träumte, während ich dort auf der Mauer saß und mit den Blicken Eliza folgte, ein heller Fleck im Grün des Wiesenhangs. Ihr Vater kam ihr ein Stück entgegen. Aus dieser Entfernung konnte ich es nicht sehen, aber ich konnte mir vorstellen, wie er zu mir herschaute. Sie standen eine Weile beieinander und redeten, dann machten sie sich beide daran, die Schafe zusammenzuholen und dann den Hügel hinunter und zurück zum Pferch zu treiben.

Die Steinmauer, auf der ich saß, war plötzlich sehr kalt und sehr hart.

Kapitel II

Das Schwert war in einem Stück gegossen und besaß weder Eleganz noch Form. Die Klinge war vom Griff kaum zu unterscheiden, eine kurze Parierstange mit stumpfen Enden trennte das eine vom anderen. Das Heft war leicht gerundet, damit es besser in der Hand lag, und Joram hatte auf Saryons Rat hin am oberen Ende eine Kugel angefügt, um die Waffe auszubalancieren. . .
Das Schwert strahlte etwas Böses, etwas Teuflisches aus.

Kind des Todes

Eliza und ihr Vater kamen zurück und mit ihnen und vor ihnen her der Schafherde, die wie eine riesige, wollige Raupe über den grasbewachsenen Hang strömte. Joram folgte ihr mit festen Schritten, lenkte sie gelegentlich mit dem Krummstab nach links oder rechts oder geleitete einen Ausreißer zur Herde zurück. Eliza lief hin und her, schwenkte den Hut und ihre langen Röcke. Da ich nichts von Schafen verstand, konnte ich nicht beurteilen, ob sie in bester Absicht möglicherweise mehr Schaden anrichtete als Nutzen, doch ihre übermütige Lebhaftigkeit entzündete ein frohes Licht in ihres Vaters Augen, und natürlich ließ er sie gewähren.

Dieses Leuchten erlosch schlagartig, als sich der durchdringende und beunruhigende Blick der schwarzen Augen auf mich richtete.

Die Schafe drängten an mir vorbei. Über den zottigen Leibern hing der strenge Geruch feuchter Wolle, ihr Blöken und Bähen war ohrenbetäubend. Ich drückte mich auf die Seite, um nicht im Weg zu stehen und Joram nicht zu behindern. Mir war höchst unbehaglich zumute, und ich wünschte mir von ganzem Herzen, ich wäre oben bei Saryon und Gwendolyn geblieben.

Ich fühlte, wie Joram mich beim Näherkommen einer gnadenlosen Musterung unterzog. Auf gleicher Höhe mit mir, als ich mich zum Gruß verbeugen wollte, wandte er abrupt den Blick ab und vermied es ostentativ, in meine Richtung zu schauen. Sein Gesicht war so kalt und starr, daß man es gegen die schroffe Felswand mir gegenüber hätte austauschen können, ohne daß man einen Unterschied hätte bemerken können.

Er schenkte mir nicht die geringste Beachtung. Da er ganz von seiner Arbeit in Anspruch genommen war, konnte ich ihn ungestört betrachten, und ich nutzte die Gelegenheit, denn ich war neugierig auf den Mann, dessen Lebensgeschichte ich aufgeschrieben hatte.

Joram ging zu dieser Zeit auf Ende Vierzig zu. Er war eine düstere, verschlossene Erscheinung und wirkte dadurch älter als er war. Das harte Landleben, meistens im Freien, den Unbilden des wechselhaften und rauhen Klimas von Thimhallan ausgesetzt, hatte seine Haut zu einem tiefen Braun gegerbt und sein Gesicht gefurcht. Sein schwarzes Haar war ebenso dicht und üppig wie das seiner Tochter, allerdings von grauen Strähnen durchzogen, und an den Schläfen zeigten sich Spuren von Silber.

Er war immer schon breitschultrig und muskulös gewesen, auch jetzt noch hätte sein athletischer, schön modellierter Oberkörper einem olympischen Zehnkämpfer Ehre gemacht. Seine markanten Züge hatten such durch die frühen Jahre des Leids und der Bitterkeit vertieft, und auch die spätere, glücklichere Zeit hatte diese Spuren nicht zu mildern vermocht.

Kein Wunder, daß er sich alle Mühe gab, mich zu übersehen und sich vermutlich von ganzem Herzen wünschte, ich würde ›dahin gehen, wo der Pfeffer wächst‹, wie man auf der Erde zu sagen pflegte. Dabei konnte er nicht wissen, was unser Kommen bedeutete, obwohl ich überzeugt bin, er ahnte etwas. Ich war Jorams Nemesis.

Nachdem die Schafe getränkt waren und nach und nach im Pferch zur Ruhe kamen, ergriff Eliza die schwielige, arbeitsharte Hand des Vaters und wollte ihn dorthin führen, doch er machte sich sanft, aber bestimmt von ihr los. Er wollte ihr nicht weh tun, doch er ließ keinen Zweifel daran, daß es zwischen uns – ihm und mir – keine Verbindung geben würde, erst recht nicht durch sie.

Konnte man es ihm verdenken? Ich fühlte mich schuldig, als wäre ich für sein Schicksal verantwortlich, und ich hatte solches Mitleid mit ihm, dessen idyllisches Dasein ich zu zerstören im Begriff war, daß mir Tränen in den Augen brannten.

Blinzelnd drängte ich sie zurück, denn jedes Zeichen von Schwäche meinerseits würde mir nur seine Geringschätzung eintragen.

»Papa«, sagte Eliza, »das ist Reuven. Er ist Pater Saryons Wahlsohn. Er kann nicht sprechen, wenigstens nicht mit seinem Mund, aber seine Augen sind sehr beredt.«

Sie neckte mich mit ihren Worten und ihrem Lächeln. Dies und ihre Schönheit – noch lebendiger jetzt mit den von der Anstrengung rosig gefärbten Wangen und dem wild zerzausten Haar – halfen mir nicht gerade, meinen Gleichmut zu bewahren. Bezaubert von der Tochter, eingeschüchtert vom Vater, verzehrt von Schuldbewußtsein, verneigte ich mich respektvoll und dankte dem Almin für diese Gelegenheit, mein Gesicht zu verbergen und meine Fassung wiederzuerlangen.

Es war nicht leicht. Joram sagte kein Wort zur Begrüßung. Als ich den Kopf hob, hatte er die Arme vor der Brust verschränkt und betrachtete mich mit unverhohlenem Mißvergnügen unter finster gerunzelten Brauen hervor. Seine kalte, abweisende Haltung warf einen Schatten auf Elizas unbefangenen Enthusiasmus. Sie zögerte, schaute unsicher von ihm zu mir.

»Papa«, meinte sie schließlich mit sanftem Tadel, »wo sind deine Manieren? Reuven ist unser Gast. Er ist den ganzen weiten Weg von der Erde gekommen, um uns zu besuchen. Du mußt ihn willkommen heißen.«

Sie verstand die Zusammenhänge nicht. Wie sollte sie auch? Ich hob die Hand und schüttelte leicht den Kopf, dabei hielt ich den Blick auf Joram gerichtet. Wenn meine Augen so beredt waren, wie Eliza gesagt hatte, hoffte ich, daß er in ihnen Verständnis lesen konnte. Vielleicht konnte er, trotzdem würdigte er mich keines Wortes, sondern wandte sich ab und begann die lange Treppe hinaufzusteigen. Doch bevor er sich umdrehte, konnte ich noch sehen, daß etwas von der eisigen Starre aus seinem Gesicht gewichen war und einem tiefen Gram Platz gemacht hatte. Ich glaube, alles in allem wäre mir seine Abneigung lieber gewesen.

Er nahm die Treppe im Sturmschritt, zwei, drei Stufen auf einmal, und ich staunte über seine Ausdauer, denn es ging in scharfen Kehren steil den Berg hinauf.

Ich war schon bald völlig außer Atem. Eliza blieb schweigend an meiner Seite, ihren Blick auf ihres Vaters Rücken geheftet.

»Er kann es nicht erwarten, Pater Saryon zu begrüßen«, sagte sie plötzlich, um Jorams Unhöflichkeit zu entschuldigen.

Ich nickte, ein Zeichen, daß ich verstanden hätte. Als ich stehenblieb, um Atem zu schöpfen und darauf zu warten, daß die Krämpfe in meinen Waden erträglicher wurden, gab ich ihr durch Zeichen zu verstehen, daß ich nicht beleidigt war und sie sich keine Gedanken meinetwegen machen sollte.

Diesmal verstand sie mich nicht. Ich nahm das Notepad heraus, gab die Worte ein und zeigte es ihr. Sie las, schaute mich an, und ich lächelte ihr aufmunternd zu. Sie lächelte zurück, zaghaft, dann seufzte sie.

»Alles wird sich ändern, nicht wahr, Reuven? Unser Leben wird sich ändern. *Sein* Leben wird sich ändern.« Ihr Blick richtete sich wieder auf ihren Vater. »Und alles durch meine Schuld. Ich habe mich nach diesem Tag gesehnt, habe darum gebetet, daß er kommt. Ich habe nicht nachgedacht ... O Papa, es tut mir leid! Es tut mir so leid!«

Sie raffte ihre Röcke hoch, ließ mich stehen und sprang die Treppe hinauf, ganz die Tochter ihres Vaters. Ich hätte nicht mit ihr Schritt halten können und wäre es um mein Leben gegangen. Davon abgesehen war es mir ganz recht, allein zurückzubleiben, ich brauchte Zeit, um meine Gedanken zu ordnen. Langsam und unter Schmerzen folgte ich ihnen.

Eliza holte ihren Vater ein, schob ihren Arm unter den seinen und legte ihm ihren Kopf an die Schulter. Er zog sie liebevoll an sich und streichelte ihr über die wilden schwarzen Locken. Arm in Arm stiegen sie das letzte Stück der Treppe hinauf, bis sie das Wohnhaus erreicht hatten, wo sie verschwanden.

Ich quälte mich Stufe um Stufe weiter, meine Beine waren bleischwer, jeder Atemzug brannte mir in der Brust. Unten hörte ich die Schafe in ihrem Pferch zufrieden blöken. In der Ferne grollte Donner, offenbar entlud sich über der Ebene ein weiteres Unwetter.

Ich mußte daran denken, was aus den Schafen wurde, wenn wir Joram und seine Familie von hier fortbrachten. Ohne ihren Hirten waren sie zum Tod verurteilt.

Kapitel 12

Mit dem kugelförmigen Knauf, dem Heft wie einem langen Hals, den kurzen, stumpfen Armen der Parierstange und dem schmalen Leib der Klinge erschien die Waffe wie die grimmige Parodie eines menschlichen Wesens.

Kind des Todes

Mir fiel ein, daß ich das Wiedersehen verpassen würde, die erste Begegnung zwischen meinem Herrn und Joram, und diese Befürchtung verlieh mir noch einmal neue Kraft, doch oben angelangt, mußte ich erst einmal stehenbleiben; ich stemmte die Hände in die Seiten und rang mit offenem Mund nach Luft.

Da es schon dämmerte, hatte man im Haus Licht gemacht, das mir als Wegweiser zu den bewohnten Räumen diente. Ich trat durch die den erhellten Fenstern am nächsten gelegene Tür in den von Schatten erfüllten Korridor jenes Gebäudeflügels, in dem zur Glanzzeit des Baptisteriums die jungen, in der Ausbildung befindlichen Katalyten wohnten. Ich erkannte es an den langen Reihen winziger Zellen, die vom Mittelgang abzweigten. Jede Zelle war ausgestattet mit Bett, Tisch und Waschständer. Die Steinmauern waren kalt und feucht, die Räume staubig und wurden durchweht von wehmütiger Verlassenheit.

Der Lichtschein aus den bewohnten Räumen drang nicht bis hierher, ich sah ihn erst wieder, als ich einen großen offenen Raum erreichte, wahrscheinlich das ehemalige Refektorium. Hinter der Tür linker Hand hörte ich Stimmen und trat von Dunkelheit und Kälte hinein in Licht und Wärme. Eine Küche, die einst etliche hundert Menschen verpflegt hatte, diente Jorams Familie nicht allein zum Kochen und Essen, sondern auch als zentraler Aufenthaltsbereich.

Der Grund hierfür war offensichtlich: ein riesiger gemauerter Kamin. Vor zwanzig Jahren, als das Baptisterium vor Leben wimmelte, hatten Magi, die man zur Zusammenarbeit mit den Katalyten gedungen hatte, Feuer heraufbeschworen, um die Mahlzeiten zu bereiten und die Glieder zu wärmen. Joram, dem keinerlei Magie zu Gebote stand, war gezwungen, Holz zu schlagen und herbeizuschaffen. Die Flammen knisterten und tanzten, Qualm und Funkengarben stiegen den Rauchfang empor. Ich genoß die Wärme, denn draußen wurde es nach Sonnenuntergang empfindlich kühl.

Saryon und Gwen saßen am Feuer. Gwen blickte schweigend und mit blassem Gesicht in die Flammen, manchmal schweiften ihre Augen in den Hintergrund des Raums, halb erwartungsvoll, halb furchtsam. Saryon war von sichtlicher Unruhe beseelt, er stand auf und wanderte ziellos im Zimmer umher und setzte sich genauso plötzlich wieder hin. Joram war nicht anwesend, und ich fürchtete, er könnte sich weigern, Saryon zu begrüßen, was meinem Herrn das Herz brechen würde. Dann trat Eliza ein, fast gleichzeitig mit mir, aber durch die Tür gegenüber.

»Papa heißt Euch willkommen, Pater Saryon«, sagte sie und ging auf den Katalyten zu, der sich bei ihrem Anblick wieder erhoben hatte. »Bitte, setzt Euch und fühlt Euch wie zu Hause. Papa will sich nur waschen und umziehen, er wird in Kürze bei uns sein.«

Ich fühlte mich ebenso erleichtert wie Saryon, denn er lächelte und seufzte tief, bevor er sich wieder niederließ. Nun stand Gwen auf und sagte, wir müßten hungrig sein und sie werde das Abendessen richten. Obwohl Eliza bemüht gewesen war, die Spuren zu beseitigen, sah ich ihr an, daß sie geweint hatte.

Sie erbot sich, mir den Weg zu meiner Kammer zu zeigen, damit ich mir den Reisestaub abwaschen konnte, und ich folgte ihr gerne. Um die Küche zu verlassen, mußten wir an dem Bären mit der orangefarbenen Schleife vorbei, der auf einem kleinen, eigens für ein Kind angefertigten Stuhl saß und natürlich nichts Besseres zu tun hatte, als im genau richtigen Moment nach von zu kippen und uns vor die Füße zu fallen.

»Armer Teddy«, sagte Eliza und hob den Plüschbären auf. Sie klopfte ihn ab, gab ihm einen Kuß zwischen die fadenscheinigen Ohren und setzte ihn wieder ordentlich hin. »Sei ein braver Teddy«, ermahnte sie ihn in scherzhaftem Ernst, »und du bekommst Brot und Honig zum Abendessen.«

Als ich noch einmal über die Schulter zurückschaute, sah ich den räudigen Meister Petz unverschämt grinsen.

Eliza führte mich in den Schlafbereich der Familie, der einst, wie sie mir erzählte, das Reich der ranghöheren Katalyten gewesen war. Die Räume hier waren größer und erheblich wohnlicher als die kahlen Zellen unten. Sie ging vor mir her zum Ende des Ganges.

»Hier wirst du heute nacht schlafen«, sagte sie und öffnete eine Tür.

Ein Feuer brannte in dem kleinen Kamin. Das Bett war frisch bezogen mit lavendelduftendem Leinen, und da war mein Knappsack, den jemand bereits heraufgebracht hatte. In dem Waschständer warteten eine Kanne mit heißem Wasser und das Becken darauf, daß ich davon Gebrauch machte. Eliza erklärte mir, wo der Abort zu finden war.

»Kein Grund zur Eile«, sagte sie. »Papa nimmt ein Bad und schwimmt anschließend noch wie jeden Abend seine Runden. Er wird frühestens in einer halben Stunde fertig sein.«

Wie ihre Mutter war sie blaß und geistesabwesend. Nur als sie mit Teddy sprach, hatte ich sie lächeln sehen und nur für einen kurzen Moment. Sie wandte sich zum Gehen, aber ich hielt sie zurück.

Da wir etwas Zeit hatten, tippte ich in das Notepad ein: *Erzähl mir mehr über Teddy.*

Das Lächeln erschien wieder. »Du weißt, wie ich ihn in dem alten Kinderhort gefunden habe. Von da an hat er mich überallhin begleitet – zum Schafehüten mit Papa, in den Garten mit Mama oder zum Wäschewaschen.

Du wirst das für albernes Zeug halten.« Eine leichte Röte stieg ihr in die Wangen. »In meiner Erinnerung hat Teddy mir Geschichten erzählt, von Elfen und Riesen und Drachen und Einhörnern.« Sie lachte verlegen. »Ich nehme an, ich habe sie selbst erfunden und Teddy erzählt, obwohl mir auf rätselhafte Weise so ist, als wäre es umgekehrt gewesen. Was meinst du dazu?«

Ich weiß nicht mehr, was ich antwortete. Etwas über einsame Kinder und eine lebhafte Phantasie. Was sollte ich sagen? Ich war nicht befugt, ihr die Wahrheit über Simkin zu offenbaren!

Sie nickte und meinte, das sei wohl die logische Erklärung, dann wollte sie gehen, doch in der halboffenen Tür zögerte sie. »Im nachhinein fällt mir auf, manche von diesen Geschichten waren ziemlich grausig. Gräfinnen, denen beim Niesen der Kopf von den Schultern sprang und in die Suppenterrine, Herzöge wurden aus Versehen lebendig begraben, und Feenköniginnen nahmen Männer gefangen und machten sie zu ihren Sklaven. Was für ein morbider kleiner Racker ich gewesen sein muß!«

Wieder lachend, ging sie hinaus und machte die Tür hinter sich zu.

Simkin, so chaotisch wie skrupellos, war durchaus imstande, erwachsene Menschen rein zur Bekämpfung der Langeweile ins Verderben zu stürzen. Eine erschreckende Vorstellung, daß Joram und Gwen – besonders Joram, der Simkins Charakter kannte – ihn als Spielgefährten ihrer Tochter geduldet hatten. Doch Simkin hatte ihr offenbar kein Leid zugefügt, sondern ihr zu schönen, wenn auch ungewöhnlichen Kindheitserinnerungen verholfen.

Was, wenn Joram sich nun entschloß, mit seiner Familie zur Erde zurückzukehren? Bestimmt würde Eliza darauf bestehen, ihren ›Teddy‹ mitzunehmen. Die Vorstellung von Simkin, der auf der Erde sein Unwesen trieb, verursachte mir ein ungutes Gefühl in der Magengegend. Ich nahm mir vor, mit Saryon darüber zu reden, dem, von eigenen Sorgen geplagt, dieses Problem wahrscheinlich noch gar nicht ins Bewußtsein gedrungen war.

Ich fand das stille Örtchen – eins für Männer, eins für Frauen –, eine Anlage, die noch aus der Gründungszeit des Baptisteriums stammen mußten. Alles war peinlich sauber, aber der Gedanke, für jedes menschliche Bedürfnis in Wind und Wetter hinauszumüssen, bei Tag und Nacht, brachte mich zu der Ansicht, daß die Verlegung der sanitären Einrichtungen in das Innere des Hauses zu den hervorragendsten Errungenschaften der Menschheit gehörte.

In mein Zimmer zurückgekehrt, wusch ich mich über dem Wasserbecken – wie ich Joram um sein Bad beneidete –, kämmte mir das Haar und wechselte die Kleider. In sauberen Blue jeans und einem blauen Strickpullover, den ich in Irland gekauft hatte und innig liebte, kehrte ich in die Küche zurück.

Eliza und ihre Mutter waren mit dem Abendessen beschäftigt.

Ich bot meine Hilfe an und erhielt den Auftrag, das frischgebackene Brot zu schneiden, das zum Auskühlen auf einem Gestell lag. Eliza stellte Schüsseln mit Dörrobst auf den Tisch und Honig, der nach Kleeblüten schmeckte. Gwen rührte in einem Bohneneintopf mit Hammelfleisch. Die Schafe lieferten ihnen also nicht nur Wolle für Kleidung, sondern auch Fleisch zum Essen.

Saryon warf mir einen besorgten Blick zu, als Gwen das Hammelfleisch erwähnte, denn noch vor wenigen Jahren pflegte ich bei Einladungen nicht mit meinen vegetarischen Prinzipien hinter dem Berg zu halten, gewöhnlich gerade dann, wenn der Braten aufgetragen wurde. Ich lächelte ihm zu und schüttelte den Kopf und übernahm es sogar, den Eintopf zu kosten, als Eliza wissen wollte, ob er ausreichend gewürzt war.

Wenn ich mich recht erinnere, fehlte Salz, aber genau kann ich es nicht mehr sagen, denn in dem Moment, als sie mir den Holzlöffel an die Lippen hielt, wurde mir schlagartig bewußt, daß ich im Begriff stand, mein Herz zu verlieren.

Mir blieb keine Zeit, diese Erkenntnis zu verarbeiten, denn Joram kam herein.

Von dort, wo ich stand, konnte ich ihn nicht sehen, doch Saryons Gesicht, aus dem von einer Sekunde zur anderen alle Farbe wich, verriet es mir. Gwendolyn und Eliza tauschten einen Blick geheimen Einverständnisses. Sie hatten es so eingerichtet, daß wir uns im hinteren Teil der Küche befanden, und Saryon und Joram den Aufenthaltsbereich für sich hatten.

Joram trat in mein Blickfeld. Mir wurde das Herz schwer, denn er sah immer noch grimmig und stoisch und unzugänglich aus wie bei unserer Begegnung am Pferch. Saryon erwartete ihn, hoch aufgerichtet, gefaßt. Die beiden Männer musterten sich lange, keiner sprach ein Wort. Ich weiß nicht, was ich fürchtete – daß Joram sich von seinem Mentor abwenden und ihn aus dem Haus weisen würde. Bei diesem steifnackigen harten Mann hielt ich alles für möglich.

Eliza und Gwen faßten sich bei den Händen. Meine Hände wurden klamm; ich litt mit Saryon, der in sich zusammenzusinken schien und todelend aussah. Ich wollte zu ihm gehen und hatte schon einen Schritt in seine Richtung getan ...

Joram streckte die Arme aus, umfing Saryon und zog ihn an seine Brust.

»Mein Junge«, murmelte Saryon mit brüchiger Stimme und streichelte dem erwachsenen Mann über den Rücken, wie vielleicht vor Zeiten der Katalyt liebevoll den Säugling gestreichelt hatte. »Mein lieber Junge! Wie gut es sich gefügt hat ... Du und Gwen ...« Er konnte nicht mehr weitersprechen.

Gwen schluchzte in ihre Schürze. Eliza schaute der Begrüßung zu, Tränen rollten über ihre Wangen, ein süßes, trauriges Lächeln spielte um ihre Lippen. Auch in meinen Augen standen Tränen, die ich rasch mit dem Ärmel meines Pullovers trockenwischte.

Joram richtete sich auf. Er war jetzt größer als mein Herr, die Jahre hatten Saryon gebeugt. Der jüngere Mann legte seine Hände – braun und rauh – auf die Schultern seines alten Mentors und lächelte düster.

»Willkommen in unserem Heim, Hochwürden«, sagte er, aber die Art, wie er es sagte, strafte die gastfreundlichen Worte Lügen, denn seine Stimme klang kühl und spröde. »Gwen und ich freuen uns, daß Ihr gekommen seid, um uns zu besuchen.«

Seine dunkle Miene erhellte sich ein wenig, als er seine Frau anschaute, und auch seine Stimme wurde weicher. »Unsere Gäste müssen hungrig sein. Ist das Abendessen fertig?«

Gwen wischte sich eilig mit dem Schürzenzipfel die Augen trocken und erwiderte schwach, der Tisch sei gedeckt, wir brauchten nur noch Platz zu nehmen. Ich wollte beim Auftragen helfen, aber Eliza lehnte ab und sagte, ich solle mich zu den anderen Männern setzen.

Joram ließ sich am Kopf der langen Tafel nieder, Saryon bot er den Stuhl zu seiner Rechten an. Ich setzte mich links neben meinen Herrn.

»Ich glaube, du hast Reuven bereits kennengelernt«, stellte Saryon mich vor. »Mein Assistent und Sekretär. Reuven hat deine Lebensgeschichte aufgeschrieben, Joram. In König Garalds Auftrag, damit die Menschen auf der Erde unser Volk zu verstehen lernen. Die Bücher wurden sehr gut aufgenommen, sie würden auch dir gefallen, glaube ich.«

»*Ich* würde sie gern lesen!« Eliza stellte die Terrine mit den dampfenden Bohnen auf den Tisch. Sie faltete die Hände und schaute mich voller Bewunderung an. »Du schreibst Bücher! Davon hast du mir nichts erzählt. Wie wundervoll!«

Mein Gesicht war so heiß, daß man an meiner Wange Brot hätte rösten können. Joram sagte nichts. Gwen murmelte etwas Höfliches, das ich nicht verstand, weil mir das Blut in den Ohren rauschte und sich in meinem Kopf die Gedanken überschlugen. Eliza war so wunderschön. Sie betrachtete mich mit Respekt und Bewunderung.

Wie eine Urlaubsliebschaft, ermahnte ich mich streng. Du befindest dich in einer fremden und exotischen Umgebung, eine Begegnung unter ungewöhnlichen Bedingungen. Nicht nur das, sondern ich bin der erste Mann ungefähr in ihrem Alter, den sie je kennengelernt hat. Ich durfte ihre Unerfahrenheit nicht ausnutzen. Sie würde einen Freund brauchen in dieser verwirrenden neuen Welt, die sie erwartete. Ich wollte dieser Freund sein, und wenn sie, nachdem sie Hunderte von anderen jungen Männern kennengelernt hatte und vergleichen konnte, immer noch gut von mir dachte, würde ich für sie da sein.

Ein Katalyt von vielen ...

Saryon stieß mich unter dem Tisch an. Ich kehrte mit einem Ruck in die Gegenwart zurück und merkte, daß auch Gwen und Eliza sich zu Tisch setzten, Eliza gegenüber von Saryon und Gwen an der anderen Kopfseite des Tisches. Joram hatte sich respektvoll erhoben, Saryon und ich folgten seinem Beispiel.

»Hochwürden«, sagte Joram, als wir alle wieder auf den Stühlen saßen, »würdet Ihr ein Gebet sprechen?«

Saryon machte ein erstauntes Gesicht, und das mit gutem Grund, denn in der Vergangenheit war Joram alles andere als religiös gewesen. Er hatte sogar einen Groll gegen den Almin gehegt und Ihm die Schuld an seinem tragischen Schicksal gegeben, obwohl doch die Gier und der rücksichtslose Ehrgeiz der Menschen für all das Schlimme verantwortlich waren.

Wir neigten die Köpfe. Ich glaubte, von Teddy ein hämisches Kichern zu hören, aber niemand sonst schien etwas zu merken.

»Gütiger Almin«, betete Saryon, »segne und bewahre uns in diesen dunklen und gefahrvollen Zeiten. Hilf uns, daß wir zusammenarbeiten, um diesen schrecklichen Feind zu bekämpfen, der danach strebt, die Herrlichkeit Deiner Schöpfung zu vernichten und zu entwürdigen. Amen.«

Eliza und Gwen murmelten ihr Amen, ich wiederholte es stumm. Joram sagte nichts. Er hob den Kopf und sandte Saryon einen finsteren Blick, der, hätte er ihn gesehen, ihn bis ins Herz getroffen haben würde. Glücklicherweise schaute er gerade Eliza an, die ihm gegenüber am Tisch saß.

»Du hast erstaunliche Ähnlichkeit mit deiner Großmutter, meine Liebe«, meinte er zu ihr. »Die Kaiserin von Merilon. Man rühmte sie als die schönste Frau von Thimhallan. Und das war sie, eine der schönsten.« Er richtete seine gütigen Augen auf Gwen. »Die andere war natürlich deine Mutter.«

Gwendolyn und Eliza erröteten beide, und Eliza bat Saryon, ihr von der Kaiserin, ihrer Großmutter, zu erzählen.

»Papa redet nie von den alten Zeiten«, beschwerte sie sich. »Vorbei ist vorbei, sagt er, und daß es sinnlos wäre, Gedanken an Vergangenes zu verschwenden. Ich habe in Büchern über Merilon und alles andere gelesen, aber das ist nicht dasselbe. Einiges hat Mutter mir erzählt, aber nicht viel . . .«

»Hat sie dir erzählt, wie sie uns vor den *Duuk-tsarith* gerettet hat, als wir zum ersten Mal nach Merilon kamen?« fragte Saryon.

»Nein! Hast du das wirklich getan, Mama? Erzählst du uns die Geschichte?«

Gwen lächelte, aber auch ihr war der Blick nicht entgangen, den ihr Mann Saryon zugeworfen hatte. Sie wehrte ab, sie wäre keine gute Geschichtenerzählerin und wolle dies lieber dem guten Pater überlassen. Saryon ließ sich nicht zweimal bitten, und Eliza lauschte gebannt. Gwen hielt den Blick auf ihren Teller gerichtet und stocherte in den Speisen, doch sie hob nur selten die Gabel an den Mund. Joram aß schweigend und sah mit leerem Blick in die Ferne.

»Simkin verwandelte sich in eine Tulpe.« Die Geschichte näherte sich dem Ende. »Er schmuggelte sich in das Bouquet, das deine Mutter trug, und drängte sie, den Wachen am Stadttor zu sagen, meine jungen Freunde und ich wären alle Gäste ihres Vaters! Deshalb ließ man uns ein, die wir in Wirklichkeit auf der Flucht vor dem Gesetz waren. Natürlich war es eine Lüge, aber ich glaube, daß der Almin ihr vergeben hat, denn sie handelte aus Liebe.«

Saryon lächelte gütig und nickte zu Joram hin. Gwendolyn hob den Kopf und sah ihren Mann an, er erwiderte ihren Blick, und wieder erlebte ich, wie die Düsternis, die Teil seines Wesens zu sein schien, sich für einen Moment hob. Die Liebe, an jenem Tag entzündet, brannte immer noch, ihre Wärme umhüllte und erquickte uns.

»Mama! Du warst eine Heldin! Wie romantisch. Aber ich möchte mehr über diesen Simkin erfahren.« Eliza lachte.

Ihr Ansinnen bereitete Saryon sichtliches Unbehagen. Mein Blick flog unwillkürlich zu dem Plüschbären, der entweder vor Erwartung oder vor unterdrücktem Gelächter zu beben schien. Saryon öffnete den Mund, doch bevor er etwas sagen konnte, schob Joram mit grimmigem Gesicht den Teller zurück und stand auf.

»Genug Geschichten für diesen Abend. Ihr seid aus einem bestimmten Grund hier, Hochwürden, wenn ich richtig vermute. Kommt hinüber in die Abendstube und berichtet uns davon. Laß das Geschirr stehen, Gwen«, wandte er sich an seine Frau. »Pater Saryon hat auf der Erde wichtige Aufgaben zu erfüllen, wir wollen ihn nicht unnötig lange hier aufhalten.

Ihr, Hochwürden, und Reuven werdet heute nacht selbstverständlich unsere Gäste sein.«

»Vielen Dank«, sagte Saryon matt.

»Es dauert nur einen Moment, den Tisch abzuräumen, Joram«, wandte Gwendolyn fahrig ein. »Du gehst mit Pater Saryon in die Stube. Eliza, Reuven und ich werden ...«

Ein Teller entglitt ihren kalten, zitternden Händen. Er fiel auf den Fußboden und zerschellte.

Wir alle standen da und schauten in beklommenem Schweigen auf die Bescherung. Ein deutlicheres Omen konnte es nicht geben.

Kapitel 13

Das Schwert lag wie ein Leichnam zu Saryons Füßen, die Personifikation seiner Sünden.

Der Herrscher von Merilon

Eliza brachte einen Besen und kehrte die Scherben des Tellers zusammen. »Reuven und ich werden das Geschirr abwaschen, Mama«, sagte sie leise. »Du bleibst bei Papa.«

Gwendolyn gab keine Antwort, aber sie nickte, trat zu Joram, legte den Arm um ihn und schmiegte die Wange an seine Brust. Er hielt sie fest, neigte den dunklen Kopf über ihren blonden Scheitel und küßte sie zärtlich.

Ich stellte das Geschirr zusammen und trug es in die Küche. Eliza warf die Scherben in einen Eimer, dann füllte sie eine große Schüssel mit heißem Wasser aus einem dampfenden Kessel auf dem Herd. Die ganze Zeit über hielt sie die Augen niedergeschlagen und widmete sich ganz ihrer Arbeit.

Ich ahnte, was sie fühlte: Schuld, Reue. Prosperos Tochter wollte diese schöne neue Welt kennenlernen. Im stillen war sie überzeugt, deswegen wären wir gekommen – um sie mit uns zu nehmen. Sie wollte mitkommen, wollte die Wunder schauen, von denen sie bisher nur gelesen hatte. Doch gleichzeitig war ihr bewußt, vielleicht zum ersten Mal, welchen Schmerz ihr Fortgehen ihren Eltern bereiten würde. Um diesen Preis wollte sie ihren Traum nicht wahr werden sehen.

Aber sie brauchte ihre Eltern nicht zu verlassen, sie

würden alle zusammen von hier fortgehen. Dieses Wissen erleichterte mich.

Joram vergewisserte sich, daß Saryon einen bequemen Platz am Feuer hatte, bevor er sich in seinen, wie ich vermutete, angestammten Sessel niederließ und Gwen in dem ihren. Auf Beistelltischchen neben ihren Sesseln lagen Bücher, neben Gwens stand ein Korb mit Wollknäueln und handgeschnitzten Stricknadeln sowie ein Korb mit Flickzeug. Aus alter Gewohnheit griff sie nach einem davon, schaute Pater Saryon an, stellte seufzend ihre Arbeit zur Seite und faltete die Hände im Schoß.

Niemand sprach ein Wort. Wir hätten eine Versammlung von Stummen sein können, nur wäre dann das Schweigen lebendig gewesen: Gedanken, die von einem zum anderen flogen, vermittelt durch Mienenspiel, sprechende Blicke. Doch von uns stand jeder hinter einer Mauer – einer Mauer aus Zeit und Entfernung, Angst und Mißtrauen und, im Fall meines Herrn, großen Kummers.

Nachdem wir das Geschirr weggeräumt hatten, gesellten wir uns zu den anderen. Eliza zündete Kerzen an. Ich legte Holz ins Feuer, während sie zu ihrem eigenen Sessel ging, neben einem mit Büchern überhäuften Tisch, auf dem außerdem ein Handarbeitskorb ähnlich dem ihrer Mutter stand. Ich holte mir einen Stuhl aus der Küche und setzte mich neben meinen Herrn.

Joram musterte Saryon in düsterer Erwartung. Die schwarzen Brauen bildeten eine waagerechte, feindselige Linie über den durchdringenden Augen, seine Miene war starr und unzugänglich – eine schroffe Felswand, die Saryon herausforderte, sie zu erstürmen.

Saryon hatte gewußt, daß seine Mission nicht einfach sein würde, aber ich glaube, auf eine Situation wie diese war er doch nicht vorbereitet gewesen. Er holte tief Atem, doch als er sprechen wollte, kam Joram ihm zuvor.

»Ich möchte, daß Ihr Prinz Garald eine Nachricht von mir überbringt, Hochwürden«, sagte er brüsk. »Berichtet ihm, man hätte gegen seine Befehle verstoßen und das Gesetz gebrochen. Meine Familie und ich sollten auf dieser Welt ungestört und in Frieden leben können. Dieser Friede wurde zerstört von einem Mann namens Smythe, der kam, um sich das Dunkle Schwert anzueignen. Ich warf ihn hinaus und warnte ihn, sich nie wieder hier blicken zu lassen. Tut er es doch, übernehme ich keine Verantwortung für das, was ihm zustößt. Dasselbe gilt für jeden anderen, der es auf das Dunkle Schwert abgesehen hat.«

Also auch für uns. Diese Erklärung machte Saryons Aufgabe nicht leichter.

»Ich kann mir nicht vorstellen, weshalb sie überhaupt gekommen sind«, fuhr Joram fort. »Das Dunkle Schwert wurde beim Untergang Thimhallans zerstört. Sie vergeuden ihre Zeit mit einer Suche nach etwas, das nicht existiert.«

Keine Lüge, nur nicht die ganze Wahrheit. Ja, das ursprüngliche Dunkle Schwert gab es nicht mehr, aber was war mit dem neuen, das er erst vor kurzem geschmiedet hatte? Hatte er? Oder waren wir einem Irrtum aufgesessen? Saryon wagte nicht zu fragen, denn damit hätte er verraten, daß Joram bespitzelt wurde, und wie dieser darauf reagieren würde, konnte man sich unschwer ausmalen.

Mein Herr hatte den Gesichtsausdruck eines Mannes, der im Begriff steht in eiskaltes Wasser zu springen. Er weiß, daß Zögern nur die Qual verlängert, also stürzt er sich hinein.

»Joram, Gwendolyn« – Saryons mitfühlender Blick umfing die beiden – »was ich hier will, hat nichts mit dem Dunklen Schwert zu tun. Ich bin gekommen, um euch und eure Tochter mit zurück zur Erde zu nehmen, wo ihr in Sicherheit seid.«

»Wir sind hier in Sicherheit«, entgegnete Joram brüsk, »oder wir wären es, wenn Garald sein Wort halten und dafür sorgen würde, daß man uns in Ruhe läßt! Oder gelüstet es ihn selbst nach dem Dunklen Schwert? Das ist es, habe ich recht?« Er sprang auf und nahm eine drohende Haltung ein. »Das ist der Grund, weshalb Ihr gekommen seid, Hochwürden!«

Also war es kein Gerücht, kein Irrtum, Joram hatte ein zweites Dunkles Schwert geschaffen. Seine heftige Reaktion war so gut wie ein verdecktes Eingeständnis.

Saryon erhob sich ebenfalls, seine Wangen brannten, seine Stimme bebte, aber nicht vor Schwäche, sondern vor Zorn. »Ich bin nicht wegen des Dunklen Schwerts gekommen, Joram, das habe ich dir unmißverständlich gesagt. Du weißt oder solltest zumindest wissen, daß ich dich nicht anlügen würde.«

Gwendolyn trat zu Joram und legte ihm die Hand auf den Arm. »Joram, bitte!« sagte sie begütigend. »Du weißt nicht, was du sagst. Dies ist Pater Saryon!«

Das Feuer in Jorams Augen erlosch. Er war wenigsten so anständig, beschämt auszusehen und sich zu entschuldigen, wenn auch nur mit kurzen kalten Worten. Er setzte sich wieder hin. Gwen blieb hinter ihm stehen, immer sein starker Rückhalt und unerschütterlich loyal, obwohl er im Unrecht gewesen war.

Eliza wirkte besorgt, verwirrt und ein wenig ängstlich. Mit solchen Szenen hatte sie nicht gerechnet.

Saryon setzte sich ebenfalls und schaute Joram

bekümmert an. »Mein Sohn, glaubst du, dies ist leicht für mich? Ich sehe das Leben, welches du für dich und deine Familie geschaffen hast, ich sehe, wie friedvoll und glücklich es ist. Und ich bin derjenige, der kommt, um dir zu sagen, daß du es aufgeben mußt. Wie sehr wünsche ich mir, ich könnte hinzufügen, daß es möglich sein wird, auf der Erde an dieses Dasein anzuknüpfen, aber das zu versprechen, hieße euch falsche Hoffnungen zu machen. Wer weiß, ob irgendeiner von uns auf der Erde in Frieden wird leben können oder ob uns allen ein entsetzlicher Krieg droht.

Smythe hat dir gegenüber die Hch'nyv erwähnt, die Fremdwesen, die nur ein Ziel haben und zwar, die menschliche Rasse auszurotten. Sie wollen nicht verhandeln, sie lehnen jeden Kontakt mit uns ab. Die Parlamentäre, die wir zu ihnen geschickt hatten, wurden ermordet. Sie kreisen uns ein. Unsere Streitkräfte haben sich zurückgezogen, um ihnen auf der Erde ein letztes Gefecht zu liefern. Dieser Außenposten ist der letzte, der evakuiert wird.«

Saryon holte tief Atem.

»Ich kann guten Gewissens nicht einmal versprechen, daß ihr auf der Erde in Sicherheit sein werdet, niemand kann das mehr garantieren. Doch wenigstens steht ihr dort unter dem Schutz der vereinigten Erdstreitkräfte. Hier wärt ihr, du und Gwen und Eliza, der Gnade der Fremdwesen ausgeliefert. Und nach allem, was wir bisher von ihnen wissen, kennen sie keine Gnade.«

Joram verzog höhnisch den Mund. »Aber wenn Ihr das Dunkle Schwert besitzt . . .«

Saryon schüttelte heftig den Kopf.

»Nun gut, wenn *jemand* das Dunkle Schwert besitzt, dann könnte *jemand* es benutzen, um diese teuflischen Fremdwesen aufzuhalten und die Welt zu retten.

Immer noch um Wiedergutmachung bemüht, Hochwürden?«

Saryon musterte ihn tieftraurig. »Du glaubst mir nicht. Du denkst, daß ich dich anlüge. Das betrübt mich, mein Sohn. Das betrübt mich sehr.«

»Joram«, sagte Gwen mit sanftem Tadel und legte ihm die Hand auf die Schulter.

Joram seufzte. Er griff nach ihrer Hand und legte die Wange dagegen, auch als er weitersprach, ließ er sie nicht los.

»Ich behaupte nicht, daß Ihr lügt, Hochwürden. Ich behaupte, man hat Euch getäuscht. Ihr wart immer sehr gutgläubig«, ein Anflug von Wärme milderte die Bitterkeit seiner Züge. »Ihr seid zu gut für diese Welt, Hochwürden. Viel zu gut. Die Menschen nutzen Euch aus.«

»Ich wüßte nicht, daß ich ein besonders guter Mensch wäre«, erwiderte Saryon langsam, ernst, doch mit zunehmendem Nachdruck, »aber ich habe immer versucht zu tun, wovon ich glaubte, es sei recht. Das bedeutet nicht, daß ich schwach bin, Joram, auch nicht einfältig, obwohl du Gutmütigkeit immer mit Schwäche verwechselt hast. Du vermutest, daß diese Fremdwesen nicht existieren. Ich habe die Nachrichten gesehen, Joram! Ich habe die Bilder ihrer Schiffe gesehen, die unsere Kolonien angriffen und vernichteten! Ich habe von den furchtbaren Gemetzeln gelesen, dem sinnlosen Morden.

Nein, ich habe die Fremdwesen nicht mit eigenen Augen gesehen, das können nur wenige von sich behaupten, die das Glück hatten, ein Zusammentreffen mit ihnen zu überleben. Doch ich habe die Bangigkeit, die Sorge, die Furcht in den Augen von General Boris und König Garald gesehen. Sie haben Angst, Joram. Angst um dich, Angst um uns alle. Was glaubst du, worum es sich handelt, um ein ausgeklügeltes Täuschungsmanöver? Zu welchem Zweck? Um dir das Dunkle Schwert abzuluchsen? Wie denn, wenn du selbst behauptest, es existiere nicht mehr?«

Joram gab keine Antwort.

Saryon stieß erneut einen tiefen Seufzer aus. »Mein Sohn, ich will offen zu dir sein. Es sollen keine Heimlichkeiten zwischen uns stehen, obwohl das, was ich dir sagen muß, dich erzürnen wird und zu Recht. Sie wissen, daß du ein neues Schwert geschmiedet hast. Die *Duuk-tsarith* haben dich observiert – nur um dich zu beschützen, Joram! Nur um dich vor Smythe und seinen Handlangern zu beschützen! Das behaupten sie, und ich glaube ihnen.«

Joram wollte aufbrausen, aber seine Wut war so groß, daß sie ihm die Sprache raubte. Mein Herr nutzte die Gelegenheit und fuhr rasch fort:

»Ich weiß, weshalb du das Schwert geschaffen hast, Joram, um dich und deine Lieben vor der Magie zu beschützen. Aus diesem Grund willst du es nicht hergeben. Und ja, ich gebe zu, sie haben es auf das Dunkle Schwert und seine Geheimnisse abgesehen. Bischof Radisovik – du erinnerst dich an ihn? Du weißt, er ist ein guter, kluger Mann. Bischof Radisovik erhielt eine Botschaft, vom Almin selbst, wie er glaubt, das Dunkle Schwert betreffend und wie man es nutzen könnte, um unser Volk zu retten. Ob du das Schwert mit zur Erde nimmst, liegt allein bei dir. Ich werde nicht versuchen, dich zu beeinflussen, mir geht es allein um deine Sicherheit und die deiner Familie. Bedeutet dir diese verfluchte Waffe so viel, mein Sohn, daß du deine Familie dafür opfern würdest?«

Joram stand auf und entfernte sich mit einem Schritt von seiner Frau und ihrem beschwichtigenden Einfluß. Vor innerer Erregung klang seine Stimme dunkel und heiser. »Wie soll ich ihnen vertrauen? Was habe ich von diesen Leuten in der Vergangenheit erfahren, Hochwürden? Verrat, Täuschung, Mord ...«

»Respekt, Liebe, Mitgefühl«, hielt Saryon ihm entgegen.

Jorams Miene verdüsterte sich, er war keinen Widerspruch gewöhnt. Bevor er etwas sagen konnte, ergriff Gwendolyn das Wort.

»Hochwürden, sagt uns, was König Garald für uns plant«, bat sie.

Saryon tat es. Er berichtete von dem Schiff, das bei der Station wartete, um sie zurück zur Erde zu bringen, wo man bereits Sorge für ihre Unterbringung getragen hatte. Er sprach mit Bedauern von Dingen, die man würde zurücklassen müssen, doch es wäre nicht genügend Laderaum vorhanden, um persönliche Habseligkeiten in großen Mengen unterzubringen.

»Nur Platz genug für das Dunkle Schwert«, höhnte Joram.

»Zum Teufel mit dem Dunklen Schwert!« fuhr Saryon auf, der die Geduld verlor. »Ich will es gar nicht sehen! Ich will nichts davon hören! Soll es in seinem Versteck liegen bis in alle Ewigkeit! Vergrab's! Vernichte es! Mich kümmert nicht, was du damit tust. *Du,* Joram! Du und deine Frau und dein Kind – nur ihr seid mir wichtig.«

»Genau!« konterte Joram. »Und weil Ihr der einzige seid, genau deshalb hat man Euch geschickt! Um genau diesen Vortrag in genau diesem Ton vorzubringen. Um uns Angst zu machen, damit wir hier alles im Stich lassen und in den sicheren Hafen fliehen. Und wenn wir fort sind, hindert sie nichts mehr daran zu kommen und das zu suchen, von dem sie wissen, daß ich eher sterben würde, als es ihnen auszuliefern.«

»Das ist nicht dein Ernst, Vater!« Eliza sprang auf und stellte sich vor ihn hin. »Und wenn sie nun recht haben? Wenn die Macht des Dunklen Schwerts Leben retten könnte? Millionen Leben? Du hast kein Recht, es ihnen vorzuenthalten. Du bist verpflichtet, es ihnen zu geben.«

»Tochter!« rief Gwendolyn sie scharf zur Ordnung. »Sei still! Du redest von Dingen, von denen du nichts verstehst!«

»Ich verstehe, daß Vater selbstsüchtig und starrsinnig ist«, begehrte Eliza auf. »Und daß er nicht an uns denkt. Er denkt immer nur an sich selbst!«

Joram funkelte Saryon an. »Ihr habt Euer Ziel erreicht, Hochwürden. Ihr habt mein Kind gegen mich aufgebracht. Ohne Zweifel gehörte das zu Eurem Plan. Sie kann mit Euch zur Erde fliegen, wenn sie will, ich werde sie nicht zurückhalten. Ihr könnt über Nacht bleiben, Ihr und Euer Komplize. Doch morgen früh werdet Ihr uns verlassen.«

Er drehte sich um und ging zur Tür.

»Vater!« flehte Eliza verstört. »Ich will doch nicht fortgehen! Vater, ich wollte nicht ...« Sie streckte die Hände nach ihm aus, doch er ging, ohne sie eines Blickes zu würdigen, an ihr vorbei und verschwand in der Dunkelheit. »Vater!«

Er kehrte nicht zurück.

Mit einem gebrochenen Aufschrei lief Eliza aus dem Zimmer. Ich hörte ihre Schritte im Flur und dann, irgendwo weit weg, das Zuschlagen einer Tür.

Gwendolyn blieb allein zurück, blaß und mit hängendem Kopf, wie eine geknickte Blume.

Saryon begann Entschuldigungen zu stammeln, obwohl der Almin weiß, es gab nichts, wofür er sich hätte entschuldigen müssen.

Gwendolyn hob den Blick und schaute ihn an. »Sie

sind sich so ähnlich«, sagte sie. »Wenn sie aufeinandertreffen, sprühen die Funken. Und doch lieben sie sich . . .« Sie hob die Hand an den Mund, dann an die Augen. »Er wird sich besinnen. Bis zum Morgen wird er Eure Worte überdacht haben und Euch eine andere Antwort geben. Er wird tun, was richtig ist. Ihr kennt ihn, Hochwürden.«

»Ja«, antwortete Saryon sanft. »Ich kenne ihn.«

»Vielleicht«, dachte ich bei mir. »Doch in der Zwischenzeit haben wir eine lange Nacht vor uns.«

Gwendolyn gab Saryon einen Kuß auf die Wange, mir wünschte sie eine gute Nacht. Ich verbeugte mich stumm, und sie ging hinaus.

Das Feuer war heruntergebrannt, Dunkelheit und Kälte rückten näher. Ich hatte Angst um meinen Herrn, der erschreckend elend aussah. Er mußte vollkommen erschöpft sein, denn wir hatten einen langen anstrengenden Tag hinter uns. Die dramatische und unerfreuliche Szene mit Joram hatte ihn die letzte Kraft gekostet.

»Herr«, gab ich ihm zu verstehen, »kommt zu Bett. Heute können wir nichts mehr tun.«

Er schien meine sprechenden Hände nicht zu bemerken. Sein Blick war unverwandt in die wabernde Glut gerichtet, und die Worte, die er halblaut vor sich hin sprach, ließen mich an seiner Vision teilhaben. Er sah das Schmiedefeuer, das Werden des Dunklen Schwertes.

»Ich gab dem ersten Schwert Leben«, sagte er. »Eine Ausgeburt des Bösen, es trank das Licht aus der Welt und verwandelte es in Finsternis. Er hat recht, weißt du? Joram hat recht. Mich verlangt es immer noch nach Sühne.«

Er fröstelte. Ich schaute mich im Zimmer um, mein Blick fiel auf eine wollene Decke über der Lehne eines

Sessels. Als ich hinging, um sie zu holen, bemerkte ich aus den Augenwinkeln ein orangefarbenes Glimmen in dem Winkel zwischen Kamin und Mauer. In der Annahme, es sei ein versprengter Funke, der sich in das Holz hineingefressen hatte, wollte ich ihn abwischen und austreten.

Doch als meine Fingerspitzen ihn berührten, lief ein Schauer durch meinen Körper. Ein Gegenstand, glatt, aus Plastik, der nicht in diese Welt gehörte. Ich mußt an die grünschimmernden Abhörgeräte denken, die Mosiah in unserem Haus entdeckt hatte. Nur, weshalb war dieses orange ...?

»Kein besonderer Grund«, sagte eine Brummstimme dicht neben meinem Ellenbogen. »Orange ist eben meine Lieblingsfarbe.«

Teddy saß auf seinem Stühlchen. Der Orangeschimmer des Abhörgeräts spiegelte sich in seinen Knopfaugen.

Ich hätte fragen können, woher Simkin wußte, was dies für ein Ding war, *ob* er es wußte und warum er uns erst jetzt – zu spät – darauf aufmerksam machte. Ich hätte fragen können, aber ich ließ es bleiben. Aus Angst vor der Antwort? Vielleicht ein Fehler.

Ich sagte Saryon nicht, daß alles, was wir besprochen hatten, von den Technomanten mitgehört worden war. Vielleicht war das ein Fehler, doch ich fürchtete, es würde sein Elend nur noch vergrößern, während doch – vorausgesetzt, Gwen hatte recht damit, daß ihr Mann nur etwas Zeit zum Nachdenken brauchte – die Hoffnung bestand, daß Joram sich über Nacht eines Besseren besann. Morgen früh würden wir dann diesem Ort den Rücken gekehrt haben, und die Technomanten konnten der Stille lauschen.

Ich nahm die Decke, legte sie Saryon um die Schultern und redete ihm gut zu, er solle zu Bett gehen.

Zusammen gingen wir den dunklen, nur vom fahlsilbernen Licht der Sterne erfüllten Flur entlang. Ich erbot mich, ihm seinen Tee aufzubrühen, doch er lehnte ab, er wäre zu müde. Er wolle sich sofort hinlegen und schlafen. Also war es richtig gewesen, daß ich ihm nicht von den Abhörgeräten erzählt hatte, er brauchte Ruhe nötiger als alles andere.

Wenn es ein Fehler war zu schweigen, dann der erste von vielen in dieser Nacht. Ein weiterer Fehler und vielleicht der folgenschwerste war, daß ich es versäumte, ein Auge auf ›Teddy‹ zu haben.

Kapitel 14

»Wickle das Schwert in diese Tücher. Wenn jemand dich anhält, sag ihm, du trägst ein Kind. Ein totes Kind.«

Joram; **Kind des Todes**

Ein Geräusch weckte mich, aber ich kannte weder seine Art noch seine Herkunft. Während ich im Bett lag und mir erfolglos darüber klarzuwerden versuchte, hörte ich ein Knarren, als würde eine Tür sehr behutsam geöffnet oder geschlossen, wie um niemanden zu stören.

Weil mir der Gedanke kam, es könnte mein Herr sein und daß er mich vielleicht brauchte, stand ich auf, zog Jeans und Pullover an und ging den Flur entlang zu seinem Zimmer. Ohne erst das Ohr an die Tür legen zu müssen, hörte ich sein sanftes Schnarchen. Wer auch immer sein Bett verlassen hatte und draußen in der Nacht herumgeisterte, es war nicht Saryon.

»Joram«, dachte ich, und auch wenn sein Starrsinn und sein mangelnder Respekt vor Saryon mich sehr geärgert hatten, tat der Mann mir leid. Er mußte sich mit dem Gedanken vertraut machen ein Heim zu verlassen, das er liebte, und ein Leben, das er sich nach seinen Vorstellungen eingerichtet hatte.

»Der Almin möge ihm raten«, betete ich und kehrte in mein Zimmer zurück.

Zu meinem Mißvergnügen war ich nun hellwach, an Schlaf war vorerst nicht wieder zu denken; ich trat ans Fenster, schob den Vorhang zur Seite und schaute hinaus.

Mein Fenster blickte auf einen der vielen Gärten, die sich rings um das Baptisterium erstreckten. Ich weiß nicht, wie die Blumen hießen, die dort draußen wuchsen. Sie hatten große weiße Blüten an viel zu zarten Stielen, so daß es aussah, als ließen sie betrübt ihre Köpfe hängen. Eine schöne Metapher, die sich vielleicht in ein neues Buch einflechten ließ, das ich plante! Ich wollte mich abwenden, um mir eine Notiz zu machen, als ich jemanden den Garten betreten sah.

Natürlich, Joram mußten seine Sorgen ins Freie getrieben haben. Keinesfalls wollte ich seine Privatsphäre verletzen oder riskieren, daß er mich hinter dem Fenster entdeckte und glaubte, daß ich ihn bespitzelte. Schon hob ich die Hand, um den Vorhang zu schließen, doch im selben Moment trat die Gestalt auf den Fußweg, und ich sah, daß es nicht Joram war.

Es war eine Frau, eingehüllt in Umhang und Kapuze und ein längliches Bündel in den Armen.

»Eliza!« sagte ich zu mir. »Sie läuft von zu Hause weg!«

Mir wurde kalt, mein Herz zog sich zusammen. Ich stand da wie angewurzelt, gelähmt von dieser schrecklichen Unentschlossenheit, die einen manchmal in entscheidenden Momenten überkommt. Ich mußte etwas tun, aber was?

Sollte ich loslaufen und Saryon aufwecken, damit er sie zur Vernunft brachte? Ich erinnerte mich an seine Erschöpfung und wie verhärmt er ausgesehen hatte und entschied mich dagegen.

Sollte ich ihre Eltern wecken?

Nein. Ich würde Eliza nicht verraten. Ich würde selbst zu ihr gehen und ihr das unsinnige Vorhaben ausreden.

Ein Griff nach meiner Jacke, und schon war ich draußen im Flur. Wohin jetzt? Ich überlegte und glaubte mich erinnern zu können, daß ich auf dem Weg zum Abort an diesem Garten vorbeigekommen war. Einmal bog ich in den falschen Gang ein und mußte umkehren, dann hatte ich die richtige Tür gefunden und trat in die Nacht hinaus. Das Knarren der Angeln beim Öffnen und Schließen entsprach genau dem Geräusch, das mich geweckt hatte.

Im Licht der Sterne war die schemenhafte Gestalt vor mir leicht auszumachen. Ich hatte gefürchtet, sie könnte bereits über die jenseitige Umfassungsmauer verschwunden sein, bevor es mir gelang sie einzuholen, aber da war sie noch, das Bündel, das sie bei sich hatte, schien ihr hinderlich zu sein. Sie hatte es oben auf die Mauer gelegt und daneben noch etwas anderes, bei dessen Anblick mir ein kalter Schauer über den Rücken lief – Teddy.

Teddy, alias Simkin, thronte neben dem Bündel, während Eliza, Rock und Umhang gerafft, über die Mauer kletterte und auf der anderen Seite zu Boden sprang. Als sie sich umdrehte, um ihre Habseligkeiten an sich zu nehmen, erblickte sie mich.

Ihr Gesicht, umrahmt von der nachtdunklen Wolke ihres Haars, war bleich wie die Blüten im Garten; bleich, aber entschlossen. Ihre Augen wurden erst groß vor Überraschung, dann verengten sie sich ungehalten.

Ich machte ihr aufgeregt Zeichen, obwohl ich selbst nicht wußte, was ich damit zu erreichen hoffte. Wie nicht anders zu erwarten, verstand sie mich nicht und griff nach dem Bündel, das sperrig aussah und einiges Gewicht zu haben schien. Sie mußte Teddy fallen lassen – ich hoffte, der Boden war steinig – und es mit beiden Händen fassen.

Ich hörte ein dumpfes Klirren – Stahl, in Stoff gewickelt, schlug gegen Stein.

Das genügte, um mir zu verraten, was in dem Bündel war, und mir stockte für einen Moment der Atem. Ich stolperte, blieb stehen.

Sie sah mir an, daß ich Bescheid wußte und beeilte sich um so mehr. Mit dem länglichen Bündel in beiden Armen wandte sie sich ab, und ich hörte das Knirschen ihrer eiligen Schritte auf dem steinigen Hang.

Ich kam wieder zur Besinnung und eilte ihr nach, denn nun war es erst recht wichtig, daß ich sie einholte. Die Technomanten lauschten nur, aber die *Duuk-tsarith* hatten ihre Beobachter hier!

Während ich damit rechnete, jeden Moment die dunklen Gestalten aus der Dunkelheit hervorspringen zu sehen, machte ich mich unbeholfen daran, die Mauer zu erklimmen. Ich habe schon erwähnt, daß ich nicht sonderlich athletisch bin. Wegen des Schlagschattens der Mauer konnte ich den Boden nicht sehen, verschätzte mich in der Höhe und tat einen unglücklichen Sprung, bei dem ich mit den Knien gegen die Mauersteine schlug und mir die Hände aufschrammte.

»Uff! Heiliger Bimbam! Tolpatsch! Du hast mir die Holzwolle aus dem Leib gestaucht!« lamentierte eine Stimme.

Ich war zu sehr davon in Anspruch genommen, auf dem abschüssigen Hang das Gleichgewicht wiederzufinden, um auch nur das geringste Interesse für den wehklagenden Teddy aufbringen zu können. Unter meinem Fuß geriet ein loser Stein ins Rollen, der bergab hüpfend eine kleine Lawine auslöste, die mich unwiderstehlich mitzog. Ich rutschte, ich schlitterte, und auf einmal beugte sie sich über mich. Hände umfaßten meine Arme, gruben sich in mein Fleisch.

»Aufhören!« flüsterte sie zornig. »Du machst genug Lärm, um Tote aufzuwecken!«

»Ist einmal passiert«, verkündete eine dumpfe Stimme dicht neben uns. »Der Herzog von Esterhouse. Exitus, in seinem Feuilleton, bei der Lektüre des Fauteuils. Oder war es umgekehrt? Wie auch immer, keiner mochte es ihm sagen. Man wußte, der alte Herr würde es unheimlich schwernehmen. Also ließ man ihn sitzen. Bis die Köchin eines Tages nicht daran dachte und mit dem Gong zu Tisch rief ...«

Verdutzt ließ Eliza mich los und ging neben mir in die Hocke. »Du kannst sprechen!« sagte sie vorwurfsvoll.

Ich schüttelte heftig den Kopf, zog den falschen Plüschbären unter meinem malträtierten Hinterteil hervor und beutelte ihn.

Eliza schaute den Bären an und biß sich auf die Unterlippe, und plötzlich dämmerte mir die ganze Wahrheit.

»Hast du dich verletzt?« erkundigte sie sich widerwillig.

Ich schüttelte den Kopf.

»Gut. Dann geh wieder zu Bett, Reuven. Ich weiß schon, was ich tue.«

Ohne ein weiteres Wort nahm sie mir den Bären aus der Hand und war auf und davon wie ein Wirbelwind. Ich sah sie ein Stück weiter unten am Hang ihr Bündel aufheben, dann wurde sie von der Dunkelheit verschluckt.

Sie kannte den Weg – ich nicht. Sie war daran gewöhnt, sich in diesem schroffen, felsigen Gelände zu bewegen – ich nicht. Ich konnte ihr nicht nachrufen, obwohl ich das ohnehin nicht getan hätte. Unter keinen Umständen wollte ich Aufmerksamkeit auf sie lenken und auf den Inhalt ihres Bündels. Ich wollte versuchen sie zur Rückkehr zu bewegen, bevor es zu spät war, doch zuerst mußte ich sie einholen.

Blindlings den Hang hinunterzustolpern war Leichtsinn im Quadrat und dauerte zu lange, selbst wenn ich heil unten ankam, womit kaum zu rechnen war. Es mußte einen Pfad geben, andernfalls wäre auch Eliza nicht so schnell vorangekommen. Ich nahm mir die Zeit danach zu suchen, während meine zerschlagenen Knie steif wurden und meine zerschundenen Handflächen brannten. Meine Geduld wurde belohnt. Nicht weit entfernt von der Stelle, an der ich gestürzt war, entdeckte ich einen holprigen Steig, teils natürlichen Ursprungs, aber von Menschen unter Verwendung großer Steine und knorriger Baumwurzeln vervollständigt und befestigt. Wahrscheinlich existierte er schon seit den Anfängen des Baptisteriums, denn die Sandalen vieler Katalyten hatten ihn zu einer tiefen Rinne ausgetreten.

Die Steine schimmerten weiß im Licht der Sterne, die Baumwurzeln bildeten tückische Fußangeln. Es ging steil bergab, und trotz der Hilfe durch kleine, stufenähnliche Absätze und Felsvorsprünge, an denen man sich festhalten konnte, setzte ich nur tastend Schritt vor Schritt. Von Eliza war längst nichts mehr zu hören und zu sehen, sie mußte weit voraus sein. Was für eine unsinnige Idee von mir, ihr auf diesem Pfad folgen zu wollen. Wenn ich ausglitt und stürzte, konnte ich mir sonstwas brechen und war dazu verurteilt, die ganze Nacht hier zu liegen, ohne Aussicht auf Rettung.

Wenn ich nur schneller vorankäme! In meiner Phantasie sah ich die Katalyten von ehedem, wie sie bei ihren täglichen Geschäften diesen Steig hinauf- und hinuntersprangen, flink wie Bergziegen ...

Ich stob den Pfad hinunter, zwar nicht unbedingt so

elegant wie eine Bergziege, doch zumindest schnell und leichtfüßig. Die braune Kutte hochgeschürzt, ein Bündel Schriftrollen am Riemen über der Schulter, eilte ich im hellen Sonnenschein eines Sommertags den Pfad hinunter. Alle jungen Katalyten und gelegentlich auch einige von den älteren, nahmen diese Abkürzung, wenn sie sich verspätet hatten, denn sie führte geradewegs zur Universität.

Völlig unerwartet überfiel mich diese Vision, wie die andere, die ich zuvor gehabt hatte – von mir selbst in der braunen Kutte und Eliza als meiner Königin. Als Schriftsteller war ich natürlich daran gewöhnt, in meiner Vorstellung zu leben, und meine Phantastereien und Tagträume erschienen mir sehr wirklich. Aber nicht so wirklich wie das, was mir hier widerfuhr. Wieder schob ich einen Vorhang beiseite, um aus einem Fenster zu blicken, und sah auf der anderen Seite mich, wie ich zu mir hineinschaute.

Aber – konnte ich dieses Phänomen zu meinem Vorteil nutzen? Wagte ich es?

Ich war benommen von der Anstrengung und der dünnen Höhenluft, dazu kam Verzweiflung, weil ich um Elizas Sicherheit fürchtete und all das wirkte zusammen, um mich in einen Zustand zu versetzen, in dem ich fähig war zu tun, was ich tat. Ich löste mich aus diesem Leben und wurde jener Katalyt, der in der Angst, zu spät zum Unterricht zu kommen und vom Magister gescholten zu werden, behende den schmalen Pfad hinunterlief.

Meine Füße wußten, wo die Steine waren, meine Hände kannten jeden Halt. Ich wußte, wo ich gefahrlos ein Stück schlittern konnte, und einmal sprang ich sogar von einem Vorsprung zum anderen. Es war Wahnsinn, es war berauschend. Hätte ich innegehalten, um darüber nachzudenken, wäre ich wahrscheinlich erstarrt und nicht mehr imstande gewesen, auch nur einen Schritt zu tun.

Unten angelangt, war ich auf einen Schlag wieder ich selbst, blieb stehen und schnappte nach Luft. Allmählich kam mir zu Bewußtsein, was geschehen war, ich schaute den Weg zurück, und mir wurde noch nachträglich flau. Rasch wandte ich den Blick ab und hielt Ausschau nach Eliza. In meinem Kopf verblaßte ein letztes Bild des Katalyten, der in der entgegengesetzten Richtung davonlief, und einem Teil von mir tat es leid, ihn gehenzulassen.

Ich stand auf einer breiten, ebenen, weißgepflasterten Straße, wahrscheinlich der Hochweg, der von der Geisterstadt im Tal zum Baptisterium hinaufführte. Früher, als im Ort noch Handel und Wandel herrschten, mußten sich hier auf den Flügeln der Magie schwebende Karren ohne Räder gestaut haben und die exotischen, prunkvollen Karossen der Adligen, die kamen, um ihren Respekt zu erweisen oder eine Gunst zu erbitten oder Söhne und Töchter zu besuchen, die an der Universität studierten.

Ich folgte mit den Augen dem hellen, gewundenen Band, und fast sofort erspähte ich eine dunkle Gestalt, die sich darauf bewegte, offenbar ohne etwas von heimlichen Beobachtern zu ahnen, denn sie gab sich keine Mühe, unentdeckt zu bleiben. Eliza, wer sonst. Sie war nicht weit vor mir und ging langsam; wahrscheinlich hatte sie an ihrer Last schwerer zu tragen als anfangs gedacht. Ich sah erleichtert, daß sie immer noch ohne Begleiter war, von Teddy abgesehen, selbstverständlich.

Ich setzte mich in Trab, um sie einzuholen, auf dieser gebahnten Straße benötigte ich die Hilfe meines anderen Selbst nicht. Sie hörte meine Schritte und unternahm einen halbherzigen Versuch, schneller zu gehen, mußte aber bald aufgeben, drehte sich um und schaute mir entgegen. Mit ihrem blassen Gesicht sah sie im fahlen Sternenschein aus wie ein Geist, die schwarzen Augen unter den waagerechten Brauen funkelten vor Zorn und trotziger Auflehnung. Doch etwas an ihrer Miene verriet, daß sie müde war, etwas ängstlich und ganz froh, nicht mehr allein zu sein.

Ich griff nach ihrem Arm und wollte sie in die Schatten der Bäume ziehen, die die Straße säumten.

»Was soll das?« fragte sie aufgebracht und riß sich los.

Ich deutete auf die Schatten, dann auf die weiße Straße und schüttelte den Kopf.

»Er versucht, dir begreiflich zu machen, daß wir hier etwa so wenig zu übersehen sind wie das Muttermal auf dem Rücken der Gräfin D'Arymple.« War es Einbildung, oder hörte ich Teddy geschmäcklerisch mit der Zunge schnalzen? »Sie hatte einen sehr weißen, sehr glatten Rücken«, fügte er erklärend hinzu.

»Ich verstehe nicht, wozu das gut sein soll«, sagte Eliza störrisch. Sie hatte den Bären unter den Arm geklemmt, das schwere Bündel trug sie ungeschickt in der anderen Hand. »Hier ist niemand außer uns.«

»Dein Wort in des Almins Ohr«, versetzte Teddy und sprach damit mehr oder weniger aus, was ich dachte.

Erneut griff ich nach Elizas Arm, und diesmal ließ sie sich widerstandslos von der Straße weg zwischen die Bäume führen. Sie hielt das Bündel an die Brust gedrückt, und ich versuchte nicht, es ihr abzunehmen.

Im tiefen Schatten ließ sie ihre Last zu Boden fallen, in einen Laubhaufen, dann sank sie auf eine niedrige, bröckelnde Feldsteinmauer und starrte auf das längliche Paket.

»Ich ahnte nicht, daß es so schwer sein würde«, sagte sie verzagt. »Mit jedem Schritt wiegt es mehr, und es ist sperrig und schlecht zu tragen.«

Ich zog mein Notepad aus der Jackentasche – dem Almin sei Dank, daß ich es früher am Abend eingesteckt hatte, denn in der Hast des Aufbruchs war mir der Gedanke daran nicht gekommen – und tippte die Worte:

Das Dunkle Schwert.

Elizas las, was ich geschrieben hatte. »Ja.«

Was hast du damit vor? Wohin bringst du es?

»Zum Stützpunkt.«

Ich war so verblüfft, daß ich sie anstarrte und vergaß zu schreiben.

»Mein Vater ist im Unrecht«, erklärte sie mit leiser, aber fester Stimme, dabei hielt sie den Blick auf das Schwert zu ihren Füßen gerichtet. »Es ist aber nicht seine Schuld.« Sie schaute mich trotzig an, als hätte ich irgendeinen Vorwurf geäußert. »Du kennst ihn nicht! Wenn es ihm schwerfällt, den Menschen zu trauen, kannst du es ihm verdenken? Immer wieder wurde er von denen betrogen, denen er Vertrauen schenkte.«

Ganz so einfach war die Sache nicht, aber ich achtete sie dafür, daß sie ihren Vater verteidigte.

»Ich bringe das Schwert zum Stützpunkt, um es der Grenzpatrouille zu übergeben, die es zur Erde mitnehmen soll. Dann werden die Leute uns in Ruhe lassen, und wir können weiterleben wie bisher. Und wenn das Schwert nicht mehr hier ist, wird niemand Vater jemals wieder weh tun.«

Tränen schimmerten in ihren dunklen Augen, mit denen sie eine Zukunft sah, die für sie nichts mehr bereithielt als ein leeres Dasein, isoliert und allein auf dieser verlassenen Welt. In diesem Augenblick offenbarte sich mir die ganze Kostbarkeit ihres selbstlos edlen Sinnes, und ich liebte sie. Es wäre unfair gewesen, ihre Situation auszunutzen, doch im stillen verschrieb ich mich ihr mit Herz und Seele, wie in jenem anderen Leben – ich wußte es so sicher, als wäre es tatsächlich mein anderes Ich – der Katalyt gelobt hatte, seiner Königin zu dienen.

Woher weißt du von diesem Militärstützpunkt? fragte ich.

»Ich bin dort gewesen«, antwortete sie und lächelte über meine Verblüffung. »Simkin hat mir den Weg gezeigt. Das Schwert hinzubringen war sein Vorschlag.«

Sie knuddelte den Bären, streichelte ihm über den Kopf.

»Niemand auf dem Stützpunkt hat mich je gesehen«, fuhr sie fort. »Dafür haben wir gesorgt. Simkin hat mich mit seiner Zauberkraft unsichtbar gemacht. Ich beobachtete das Kommen und Gehen, hörte den Leuten zu, wenn sie redeten, stundenlang manchmal, wenn Mama und Papa glaubten, ich säße in der Bibliothek über den Büchern.« Sie grinste koboldhaft. »Ich schaute zu, wie feuerspeiend und mit Donnergetöse die Sternenschiffe in den Himmel stiegen. Simkin sagte, sie flögen zur Erde. Ich malte mir aus, wie es wäre, in so einem Schiff zu reisen. Gestern, als ihr gekommen seid, dachte ich . . .«

Ihr Lächeln erlosch, resolut begrub sie ihren Traum. »Ein Irrtum«, sagte sie und wollte aufstehen.

Ich hielt sie zurück. Mir drängten sich immer neue Fragen auf, die meisten hatten mit Simkin zu tun. Zum Beispiel fand ich es höchst seltsam, sogar verdächtig, daß er vorgeschlagen haben sollte, das Dunkle Schwert von Thimhallan wegzubringen. Aber diese Fragen konnten warten.

Der Stützpunkt ist sehr weit von hier entfernt, teilte ich ihr mit. *Viel zu weit, um ihn zu Fuß heute nacht oder auch morgen zu erreichen. Erst recht nicht, wenn du das Schwert tragen mußt.*

»Wir hatten nicht vor, den ganzen Weg zu Fuß zurückzulegen.« Sie wich meinem Blick aus. »Die magischen Wege, die wir sonst benutzen, können wir nicht nehmen, weil das Dunkle Schwert die Magie neutralisiert, aber Simkin sagte, ihr, hm, hättet ein Flugmobil. Wir sollten es nur borgen. Ich weiß, wie sie funktionieren. Ich bin sogar schon einmal in einem geflogen, als blinder Passagier.«

Soviel zu Prosperos Tochter. Die schöne neue Welt war für sie ein alter Hut.

Bitte, komm mit nach Hause zurück, schrieb ich. *Diese Bürde ist nicht dir zugedacht, deshalb erscheint sie dir auch so schwer. Es ist die Bürde deines Vaters, und er allein kann sie abwerfen oder sich entschließen, sie auf sich zu nehmen. Außerdem könntest du in Gefahr sein.*

»Wie bitte?« Sie sah mich erstaunt und ungläubig an. »In Gefahr? Auf dieser Seite der Grenze ist niemand außer Pater Saryon, meinen Eltern und uns beiden.«

Ich fühlte mich nicht imstande, ihr den wahren Sachverhalt auseinanderzusetzen. *Laß uns umkehren. Sprich mit Pater Saryon. Und hat deine Mutter nicht gesagt, daß Joram bis morgen früh seine Meinung geändert haben wird? Heute abend war er zornig und enttäuscht, aber wenn er in Ruhe über alles nachgedacht hat, wird er tun, was richtig ist. Du solltest seiner Entscheidung nicht vorgreifen.*

»Du hast recht«, gab Eliza nach kurzem Nachdenken zu. »Nur durch einen Zufall habe ich das Schwert gefunden. Eines Nachmittags schien Vater spurlos verschwunden zu sein – es war der Tag, nachdem dieser gräßliche Smythe uns besucht hatte. Mama war in Sorge und bat mich, ihn zu suchen. Das tat ich, konnte ihn aber nirgends finden. Rate, wo ich ihn schließlich entdeckt habe?«

Ich schüttelte den Kopf.

»In der Kapelle. Ich schaute durch die Tür und sah ihn. Er saß auf den Stufen vor dem Altar, zuerst glaubte ich, er betete, doch er hatte dieses – dieses Schwert auf den Knien liegen. Er schaute es an, als hasse und verabscheue er es und doch auch mit Liebe und Stolz.«

Eliza fröstelte und verkroch sich tiefer in ihren Umhang. Ich rückte näher an sie heran, um sie und auch mich zu wärmen. Das Bild, das aus ihren Worten entstand, war nicht sehr erquicklich.

»Der Ausdruck auf seinem Gesicht machte mir angst. Ich fürchtete mich, etwas zu sagen, weil ich wußte, er würde zornig sein, aber ich war auch neugierig. Statt mich davonzuschleichen, bevor er mich bemerkte, drückte ich mich in eine kleine Nische neben der Tür und beobachtete ihn. Lange, lange saß er nur da und starrte auf das Schwert, dann stieß er einen tiefen Seufzer aus und schüttelte den Kopf. Er wickelte das Schwert in dieses Tuch und öffnete eine kleine verborgene Tür im Altar, legte das Schwert hinein, schloß die Tür und ging. Ich wartete, bis er fort war, bevor ich mich aus meinem Versteck wagte. Ich schämte mich. Ich wußte, ich hatte etwas gesehen, das nicht für meine Augen bestimmt war. Ein Geheimnis meines Vaters. Und nun wird er es erfahren.« Sie ließ den Kopf hängen. »Er wird erfahren, daß ich ihn belauscht habe und furchtbar enttäuscht sein.«

Vielleicht nicht, schrieb ich. *Wir bringen das Schwert zurück in sein Versteck, und er wird nie merken, daß es fort gewesen ist.*

»Glaubst du, das wäre richtig?« fragte sie zweifelnd. »Wäre das nicht wie lügen?«

Die Wahrheit würde nichts nützen und ihm nur Schmerzen bereiten. Später, wenn alles vorbei ist, kannst du ihm beichten, was du getan hast.

Damit war sie zufrieden und erklärte sich bereit, mit mir zum Baptisterium zurückzukehren, allerdings wollte sie nicht dulden, daß ich ihr das Schwert abnahm.

»Es ist jetzt meine Bürde«, meinte sie mit einem schwachen Lächeln. »Wenigstens für kurze Zeit.«

Mir wurde die Ehre zuteil, Teddy tragen zu dürfen, der mir mit seinem Knopfauge vielsagend zuzwinkerte, als ich nach ihm griff.

Ich bemühte mich, seine unpassenden Avancen zu ignorieren und wollte Eliza fragen, wie lange sie schon wußte, daß Teddy Simkin war oder umgekehrt, als der Bär plötzlich mit sehr ernsthafter, mit beunruhigend ernsthafter Stimme sagte: »Wir sind nicht allein.«

»Wie?« Eliza schaute sich nach allen Seiten um. »Ist Papa uns gefolgt?«

»Nein, es ist nicht Papa! Seid still! Bewegt euch nicht! Haltet den Atem an! Zu spät.« Teddy ächzte. »Sie haben uns gehört.«

Ein Schimmern von Silber in der Nacht. Zwei Gestalten, von Kopf bis Fuß in silberne Gewänder gehüllt und maskiert, gingen die Straße entlang. Sie waren vielleicht noch zwanzig Schritt von uns entfernt und kamen schnell näher. Eliza öffnete den Mund, doch ich legte ihr warnend den Finger an die Lippen. Eng an einen Baumstamm gedrückt, wagten wir, Teddys Rat folgend, kaum zu atmen. Die Gestalten gingen weiter, dann blieben sie genau uns gegenüber stehen. Ihre wie von einer dünnen Silberfolie überzogenen Gesichter wandten sich langsam in unsere Richtung.

»Dies ist die Stelle, von der wir die Stimmen gehört haben, Sir«, sagte die eine in eine Art Kommunikationsgerät. »Irgendwo in der näheren Umgebung. Ja, Sir, wir werden das überprüfen.«

Eliza drückte sich schutzsuchend an mich und griff nach meiner Hand, mit der anderen umklammerte sie das Dunkle Schwert. Ich legte ihr den Arm um die Schultern, hielt sie fest und überlegte krampfhaft, was wir tun sollten, falls man uns entdeckten, was nicht mehr lange dauern konnte. Sollten wir versuchen zu fliehen? Sollten wir ...

»Beim Bart des Almin«, knurrte Simkin gereizt. »Scheint so, als ob ich euch aus der Patsche helfen muß.«

Der Bär verschwand aus meiner Hand. Ein transparenter Schemen, ähnlich der in Rauch nachgebildeten Gestalt eines jungen stutzerhaften Edelmannes aus der Epoche Ludwigs XIV., materialisierte sich genau vor den beiden Technomanten.

»Oha, auch noch unterwegs?« Simkin wedelte träge mit seinem orangenen Fazelet. »Magnifiziöse Nacht für einen Spaziergang, nicht wahr?«

Eins mußte man den Technomanten lassen, sie blieben bemerkenswert ruhig, als die gespenstische Erscheinung aus dem Nichts vor ihnen auftauchte. Der eine, eine Frau, schob ihre Hand in das geschmolzenem Silber so ähnliche Material ihres Anzugs, hielt einen Klumpen davon in die Höhe, und das Material formte sich zu einem Gerät ähnlich meinem Notepad.

»Was ist das für ein Ding?« fragte ihr Begleiter, ein Mann. Der gesichtlose Kopf schaute in Simkins Richtung.

»Die Analyse läuft«, antwortete die Frau.

»Analysieren? Mich? Damit?« Simkin bedachte das Gerät mit einem vernichtenden Blick und lächelte selbstgefällig. Er schien die Idee hirnrissig zu finden. »Was sagt es denn über mich? Bin ich ein Geist, Gespenst, Phantom, Spuk? Vampir? Nachtmahr? Ich weiß – Wiedergänger! Nein, noch besser. Poltergeist.«

Er schob sich näher heran und reckte den Hals, um einen Blick auf das Gerät werfen zu können. »Vielleicht bin ich überhaupt nicht hier? Vielleicht seid ihr einer Halluzination erlegen. Schlafmangel. Schlechter Trip. Vielleicht verliert ihr den Verstand.« Er zeigte sich überaus hilfsbeflissen.

»Rückstände der Magie«, verkündete die Frau sachlich. Sie klappte das Gerät zu und schob es zurück in das Gewand, mit dem es wieder zu verschmelzen schien. »Das bestätigt unsere Vermutung, daß sich, über ganz Thimhallan verteilt, Taschen übriggebliebener Magie gehalten haben.«

»Rückständische Magie?« Simkin waberte, seine Stimme bebte vor Empörung. »*Ich!?* Simkin! Der Liebling von Königen, das Kuscheltier von Kaisern! *Ich!* Rückständische Magie? Überrest wie irgendein angebissenes, verschimmeltes Butterbrot?«

Der Technomant schenkte ihm nicht die geringste Beachtung, sondern erstattete ungerührt seiner Zentrale Bericht.

»Wir haben die Stimmen überprüft, Sir. Nichts Besorgniserregendes. Magische Rückstände. Ein insubstantielles Phantasma, wahrscheinlich ein Echo. Wir sind davor gewarnt worden. Es stellt keine Bedrohung dar.«

Er schwieg, lauschte und sagte dann: »Ja, Sir.«

»Unsere Befehle?« erkundigte sich die Frau.

»Weitermachen. Die anderen Teams sind vor Ort und rücken vor.«

»Was tun wir mit diesem Ding?« Die Frau deutete auf Simkin. »Es hat eine Stimme. Es könnte das Objekt warnen.«

»Unwahrscheinlich«, erwiderte der Mann. »Echos wiederholen nur, was sie von anderen gehört haben. Sie imitieren, wie Papageien, und wie Papageien erwecken sie gelegentlich den Eindruck, intelligent zu sein.«

Den Ausdruck auf Simkins Gesicht zu beschreiben, übersteigt meine Fähigkeiten. Die Augen quollen ihm aus den Höhlen, er klappte den Mund auf und zu. Vielleicht zum erstenmal in seinem Leben – in seinem langen Leben, wenn man bedenkt, daß er unsterblich sein dürfte – war er sprachlos.

Der Mann setzte sich in Bewegung, seine Begleiterin aber wollte sich nicht so leicht zufriedengeben. Das silberne Oval ihres Gesichts blieb Simkin zugewandt.

Er hing in der Luft und schien noch mehr Substanz verloren zu haben, ein Nebelstreif mit einem Hauch orangener Seide, der aussah, als könne man ihn mit einem Atemhauch hinwegpusten.

»Ich bin der Ansicht, wir sollten es auflösen«, schlug die Frau vor.

»Wäre gegen den Befehl«, widersprach der Mann. »Jemand könnte den Blitz sehen und Alarm geben. Vergiß nicht, diese verdammten *Duuk-tsarith* sind ebenfalls in der Gegend.«

Die Frau nickte widerstrebend. »Wahrscheinlich hast du recht.«

Beide gingen weiter, schnellen Schrittes die Straße entlang in Richtung des Baptisteriums.

Eliza und ich verhielten uns still und warteten, bis sie ganz sicher außer Hörweite waren. Ich glaubte aus den zielstrebigen, bestimmten Bewegungen der Technomanten schließen zu können, daß sie über eine spezielle Nachtsicht verfügten und fürchtete, daß sie auch ein Mittel besaßen, um ihr Gehör zu schärfen.

Als sie nicht mehr zu sehen waren, wagte ich mich ein Stück vor, zu einer Stelle, die einen besseren Ausblick bot.

Ihre Unterhaltung hatte mir einigen Aufschluß darüber gegeben, was im Gange war, aber ich wollte mir Gewißheit verschaffen. Hier und dort auf dem Berghang entdeckte ich silberne Gestalten, unwirklich im diffusen Licht der Sterne und noch weit verstreut, die einen Kordon um das Baptisterium bildeten und unaufhaltsam den Kreis enger zogen.

»Wer sind sie? *Was* sind sie?« verlangte Eliza zu wissen.

Mit meinen Händen antwortete ich: »Böse«, und sie brauchte keine Übersetzung.

»Sie haben es auf das Dunkle Schwert abgesehen, nicht wahr?« fragte sie angstvoll.

Ich nickte und dachte an die leuchtenden Abhörgeräte in der Abendstube.

»Würden sie ...« Eliza mußte ihren ganzen Mut zusammennehmen, um es aussprechen zu können. »Würden sie *töten*, um es zu bekommen?«

Ich nickte wieder, zögernd.

»Sie werden Papa nicht glauben, wenn er ihnen sagt, daß er das Schwert nicht hat.« Eliza durchdachte den Ablauf der bevorstehenden Ereignisse, wie ich auch. »Sie werden denken, daß er lügt, daß er ihnen das Versteck nicht verraten will. Wir müssen es zurückbringen! Wir nehmen die Abkürzung.«

Ich stimmte zu, denn soweit ich sehen konnte, gab es keine andere Möglichkeit. Doch selbst wenn wir die Abkürzung nahmen – behindert durch das Schwert und gezwungen, möglichst in Deckung zu bleiben, war nicht damit zu rechnen, daß wir vor den Technomanten das Haus erreichten.

Simkin! Simkin konnte Joram warnen, konnte ihm sagen, daß wir das Schwert hatten und es zurückbrachten.

Ich drehte mich um und sah den Phantomsimkin die Straße entlangschweben. Die Worte *Rückständische Magie* wehten heiß gegen mein Gesicht, wie ein trockener Wüstenwind.

»Keine Bedrohung? Nun, das werden wir sehen!« grantelte Simkin. »Merlyn? Merlyn, wo steckst du? Natürlich ist er nicht da, wenn man ihn mal braucht. Der alte Wirrkopf!« Sprach's und war verschwunden.

Kapitel 15

»Dein Narr ist hier, um dich vor deiner Narrheit zu bewahren. He, das klingt gut. Muß ich mir merken.«

Simkin; **Der Weg nach Merilon**

Ich hoffte, daß Simkin meine Gedanken gelesen hatte und unterwegs war, um Joram und die anderen zu warnen. Doch wie ich Simkin kannte, kapriziös und launenhaft, war es vermutlich eine eitle Hoffnung. Überdies hielt ich es nicht für sehr wahrscheinlich, daß uns von Merlyn – ob mit *y* oder mit *i* – Hilfe zuteil werden würde.

»Schnell!« drängte Eliza, griff nach meiner Hand und zog mich zurück in den Schutz der Bäume. »Dieser Weg ist kürzer. Querfeldein.«

Wir mußten über die Mauer klettern, die zwar niedrig war, doch Eliza in ihrem langen Rock und Umhang würde beide Hände brauchen. Sie zögerte nur einen Moment. Nach einem tiefen Blick in meine Augen, reichte sie mir das in die Decke gewickelte Schwert.

Ich begriff sofort, was sie gemeint hatte, als sie das Schwert als eine Bürde bezeichnete. Die Waffe hatte ein erhebliches Gewicht, denn sie bestand aus einer Eisen-Arkanum-Legierung und war für einen erwachsener Mann von großer Körperkraft geschmiedet worden. Doch so schwer die Klinge in der Hand wiegen mochte, sie lastete um vieles schwerer auf dem Herzen. Die Berührung gewährte mir einen kurzen Blick in die Seele dessen, der sie geschaffen hatte – ein stygischer Mahlstrom aus Furcht und Zorn.

Joram hatte damals bittere Lektionen gelernt, und es war ihm gelungen, sich davor zu bewahren, in deren gefahrvollen Wassern zu versinken. Er hatte das ursprüngliche Dunkle Schwert dem Stein zurückgegeben, von dem es genommen worden war, und dadurch die aufgespeicherte Magie in das Universum entlassen. Obwohl er eine Welt zerstört hatte, rettete er vielen Tausenden das Leben, die sonst in dem erbitterten Eroberungskrieg der Erde um Thimhallan umgekommen wären. Mochte Joram auch nicht im Licht wandeln, wenigstens spürte er die Sonne auf dem emporgewandten Gesicht.

Er hatte das Dunkle Schwert aus seinem Leben getilgt.

Aus Zorn und Furcht war es neu erstanden.

Eliza sprang auf der anderen Seite der Mauer zu Boden, drehte sich herum und streckte die Hände aus. Ich legte das Dunkle Schwert hinein, der Bibelspruch von den Sünden der Väter kam mir in den Sinn.

Im Weitergehen hielten wir unablässig Ausschau nach den silbernen Technomanten, doch es waren keine zu sehen, wahrscheinlich – sagte ich zu mir selbst –, weil sie sich bereits ihrem Ziel näherten, während wir noch das größte Stück Wegs zurückzulegen hatten. Wolken zogen auf und verdeckten die Sterne. Bald konnte man nicht mehr die Hand vor Augen sehen.

Wir erreichten den ersten Höhenkamm. Nicht weit vor uns konnte ich gerade eben die vereinzelten weißen Steine ausmachen, die den Saumpfad markierten. Ich spürte schon jetzt jeden Knochen im Leib, und Eliza, die tapfer mit mir Schritt hielt, atmete schwer von der Anstrengung des Bergaufgehens, noch dazu mußte sie sich mit dem Dunklen Schwert abmühen. Ich schaute mit einem Gefühl der Verzweiflung den Pfad hinauf. Bergab war er mir weder so steil noch so lang vorgekommen. Ich fragte mich, wie wir den Aufstieg hätten bewältigen sollen, selbst ohne das Schwert.

Als ich mich zu Eliza umwandte, sah ich meine Erschöpfung auf ihrem Gesicht widergespiegelt. Ich konnte nachfühlen, wie ihre Schultern und Arme brannten. Die Spitze des Schwertes senkte sich kraftlos dem Boden entgegen und schlug mit einem metallischen Klirren auf den Fels.

»Wir müssen weiter«, sagte sie, und es war nicht ich, den sie zu weiteren Anstrengungen anspornte, sondern die Worte galten ihr selbst.

Ich wollte ihr anbieten, das Schwert zu nehmen, damit sie sich erholen konnte, doch in diesem Moment zerriß der Knall einer Explosion die Stille der Nacht. Der Boden bebte unter meinen Füßen. Das Dröhnen hallte von den Bergen wider und erstarb schließlich. »Was war das?« stieß Eliza hervor.

Ich hatte keine Ahnung. Unter uns im Tal tobte ein Unwetter, aber Donner hörte sich anders an, und ich hatte keinen Blitz gesehen. Unwillkürlich schaute ich zum Baptisterium, voller Angst, Feuer und Rauch aus dem Gebäude aufsteigen zu sehen.

Logik sprach dagegen. Die Technomanten würden das Baptisterium nicht zerstören, solange sie das Schwert nicht hatten.

Die Explosion und der Schreck ließen uns alle Müdigkeit vergessen. Wir hatten uns jedoch kaum in Bewegung gesetzt, um den Pfad in Angriff zu nehmen, als ein neues Geräusch uns wieder stehenzubleiben veranlaßte – weniger dramatisch, aber noch furchteinflößender: Schritte, ganz dicht hinter uns.

Wir befanden uns in offenem Gelände, weit und breit kein Versteck. Zum Weglaufen fehlte uns die Kraft, und mit dem Schwert als Ballast wären wir ohnehin nicht weit gekommen.

Eliza hörte die Schritte im selben Moment wie ich. Wie auf Verabredung drehten wir uns beide um, und von so wunderlicher Art ist der menschliche Verstand, daß ich im ersten Moment nichts anderes als Erleichterung empfand. Wenn die Technomanten uns gefangennahmen, brauchte ich wenigstens diesen vermaledeiten Berg nicht hinaufzukraxeln.

Unser Verfolger kam näher als ein schwarzer Umriß vor dem Hintergrund der Bäume, so schwarz, daß man nichts erkennen konnte, das Aufschluß über die Person vermittelt hätte. Wenigstens, dachte ich, während mein Herz wieder anfing zu schlagen, war die Gestalt *nicht* in Silber gekleidet.

»Reuven, Eliza, wartet einen Moment, seid so gut«, rief eine klare Stimme. Es war die Stimme einer Frau.

Sie löste sich aus der Dunkelheit, und als sie zu uns trat, knipste sie eine Taschenlampe an und ließ den Lichtkegel kurz über unsere Gesichter wandern.

Wir kniffen geblendet die Augen zusammen und schauten zur Seite. Die Fremde richtete die Lampe zu Boden, so daß unsere Füße in einem Teich aus Licht standen.

»Was willst du?« fragte Eliza mit fester Stimme. »Weshalb sollen wir warten?«

»Weil«, antwortete die Frau, »ihr nicht nach Hause zurückkehren solltet. Ihr könnt nicht helfen, aber unter Umständen großen Schaden anrichten. Weshalb ihnen das Dunkle Schwert noch im letzten Augenblick auf einem silbernen Tablett servieren, nachdem sie schon soweit sind, unverrichteterdinge wieder abzuziehen?«

»Wer bist du?« Eliza war nicht gewillt, sich ablenken zu lassen; sie hielt mit beiden Händen das in Stoff eingehüllte Heft des Schwertes umfaßt.

Die Frau richtete die Taschenlampe auf sich selbst, so daß wir sie genau betrachten konnten. Von allem Merkwürdigen in dieser Nacht war sie das Merkwürdigste, das Befremdlichste.

Sie trug einen Tarnanzug und eine grüne Fliegerjacke. Ihr Haar war militärisch kurz geschnitten, das Gesicht markant, mit großen Augen, stark ausgeprägte Wangenknochen, kantigem Unterkiefer, einem energischen Kinn und einem breiten Mund. Sie war groß, mehr als einen Meter achtzig, und muskulös, ihr Alter schwer zu schätzen. Älter als ich jedenfalls, vielleicht zehn Jahre. Neun winzige Silberstecker, Sonne, Mond und Sterne, säumten das linke Ohr. Ihre Nase war gepierct, ebenso die rechte Augenbraue. Sie hätte geradewegs aus einer Bar in Soho hierher versetzt worden sein können.

Die Fremde kramte in einer Reißverschlußtasche und förderte etwas zutage, das wie eine abgewetzte Brieftasche aussah.

Sie richtete den Lichtkegel darauf, klappte sie auf und zeigte eine ID-Card. Das Licht war so grell, daß ich kaum etwas lesen konnte, und als meine Augen sich darauf eingestellt hatten, glitt der Strahl wieder zur Seite. Sie war Agentin irgendeiner Organisation, wenigstens glaubte ich, das entziffert zu haben, doch womit genau sie sich befaßte, blieb wortwörtlich im Dunkeln.

»Nicht so wichtig. Ihr habt garantiert noch nie von den Leuten gehört, für die ich arbeite«, sagte sie. »Wir sind ein sehr diskreter Verein.«

»Ich muß aber zurück.« Eliza schaute den Hang hinauf. »Mein Vater und meine Mutter und Pater

Saryon sind allein dort oben. Und ohne das Schwert sind sie in Gefahr.«

»*Mit* dem Schwert wären sie in größerer Gefahr.« Die Frau schüttelte gelassen den Kopf. »Du kannst gar nichts tun, um ihnen zu helfen, Eliza.«

»Woher kennst du meinen Namen?« Eliza musterte die Frau argwöhnisch. »Und Reuvens? Du hast auch seinen Namen gewußt.«

»Unsere Agentur hat Dossiers über euch beide. Kein Grund zur Aufregung, wir haben Dossiers über Gott und die Welt. Mein Name ist übrigens Scylla.«

CIA, dachte ich, oder Interpol? FBI? Geheimdienst Ihrer Majestät? Irgendeine Regierungsbehörde. Seltsam, bei Diskussionen pflegte ich an unserer Regierung kein gutes Haar zu lassen, doch hier in der Dunkelheit auf einer fremden Welt, umgeben von Gefahren, wirkte der Gedanke, daß eine weitverzweigte und mächtige Organisation die Hand über uns hielt, angenehm beruhigend.

»Hört mal, haben wir eigentlich Zeit für dieses Hin und Her?« gab Scylla zu bedenken. »Ihr solltet das Schwert an einen sicheren Ort bringen.«

»Ja«, nickte Eliza, »an einen sicheren Ort. Zu meinem Vater. Ich gehe nach Hause.« Sie hob das Schwert auf oder versuchte es aufzuheben. Es schien schwerer zu wiegen als je zuvor.

Scylla musterte sie, vielleicht wollte sie sich darüber klarwerden, ob diese junge Frau es ernst meinte. Ein Blick in Elizas blasses, verbissenes Gesicht ließ jeden Zweifel an ihrer Entschlossenheit schwinden.

»Nun gut, wenn das euer fester Wille ist – mein Flugmobil parkt da hinten. Ich bringe euch hin, das geht schneller.«

Ein verlockendes Angebot. Ich glaube nicht, daß Eliza mit dem Schwert noch weit gekommen wäre, obwohl sie sich natürlich weitergeschleppt hätte bis zur totalen Erschöpfung. Sie wünschte sich verzweifelt, bei ihren Eltern zu sein, während mich die Sorge um Pater Saryon verzehrte. Ich gab ihr mit einem Kopfnicken zu verstehen, daß ich bereit war, das Risiko einzugehen.

»Einverstanden«, sagte Eliza widerwillig.

Scylla versetzte mir einen beifälligen Klaps auf die Schulter, bei dem ich unwillkürlich in die Knie ging. Mir kam es vor, als hätte sie es mit Absicht getan, um ihre Kraft zu demonstrieren und uns einzuschüchtern. Sie drehte sich herum und trabte mit federnden Schritten, dem Strahl ihrer Taschenlampe folgend, zur Straße hinunter.

Eliza und ich blieben allein in der Dunkelheit zurück, die sich unmerklich grau zu färben begann. Es fehlte nicht mehr viel bis zum Morgen, merkte ich erstaunt.

»Wir könnten verschwinden, bevor sie wiederkommt«, schlug Eliza vor.

Eine rein hypothetische Feststellung, weiter nichts. Theorie. Wir waren beide zu ausgelaugt, das Schwert zu schwer, unsere Angst und Furcht zu groß. Wir brauchten nicht lange zu warten – der Gleiter erschien, stieg über die Mauer, schwebte wie ein Flüstern durch die Luft auf uns zu. Dicht neben uns ließ Scylla das Mobil zu Boden sinken.

»Steigt ein«, sagte sie, drehte sich halb um und öffnete die hintere Tür.

Wir gehorchten und schoben uns auf den Rücksitz. Eliza legte das Schwert über unser beider Knie und hielt es fest, damit es nicht herunterrutschte. Ich fühlte mich nicht wohl dabei, die Berührung des Schwertes war unangenehm, scheußlich, als säße ein Egel an meiner Haut, der mir das Blut aussaugte. Mir war, als würde mir etwas entzogen, etwas, von dem ich nicht geahnt hatte, daß ich es besaß. Ich wäre es gern los gewesen, doch ich konnte es nicht wegschieben, jedenfalls nicht, ohne Elizas Vertrauen und Respekt zu verlieren. Wenn sie diesen vampirhaften Aderlaß ertragen konnte, dann ich auch, um ihretwillen.

Scylla zog den Gleiter in steilem Winkel nach oben, und wir flogen den Berghang hinauf, schnell und mühelos wie der Wind. Eliza starrte gebannt aus dem Vorderfenster und bemühte sich, im verwaschenen Zwielicht ihr Zuhause zu erkennen.

Wir näherten uns dem Garten, dann kam das Gebäude in Sicht. Scylla drosselte den Schub, der Gleiter hing bewegungslos ungefähr über der Stelle, wo ich beim Überklettern der Mauer gestürzt war.

Ich weiß nicht, womit ich gerechnet hatte – das Gebäude von Technomanten umzingelt zu sehen oder von einem Sturmangriff verwüstet –, doch ganz entgegen meiner Erwartung lag das Haus still und dunkel vor uns, in scheinbar ungestörtem nächtlichen Frieden.

Das Flugmobil glitt langsam vorwärts, hinweg über die weißen Blumen mit den schweren, nickenden Köpfen. Nicht weit von der Hintertür entfernt machte Scylla halt.

»Hier ist niemand!« Eliza umklammerte aufgeregt meine Hand. »Sie sind umgekehrt! Oder wir sind ihnen zuvorgekommen! Laß uns aussteigen, Reuven!«

Meine Hand legte sich auf den Knopf.

»Sie sind hiergewesen«, widersprach Scylla. »Sie waren hier und sind wieder fort. Es ist vorbei.«

»Woher willst du das wissen?« schrie Eliza sie an. »Du behauptest das nur! Reuven, mach diese Tür auf!«

Sie war außer sich. Ich betätigte den Knopf, und die

Tür schwang auf. Eliza schob sich nach draußen und bückte sich wieder zu mir hinein, um das Schwert zu holen, das ich immer noch auf den Knien liegen hatte.

»Du solltest das Schwert im Wagen lassen«, riet Scylla, die ebenfalls ausstieg. »Hier ist es sicher. Du wirst es später brauchen – zum Freikaufen.«

»Freikaufen ...« Eliza wiederholte mit aufkeimender Bangigkeit das Wort.

Ich rutschte unter dem Schwert hervor vom Sitz und stieg aus. Selbst in meiner Sorge und Angst war ich froh, von seiner widerwärtigen Berührung erlöst zu sein. Eliza sah Scylla mißtrauisch an und umfaßte den Schwertgriff fester.

»Ich soll es hierlassen, damit du es dir nehmen kannst!« sagte sie und bemühte sich, das Dunkle Schwert aus dem Gleiter zu ziehen.

Scylla zuckte die Achseln. »Ich kann mir das Schwert nehmen, wann immer ich will.« Die Hände in die Hüften gestützt, lächelte sie uns an, und das Lächeln wirkte drohend. »Ich glaube nicht, daß ihr zwei viel tun könntet, um mich aufzuhalten.«

Eliza und ich schauten uns an und mußten uns eingestehen, daß sie recht hatte. Keiner von uns war imstande, es mit dieser Frau aufzunehmen, auch wenn ich mich nicht erinnern konnte, eine Waffe bei ihr gesehen zu haben, weder an ihrer Person noch in dem Gleiter.

»Aber ich will es nicht«, fuhr Scylla fort. Sie schloß die Fahrertür, dann warf sie mir zu meinem Erstaunen den Schlüssel zu.

»Was willst du *dann*?« Eliza funkelte sie an.

»Das ist allerdings etwas schwierig zu erklären«, antwortete Scylla ungerührt, machte auf dem Absatz kehrt und ging quer durch den Garten davon, während wir mit dem Schlüssel bei dem Flugmobil zurückblieben. Wir konnten mit dem Dunklen Schwert tun, was wir für richtig hielten.

Ich zog mein Notepad heraus.

Die Technomanten könnten drinnen auf uns warten! Laß das Schwert hier.

»Traust du ihr?« fragte Eliza mich unschlüssig.

Vielleicht. Was sie sagt, ergibt einen Sinn. Sie hätte uns das Schwert unten an der Straße wegnehmen können, es wäre für sie ein Kinderspiel gewesen.

»Ich hoffe, du hast recht«, meinte Eliza inbrünstig. Sie machte die Tür zu, und ich schloß ab. Das Dunkle Schwert lag in seine Decke gehüllt auf dem Rücksitz des Gleiters.

Ich für meinen Teil war froh, daß wir es los waren. Mit jedem Schritt, den ich mich davon entfernte, fühlte ich mich kräftiger, zuversichtlicher. Auch Eliza schien sich besser zu fühlen. Wir eilten hinter Scylla her und an der Tür, durch die ich vor ein paar Stunden ins Freie getreten war, um Eliza zu folgen, holten wir sie ein.

Der Flur war dunkel und still. Mag sein, es lag an meiner Einbildungskraft, aber die Stille jagte mir einen kalten Schauer über den Rücken. Es war nicht die atmende, heimelige Stille eines schlafenden Hauses, es war eine – ja, eine Totenstille.

Brandgeruch hing in der Luft. Wir kamen zu meinem Zimmer. Die Tür stand halb offen, dabei konnte ich mich genau erinnern, sie hinter mir zugemacht zu haben.

Ich drängte mich vor, warf einen Blick hindurch und blieb wie angewurzelt stehen.

Das Bett sah aus, als wäre es von scharfen Krallen aufgeschlitzt worden. Die Matratze hatte lange Risse, Federn häuften sich auf dem Boden. Mein Knappsack war zerfetzt, meine Kleider lagen im ganzen Raum verstreut, dazwischen meine sonstigen Habseligkeiten – Rasierzeug, Kamm, Bürste.

»Seht ihr«, sagte Scylla. »Sie haben nach dem Dunklen Schwert gesucht.«

Unsägliche Angst schnürte mir die Brust zusammen. Ich stürmte zu Saryons Zimmer, während Eliza wie betäubt im Flur stand und auf die Verwüstung starrte.

Saryons Tür stand sperrangelweit offen. Auch hier hatte man das Bett auseinandergerissen und sämtliche Besitztümer kreuz und quer durchs Zimmer geworfen. Von ihm selbst keine Spur, doch ob das gut oder schlecht war, wußte ich nicht.

Eliza stieß plötzlich einen gellenden Schrei aus und lief in entgegengesetzter Richtung den Flur entlang, dorthin, wo die Wohnräume lagen. Ich setzte ihr nach, ein heftiger Adrenalinstoß verlieh meinen müden Beinen noch einmal Kraft. Scylla schüttelte betrübt den Kopf und folgte uns langsamer.

Wir stürzten in die Abendstube. Eliza stöhnte auf, als hätte man sie geschlagen, und sank halb ohnmächtig in sich zusammen. Ich war zur Stelle, um sie aufzufangen, festzuhalten, zu stützen, obwohl mir selbst beim Anblick des Schlachtfelds vor Entsetzen übel wurde.

Das Licht der Morgendämmerung sickerte durch das Fenster, fing sich in einem allmählich verwehenden Rauchschleier. Weil mir der Knall einfiel, der uns draußen auf dem Hang erschreckt hatte, dachte ich zuerst, daß eine Bombe explodiert wäre. Der Fußboden war übersät mit den schwelenden Trümmern zersplitterter Möbel. Man hatte die Gardinen von den Fenstern gerissen, die Scheiben zerschlagen. Am anderen Ende der Abendstube, in der Küche, sah man den umgekippten Tisch, zu Bruch gegangene Stühle.

»Vater! Mutter!« rief Eliza.

Hustend, weil ihr der beißende Qualm in die Lunge drang, stieß sie mich weg und wollte zur Tür, hinter der das Zimmer ihrer Eltern lag, doch eine Gestalt in schwarzen Gewändern materialisierte sich aus den Schwaden. Erschreckt und verstört blieb Eliza stehen.

»Du wirst sie nicht finden«, sagte der *Duuk-tsarith*. »Sie sind fort.«

»Was hast du ihnen angetan?« schrie sie auf.

Der Erzwinger schob die Kapuze zurück, und ich erkannte Mosiah. Er verschränkte die Hände über der Kutte. »Ich habe ihnen nichts angetan. Ich habe die Technomanten aufzuhalten versucht, aber sie waren zu zahlreich.« Er sah mich an. »Sie haben auch Pater Saryon mitgenommen, Reuven. Es tut mir leid.«

Ich konnte nicht antworten, meine Hände hingen wie gelähmt herunter. Neben dem Saum von Mosiahs schwarzem Gewand entdeckte ich einen Blutfleck auf dem Boden. Eliza durfte ihn nicht sehen. Ich trat unauffällig einen Schritt vor und schob einen zerbrochenen Stuhl über den Fleck, doch entweder war es zu spät oder Eliza las meine Gedanken.

»Wie geht es ihnen?« bestürmte sie Mosiah. »Hat man ihnen ein Leid zugefügt?«

Mosiah zögerte. »Dein Vater wurde verletzt.«

»Sehr – schlimm?« Eliza mußte sich überwinden, um die Frage auszusprechen.

»Ich fürchte, ja. Doch Pater Saryon ist bei ihm. Und ich glaube nicht, daß deiner Mutter etwas geschehen ist.«

»Du *glaubst* nicht? Weißt du es nicht?« rief Eliza. Ihre Stimme brach, sie hustete wieder. Uns beiden brannte der Rauch in der Kehle, trieb uns die Tränen in die Augen, nur Mosiah schien davon unbehelligt zu bleiben.

»Nein. Ich kann nicht genau sagen, was mit deiner Mutter geschehen ist«, gab er zu. »Es herrschte ein ungeheurer Tumult. Wenigstens haben sie nicht gefunden, was sie suchten – das Dunkle Schwert. Du hast klug daran getan, es fortzuschaffen.« Mosiahs Blick wanderte von mir zu Eliza, seine Augen wurden schmal. »Wo ist es?«

»In Sicherheit.« Scylla erschien im Türrahmen.

Mosiahs Kopf flog herum. »Wer zum Teufel bist du?«

»Scylla«, antwortete sie, als wäre damit alles gesagt. Sie trat über die Schwelle, schaute sich kurz um. Wieder zeigte sie ihre ID-Card.

Mosiah studierte sie eingehend, er runzelte die Stirn. »Von dieser Organisation habe ich noch nie gehört. Seid ihr eine Abteilung des CIA?«

»Und wenn es so wäre, dürfte ich es dir wohl kaum auf die Nase binden, oder?« Scylla steckte die Brieftasche ein. »Ich dachte, ihr *Duuk-tsarith* paßt auf Joram auf. Was war los? Freier Abend heute?«

Mosiah preßte zornig die Lippen zusammen. »Wir rechneten nicht mit einer Aktion ihrerseits. Weshalb sollten sie Joram überfallen, wenn sie hoffen konnten, ganz ohne Mühe zu bekommen, was sie wollten?«

»Nett überlegt, aber sie wußten, daß es damit Essig war«, meinte Scylla. »Kevon Smythe ist einmal hier zu Besuch gewesen. Er saß auf genau diesem Stuhl oder was davon übrig ist. Bringt dich das auf eine Idee?«

»Ein Abhörgerät! Natürlich.« Mosiahs Gesicht verdüsterte sich. »Wir sind zu nachlässig gewesen. Dann wußten sie also, daß Joram sich geweigert hat das Schwert herzugeben.« Er musterte Scylla mit unverhohlenem Mißtrauen. »Du weißt ziemlich gut Bescheid über die *D'karn-darah*.«

»Ich weiß auch eine Menge über dich«, entgegnete

Scylla. »Deswegen bin ich noch lange kein *Duuk-tsarith*.«

»Du kommst von der Regierung?«

»Sozusagen. Legen wir die Karten auf den Tisch. Ich kann über meine Arbeit ebensowenig sprechen wie du über deine. Du traust mir nicht. Ich akzeptiere das. Ich werde mich bemühen, deinen Irrtum zu korrigieren. Ich vertraue dir, aber schließlich habe ich auch deine Akte gelesen.« Scylla betrachtete ihn mit neu erwachtem Interesse. »In natura siehst du viel besser aus als auf deinem Foto. Was ist hier passiert?«

Mosiah schien von ihrer Direktheit überrumpelt zu sein, und ich sah, daß ihm die Erwähnung seiner Akte gegen den Strich ging.

»General Boris hat dich geschickt«, behauptete er.

»Ich kenne den General. Ein guter Mann.« Scylla lächelte. »Also, was hat sich hier abgespielt?«

»In ein paar Minuten war alles vorbei, keine Zeit, Verstärkung anzufordern.« Mosiah sprach mit betont sachlicher Stimme, vielleicht, damit es sich nicht anhörte, als versuchte er sich zu rechtfertigen. »Ich stand allein auf Wache, verborgen in den Transversalen, wie wir es uns zur Regel gemacht hatten, um Joram und seine Familie nicht zu beunruhigen.«

»Und deine Zunftgenossen?« hakte Scylla nach. »Du magst allein auf Wache gestanden haben, aber ich weiß, daß du nicht allein hier im Baptisterium warst.«

Mosiah preßte die Lippen zusammen, er gab keine Antwort. Ich an seiner Stelle hätte die Frage beantworten können und Eliza bestimmt auch, obwohl sie sich nach zwanzig Jahren Paradies erst allmählich an den Lauf der Welt gewöhnen mußte. Die anderen *Duuk-tsarith* hatten nach dem Dunklen Schwert gesucht. Sie wußten ebensogut wie die Technomanten, daß Joram sich geweigert hatte, das Schwert herzugeben. All diese furchteinflößenden Mächte mit ihren furchteinflößenden Kräften, weltlicher und magischer Natur, auf der Suche nach der dämonischen Waffe, und auf der anderen Seite Eliza und ich, die wir uns ahnungslos damit davonmachten. Ein kalter Schauer lief mir über den Rücken. Ich hatte geahnt, daß wir in Gefahr schwebten, aber nicht, wie groß sie war. Sie wollten Joram und das Dunkle Schwert. Wir übrigen waren entbehrlich.

»Die anderen *Duuk-tsarith* veranstalteten also ihre eigene kleine Schatzsuche und ließen dich mutterseelenallein als Aufpasser zurück. Was brachte sie auf den Gedanken – warte! Ich weiß.« Scylla warf einen Blick auf Eliza. »Das Dunkle Schwert war fortgebracht worden. Ihr konntet seine Abwesenheit spüren, aber nicht, an welchem neuen Ort es sich befand. Nun gut. Du warst allein. Dann kamen die Technomanten.«

»Ja, die Technomanten kamen«, sagte Mosiah brüsk. »Und danach gibt es nicht mehr viel zu erzählen.« Er wandte sich beim Sprechen an Eliza, Scylla ignorierte er ostentativ, was sie mit gelinder Belustigung zur Kenntnis nahm. »Ich habe nie geglaubt, das einmal sagen zu müssen, aber wir haben dem Tunichtgut Simkin für die Warnung zu danken, wenn sie auch zu spät kam.«

Eliza und ich wechselten einen Blick. »Ich wußte es«, sagte sie leise, so daß nur ich es hören konnte.

»Joram konnte nicht schlafen«, fuhr Mosiah fort. »Er war hinausgegangen, um nach den Schafen zu sehen und gerade erst zurückgekehrt. Deine Mutter wartete auf ihn. Ich zog mich zurück«, verteidigte er sich gegen Elizas anklagenden Blick. »Ich wollte ihre Privatsphäre nicht verletzen. Vielleicht, wenn ich dort gewesen wäre . . .«

Er zuckte die Schultern.

»Es hätte keinen Unterschied gemacht«, meinte Scylla ruhig.

»Wahrscheinlich nicht. Ich war hier in der Stube, als ich Joram ›Simkin!‹ rufen hörte. Ich kehrte zurück, immer noch innerhalb der magischen Transversalen, und stieß auf einen fast durchscheinenden Simkin, der sein albernes orangenes Tüchlein schwenkte und faselte, Joram würde demnächst von einer Horde silberner Salzstreuer angegriffen oder etwas ähnlich Unsinniges, wenngleich ich zugeben muß, damit sind die *D'karn-darah* gar nicht schlecht beschrieben.

Ich ahnte die Gefahr und sandte meinen Brüdern eine Warnung. Joram verließ zornentbrannt das Zimmer, ich wollte ihm nach, als die *D'karn-darah* in das Haus eindrangen. Zu diesem Zeitpunkt machte ich einen Fehler.«

Mosiah schaute uns trotzig an. »Ich dachte ... Nun, ihr werdet sehen. Joram war aus dem Zimmer gestürmt. Wohin würde er gehen, wenn nicht zum Versteck des Schwertes? Die eine Waffe, die ihn und Gwendolyn schützen konnte ...«

»Oh!« Eliza stieß einen erstickten Schrei aus und schlug die Hand vor den Mund. »O nein!«

»Mach dir keine Vorwürfe, Eliza«, beruhigte Scylla sie rasch. »Dein Vater hätte nichts tun können. Sie hätten ihn mitsamt dem Dunklen Schwert ergriffen, und alles wäre verloren gewesen. So aber gibt es wenigstens noch Hoffnung.«

Doch Eliza ließ sich nicht trösten.

Mosiah berichtete weiter, durchlebte das Ereignis erneut, als versuche er, sich darüber klarzuwerden, wo er geirrt hatte. »Ich *wußte*, er wollte das Dunkle Schwert holen! Als er fast sofort wieder zurückkam, mit leeren Händen, was sollte ich denken?«

»Du dachtest, er hielte es absichtlich verborgen und

wäre selbst zu stur, um es zu seiner eigenen Verteidigung zu benutzen«, sagte Scylla.

»Genau!« Mosiah war frustriert, zornig. »Ich habe mich ihm gezeigt. Er erkannte mich und schien nicht sonderlich überrascht zu sein, mich zu sehen. Uns blieb nicht viel Zeit. Ich konnte die *D'karn-darah* kommen hören. Ich bat ihn, mir das Schwert zu geben. ›Ich werde es fortbringen‹, versprach ich ihm. ›Ich bringe es an einen sicheren Ort.‹«

»Wie denn?« fragte Scylla. »Seine Nullmagie hätte die Transversalen unbrauchbar gemacht.«

»Wir haben eine spezielle Scheide dafür entwickelt«, erklärte Mosiah. »Darin hätten wir es gefahrlos transportieren können. Joram weigerte sich natürlich. Er wollte mir das Schwert nicht geben. Ich dachte – ich dachte, er wäre nur dickköpfig, wie gewöhnlich. Ich wußte nicht, daß er mir das Schwert nicht geben *konnte*. Ich wußte nicht, daß er wußte oder ahnte, wer es genommen hatte.«

Mosiah hob den Kopf und schaute Eliza an. »Wenn er mir nur vertraut hätte! Wenn er mir die Wahrheit gesagt hätte – schon gut. Weshalb sollte er? Es bestand inzwischen kein Zweifel mehr daran, daß ich ihn bespitzelt hatte.

Sonst gibt es nicht mehr viel zu erzählen. Die *D'karn-darah* drangen in das Schlafzimmer ein, wir hörten auch aus den anderen Teilen des Hauses Getöse. Dann brachte einer Pater Saryon angeschleppt. Ihm fehlte nichts«, versicherte mir Mosiah und lächelte ein wenig. »Er ist zäh, Reuven. Das erste, was der gute Pater rief, als er uns sah, war: ›Du darfst es ihnen nicht geben, Joram!‹

Die *D'karn-darah* forderten das Dunkle Schwert. Joram weigerte sich. Sie sagten ihm, er solle es ihnen geben, oder die anderen würden für seinen Starrsinn büßen müssen. Sie hatten sich Gwendolyns bemächtigt. Was sollte Joram tun? Selbst wenn er dazu bereit gewesen wäre, er konnte ihnen das Schwert nicht geben, weil er es nicht hatte. Er versuchte mit ihnen zu handeln, sie sollten seine Frau und Pater Saryon gehenlassen, und er würde sie zum Versteck des Schwertes führen.

Ich bezweifle, daß sie sich auf einen solchen Handel eingelassen hätten, wo sie doch alle Trümpfe in der Hand hielten, aber wir werden es nie erfahren. In diesem Moment flog nämlich ein Teddybär aus Plüsch, der auf dem Bett gelegen hatte, wie ein Geschoß durch die Luft und traf die *D'karn-darah*, die Gwendolyn festhielt.«

»Guter alter Simkin«, schmunzelte Scylla.

»Ja, guter alter Simkin«, wiederholte Mosiah säuerlich. »Die *D'karn-darah* war überrascht, wie man sich wohl vorstellen kann. Der Bär traf sie an der Stirn, nicht sehr fest, aber sie geriet ins Taumeln, und in ihrem Schreck ließ sie Gwen los. Der Bär hörte nicht auf, die *D'karn-darah* zu traktieren, hieb ihr die Tatzen um die Ohren, trommelte ihr auf den Kopf und klammerte sich schließlich an ihrem Gesicht fest. Es sah aus, als wolle er sie ersticken. Und plötzlich war Gwendolyn verschwunden.«

»Verschwunden?« wiederholte Eliza verwirrt. »Was soll das heißen, verschwunden? Ist meine Mutter geflohen? Hat man sie fortgebracht?«

»Ich weiß nicht«, fuhr Mosiah auf, zornig auf sich selbst und seine Ohnmacht. »Wenn ich es wüßte, würde ich es dir sagen. Sie verschwand. Von einer Sekunde zur anderen war sie nicht mehr da. Zuerst glaubte ich, einige meiner Brüder hätten sie in die Transversalen gezogen, doch später stellte sich heraus, daß auch ihnen der Vorfall ein Rätsel war.

Joram nahm das Schlimmste an. Er glaubte, daß die *D'karn-darah* Gwen entführt hatten. In blinder Raserei stürzte er sich mit bloßen Händen auf die Gegner, und es gelang ihm, sie zu überrumpeln. Sie hatten nicht damit gerechnet, von einem ausgestopften Plüschtier angegriffen zu werden, oder daß eine Geisel sich mir nichts dir nichts in Luft auflösen könnte. Joram riß zwei von ihnen zu Boden. Ich erledigte den vierten.«

Mosiah lächelte grimmig. »Ihr werdet einen Brandfleck auf dem Schlafzimmerfußboden finden. In diesem Moment traf für den Feind Verstärkung ein. Man stellte Joram ruhig und brachte ihn weg.«

»Man stellte ihn ruhig?« fragte Eliza, die bemerkte, daß Mosiah es vermied, sie anzusehen. »Wie? Ich will es wissen. Was haben sie meinem Vater angetan?«

»Sag's ihr«, forderte Scylla ihn auf. »Sie muß verstehen, welcher Art der Feind ist, gegen den wir kämpfen.«

Mosiah zuckte die Schultern. »Also gut. Sie haben Joram mit einem Schlag auf den Kopf kampfunfähig gemacht, dann setzten sie die Nadeln an. Vielleicht habt ihr von einer Heilmethode gehört, die sich Akupunktur nennt. Man sticht an bestimmten Punkten des Körpers Nadeln ein, um eine örtliche Betäubung zu bewirken. Natürlich läßt sich auch die gegenteilige Wirkung erzielen, und diese Kunst beherrschen die *D'karn-darah*. Jede Nadel ist mit Elektromagie geladen und stimuliert die Nervenpunkte auf schmerzhafte Weise. Der Schmerz ist allerdings temporär und vergeht, sobald die Nadeln entfernt werden, doch bis dahin befindet sich die betreffende Person in einem Zustand hilfloser Agonie. Nachdem sie Joram wehrlos gemacht hatten, brachten sie ihn fort. Pater Saryon bestand darauf, ihn begleiten zu dürfen, und natürlich waren sie hocherfreut über die zusätzliche Geisel.

»Du bist entkommen«, stellte Scylla fest.

»Ich konnte nichts tun«, entgegnete Mosiah kalt. »Ich wäre ebenfalls in Gefangenschaft geraten, und sie hatten keinen Grund, mich zu schonen. Nein, ich kann mehr ausrichten, wenn ich frei bin und am Leben.«

Eliza war sehr blaß geworden, als sie hören mußte, wie man ihren Vater gequält hatte, doch sie hielt sich bewundernswert tapfer. »Was ist mit meiner Mutter geschehen?« fragte sie. Ihre Stimme zitterte kaum. Sie bemühte sich mit aller Kraft, nicht die Beherrschung zu verlieren.

»Ich habe es nicht herausfinden können«, gestand Mosiah. »Wenn ich raten müßte, würde ich sagen, daß die *D'karn-darah* sie verschleppt haben. Doch wenn dem so ist . . .« Er schien nachzudenken, dann zuckte er hilflos die Schultern. »Ich weiß es nicht.«

»Weißt *du* es?«

»Ich? Woher denn?« Scylla war erstaunt, daß man sie überhaupt fragte. »Ich war nicht dabei. Aber ich wäre es gern gewesen.« Sie machte ein grimmiges Gesicht.

»Nun, was tun wir jetzt?« Eliza war ruhig. Sehr ruhig. Viel zu ruhig. Nur die krampfhaft ineinanderverschränkten Hände verrieten, wie es in ihr aussah.

»Wir warten«, antwortete Mosiah.

»Warten! Worauf denn?«

»Darauf, daß sie mit uns Verbindung aufnehmen.«

»Und uns sagen, wohin wir das Dunkle Schwert bringen sollen«, fügte Scylla hinzu. »Um den Austausch vorzunehmen. Das Dunkle Schwert gegen das Leben deines Vaters.«

»Und ich werde es ihnen geben«, sagte Eliza.

»Nein«, widersprach Mosiah. »Das wirst du nicht.«

Kapitel 16

»Nun mag das Spiel Ernst werden.«

Simkin; **Der Herrscher von Merilon**

»Ich *werde* es ihnen geben«, beharrte Eliza. »Ihr werdet mich nicht daran hindern. Ich hätte das Schwert nicht von hier wegbringen dürfen. Was sie damit tun, ist nicht wichtig . . .«

»Doch, es ist wichtig. Sie werden es benutzen, um eine Welt unter ihr Joch zu zwingen.«

»Das Leben meines Vaters ist alles, worauf es ankommt«, entgegnete Eliza starrsinnig.

Sie schwankte. Sie war erschöpft, ausgebrannt, ihre Kraft fast verbraucht. Man konnte sich nirgends hinsetzen, jedes Möbelstück im Zimmer war zertrümmert. Scylla legte den Arm um die junge Frau und drückte sie ermutigend.

»Ich weiß, momentan sieht alles rabenschwarz aus, Mädchen, aber noch haben wir keinen Grund, die Hoffnung aufzugeben. Nach einer Tasse Tee werden wir uns besser fühlen. Reuven, bring uns etwas, worauf wir sitzen können.«

Und dabei sprach sie nicht zu mir, sondern gab mir den Auftrag in der Zeichensprache! Lächelnd zog sie dann die gepiercte Augenbraue in die Höhe, wie um auszudrücken: *Siehst du, ich kenne dich!*

Natürlich. All das stand in meiner Akte. Sobald ich meine Verblüffung überwunden hatte, machte ich mich auf die Suche nach Sitzgelegenheiten. Es war gut, etwas zu tun zu haben. Ich mußte in entfernte und seit dem Exodus unbewohnte Teile des Gebäudekomplexes vordringen, um Möbel zu finden, die unbeschädigt geblieben waren. Die *D'karn-darah* konnten unmöglich geglaubt haben, das Dunkle Schwert in der Lehne eines Polstersessels verborgen zu finden, aber genau danach sah es aus. Als ihre Suche erfolglos blieb, hatten sie ihre Zerstörungswut ausgetobt. Wenn sie auf diese Art mit Gegenständen umgehen, was tun sie dann mit Menschen? fragte ich mich und fror bei dem Gedanken.

Ich fand keine Stühle, aber dafür einige niedrige Hocker in einem der Räume im Erdgeschoß, der, vermutete ich, als Schulzimmer für Kinder gedient hatte. Die Technomanten hatten ihn übersehen, wahrscheinlich, weil er an einem kurzen, blinden Gang lag, in dem nachts absolute Finsternis herrschte.

Als ich einen der Hocker aufhob, fiel mir trotz meiner Müdigkeit auf, daß er aus einem einzigen Stück Holz gefertigt war. Geschaffen durch Magie, zusammengehalten von Magie, was den Gebrauch von Hilfsmitteln wie Nägeln oder Leim unnötig machte. Man hatte das Holz nicht mit Axt, Hobel und Schnitzmesser bearbeitet, sondern es durch sanfte Beeinflussung in die Form gebracht, die dem Schöpfer vorschwebte.

Ich strich mit der Hand über die seidenglatte Oberfläche, und plötzlich, aus einem unerfindlichen Grund, schossen mir Tränen in die Augen. Ich weinte um alles, das wir verloren hatten – Saryon, Joram, Gwen, ihr friedvolles idyllisches Dasein, den Glauben ihrer Tochter an eine gütige Allmacht, Thimhallan, um den Verlust solch schlichter Schönheit, wie ich sie in meinen Händen hielt, den Verlust jenes anderen Lebens, auf das mir hin und wieder ein kurzer Blick vergönnt war.

Ich war über mich selbst erstaunt, denn eigentlich bin ich niemand, der leicht weint; ich glaube, ich hatte seit meiner Kindheit nicht mehr geweint. Fast schämte ich mich, als ich mich endlich zwang aufzuhören, aber der Gefühlsausbruch hatte mir wohlgetan, er wirkte wie ein Ventil. Ich fühlte mich ruhiger und seltsam erholt, wieder bereit und willens, den Dingen, die da kommen mochten, ins Gesicht zu sehen.

Ich nahm vier Hocker, von denen ich mit jeder Hand leicht zwei tragen konnte, und kehrte zu den anderen zurück.

Diese waren nicht untätig geblieben. Man hatte in Küche und Abendstube so gut es ging Ordnung geschaffen. Eine frische Morgenbrise wehte den Qualm aus den Räumen, im Kamin prasselte ein Feuer. Auf dem Herd summte der Wasserkessel, der, wenn auch zerbeult, die Verwüstung überlebt hatte. Scylla löffelte Teeblätter in eine gesprungene Kanne, während Eliza zwischen dem zerbrochenen Geschirr nach Tassen suchte, die noch zu gebrauchen waren. Als ich hereinkam, schaute sie mit einem blassen Lächeln zu mir auf. Auch bei ihr wirkte die Beschäftigungstherapie heilsam.

Unter einem großen, mittendurch gebrochenen Steingutteller entdeckte sie Teddy.

Der Bär war in einem traurigen Zustand. Ein Arm war abgerissen, ein Auge fehlte. Sein rechtes Bein hing nur noch an einem Faden, die Füllung quoll aus aufgeplatzten Nähten. Seine orangene Schleife war ausgefranst und versengt.

»Armer Teddy!« sagte Eliza, drückte den mißhandelten Bären ans Herz und brach in Schluchzen aus. Bis zu diesem Augenblick hatte sie sich tapfer gehalten; dies war ihr Ventil.

Mosiah lächelte schief und schien einen Kommentar von sich geben zu wollen, doch Scylla gebot ihm mit einem Blick und Kopfschütteln zu schweigen. Nun war Mosiah bestimmt nicht geneigt, von Scylla Befehle entgegenzunehmen und hätte sich nicht daran hindern lassen, sein Sprüchlein aufzusagen, nur konnte er selbst sehen, daß dies nicht der geeignete Zeitpunkt war.

Ich sehnte mich danach, Eliza zu trösten, aber ich befand mich in einer unglücklichen Lage. Wir kannten uns erst seit gestern, und auch wenn wir in den wenigen Stunden viel zusammen erlebt hatten, änderte das nichts an den Tatsachen. Ihr Kummer gehörte nur ihr, und genaugenommen gab es nichts, was ich tun oder sagen konnte, um ihn zu lindern.

Ich stellte die Hocker vor den Kamin. Mosiah ging zum Fenster, um hinauszuschauen, der Saum seiner schwarzen Kutte hinterließ eine Wellenspur in der Ascheschicht auf dem Fußboden. Scylla goß das kochende Wasser in die Teekanne. Eliza hatte mittlerweile aufgehört zu weinen.

»Ich werde ihn reparieren«, sagte sie und wischte sich mit dem Ärmel ihrer Bluse die Augen trocken.

»Spar dir die Mühe«, ertönte eine schwache Stimme. »Ich bin erledigt. Hinüber. Kaputt. Meine Uhr ist abgelaufen. Mäuse werden in meinen Eingeweiden Nester bauen. Was ist geschehen? Haben wir gewonnen? Ist dein lieber Vater in Sicherheit, Kind? Wenn ja, war mein Leben nicht umsonst. Sag mir, bevor ich mich zu meinem Schöpfer versammle . . .«

»Er würde dich im hohen Bogen wieder zurückwerfen«, schnitt Mosiah ihm schroff das Wort ab. Er hatte sich vom Fenster abgewendet und schaute verdrossen auf Teddy nieder. »Mach dir keine Umstände wegen dieses Hallodris, Eliza. Simkin ist unsterblich. Und ein sehr schlechter Schauspieler.«

»Das ist also Simkin«, meinte Scylla und trat hinzu. Die Hände in die Hüften gestützt, beugte sie sich über ihn. »Du warst meine Lieblingsfigur in Reuvens Büchern, mußt du wissen.«

Teddy schielte mit seinem übriggebliebenen Auge zu ihr hoch. »Pardon, Gnädigste«, sagte er steif, »aber ich glaube nicht, daß wir uns schon vorgestellt worden sind.«

»Ich bin Scylla«, sagte sie und reichte mir eine Tasse Tee.

Mag sein, es war meine überreizte Einbildung, doch bei der Nennung dieses Namens glitzerte Teddys Knopfauge im Feuerschein, und er starrte Scylla durchdringend an.

»Flick mich wieder zusammen, sei ein gutes Kind.« Teddy sprach zu Eliza, ohne den Blick von Scylla abzuwenden.

»Das kannst du auch selbst besorgen«, blaffte Mosiah gereizt. »Laß das Mädchen in Ruhe.«

»Laß nur, ich tu's gerne«, wehrte Eliza ab. Sie entdeckte in einer Ecke den Nähkorb ihrer Mutter, und obwohl ihre Lippen zitterten, als sie sich daranmachte den verstreuten Inhalt zusammenzusuchen, fing sie nicht wieder an zu weinen. Schließlich setzte sie sich auf einen Hocker, nahm den mißhandelten Bären auf den Schoß und stopfte die Füllung zurück, dann begann sie seinen Arm festzunähen.

Teddy grinste abscheulich, wenn Eliza nicht hinschaute und frönte seiner dubiosen Art von Humor, indem er zweideutige Geräusche von sich gab, besonders, als sie die Holzwolle wieder in seinen Leib stopfte. Ich hätte ihn liebend gern mit seiner orangefarbenen Schleife erwürgt, doch er unterließ die dummen Possen, wann immer sein Blick auf Scylla fiel.

Wir nahmen alle auf den Kinderhockern Platz und

rückten dicht ans Feuer. Eliza fuhr mit ihrer chirurgischen Tätigkeit fort und nippte zwischendurch an ihrem Tee.

»Wie lange werden wir warten müssen?« fragte sie in bemüht beiläufigem Ton.

»Nicht lange«, antwortete Mosiah.

»Gemäß den General Boris vorliegenden Berichten werden die Hch'nyv innerhalb der nächsten achtundvierzig Stunden bis auf Angriffsdistanz an die Erde und Thimhallan herangekommen sein«, verkündete Scylla.

»Vor diesem Zeitpunkt müssen die Technomanten das Schwert auf die Erde zurückgebracht haben«, ergänzte Mosiah.

Eliza schaute mich an, und eine leichte Röte stieg ihr in die Wangen. »Dann sind diese – Fremdwesen wirklich eine Bedrohung. Es ist keine Täuschung? Sie würden uns wirklich alle vernichten?«

»Ohne Zögern. Ohne Bedenken. Ohne Mitleid oder Erbarmen«, erwiderte Scylla ernst und bestimmt. »Wir haben keine Ebene gefunden, auf der wir mit ihnen kommunizieren könnten, doch es gibt Gerüchte, daß andere erfolgreicher waren.«

»Die Technomanten haben mit ihnen Kontakt aufgenommen«, sagte Mosiah. »Soviel wissen wir. Wir fürchten, daß Smythe irgendeinen Kuhhandel mit ihnen abgeschlossen hat.«

Achtundvierzig Stunden. Keine sehr lange Frist. Wir alle saßen schweigend da, jeder hing seinen eigenen Gedanken nach. Meine waren außerordentlich schwarz und pessimistisch. Und wie heraufbeschworen aus der Düsternis des Gemüts, dem Rauch und dem Feuer, nahm vor dem Kamin eine Erscheinung Gestalt an.

Kevon Smythe stand vor uns.

»Keine Angst«, beruhigte Mosiah uns rasch. »Es ist ein Hologramm.«

Die Erklärung war notwendig, denn die Erscheinung wirkte sehr real, nicht diffus wie viele Hologramme. Ich hätte geschworen, daß der Mann in Fleisch und Blut vor uns stand. Vermutlich war es die Magie der Technomanten, die dem elektronisch erschaffenen Abbild solche Lebensechtheit verlieh.

»Ich habe davon gelesen«, flüsterte Eliza, »aber gesehen habe ich so etwas noch nie. Kann er uns hören?«

Sie fragte, weil Scylla den Finger an die Lippen gelegt hatte und sich zusammen mit Mosiah auf die Suche nach dem Projektionsgerät machte. Als sie es gefunden hatten, ein kleiner Kasten, verborgen im Innern des Kamins, studierten sie es eingehend, ohne es jedoch zu berühren. Sie wechselten einen Blick – das erste Mal, glaube ich, daß sie sich bewußt anschauten –, woraufhin Mosiah nickte, sich die Kapuze tief ins Gesicht zog und die Hände vor dem Leib verschränkte.

Eliza stand auf, Teddy glitt – vergessen – von ihrem Schoß.

Er schien protestieren zu wollen, aber ich angelte ihn mir mit der Fußspitze heran und beförderte ihn nicht eben sanft nach hinten, unter meinen Hocker.

Hätte ich für Eliza nicht bereits die tiefsten Gefühle gehegt, spätestens in diesem Moment hätte sie mir Bewunderung abgenötigt. Sie war erschöpft, verängstigt, erschüttert, verstört. Sie wußte genau, dieser Mann war verantwortlich für die Entführung ihrer Eltern und Pater Saryons, doch sie begegnete ihm mit der hoheitsvollen Reserviertheit einer Königin, die begreift, daß ihre jede Unbeherrschtheit als Schwäche ausgelegt werden wird und dem Feind einen Vorteil verschafft.

Wenn ich in der Erinnerung zu diesem Moment zurückkehre, sehe ich sie in Gold gehüllt und das schäbige Leuchten des Hologramms überstrahlen. Sie flehte nicht und appellierte nicht an sein Mitleid, weil sie von vornherein wußte, er würde sich nicht erweichen lassen, sondern stellte ihm die Frage, die sie jedem unwillkommenen Eindringling gestellt hätte.

»Was wollt Ihr?«

Er trug keinen Anzug mehr, sondern war in weiße Gewänder gekleidet, der, wie ich später erfuhr, zeremonielle Habit der Khandischen Weisen. Ärmel, Halsausschnitt und Saum hatten eine gitterartige Borte aus dünnen Metallfäden, die im Licht glitzerten und schimmerten. Damals glaubte ich, es sei lediglich eine auffällige Verzierung.

Kevon Smythe lächelte sein gewinnendes Lächeln. »Da Ihr ohne viel Umschweife zur Sache kommt, will auch ich nicht viele Worte machen. Euer Herr Vater ist bei uns. Als unser Gast. Er hat uns freiwillig begleitet, weil er von unserer großen Bedrängnis weiß. Leider erfolgte seine Abreise ein wenig überstürzt, so daß er einen Gegenstand zurückließ, der ihm sehr am Herzen liegt. Dieser Gegenstand ist das Dunkle Schwert. Es nicht bei sich zu haben, beunruhigt ihn sehr, er fürchtet, es könnte in die falschen Hände geraten und unvorstellbaren Schaden anrichten. Er möchte es wieder in seiner Reichweite haben. Wenn Ihr mir sagt, wo wir das Dunkle Schwert finden können, Demoiselle Eliza, werden wir es holen und Eurem Vater aushändigen.«

Fast *glaubte* ich ihm. Ich kannte die Wahrheit, ich hatte die Verwüstungen gesehen, das Trümmerfeld. Das Blut auf dem Fußboden. Doch seine Überzeugungskraft war so groß, daß ich vor meinem inneren Auge sah, was er mir zu suggerieren wünschte: Joram, besorgt um das Schicksal der Erde und der Menschheit, der als Verbündeter bereitwillig mit ihnen ging. Auch Eliza mußte ihm glauben. Mosiah hegte offenbar dieselbe Befürchtung, denn er trat lautlos vor, bereit, dem Technomanten Einhalt zu gebieten, während Scylla sich im Hintergrund hielt und Eliza beobachtete.

»Ich will meinen Vater sehen und meine Mutter«, verlangte Eliza.

»Es tut mir leid, Demoiselle«, das ist nicht möglich«, antwortete Smythe. »Euer Vater hat eine lange Reise hinter sich und ist erschöpft, dazu kommt die Sorge wegen des Schwertes. Die Klinge ist scharf, die Waffe insgesamt unhandlich. Ihr könntet Euch verletzen. Sagt uns, wo wir es finden, und vielleicht wird sich bis dahin Euer Vater soweit erholt haben, daß er mit Euch sprechen kann.«

Sein lyrischer Tenor und das gönnerhafte Gebaren umhüllten seine seine Drohungen wie ein seidener Schal.

»Herr«, erwiderte Eliza ruhig, »Ihr lügt. Gewaltsam haben Eure Handlanger meine Eltern und Pater Saryon entführt. Dann verwüsteten sie unser Heim auf der Suche nach dem Gegenstand, den mein Vater Euch niemals geben würde, solange er lebt. Wenn Ihr nur deshalb gekommen seid, habt Ihr meine Erlaubnis, Euch zu entfernen.«

Kevon Smythe' Miene wurde weicher, er schien aufrichtig betrübt zu sein. »Ich habe nicht das Recht, Euch zu tadeln, Demoiselle, doch Eurem Vater wird es nicht gefallen zu hören, daß Ihr Euch weigert, seinem ausdrücklichen Wunsch zu willfahren. Er wird zornig sein und Euch für Euren Ungehorsam züchtigen. Er hat mich gewarnt, daß Ihr manchmal ein widerspenstiges, dickköpfiges Kind seid. Wir haben seine Erlaubnis, Euch das Schwert mit Gewalt abzunehmen, sollte es nötig sein.«

Tränen hingen an Elizas Wimpern, doch sie wahrte Haltung. »Ihr kennt meinen Vater nicht, wenn Ihr glaubt, er würde so etwas sagen. Ihr kennt mich nicht, wenn Ihr denkt, ich ließe mich so leicht täuschen und einschüchtern. Verschwindet!«

Kevon Smythe schüttelte resigniert das Haupt, dann schaute er mich an. »Reuven, es ist gut, dich wiederzusehen, wenn auch, bedaure ich sagen zu müssen, unter traurigen Umständen. Wie es scheint, ist bei Pater Saryon eine schreckliche Krankheit ausgebrochen, die seinen Tod verursachen wird, wenn er nicht schnellstens in ein Hospital auf der Erde kommt, um sich dort einer entsprechenden Behandlung zu unterziehen. Unsere Ärzte geben ihm noch sechsunddreißig Stunden. Du kennst den guten Pater, Reuven. Er will ohne Joram nicht von hier fort, und Joram geht nicht ohne das Schwert. Ich an deiner Stelle würde mein Möglichstes tun, es zu finden, wo immer es versteckt sein mag.«

Er richtete den Blick wieder auf Eliza. »Bringt das Dunkle Schwert nach Zith-el, zum Osttor. Ihr werdet dort erwartet.«

Das Hologramm erlosch. Mosiah entfernte den Projektor, der im Innern des Kamins angebracht war, wo man einen Stein herausgebrochen hatte, um ihn einzubauen. Er warf ihn auf den Boden.

»Du wußtest, daß er dort war«, sagte Scylla, eine Feststellung, keine Frage.

»Ja. Sie mußten eine Möglichkeit haben, mit uns zu kommunizieren. Ich entdeckte ihn, kurz bevor ihr gekommen seid.«

Scylla zerstampfte das Gerät unter dem Absatz ihres schweren Stiefels. »Sind noch irgendwo Wanzen versteckt?«

»Die habe ich unschädlich gemacht, aber ich hielt es für richtiger, den Projektor nicht anzurühren, denn wir mußten erfahren, was sie wollen. Zith-el.« Er überlegte. »Also haben sie Joram nach Zith-el gebracht.«

»Ja.« Scylla schlug sich unternehmungslustig auf die Oberschenkel. »Nun können wir Pläne schmieden.«

»Wir!« Mosiah bedachte sie mit einem dämonischen Blick. »Was hast *du* damit zu tun? Mit dem, was hier vorgefallen ist?«

»Ich bin hier«, antwortete Scylla mit einem verschmitzten Lächeln. »Und das Dunkle Schwert liegt in meinem Gleiter. Ich würde sagen, ich habe ziemlich viel damit zu tun.«

»Ich hatte recht – General Boris hat dich geschickt! Du gehörst zu seinen Leuten. Verflucht, er hat zugesagt, diese Sache uns zu überlassen!«

»Ihr habt bisher auch verdammt gute Arbeit geliefert«, bemerkte Scylla trocken.

Mosiah stieg das Blut zu Kopf, er richtete sich steif auf. »Von dir war weit und breit nichts zu sehen, als die *D'karn-darah* angriffen.«

»Hört auf!« sagte Eliza scharf. »Ihr wollt beide das Dunkle Schwert. Das ist alles, worauf ihr es abgesehen habt. Nun, ihr werdet es nicht bekommen. Ich werde tun, was Smythe verlangt: Ich bringe es nach Zith-el.«

Ihre Worte mochten sich anhören wie die eines trotzigen Kindes, doch ihre Trauer und ihre Selbstvorwürfe verliehen ihnen Gewicht, und der Mann und die Frau, beide älter als sie, stärker und mächtiger, betrachteten sie mit Respekt. »Du weißt, daß Smythe nicht zu trauen ist«, gab Mosiah zu bedenken. »Er wird versuchen, sich das Schwert zu nehmen und uns alle zu Gefangenen zu machen. Oder Schlimmeres.«

»Ich weiß, daß ich im Grunde genommen niemandem trauen darf«, meinte Eliza mit schwankender Stimme. Sie schenkte mir ein süßes, trauriges Lächeln und fügte leise hinzu: »Außer Reuven.«

Der Schmerz, der wie ein goldener Pfeil mein Herz durchbohrte, war so köstlich wie ungeheuerlich, daß mir die Augen feucht wurden. Ich wandte mich ab, beschämt über meinen Mangel an Selbstbeherrschung, während sie solche Stärke bewies.

»Wie ich es sehe, bleibt mir keine andere Wahl«, fuhr Eliza in ruhigem Ton fort. »Ich werde Smythe das Schwert bringen und hoffe, daß er sich an sein Versprechen hält, im Austausch dafür meinen Vater und Pater Saryon freizulassen. Ich gehe allein ...«

Sie bemerkte meine entschiedene Handbewegung und berichtigte sich: »Reuven und ich gehen zusammen, ihr bleibt hier.«

»Ich habe dir die Wahrheit gesagt, Eliza«, sagte Scylla. »Ich will das Dunkle Schwert nicht. Es gibt nur einen Mann, der es führen kann, und das ist der, dessen Hand es geschmiedet hat.«

Ich glaubte meinen Augen nicht zu trauen, als Scylla sich plötzlich vor Eliza auf ein Knie niederließ und die wie zum Gebet gefalteten Hände zu ihr emporhob. »Ich verspreche Euch, Eliza, ich schwöre beim Almin, daß ich tun werde, was in meiner Macht steht, um Joram zu befreien und ihm das Dunkle Schwert wiederzugeben.«

Der Anblick von Scylla in ihrem Kampfanzug und mit dem militärischen Bürstenhaarschnitt, wie sie auf dem Boden kniete, reizte im ersten Moment zum

Lachen. Dann aber gemahnte mich die Szene an ein bestimmtes Gemälde: Johanna von Orleans, die ihrem Souverän den Vasalleneid leistete. In Scylla brannte der gleiche heilige Eifer, mit solch heller klarer Flamme, daß ich glaubte, sie in eine schimmernde Rüstung gekleidet zu sehen, die getreue Streiterin für das Gute und die Sache ihrer Königin.

Die Vision währte nur einen Augenblick, aber ich sah alles ganz deutlich vor mir – den Thronsaal, den kristallenen Thronsaal im königlichen Palast zu Merilon. Der Thron, der Podest, die Stühle, die Säulen – der ganze Saal war schillernde spiegelnde Transparenz, das einzig Wirkliche darin die Königin in ihrer Robe aus Gold, die auf der gleißenden Plattform stand, hoheitsvoll, in feierlichem Ernst. Vor ihr, auf den Knien, den Blick emporgerichtet, in schimmernder silberner Rüstung, ihre Vasallin.

Und nicht nur mir erging es so.

Mosiah teilte diese Vision – glaube ich. Irgend etwas Ungewöhnliches sah er bestimmt, denn er starrte Scylla mit unverkennbarer Ehrfurcht an, während er vor sich hin murmelte: »Was zum Henker ist das für ein Trick?«

Eliza nahm Scyllas Hände zwischen die ihren. »Ich akzeptiere deinen Treueschwur. Du wirst uns begleiten.«

Scylla neigte den Kopf. »Mein Leben gehört Euch, Majestät.«

Dieses »Majestät« hörte sich so richtig an, daß keiner von uns stutzte, bis Eliza plötzlich die Stirn runzelte.

»Wie hast du mich genannt?«

Scylla stand auf, und die Vision zerfloß. Sie trug wieder Tarnanzug und Stiefel und die vielen kleinen Ringe im Ohr.

»Nur mein ausgefallener Sinn für Humor.« Sie grinste und ging zum Herd und goß ein zweitesmal Tee auf, dabei schaute sie über die Schulter zu Mosiah. »Du siehst in natura erheblich besser aus, habe ich das schon gesagt? Übrigens, warum leistest du nicht den gleichen Schwur? Gelobe, Joram zu befreien und das Dunkle Schwert seinem Eigentümer zurückzugeben. Du wirst nicht drumherumkommen, denn wenn du dich weigerst, nehmen wir dich nicht mit nach Zith-el.«

Mosiah schnob zornig durch die Nase. »Ihr seid Narren, wenn ihr glaubt, daß Smythe eine seiner Geiseln herausrücken wird, wenn er das Schwert erst hat. Die Technomanten brauchen Joram, damit er ihnen zeigt, wie man solche Schwerter in Massen produzieren kann.« Er wandte sich an Eliza. »Komm mit mir zur Erde. Übergib das Schwert König Garald. Wir werden mit einer Armee zurückkehren, um deine Eltern zu befreien.«

»Die Armee bereitet sich auf die Entscheidungsschlacht gegen die Hch'nyv vor«, stellte Scylla richtig. »Von dieser Seite hast du keine Hilfe zu erwarten, und ich wage ohnehin zu bezweifeln, daß reguläre Truppen viel gegen die Technomanten auszurichten vermöchten. Sie haben sich schon vor langer Zeit Zith-el zu ihrer Zitadelle erkoren und es zu einer Festung ausgebaut. Eine Armee könnte es nicht erobern. Steht alles in unseren Akten«, fügte sie zu ihrer Verteidigung hinzu, als sie Mosiahs argwöhnischen Blick bemerkte. »Ihr seid nicht die einzigen, die Informationen über Smythe sammeln.«

Mosiah beachtete sie nicht, sondern sprach wieder zu Eliza, jetzt jedoch in weicherem Ton. »Ich bin Jorams Freund. Wenn ich glaubte, wir könnten ihm mit dem Dunklen Schwert die Freiheit erkaufen, wäre ich der erste, der dir zuriete. Aber es würde nichts helfen, siehst du das nicht ein?«

»Das klingt zwar alles sehr klug und vernünftig«, gab Eliza zu, »aber das Schwert gehört nicht mir, und deshalb habe ich nicht das Recht, darüber zu entscheiden. Ich werde Smythe eine Bedingung stellen und zwar, daß ich das Schwert nicht ihm, sondern meinem Vater übergebe. Er wird dann entscheiden, was damit geschieht.«

»Legt das Dunkle Schwert in die Hände seines griesgrämigen Schöpfers, und ihr werdet staunen, was geschieht«, bemerkte eine Grabesstimme unter meinem Hocker. »Ich persönlich bin der Meinung, ihr solltet es meinem Freund Merlyn übergeben. Habe ich erwähnt, daß ich Merlyn kenne? Er hängt bei seinem alten Grabmal herum. Greulich deprimierender Ort. Kann mir nicht vorstellen, was er daran findet. Freund Merlyn ist schon seit Jahren auf der Suche nach einem Schwert, irgendein Trottel hat seins in einen See geworfen. Natürlich ist unser Apfelschäler hier von ziemlich anderem Design, aber der alte Knabe ist inzwischen ein bißchen tatterig geworden und merkt den Unterschied wahrscheinlich gar nicht.«

Wir hatten Teddy vergessen.

Ich fischte ihn unter dem Hocker hervor, staubig und vergrätzt, doch ansonsten unbeschädigt.

Ich schrieb mit den Fingern: »Simkin hat recht. Nicht was Merlyn angeht«, fügte ich hastig hinzu, »aber mit Joram. Sobald Joram das Schwert in den Händen hat, könnte es als Waffe dienen, um die Technomanten zu besiegen.«

»Hast du vergessen, daß dieses neue Dunkle Schwert nicht mit Magie versehen ist? Kein Katalyt hat ihm *Leben* gegeben. Es wird nie bis zu Joram gelangen.« Mosiahs Tonfall war bitter. »Kevon Smythe wird es sich unter den Nagel reißen, und das ist dann das Ende. Wir gehen auf eine Reise ohne Wiederkehr, völlig sinnlos das alles.«

»Genau wie in alten Zeiten«, meinte Teddy und seufzte nostalgisch.

»*Du* kommst auf keinen Fall mit!« sagte Mosiah entschieden.

»Wenn ich du wäre, würde ich es nicht wagen, mich zurückzulassen«, warnte Teddy. »Man kann mir nicht trauen, nicht im geringsten. Behaltet mich lieber im Auge, wie die Herzogin Winifred sagte, als sie vor der Vitrine mit ihrer Augapfelsammlung stand. Sie hatte ein Paar für jeden Tag des Jahres, alles verschieden gefärbt. Pflegte die Dinger nach dem Frühstück herauszunehmen. Ich erinnere mich an den Tag, als einer entschlüpfte und über den Marmorfußboden rollte, direkt unter den Fuß der Hauskatalytin. Ihr könnt euch nicht vorstellen, wie das gespr . . .«

»Ich nehme ihn«, sagte Eliza rasch, riß mir den Teddy aus der Hand und verstaute ihn in der Tasche ihres Rocks. »Er kann bei mir bleiben.«

Mosiah schaute mit gerunzelter Stirn in die Runde. »Seid ihr fest entschlossen, in Zith-el euer Glück zu versuchen? Reuven?«

Ich nickte. Da war Pater Saryon, den ich nicht seinem Schicksal überlassen konnte. Und selbst wenn diese Verpflichtung nicht gewesen wäre – ich hatte mir geschworen, Eliza zu folgen und sie bei allem zu unterstützen, was sie tat.

»Ich gehe mit Eliza«, sagte Scylla.

»Und ich gehe nach Zith-el«, sagte Eliza.

»Wenn wir uns also alle einig sind, sollten wir aufbrechen. Du sagst, du hast einen Gleiter?« Weder Mosiahs Ton noch seine Miene waren sehr freundlich.

»Du kommst mit?« Sie schien nichtsdestotrotz erfreut zu sein.

»Selbstverständlich. Ich werde nicht Joram, seine Frau und Pater Saryon in der Hand der Technomanten lassen.«

»Soll heißen, du wirst nicht tatenlos zusehen, wie wir uns mit dem Dunklen Schwert davonmachen, stimmt's?« fragte Scylla boshaft grinsend.

»Von mir aus dreh mir die Worte im Mund herum«, antwortete Mosiah. »Ich bin es satt, mit euch zu argumentieren. Nun, wollt ihr noch lange warten? Selbst mit dem Gleiter können wir uns glücklich schätzen, Zith-el noch vor heute abend zu erreichen.«

»Und werden deine Freunde, dic übrigen *Duuk-tsarith*, sich dort zu uns gesellen?« Scylla hob die Augenbraue mit dem kleinen goldenen Ring.

Mosiah starrte aus dem Fenster, in eine Ferne, die nur für ihn sichtbar war. »Es gibt kein *Leben* in Zith-el«, sagte er leise. »Nur Tod. Zahllose der Unsrigen haben dort den Tod gefunden, als während des Kataklysmus die Gebäude einstürzten. Sie liegen unbegraben in den Trümmern, ihre Geister irren ruhelos umher und wollen den Grund wissen, aus dem sie sterben mußten. Nein, die *Duuk-tsarith* gehen nicht nach Zith-el. Ihre Magie würde verdorren und absterben.«

»Aber du gehst hin«, sagte Scylla.

»Ja, ich gehe hin«, nickte Mosiah grimmig. »Wie gesagt, meine Freunde werden dort gefangengehalten. Davon abgesehen, für mich macht es keinen großen Unterschied, ob meine Magie verdorrt oder nicht. Nach dem Scharmützel hier habe ich nicht mehr viel *Leben* übrig. Wenn wir nicht unterwegs auf einen Katalyten stoßen, muß ich mich darauf beschränken, mit Steinen zu werfen. Ich werde euch also nicht beschützen können.« Oder sich selbst, dachte ich, denn ich wußte, daß die Technomanten Jagd auf ihn machten.

»Und woher sollen wir wissen, daß man dir trauen kann?« fragte Eliza.

»Ich werde den Treueeid leisten«, erwiderte Mosiash. »Unter einer Bedingung. Ich werde alles in meiner Macht Stehende tun, das Dunkle Schwert wieder in den Besitz Jorams zu bringen, seines Schöpfers. Doch wenn wir scheitern, beanspruche ich das Recht, das Schwert meinem König zu übergeben.«

»Wenn wir scheitern, hast du keinen König mehr. Dafür werden die Technomanten sorgen«, bemerkte Scylla.

Plötzlich und zur allgemeinen Überraschung warf sie die Arme um Mosiah und drückte ihn an sich. Sie war einen Kopf größer als er und ihm kräftemäßig überlegen. Ihre Umschlingung drückte ihm die Schultern und den Brustkasten zusammen. »Ich mag dich«, verkündete sie, »und ich hätte nie geglaubt, einmal so etwas zu einem Erzwinger zu sagen. Wenn du mir den Schlüssel wiedergibst, Reuven, bringe ich den Gleiter nach vorn zum Eingang. Wir werden Verpflegung und Decken brauchen, Trinkwasser habe ich im Gleiter.«

Sie ließ ihn los, schlug ihm freundschaftlich auf den Rücken und marschierte zielstrebig aus dem Zimmer. Man hörte ihre schweren Schritte den ganzen Flur entlang.

Bevor ich mich mit Eliza daranmachte, Proviant und Decken zusammenzusuchen, schaute ich noch einmal über die Schulter und sah Mosiah mitten in dem leeren, trostlosen Zimmer stehen. Ein Luftzug vom Fenster her bewegte seine schwarzen Gewänder. Er hatte die Kapuze tief ins Gesicht gezogen und die

Hände vor dem Leib verschränkt. Die Neigung seines Kopfes verriet mir, daß er immer noch in diese Ferne starrte, auf Bilder, die nur für ihn sichtbar waren. Diesmal aber schien er nach irgend etwas oder irgend jemandem zu suchen, jedoch offenbar ohne Erfolg.

»Wer zum Henker bist du?«

Die Worte blieben in der Luft hängen wie der kalte Brandgeruch.

Kapitel 17

»... und dann erfüllte mich die Magie. Als würde das Leben *der ganzen Welt in mich einströmen, mich durchfluten. Ich fühlte mich hundertfach lebendiger als je zuvor!*

Mosiah; **Der Weg nach Merilon**

Scylla wartete bereits mit dem Gleiter vor dem Haupteingang, als Eliza und ich mit Bettzeug und Verpflegung herauskamen. Wir luden alles hinten in den Gepäckraum, dann standen wir da und betrachteten nachdenklich den Gleiter, der für den Transport von vier Personen eingerichtet war, zwei vorn, zwei hinten. Das Dunkle Schwert nahm die ganze Rückbank ein.

»Das gehört auch in den Kofferraum«, sagte Mosiah.

»Nein«, widersprach Eliza prompt. »Ich möchte es im Auge behalten.«

»Dann leg es vor dem Sitz auf den Boden«, schlug Scylla vor.

Eliza folgte dem Vorschlag, wickelte das Schwert sorgfältig in die Decke und verstaute es im Fußraum. Mosiah beanspruchte wie selbstverständlich den Beifahrersitz neben Scylla für sich – Eliza wollte das Dunkle Schwert im Auge behalten und Mosiah Scylla. Mir sollte es recht sein, denn so konnte ich mit Eliza hinten sitzen. Sie bückte sich, um neben mir einzusteigen.

»Gütiger Almin!« rief sie plötzlich, richtete sich auf

und schaute den Hang hinunter. »Die Schafe! Sie können nicht im Pferch bleiben. Ich werde sie tränken und auf die Weide lassen. Es dauert nur einen Moment, ich bin gleich wieder zurück.« Schon war sie fort und den ersten Treppenlauf hinunter.

»Wir müssen sie aufhalten!« Scylla schickte sich an auszusteigen.

»Nein«, sagte Mosiah mit harter Stimme. »Soll sie es sich ansehen. Dann begreift sie vielleicht.«

Was ansehen? Mich beschlich eine böse Ahnung. Ich sprang aus dem Gleiter und stürmte hinter Eliza her. Meine Beine waren steif, die Muskeln protestierten mit Krämpfen gegen die erneute Anstrengung. Mit zusammengebissenen Zähnen lief ich dicht hinter Eliza zum Schafpferch hinunter.

Schon von weitem konnte ich sehen, daß etwas nicht stimmte. Ich versuchte, Eliza festzuhalten, aber sie schüttelte ärgerlich meine Hand ab und lief weiter. Nun gut. Ich folgte ihr langsamer. Weshalb sich beeilen, wir kamen ohnehin zu spät. Es gab nichts mehr, was man tun konnte.

Als ich unten anlangte, lehnte Eliza an der steinernen Umfriedung, in ihren weit aufgerissenen Augen spiegelten sich Entsetzen und Fassungslosigkeit.

Die Schafe waren tot. Ausnahmslos. Alle bluteten aus den Ohren, unter Maul und Nase hatten sich Blutpfützen gebildet. Die Tiere schienen umgefallen zu sein wie vom Blitz getroffen, nirgends Spuren eines Todeskampfes. Ich erinnerte mich an die Explosion, die so stark gewesen war, daß noch ein gutes Stück entfernt der Boden unter unseren Füßen gebebt hatte. Die Technomanten, deren Kräfte nachließen, hatten mit dem Tod dieser Tiere ihre Reserven aufgefüllt.

Eliza barg das Gesicht in den Händen, aber sie weinte nicht, im Gegenteil, sie war so still, ihre Haltung so steif, daß ich Angst bekam. Ich tröstete sie, so gut es mir ohne Worte möglich war, gab ihr mit meiner Nähe und einer Berührung zu verstehen, daß ich mit ihr fühlte.

Der Gleiter kam lautlos den Hang hinuntergeschwebt und hielt bei uns an, Scylla stieg aus. Mosiah blieb sitzen und betrachtete ohne sichtbare Gemütsbewegung die Masse der Kadaver.

»Kommt, Majestät«, sagte Scylla. »Es läßt sich nicht mehr ändern.«

»Warum?« fragte Eliza erstickt, ohne den Kopf zu heben. »Warum haben sie das getan?«

»Tod ist für sie Leben«, antwortete Mosiah aus dem Gleiter. »Und diesen Teufeln willst du das Dunkle Schwert übergeben. Denk lieber noch einmal darüber nach.«

Man hätte ihr das ersparen können! Die Zerstörung ihres Heims hatte ihr doch mit kaum zu überbietender Deutlichkeit vor Augen geführt, von welcher Art unsere Feinde waren. Doch wie sich herausstellte, irrte ich mich, und Mosiah hatte recht. Er verstand ihre innere Stärke und ihr Format besser einzuschätzen als ich.

Sie blickte auf, und ihr Gesicht war gefaßt, beinahe heiter. »Ich werde allein nach Zith-el gehen, um ihnen das Schwert zu bringen. Ihr dürft mich nicht begleiten, es ist zu gefährlich.«

Scylla erhob Einspruch und überzeugte sie davon, daß wir alle triftige und eigene Gründe hatten, mitzukommen. Wer sollte den Gleiter fliegen? Nun, sie natürlich, Scylla. Was Reuven anging, er würde Pater Saryon nicht der Willkür der Technomanten überlassen. Und Mosiah – er würde keinesfalls zulassen, daß das Dunkle Schwert aus seiner Reichweite entschwand. Alles klar?

Eliza akzeptierte die Logik der Argumentation und erhob keine Einwände. Sie ging zum Gleiter und stieg ein. Von ihrem Platz aus warf sie einen letzten Blick auf die toten Schafe, ihre Lippen wurden schmal, sie verkrampfte die Hände im Schoß. Ich schob mich neben ihr auf die Rückbank, und Scylla nahm ihren Platz hinter dem Lenkrad ein.

Der Gleiter flog dicht über dem Boden dahin, erheblich ruhiger, als ich es bei meinem Jungfernflug zustande gebracht hatte. Ich schenkte der vorüberziehenden Landschaft kaum Beachtung, denn meine Gedanken waren mit anderem beschäftigt. Eben war etwas gesagt worden, das mich eigenartig berührt hatte. Nicht unangenehm, ganz im Gegenteil. Aber eigenartig. Ich versuchte, mich zu erinnern.

Majestät, hatte Scylla jetzt schon zweimal zu Eliza gesagt. *Euer Majestät*.

Wie seltsam. Und wie vertraut.

Der erste Teil unserer Reise verlief mehr oder weniger ereignislos. Scylla hatte eine Karte von Thimhallan mitgebracht, die aus irgendeinem Archiv irgendwo stammte – Genaueres gab sie nicht preis. Mosiah schwankte zwischen Faszination und Mißtrauen, denn sie war augenscheinlich erst vor kurzem gezeichnet worden, unter Berücksichtigung der von den Erdbeben und Unwettern nach dem Freisetzen der Magie bewirkten topographischen Veränderungen.

Natürlich ging es nicht ohne eine Auseinandersetzung zwischen ihm und Scylla ab. Mosiah behauptete, die Karte stamme aus General Boris' Hauptquartier, was bedeutete, daß das militärische Oberkommando gegen das Abkommen verstoßen hatte. Scylla konterte mit dem Vorwurf, daß die *Duuk-tsarith* es selber mit der Einhaltung des Abkommens nicht sonderlich genau nahmen. Mosiah wäre gut beraten, erst vor seiner eigenen Tür zu kehren und so weiter und so weiter.

Wer weiß, wie lange das Gestichel noch weitergegangen wäre, doch Eliza, die blaß und schweigsam hinten neben mir saß, fragte ruhig: »Ist die Karte brauchbar?«

Scylla schaute Mosiah an, der sich brummend das Eingeständnis abrang, ja, vermutlich schon.

»Dann schlage ich vor, daß wir uns danach richten«, meinte Eliza. Sie schmiegte sich in die Ecke der Sitzbank und schloß die Augen.

Danach wechselten die beiden Streithähne kaum noch ein Wort miteinander, außer wenn es sein mußte, um sich über die Richtung zu einigen. Der Gleiter schoß in die Ebene hinunter und nahm Kurs auf das Innere von Thimhallan.

Ich überzeugte mich, daß Eliza es bequem hatte, und deckte sie mit meiner Jacke zu. Sie belohnte meine Fürsorge mit einem matten Lächeln, doch sie hielt die Augen geschlossen. Sie hatte Teddy in der Armbeuge und fest an die Brust gedrückt, wie ein Kind sein Lieblingsschmusetier. Ich war überzeugt, daß der Filou sich selbst in diese beneidenswerte Position gemogelt hatte, wagte aber nicht ihn wegzunehmen, aus Angst, Eliza zu stören.

Ich lehnte mich in meine Ecke und versuchte, in der Enge eine einigermaßen erträgliche Haltung zu finden. Dieser Gleiter war meines Erachtens nicht dazu konstruiert, im hinteren Teil irgendwelche Lebewesen zu transportieren, die auch nur mit zwei Beinen ausgestattet waren. Wie auch immer, ich wollte schlafen, denn gut ausgeruht war es bestimmt leichter, sich den Schwierigkeiten zu stellen, die uns am Ende der Reise erwarteten.

Ich schloß die Augen, aber zu schlafen vermochte ich nicht. Mein Körper befand sich in jenem Stadium der Übermüdung, in dem die Nerven bloßliegen und die Gedanken sich rastlos im Kreise drehen.

Ich fühlte mich schuldig, weil ich in der Stunde der Not nicht bei Pater Saryon gewesen war, auch wenn ich nicht weiß, wie ich ihm hätte helfen können. Nun, zumindest hatte ich Eliza vor den Technomanten bewahrt, obwohl Joram und Gwendolyn und Pater Saryon vielleicht nicht entführt worden wären, wenn man ihnen das Schwert ausgehändigt hätte wie verlangt.

Was geschehen ist, ist geschehen, sagte ich mir. Du hast getan, was du glaubtest, es sei richtig.

Dann beschäftigten meine Gedanken sich damit, was wir tun sollten, wenn wir Zith-el erreichten, denn ich war überzeugt, daß Mosiah Eliza niemals erlauben würde, das Dunkle Schwert den Technomanten zu übergeben. Würde er versuchen, sie davon abzuhalten? Würde er versuchen, sich in den Besitz des Schwertes zu bringen? Hatte er wirklich sein gesamtes *Leben* verbraucht, oder war es ein Trick, um uns in Sicherheit zu wiegen? Scylla hatte Eliza Gefolgschaft geschworen. Würde sie gegen Mosiah kämpfen, wenn es soweit kam? Und wer *war* Scylla, in drei Teufels Namen?

Hatte Pater Saryon recht? Würden die Technomanten ihre Drohung wahrmachen und ihn töten, wenn wir uns auf den Tauschhandel einzugehen weigerten? War es klug, diesen skrupellosen Menschen das Schwert in die Hände zu geben? Und bemühten wir uns möglicherweise vergebens, angesichts der Tatsache, daß höchstwahrscheinlich die Hch'nyv uns alle auslöschen würden?

Zu guter Letzt war mein Gehirn von diesem sinnlosen Grübeln über Dinge, auf die ich keinen Einfluß hatte, so ermüdet, daß es endlich Ruhe gab. Ich schlief ein.

Als ich erwachte, war es stockfinster, es regnete und stürmte, und ich hatte das dringende Bedürfnis, meine Blase zu entleeren.

Aufgrund des eklatanten Mangels an sanitären Einrichtungen auf Thimhallan würde ich mich in die Büsche schlagen müssen, auch wenn das Prasseln des Regens auf dem Dach des Gleiters mir diese Aussicht nicht eben verlockend erscheinen ließ. Aber die Dringlichkeit meines Bedürfnisses ließ mir keine Wahl.

Eliza ruhte in ihrer Ecke, ihrem entspannten Gesicht und den gleichmäßigen Atemzügen nach zu schließen, schlummerte sie tief und traumlos. Vorsichtig, um kein Geräusch zu verursachen, beugte ich mich vor und tippte Scylla auf die Schulter.

Sie schaute sich kurz nach mir um, dabei hielt sie das Lenkrad weiter mit beiden Händen fest. Von Windböen gebeutelt, die Windschutzscheibe von Regenfluten überschwemmt, deren die Wischer nicht Herr zu werden vermochten, erforderte es Kraft und einiges Geschick, den Gleiter auf Kurs zu halten. Wäre das Flugmobil nicht mit Radar ausgestattet gewesen, das uns eine virtuelle Karte des Terrains lieferte, hätten wir unsere Reise nicht fortsetzen können. So aber krochen wir weiter, Scylla hielt den Blick auf den Radarschirm gerichtet, und Mosiah versuchte, hinter dem Regenvorhang etwas zu erkennen.

Ich brachte mein Anliegen vor. Ein greller Blitzstrahl blendete uns fast, der darauffolgende Donnerschlag ließ den Gleiter erbeben.

»Kannst du es nicht verkneifen?« fragte Scylla.

Ich schüttelte den Kopf. Sie überprüfte den Radarschirm, fand eine geeignete Stelle und ließ den Gleiter bodenwärts sinken.

»Ich werde ihn begleiten«, machte Mosiah sich erbötig. »Dort draußen lauern Gefahren auf den, der sich nicht auskennt.«

Ich gab zu verstehen, ich wüßte sein Angebot zu schätzen, doch es wäre nicht notwendig, daß er sich meinetwegen naßregnen ließe. Er zuckte die Schultern, lächelte und machte die Tür auf.

Ich öffnete die Tür auf meiner Seite und schickte mich an auszusteigen.

»Was? Was ist los?« Eliza erwachte und schaute sich blinzelnd um.

»Boxenstop«, erklärte Scylla.

»Was heißt das?«

Peinlich berührt, wartete ich nicht auf die Details der Erklärung.

Der Wind riß mir fast die Tür aus der Hand, und ich wurde mehr aus dem Gleiter gezogen, als daß ich aus eigener Kraft ausstieg. In einem Sekundenbruchteil war ich bis auf die Haut durchnäßt. Es kostete mich einen Kampf, aber schließlich gelang es mir, die Tür wieder zu schließen. Der Sturm trieb mich förmlich vor sich her, bis ich vor dem Gleiter mit Mosiah zusammentraf, dem die tropfnasse schwarze Kutte am Leib klebte. Die Kapuze hing regenschwer auf seinem Rücken, Wasser rann ihm aus den Haaren. Sein Anblick überzeugte mich davon, daß er wirklich kein Leben mehr besaß. Kein Magus, der noch über einen Funken Zauberkraft verfügte, hätte sich einer solchen Dusche ausgesetzt.

»Paß auf!« rief er und griff nach meinem Arm. »Kijwinden!«

Er streckte die Hand aus, und im Scheinwerferlicht konnte ich die todbringenden Ranken sehen, über die ich in meinem Büchern geschrieben hatte. Wie sie ihre Tentakel um die Glieder des Unvorsichtigen wanden, ihre Dornen in sein Fleisch bohrten und ihm das Blut aussaugten, Blut, von dem sich die Pflanzen ernährten. Zu Gesicht bekommen hatte ich natürlich noch keine und, ehrlich gesagt, es war ein entbehrliches Vergnügen. Die herzförmigen Blätter sahen in der Dunkelheit schwarz aus und glänzten feucht, die Dornen waren klein und spitz. Die Pflanze wirkte unverschämt gesund und unternehmungslustig, ein raschelndes Gewirr sich windender Ranken.

Unter der allergrößter Vorsicht größtmöglicher Eile erledigte ich mein Geschäft. Mosiah stand in der Nähe, hielt nach allen Richtungen Wache, und ich war froh über seine Gegenwart. Ich zog den Reißverschluß hoch und machte mich auf den Rückweg zum Gleiter, Mosiah neben mir. Das Unwetter schien an Intensität zu verlieren, der Regen war nur mehr Regen, nicht mehr Sintflut. Ich freute mich darauf, in das warme Innere des Gleiters steigen zu können, als ich plötzlich spürte, daß sich etwas wie eine Drahtschlinge um meinen Knöchel legte.

Die Kij! Entsetzt versuchte ich mich loszureißen, statt dessen fiel ich hin und wurde langsam aber sicher zurückgezogen, in das Herz der Pflanze. Ich stieß einen gepreßten Schrei aus und krallte haltsuchend die Finger in den schlammigen Boden.

Nadelspitze Dornen drangen durch Jeans und dicke Socken in mein Fleisch, der Schmerz war unbeschreiblich.

Mosiah sprang herbei, um mir zu helfen, Scylla hatte mich stürzen gesehen und öffnete die Fahrertür. »Was gibt's?« rief sie. »Was ist passiert?«

»Bleib drin!« schrie Mosiah zurück. »Wende den Gleiter und richte die Scheinwerfer auf uns. Kijwinden! Überall!«

Er stampfte mit dem Fuß auf den Boden, als wollte er etwas zertreten. Ich wurde bäuchlings über die morastige Erde gezogen, meine Finger zogen tiefe Furchen durch den Modder. Der Schmerz war furchtbar – die Einstiche der Dornen auf der Suche nach einer Ader, und dann das gräßliche Gefühl des Saugens.

Mosiah stand über mich gebeugt und spähte in die Dunkelheit. Er sprach ein Wort und schien mit dem ausgestreckten Finger auf etwas zu zielen. Ein Feuerstrahl, ein Zischen und ein reißendes Geräusch.

Die Ranke gab mich frei.

Ich kroch vorwärts, doch sogleich waren neue Tentakel zur Stelle, um die Beute festzuhalten. Von allen Seiten schnellten sie auf mich zu, wanden sich um meine Handgelenke meine Füße. Eine verbiß sich in meinem Unterschenkel.

Der Gleiter hatte gewendet. Im Licht der Scheinwerfer sah ich die Regentropfen über die herzförmigen Blätter perlen und an den grausamen, spitzen Dornen glitzern.

»Verdammt!« fluchte Mosiah und warf einen wütenden Blick auf die Pflanze, dann warf er sich herum und lief zurück zum Gleiter.

Ich glaubte – weshalb, weiß ich nicht –, er wolle mich im Stich lassen. Panik wallte in mir auf, löste einen Adrenalinschub aus. Mit aller Kraft, die ich besaß, und zusätzlichen Kräften, die mir von wer weiß wo zuströmten, riß ich an meinen Fesseln, und es gelang mir tatsächlich, einen Arm zu befreien.

Aber das war nur eine Ranke, wenigstens vier hielten mich noch fest.

Eliza war entgegen Mosiahs Anweisungen aus dem Gleiter gesprungen.

»Das Schwert!« keuchte Mosiah. »Gib mir das Schwert! Nur damit können wir ihn retten!«

Mein Gesicht war mit Schlamm überzogen, das Haar hing mir strähnig in die Augen. Ich kämpfte gegen die zähen Ranken, aber meine Kräfte ließen rasch nach. Die Schmerzen lähmten mich, ich fühlte mich elend und matt.

»Mir sollst du es geben!« rief Mosiah. »Gib es mir! Nein! Das ist zu gefährlich . . .«

Ich hörte Schritt und das Rascheln langer Röcke. Als ich mühsam den Kopf hob und nach oben schaute, stand Eliza vor mir, das Dunkle Schwert in der Hand.

»Halt still, Reuven! Ich will nicht aus Versehen dich treffen.«

Ich zwang mich, stillzuliegen, obwohl ich fühlen konnte, wie die Ranken ihre Schlingen enger zogen, die Dornen sich an meinem Blut labten.

Die Scheinwerfer des Gleiters, die sie von hinten anleuchteten, umgaben ihr schwarzes Haar mit einem Strahlenkranz, ihren Körper mit einer Aureole, nur das Schwert in ihrer Hand blieb davon ausgenommen. Entweder das, oder die Waffe sog all das Licht in sich auf. Eliza hob das Schwert und ließ es niedersausen. Ich hörte die Klinge durch die Ranken schneiden, doch für meinen schmerzbetäubten Verstand bekämpfte sie die tödliche Pflanze mit einem Fragment der Nacht.

Plötzlich war ich frei. Die Schlingen lockerten sich, die Ranken wurden schlaff und leblos wie eine am Gelenk abgeschlagene Hand.

Mosiah und Scylla waren zur Stelle, um mir aufzuhelfen. Ich wischte mir den Schlamm aus dem Gesicht und wankte, von ihnen gestützt, zum Gleiter. Eliza deckte unseren Rückzug, das Schwert kampfbereit in der Hand, aber die Pflanze schien sich damit abgefunden zu haben, daß die Beute verloren war. Mit einem schaudernden Blick zurück sah ich, daß sie an den Stellen wie verbrannt aussah, wo das Dunkle Schwert die Ranken durchtrennt hatte.

Sie halfen mir zum Gleiter. Glücklicherweise hatte der Regen praktisch aufgehört.

»Ist es schlimm?« Eliza beugte sich über mich. Ihre offensichtliche Besorgnis wirkte auf mich wie lindernder Balsam.

»Der Schmerz vergeht rasch«, antwortete Mosiah. »Und die Dornen sind nicht giftig, das weiß ich aus Erfahrung.«

»Kein Wunder, wenn ich mich recht entsinne, bist du bei jeder sich bietenden Gelegenheit hineingetappt«, kommentierte Teddy vom Fußboden aus. Er hörte sich gekränkt an. »Ich habe dich vor ihnen gewarnt, immer und immer wieder ...«

»Stimmt nicht. Du hast gesagt, sie wären eßbar«, widersprach Mosiah mit dem Anflug eines Lächelns.

»Schön, aber einer von uns ist es gewesen«, brummte Teddy, dann erhob er nörgelnd die Stimme: »Ist es unbedingt nötig, daß ihr allesamt dasteht und mich naßtropft?«

»Ich würde *dich* an die Kijwinden verfüttern«, sagte Mosiah und hob Teddy auf, »aber selbst die müssen irgendeine Art von Geschmack haben.« Er wollte den Bären auf die Rückbank setzen, zögerte und betrachtete ihn nachdenklich. »Ich frage mich ...«

»Laß mich runter!« jammerte Teddy. »Du schnürst mir die Luft ab!«

Mosiah drückte den Plüschbären neben mich auf den Sitz.

»Wie fühlst du dich?« fragte Scylla.

»Nicht gut«, antwortete Teddy ächzend.

»Ich habe mit Reuven gesprochen«, wies Scylla ihn ernst zurecht. Sie schob mein Hosenbein in die Höhe und begann, meine Verletzungen zu untersuchen.

Ich nickte, um zu zeigen, daß es mir schon besser ging. Der Schmerz verebbte, wie Mosiah vorhergesagt hatte, das Grauen nicht. Ich konnte immer noch fühlen, wie diese Ranken sich um meine Beine zusammenzogen, und begann am ganzen Leib zu zittern – vor Kälte und der Reaktion auf das Erlebte.

»Du solltest dir etwas Trockenes anziehen«, meinte Eliza.

»Nicht hier.« Mosiah schüttelte entschieden den Kopf. »Nicht jetzt.«

»Ausnahmesweise bin ich mit unserem Magier einer Meinung«, sagte Scylla. »Zurück mit euch in den Gleiter, alle. Ich stelle die Heizung an. Reuven, zieh von den nassen Sachen aus, soviel sich mit der Schicklichkeit vereinbaren läßt. Eliza, wickle ihn in unsere Decken. Dahinten findest du einen Verbandskasten. Schmier ihm die Salbe auf die Einstiche der Dornen.«

Eliza verstaute das Schwert wieder im Fußraum vor der Rückbank. Sie verlor kein Wort über das, was sie getan hatte, um mich zu retten und vermied es, mich anzusehen, als ich versuchte, ihr in der Zeichensprache meinen Dank auszudrücken. Statt dessen suchte und fand sie den Verbandskasten, dann zog sie die Decken aus dem Gepäckraum hinter dem Sitz.

Der Gleiter erhob sich von diesem ungastlichen Ort und trug uns weiter unserem Ziel entgegen, schneller jetzt, nachdem der Sturm abgeflaut war. Eine wäßrige Sonne schaute auf uns herab und blinzelte, wenn Wolken über ihr trübes Auge zogen.

»Früher Nachmittag«, behauptete Mosiah nach einem prüfenden Blick zum Himmel.

»Als ich aufgewacht bin, war es so dunkel, daß ich glaubte, ich hätte den ganzen Tag verschlafen«, meinte Eliza. Sie begann meine Schrammen und Wunden mit der Salbe zu behandeln. Es machte mich verlegen, und ich versuchte, ihr die Tube abzunehmen, aber sie duldete es nicht. »Lehn dich zurück und ruh dich aus«, befahl sie und half mir aus meinem durchnäßten Pullover.

Die Dornenstiche waren rot und entzündet, dunkle Blutstropfen quollen heraus. Sobald Eliza die Salbe daraufstrich, verblaßte die Röte, die Blutung hörte auf, der Schmerz ließ nach und verschwand binnen kurzem völlig. Eliza machte große Augen.

»Das ist ja toll«, sagte sie und betrachtete staunend die kleine Tube. »Wir bekommen zwar Medikamente von den Erdstreitkräften, aber so etwas haben wir noch nicht gehabt.«

»Standardausrüstung der Regierung«, meinte Scylla schulterzuckend.

Mosiah drehte sich auf seinem Sitz herum und betrachtete die fast verheilten Wunden an meinen Armen und Beinen. Dann schaute er Scylla an.

»Welche Regierung teilt denn neuerdings Wunder aus?« fragte er anzüglich.

Sie erwiderte seinen Blick und grinste. »Und wo hast du diesen Feuerstrahl von eben herbeigezaubert, Erzwinger? Mal eben aus dem Ärmel geschüttelt? Ich meine mich zu erinnern, du hättest gesagt, deine Magie wäre verbraucht. Kein *Leben* mehr.« Sie schüttelte in gespieltem Mitgefühl den Kopf und fuhr fort: »Und du bist auf die Idee gekommen, das Dunkle Schwert könnte gegen die Kij etwas ausrichten. Kluger Kopf. Doch was hättest du damit getan, frage ich mich.«

»Es benutzt, um Reuven zu helfen«, antwortete

Mosiah. »Dann hätte ich mich in eine Fledermaus verwandelt und wäre damit davongeflogen, was sonst? Oder hast du geglaubt, ich würde mich zu Fuß davonmachen, durch diese gottverdammte Wildnis, während ihr mich in einem Gleiter verfolgt?«

Er hatte sich tief in seine Gewänder verkrochen, die ebenso tropfnaß waren wie meine Kleidung, doch er hielt die Schultern sehr gerade, um nicht merken zu lassen, daß er fror.

»Ich dachte, das Schwert wäre für Eliza zu schwer«, fügte er mürrisch hinzu. »Offenbar habe ich mich getäuscht.«

Scylla schwieg, doch aus der leichten Röte, die ihren Hals hinaufkroch, glaubte ich schließen zu können, daß sie sich schämte, diese Anschuldigung ausgesprochen zu haben. Er hatte sein Wort gegeben, uns zu helfen, und wir hatten keinen Grund, an ihm zu zweifeln. Wenn er eine kleine Reserve an *Leben* zurückbehalten hatte, war das nur vernünftig. Kein Magier verausgabte sich völlig, wenn es sich irgend vermeiden ließ. Er war freiwillig in den strömenden Regen hinausgegangen, um auf mich aufzupassen, und wenn er mich nicht vor den Kijwinden gewarnt hätte, wäre ich vielleicht so tief hineingeraten, daß selbst das Dunkle Schwert mich nicht mehr hätte retten können.

Eliza bot ihm eine Decke an, die er mit einem kurzen Kopfschütteln ablehnte. Sie sagte nichts, ihr Gesicht war glatt und ausdruckslos; sie traute ihm immer noch nicht und sah keinen Grund, sich dafür zu entschuldigen. Nachdem sie die Decken rings um mich festgestopft hatte, packte sie den Verbandskasten wieder ein und fragte, ob sie noch etwas für mich tun könnte. Sie hielt mir das Notepad hin, falls ich etwas schreiben wollte.

»Nein«, gab ich ihr zu verstehen und lächelte, um

ihr zu zeigen, daß ich mich erheblich besser fühlte. Und es stimmte tatsächlich. Das Grauen rückte in den Hintergrund meines Bewußtseins. Im Gleiter wurde es warm, ich fror nicht mehr, und der Schmerz war vergangen. Die Salbe tat das ihrige, zweifellos, aber keine Salbe vermag die Wunden der Seele zu heilen. Elizas Berührung war das eigentliche Balsam gewesen.

Manche Gefühle bedürfen keiner Worte. Eliza las in meinen Augen, was ich nicht aussprechen konnte. Ihre Wangen überzogen sich mit einer feinen Röte, sie senkte den Blick auf das Notepad in ihrer Hand. Das Gerät bot ihr einen willkommenen Vorwand zum Themenwechsel.

»Ich möchte dir nicht zur Last fallen, Reuven. Wenn du müde bist . . .«

Ich schüttelte den Kopf. Nie konnte sie mir zur Last fallen, noch würde ich je zu müde sein, um ihr einen Wunsch zu erfüllen.

»Ich möchte dich bitten, mich die Zeichensprache zu lehren«, sagte sie fast schüchtern. »Würde es dir etwas ausmachen, sie mir beizubringen?«

Mir etwas ausmachen? Ich wußte, sie fragte nur aus Freundlichkeit, um mich auf andere Gedanken zu bringen. Selbstverständlich war ich einverstanden, ihre Bitte zu erfüllen, schon allein, um sie damit von ihrem eigenen Kummer abzulenken. Sie rückte dichter an mich heran. Ich begann mit dem Alphabet und schrieb mit Fingerzeichen ihren Namen. Sie begriff sofort. Sie verfügte über eine sehr schnelle Auffassungsgabe, innerhalb kürzester Zeit hatte sie sich das ganze Alphabet eingeprägt und bildete mit flinken Fingern die einzelnen Buchstaben.

Der Gleiter strich über regennasses Grasland, stieg höher und schwebte über Baumwipfel dahin. Wir flogen jetzt mit hoher Geschwindigkeit, trotzdem fragte ich mich, ob es uns gelingen würde, die Zeit aufzuholen, die wir im Sturm verloren hatten. Mosiah hüllte sich in ein abweisendes beleidigtes Schweigen.

Die Sonne behauptete sich am Himmel, auch wenn sie oft hinter jagenden Wolken verschwand. Scylla stellte die Heizung auf eine kleinere Stufe, denn bedingt durch den Dunst der nassen Kleidung begann das Innere des Gleiters einer Saune zu ähneln.

»Die Kijwinden«, meinte sie plötzlich. »Sie haben sich irgendwie merkwürdig benommen, findet ihr nicht?«

Mosiah schaute sie an, und obwohl ich mit Eliza beschäftigt war, bemerkte ich das kurze Aufblitzen von Interesse in seinen Augen. »Mag sein«, antwortete er nur ausdruckslos. »Was genau meinst du?«

»Sie hatten es auf Reuven abgesehen. Hast du die Kij je so aggressiv erlebt? Und die Ranken waren auffallend dick. Ist das nicht ungewöhnlich?«

Mosiah zuckte die Schultern. »Keine *Finhanish* mehr, um zu jäten. Keine *Sif-Hanar*, die das Wetter kontrollieren. Sich selbst überlassen, ist es nicht verwunderlich, wenn die Pflanze zu wuchern beginnt.«

»Pflanzen, die magischen Ursprungs sind«, überlegte Scylla. »Erschaffen durch Magie. Man sollte annehmen, wenn die Magie verschwindet, würden die Pflanzen ihre Nahrungsquelle verlieren, verkümmern und absterben, statt immer üppiger zu gedeihen.«

»Durch Magie erschaffen?« warf Eliza ein. »Was meinst du damit? Wir bauen Mais und Mohrrüben und Weizen an, und dabei ist überhaupt keine Magie im Spiel.«

»Aber die Kij ist ein magisches Gewächs«, erklärte Mosiah. »Sie entstand am Ende der Eisenkriege, als die *D'karn-duuk* – die Hexenmeister und Kriegsherren – glaubten, mit ihrer Niederlage rechnen zu müssen. Sie hatten bereits von ihrer Magie Gebrauch gemacht, um Menschen in Riesen zu verwandeln oder aus Mensch und Tier ein widernatürliches Zwitterwesen zu erschaffen – die Zentauren. Außerdem experimentierten sie mit pflanzlichem Leben, entwickelten die Kij und andere Gewächse, um den Unvorsichtigen zu verderben.

Nach dem Ende des Krieges waren die Reihen der *D'karn-duuk* gelichtet. Sie waren nicht länger imstande, ihre eigenen Schöpfungen zu kontrollieren, deshalb blieben die Riesen und die Kentauren und auch die Kij sich selbst überlassen, um zu überleben oder unterzugehen.«

»Über die Kentauren habe ich Geschichten gehört«, sagte Eliza. »Sie haben einmal meinen Vater gefangengenommen und fast getötet. Er sagte, sie wären grausam und liebten es, Schmerzen zuzufügen, aber der Grund dafür sei der in ihnen lodernde große Zorn und ihr eigenes Leiden.«

»Ich muß gestehen, es kostet mich einige Mühe, Verständnis ausgerechnet für die Zentauren aufzubringen, aber ich nehme an, so ist es. Oder sollte ich sagen, so *war* es, denn sie müssen gestorben sein, als die Magie verging.«

»Wie die Kijwinden«, sagte Scylla und zog die gepiercte Augenbraue in die Höhe. »Und gewisse Bären aus meinem Bekanntenkreis.« Sie blickte über die Schulter auf Teddy, der hinterhältig grinste und ihr zuzwinkerte.

»Mir kommt da ein Gedanke«, fuhr sie dort. »Wie, wenn das erste Dunkle Schwert den Born des Lebens nicht zerstört hat, wie immer angenommen? Nicht zerstört, sondern versiegelt?«

»Unmöglich. Die Magie ist ins Universum hinausgeströmt«, wandte Mosiah ein.

»Die Magie an der Oberfläche. Vielleicht auch ein Schwall aus dem Born. Dann wurde der Born versiegelt. Und seither hat sich die Magie unterirdisch aufgestaut ...«

»Also wirklich!« rief Simkin plötzlich im Ton gerechter Empörung. »Ich denke gar nicht daran, hierzubleiben und mich beleidigen zu lassen!«

Damit und mit einem Wehen orangener Seide war Teddy verschwunden.

»Was sollte das nun wieder bedeuten?« fragte Eliza verwirrt. »Wo ist er abgeblieben?«

»Das frage ich mich auch.« Mosiah streifte Scylla mit einem Seitenblick. »Ich frage mich überhaupt so manches.«

Nicht nur er, ich ebenfalls. Wenn Scyllas Theorie zutraf und sich all die Jahre lang die Magie unter der Oberfläche Thimhallans gesammelt hatte – was wäre die Folge? Unter anderem, daß Magie – stark und machtvoll – jedem zur Verfügung stand, der über die Gabe verfügte, davon Gebrauch zu machen.

Aber, argumentierte ich mit mir selbst, wenn dem so war, hätten die *Duuk-tsarith* das schon vor langer Zeit herausgefunden.

Vielleicht *hatten* sie es ja herausgefunden? Vielleicht waren sie *deswegen* so erpicht darauf, das Dunkle Schwert in ihren Besitz zu bringen? Nicht nur vermochte es das *Leben* zu vernichten, das sich möglicherweise unter dem Born entwickelte, sondern wenn man dem neuen Schwert dieses unverbrauchte Leben zuführte, vervielfältigte man damit dessen Macht.

Ich drehte die Frage in Gedanken hin und her, ohne auf eine zufriedenstellende Antwort zu kommen. Wozu eigentlich die Mühe? In achtundvierzig Stunden würden wir diese Welt verlassen und aller Wahrscheinlichkeit nach niemals wieder zurückkehren.

Mosiah sagte nichts mehr, Scylla schien in Gedanken versunken. Wie vorher herrschte zwischen ihnen ein unbehagliches Schweigen. Eliza und ich nahmen unseren Unterricht wieder auf.

Ich empfand es als Erleichterung, daß Teddy verschwunden war, bis ich mich an die Warnung meines Herrn erinnerte – daß es immer besser war zu wissen, wo Simkin war, als zu wissen, wo er nicht war.

Kapitel 18

»Es erfordert Nerven aus Stahl, um auf diese Weise Zith-el zu betreten.«

Abenteuer um das Dunkle Schwert

Wir erreichten Zith-el kurz nach Sonnenuntergang. Das Abendrot – leuchtend unter grauen Regenwolken – krönte die schneebedeckten Gipfel des Ekard-Massivs mit Blut. Ein unheilvolles Omen, das auf keinen von uns seine Wirkung verfehlte.

»Von allen Städten auf Thimhallan war Zith-el diejenige, die den größten Schaden erlitt, als der Born des Lebens zerstört wurde«, erläuterte Mosiah. »Die Gebäude ragten himmelhoch empor, und man grub, um Wohnraum zu gewinnen, auch in die Tiefe. Als die Magie verschwand und die furchtbaren Erdbeben das Land erschütterten, wankten die Häusertürme und fielen in Trümmer, die Tunnels stürzten ein. Tausende fanden den Tod, wurden zermalmt, verschüttet, unter der Erde lebendig begraben.«

Der Gleiter wurde langsamer. Die Äußere Mauer Zith-els, die die Stadt vor Angreifern schützte, war eine Barriere aus Magie gewesen, vollkommen unsichtbar, vergleichbar dem, was wir auf der Erde als Kraftfeld kennen. Von rechts wegen hätte diese Mauer zerstört sein müssen.

Vielleicht war sie zerstört, vielleicht nicht.

Wir konnten es nicht wissen, und nach dem Erlebnis mit den Kijwinden konnten wir nicht mehr davon ausgehen, daß die Magie auf Thimhallan so gemindert war, wie wir bisher angenommen hatten. Ich dachte an die Bemerkung der Technomanten über die ›Taschen magischer Rückstände‹.

Das einzige, was man von der Stadt sehen konnte, war der dichte Wald, Teil des prachtvollen Zoos, für den Zith-el berühmt gewesen war. Vielleicht ein Fingerzeig, denn falls die äußere Mauer nicht mehr existierte, hätte sich der Wald längst bis in die Ebene ausgebreitet haben müssen.

»Gab es Überlebende?« fragte Eliza schüchtern. Mosiah hatte mit keinem Wort einen Vorwurf ausgesprochen, aber die Tochter der Mannes, der den Untergang Thimhallans herbeigeführt hatte, mußte sich schuldig fühlen.

»Ja«, antwortete Mosiah, »und sie erlitten ein noch entsetzlicheres Schicksal. Als die Magie verging, entkamen die Tiere aus dem Zoo und übten Vergeltung an denen, die sie gefangengehalten hatten.«

Eliza richtete den Blick auf die Stadt, in der einst reges Leben geherrscht hatte und die nun ein Friedhof war. Sie kannte die Geschichte ihres Vaters, wußte, was er getan hatte und warum. Joram war aufrichtig, brutal aufrichtig, und ich glaube nicht, daß er bei der Darstellung der Ereignisse Zuflucht zu Schönfärberei genommen hatte. Aller Wahrscheinlichkeit nach hatte er schonungsloser über sich geurteilt als selbst seine ärgsten Feinde.

Doch in der Abgeschiedenheit des Baptisteriums, beschränkt auf diese Enklave eines trügerischen Idylls, hatte sie nie die Wirklichkeit der Folgen seines Handelns erfahren. Pater Saryon und ich hatten Elizas seelisches Gleichgewicht ins Wanken gebracht, indem wir sie mit den Bildern einer anderen Welt konfrontierten. Die Technomanten hatten ihr glückliches Leben zerstört, ihre unschuldige Geborgenheit.

Mosiahs Worte und die eingestürzten Mauern von Zith-el erschütterten ihren Glauben an ihren Vater, und das war der größte Schmerz, derjenige, der am tiefsten reichte.

Scylla drosselte die Geschwindigkeit des Gleiters und ließ ihn sacht in das hohe Gras sinken, das rings um die Stadt wuchs. Der Schatten der Berge lag wie eine frühe Abenddämmerung über der Ebene, obwohl hinter ihnen der Himmel noch hell war. Sie verzichtete darauf, die Scheinwerfer anzumachen.

Sie und Mosiah beratschlagten, was wir nun tun sollten, im Gleiter bleiben oder ihn außerhalb der Stadt zurücklassen und zu Fuß nach Zith-el hineingehen.

»Die Technomanten wissen, daß wir hier sind«, argumentierte Mosiah. »Mit ihren Sensoren folgen sie uns wahrscheinlich schon, seit wir das Baptisterium verlassen haben.«

»Ja, aber sie wissen weder, wie viele wir sind, noch, ob wir das Dunkle Schwert haben«, hielt Scylla ihm entgegen.

»Wir sind hier, oder nicht?« entgegnete Mosiah knapp. »Weshalb sonst sollten wir gekommen sein?«

Scylla gab zu, das sei ein stichhaltiger Einwand, riet aber zu einer heimlichen Annäherung, statt in aller Offenheit ans Tor zu klopfen. »Wir sollten das Dunkle Schwert erst dann aus der Hand geben, wenn wir uns überzeugt haben, daß die Geiseln wohlbehalten sind.«

Mosiah schüttelte den Kopf.

Ich mischte mich nicht ein, sondern überließ es ihnen, sich auf eine Strategie zu einigen. Angesichts eines Kräfteverhältnisses von uns vieren gegen eine Armee von Technomanten kam es meines Erachtens nicht besonders auf unsere Vorgehensweise an. Während die Diskussion ihren Fortgang nahm, zog ich mein Notepad heraus und suchte nach den Informationen, die ich über Zith-el zusammengetragen hatte, in der Absicht, Eliza meine Notizen lesen zu lassen, damit sie sich ein besseres Bild machen konnte.

Als ich die Eintragungen gefunden hatte, wollte ich mich damit Eliza zuwenden, dann aber zögerte ich.

Eliza, die sich im Zwielicht der Abenddämmerung unbeobachtet glaubte, hatte sich vorgebeugt und die Decke von dem Dunklen Schwert gezogen. Es lag zu ihren Füßen wie das Manifest ewiger Nacht.

Ihr Vater hatte das erste Dunkle Schwert geschmiedet, Pater Saryon es mit *Leben* erfüllt. Das Blut Tausender hatte es geweiht. Nun war hier ein zweites, ein anderes. Würde Blut auch diese Klinge besudeln?

Sie war in der Kunst der Verstellung nicht geübt, ihr Gesicht ein offenes Buch. Ich konnte ihre Gedanken lesen, und das halblaut geführte Selbstgespräch bestätigte meine Vermutung.

»Weshalb mußte er es neu erschaffen? Weshalb mußte er der Welt aufs neue dieses fluchbeladene Ding aufbürden? Und was soll ich nun damit tun?«

Seufzend lehnte sie sich zurück und schaute bedrückt und ratlos vor sich hin.

Welche Wahl hatte sie? Keine, soweit ich es sah. Da ich ihr nicht helfen konnte, drängte ich mich nicht auf, sondern las leise in den Aufzeichnungen eines namenlosen Wanderers in Thimhallan, die König Garald mit ins Exil genommen hatte.

Zith-el ist eine auf engem Raum zusammengedrängte Stadt, als hauptsächliche Attraktion hat sie den erstaunlichsten Zoo von ganz Thimhallan zu bieten. Besucher aus allen Teilen des Landes strömen herbei, um sich an den Wundern dieser Menagerie zu ergötzen.

Geschichte: Zith-el, ein Finhanish *aus dem Vanjnan-Clan, wurde um das Jahr 352 YL geboren. Er kaufte eine Frau von einem Clangenossen, der sie bei einem Überfall auf Trandar erbeutet hatte. Diese Frau, Tara, war eine begabte* Theldara. *Trotz des wenig vielversprechenden Anfangs ihrer Beziehung erwachte in beiden die Liebe zueinander. Zith-el gab sein Wanderleben auf und gelobte, mit seinem geliebten Weib seßhaft zu werden.*

Er, seine Frau und ihre Familie, reisten den Fluß Hira hinauf, bis Tara Halt gebot. Sie stieg von ihrem Pferd, prüfte den Fluß, die Bäume und die Umgebung, und wenn man der Sage glauben will, setzte sie sich, wo sie stand, auf den Boden und sprach: »Hier ist gut sein, hier laßt uns künftig wohnen.«

Die Stadt wurde um sie herum erbaut.

Zith-el glaubte, der Boden sei heilig ... und gelobte im Namen des Almin, niemals zu dulden, daß die Stadt sich über ihre ursprünglichen Grenzen hinaus ausdehnte.

Aus diesem Grund waren die Bürger von Zith-el gezwungen gewesen, als die Zahl der Einwohner wuchs, in die Höhe und in die Tiefe zu bauen. Durch das Gelübde war es ihnen untersagt, in der Umgebung neues Bauland zu gewinnen.

Ich hob den Kopf von meiner Lektüre. Das Flugmobil glitt lautlos durch das hohe Gras, das mit einem aufreizenden wischenden Geräusch an der Karosserie entlangstreifte. Das erste, was wir vom Zoo sahen, waren die Wipfel der Bäume über dem wogenden grünen Meer, doch bald lösten ihre Umrisse sich auf und verschmolzen mit der tiefer werdenden Dämmerung. Die Stadt selbst, früher wahrscheinlich ein funkelndes Lichtermeer, lag im Dunkeln.

Als wir uns von den Bergausläufern kommend dem von Smythe als Treffpunkt genannten Osttor näherten, gelangten wir auf die Oststraße, ehedem ein vielbenutzter Handelsweg. Die Erde war so tief gefurcht und festgefahren, daß nicht einmal die zähen Steppengräser sie bis jetzt hatten überwuchern können. Sie erstreckte sich vor uns als ein heller Strich im letzten Abglanz des Tages, der noch den Himmel rötete.

Die Sterne kamen hervor. Ich blickte zu ihnen auf und fragte mich, ob vielleicht einige dieser funkelnden Lichtpunkte Sternenkreuzer der Hch'nyv waren, die sich uns näherten. Siedendheiß wurde ich mir unserer knapp bemessenen Zeit bewußt. Uns blieben diese Nacht, der nächste Tag und die darauffolgende Nacht, bevor das Fenster zur Sicherheit sich unwiderruflich schloß.

Auch der Mond war aufgegangen, ein Dreiviertelkreis und noch ein bleicher Schatten seiner selbst, doch mit zunehmender Dunkelheit würde er heller leuchten. Ich fand den Gedanken tröstlich, auch wenn ich nicht hätte sagen können, weshalb.

Scylla stoppte den Gleiter. Das Osttor befand sich an der Oststraße in einem kleinen Mauerabschnitt im Westen der Stadt. Oststraße schien deshalb ein irreführender Name zu sein, doch genaugenommen bedeutete er »Straße, die in östlicher Richtung wegführt vom Baptisterium«, da in Thimhallan das Baptisterium als Nabe der Welt galt, von der alle Wege ausgingen.

Ich widmete mich wieder den Aufzeichnungen.

Zwei Befestigungsringe umgeben die Stadt, die Äußere Mauer und der Stadtwall. Der Stadtwall umschließt die ursprüngliche Grundfläche Zithels und bildet die Trennungslinie zwischen Wohngebiet und Zoogelände. Die Äußere Mauer umschließt den Zoo. Vollkommen unsichtbar, ermöglicht sie einen ungehinderten Blick auf die Geschöpfe darin und ist doch eine unüberwindliche Barriere. An der schmalsten Stelle beträgt der Abstand zwischen Stadtwall und Äußerer Mauer vier Mila.

Vier Tore sind die einzigen Wege, um in die Stadt hinein- oder hinauszugelangen. Sie sind nur in einer Richtung begehbar. Der Besucher tritt durch das offene Portal, das sich hinter ihm schließt. Tore, die in die Stadt hineinführen, befinden sich im Osten und Westen, die Ausgänge liegen im Norden und Süden. Es heißt, alle Tore könnten im Falle eines Angriffs durch ein Wort des Herrschers von Zith-el verschlossen werden.

Daneben erfüllen die Tore noch eine weitere, extravagante Funktion. Da nach dem Passieren des Tores in der Äußeren Mauer der Reisende den Zoo durchqueren muß, der die Stadt wie ein Ring umgibt und weil es die Sensibilität der Zoobesucher stören würde, andere Menschen gleich ihnen umherwandern zu sehen, verleihen die Tore dem nichtsahnenden Gast vorübergehend die Gestalt eines Tieres.

Am Ende verwandeln wir uns noch alle in Teddys, dachte ich. Scylla schaltete den Antrieb aus, der Gleiter sank auf die Straße nieder; wir saßen schweigend da und beobachteten das Tor.

Nichts rührte sich.

»Sie warten darauf, daß wir uns zeigen«, sagte Mosiah. Seine Stimme klang schroff und überlaut in der Stille. »Bringen wir die Sache zu Ende.«

Er zog die Kapuze über den Kopf und legte die Hand an die Tür, doch Scylla griff nach seinem Arm, hielt ihn fest.

»Laß es lieber sein. Die Technomanten haben keinen Grund, einem von uns anderen etwas zu tun, aber du ...« Sie beugte sich zu ihm hinüber. »Die Grenzlande sind nicht weit entfernt. Sobald es gefahrlos möglich ist, flieg zum Stützpunkt und laß dich von ihnen zur Erde mitnehmen. Jemand muß König Garald und General Boris vorbereiten, damit sie sich darauf einstellen können, daß die Technomanten sich bald im Besitz des Dunklen Schwertes befinden werden. Sie müssen gewarnt sein, um sich entsprechend zu wappnen.«

Er musterte sie lange, ohne ein Wort zu sagen. Im Innern des Gleiters war es so still, daß ich ihn atmen hören konnte. Ich hörte Scyllas Atemzüge, Elizas, meine eigenen. Ich hörte mein Herz klopfen.

»Wenn ich nur wüßte«, sagte Mosiah endlich, »ob du mich nur loswerden willst, oder sorgst du dich wirklich um« – er stockte – »König Garald und das Dunkle Schwert.«

Scylla griente. Es war noch hell genug, um ihren Gesichtsausdruck erkennen zu können. Ihre Augen lachten, und das wirkte auf mich ebenso tröstlich wie das Licht des Mondes am Himmel.

»Natürlich sorge ich mich«, bestätigte sie, und ihr Griff an seinem Arm wurde fester.

»Um die Menschen auf der Erde, meinte ich.«

»Auch um sie.« Ihr Lächeln wurde breiter.

Er betrachtete sie mit wachsender Verwirrung,

denn er glaubte, daß sie ihn necken wollte, und dies war nun wahrhaftig nicht der Augenblick für Späße.

»Schon gut, Mosiah, also habe ich dich anfangs falsch beurteilt«, meinte Scylla schulterzuckend. »Du bist nicht der typische Erzwinger, wahrscheinlich, weil du nicht als ein solcher geboren wurdest. Und, wie schon gesagt, du siehst in natura viel besser aus als auf deinem Foto in der Akte. Flieg zur Erde zurück. Hier kannst du nichts tun, du bringst dich nur in Gefahr, und, wenn der Teufel es will, uns andere mit.«

Nach kurzem Überlegen stimmte er zu. »Nun gut, ich bleibe im Gleiter. Aber laßt das Schwert hier bei mir, wenigstens bis ihr einen Beweis dafür habt, daß die Geiseln am Leben sind. Wenn die Technomanten versuchen wollen, es sich zu nehmen, werden sie mich als Wächter vorfinden, etwas, womit sie wahrscheinlich nicht rechnen.«

»Ein schöner Wächter«, spottete Scylla. »Ohne *Leben* und auch sonst unbewaffnet.«

Mosiah lächelte, zum erstenmal, seit ich ihn kennengelernt hatte. »Das wissen aber die Technomanten nicht.«

Scylla stutzte, dann lachte sie in sich hinein. »Gutes Argument, alter Freund. Wenn Eliza keine Einwände hat, mir soll's recht sein.«

Eliza schwieg. Ich war nicht sicher, ob sie überhaupt zugehört hatte, aber dann nickte sie langsam, einmal.

»Möge der Almin euch behüten«, sagte Mosiah.

»Und dich auch!« Scylla schlug ihm herzhaft auf die Schulter. »Alle bereit?« Sie war so aufgekratzt, als ginge es zum Jahrmarkt.

Elizas Gesicht schimmerte bleich in der Dunkelheit, sie hätte ein Geist sein können, ein Phantom. Sie streckte die Hand aus, als wolle sie Scylla oder Mosiah berühren, statt dessen legte sie sie auf die Rückenlehne des Vordersitzes.

»Hat mein Vater das Richtige getan?« fragte sie, und bei der Seelenqual in ihrer Stimme tat mir das Herz weh. »So viele Menschen, die gestorben sind ... Mir ist nie zu Bewußtsein gekommen ... Ich muß es wissen.«

Mosiah wandte das Gesicht ab. Er starrte durch die Windschutzscheibe auf die Stadt, die ein Ort des Todes geworden war.

Scyllas Grinsen erlosch, ihre Miene wurde ernst. Sie griff nach Elizas Hand, und ihr Benehmen, eben noch forsch, war plötzlich sanft und verständnisvoll.

»Wie können wir das wissen, Eliza? Wirf einen Stein ins Wasser. Die Kreise breiten sich immer weiter aus, noch lange, nachdem der Stein auf den Grund gesunken ist. Jede einzelne unserer Handlungen, und sei sie noch so unbedeutend, hat Auswirkungen, die wir niemals alle übersehen können. Wir können nur tun, was wir in dem betreffenden Augenblick für gut und richtig halten. Wie dein Vater es getan hat, Eliza. In Anbetracht der Umstände war die Entscheidung, die er traf, die beste, vielleicht die einzig mögliche.«

Eliza hatte nicht nur ihren Vater gemeint, sie meinte sich selbst. Wenn sie den Technomanten das Schwert gab, traf sie die richtige Entscheidung? Würden die Wellen ihrer Tat spurlos auf der friedvoll, glatten Oberfläche des Sees der Zeit auslaufen und vergehen oder sich zu einer alles vernichtenden Woge auftürmen?

Eliza holte tief Atem. Sie hatte ihre Entscheidung getroffen.

»Ich bin bereit«, sagte sie, bückte sich und zog die Decke über das Dunkle Schwert.

Wir öffneten die Türen des Gleiters und stiegen aus, alle, bis auf Mosiah, der sich sich auf dem Vordersitz auf ein längeres Warten einrichtete. Das Dunkle Schwert ließen wir auf dem Boden vor der Rückbank liegen.

Scylla hatte ein Infrarotfernglas mitgebracht, mit dem sie den Wald absuchte, der sich, ganz entgegen den Gepflogenheiten der Natur, auf ein Gebiet innerhalb von Grenzen beschränkte, die es längst nicht mehr geben durfte. Vor uns lag das Osttor – nahm ich wenigstens an. Ein unsichtbares Tor in einer unsichtbaren Mauer ist nicht leicht zu finden.

»Man scheint uns glatt versetzt zu haben«, sagte Scylla und ließ das Fernglas sinken.

»Mir ist, als würde ich beobachtet.« Eliza zog fröstelnd die Schultern zusammen, dabei war die Nachtluft erstaunlich mild.

Scylla nickte.

»Ich habe auch so ein Gefühl.« Sie schaute unverwandt in Richtung der Stadt und suchte mit Blicken die nähere Umgebung ab.

»Was tun wir jetzt?« fragte Eliza. Ihre Stimme klang brüchig, die lange Anspannung begann, ihren Tribut zu fordern. »Weshalb ist niemand hier?«

»Nur Geduld«, riet Scylla. »Das ist ihr Spiel, und wir müssen uns an ihre Regeln halten. Vergiß nicht – wir müssen uns mit eigenen Augen davon überzeugen, daß die Geiseln am Leben und unversehrt sind. Schau durch das Tor. Siehst du etwas?«

Ich erinnerte mich an das, was ich gelesen hatte. Früher war jeder, sobald er durch das Tor trat, in die Gestalt eines der Geschöpfe aus dem Zoo verwandelt worden – eine beunruhigende Aussicht. Denn falls die *Kan-Hanar*, die Hüter der Tore, herausfanden, daß man irrtümlich eingelassen worden war, konnte es einem passieren, daß man bis an sein unseliges Ende in dieser Gestalt gefangen blieb.

Natürlich diente diese Regelung dazu, die Glaubwürdigkeit des Zoos zu bewahren. Der Anblick feister Kaufleute, die mitten durch das Revier der menschenfressenden Zentauren trotteten, verdarb die Illusion von freier Wildbahn. Ganz zu schweigen von der Tatsache, daß besagte Zentauren, die keine Illusion waren, sondern ausgesprochen real, möglicherweise ein kulinarisches Interesse an einem feisten Kaufmann zeigten. Um peinliche Zwischenfälle zu vermeiden, verlieh man also den Kaufleuten die Gestalt von Zentauren, und sie gelangten auf diese Weise – falls sie auf dem Weg blieben – schnell und sicher in die Stadt.

Selbstverständlich betraten die Magi höheren Grades, die entweder in Zith-el wohnten oder dort Geschäfte hatten, die Stadt durch die Transversalen und blieben von der erniedrigenden Prozedur verschont, durch das Tor gehen zu müssen. Dieses zweifelhafte Vergnügen war Bauern vorbehalten, Studenten, fliegenden Händlern, FeldMagi und den geringeren Katalyten.

»Ich sehe nichts im Innern des Tores«, berichtete Eliza. »Überhaupt nichts. Sehr seltsam. Es ist, als hätte man ein großes Loch aus dem Wald herausgeschnitten.«

Ich nickte, um auszudrücken, daß ich dasselbe sah.

»Und doch nimmt man an, daß die Magie auf Thimhallan vergangen ist«, murmelte Scylla.

»Nicht gemäß deiner Theorie«, äußerte ich in der Zeichensprache.

Ich weiß nicht, ob sie mich verstand; es war schwierig, in der niedersinkenden Dunkelheit Fingerzeichen zu lesen.

»Erwartet man von uns, daß wir uns drinnen mit ihnen treffen?« fragte Eliza, erschreckt von der Vorstellung, den schwarzen Schlund betreten zu müssen, der vor uns gähnte.

Scylla beruhigte sie. »Nein. Smythe hat gesagt, man würde sich *vor* dem Osttor mit uns treffen. Wenn die Technomanten sich in Zith-el eingenistet haben, kennen sie eine Möglichkeit, die Stadt zu betreten, ohne den Zoo durchqueren zu müssen.«

Ich konnte mir gut vorstellen, daß die Technomanten keine Mühe gescheut hatten, diese andere Möglichkeit zu finden, weil sie nicht erpicht darauf waren, den alten Weg zu nehmen. Vor dem Tor stand man wie vor dem Eingang zu einer Höhle, aus dem die Luft aus den unterirdischen Kavernen kalt und feucht hervorwehte. Vom Zoogelände trug der leichte Wind in Abständen einen eigenartigen Geruch heran, nach Tieren, nach Exkrementen und verfaulter Nahrung, nach Pflanzen und Erde und – unterschwellig – Verwesung.

Wir faßten uns in Geduld und warteten, vielleicht fünfzehn Minuten, und unser Unbehagen wuchs. Falls die Technomanten es darauf anlegten, uns aus der Ruhe zu bringen, gelang es ihnen, wenigstens bei Eliza und mir. Ich bin nicht sicher, was nötig gewesen wäre, um Scylla aus der Ruhe zu bringen, die mit vor der Brust verschränkten Armen neben uns stand, ein kleines Lächeln auf den Lippen.

Eliza fröstelte erneut. Ich bot ihr an zum Gleiter zurückzugehen, um ihr Schultertuch zu holen, aber Scylla hielt mich zurück.

»Seht!« sagte sie halblaut und streckte die Hand aus.

Auf unserer Seite der unsichtbaren Mauer war eine Gestalt aufgetaucht und näherte sich uns. Sie schwebte über den Boden dahin, ohne ihn mit den Füßen zu berühren. Der Kleidung nach zu urteilen, handelte es sich um eine Frau. Eliza rang nach Atem und faltete die Hände.

»Mutter!« flüsterte sie.

Es war Gwendolyn, die auf uns zukam. Natürlich, sie war eine Magi gewesen, sie konnte schweben, wo unsereiner gezwungen war, den steinigen Weg der Demut zu gehen.

Doch im Baptisterium hatte ich nicht einmal gemerkt, daß sie von ihren magischen Kräften Gebrauch machte. Vielleicht übte sie aus Respekt vor Joram Verzicht.

Gwen kam näher, ihr liebevoller Blick war auf die Tochter gerichtet.

»Mutter?« wiederholte Eliza, verwirrt, hoffnungsvoll, furchtsam.

Gwendolyn ließ sich anmutig zu Boden sinken und streckte die Arme aus. »Mein Kind«, sagte sie mit erstickter Stimme. »Welche Angst du gehabt haben mußt!«

Eliza blieb stehen. »Mutter, wieso bist *du* hier? Konntest du fliehen? Wo ist Papa?«

Gwendolyn trat einen Schritt auf ihre Tochter zu. »Geht es dir gut, mein Schatz?« Sie griff nach Elizas Hand.

Eliza zuckte zurück, doch als sie das bekümmerte, liebevolle Gesicht der Mutter so dicht vor sich sah, schien ihre Widerstandskraft dahinzuschmelzen.

»Mir geht es gut, Mutter, aber ich war so in Sorge wegen dir und Papa! Ich habe gehört, daß er verletzt wurde. Wie geht es ihm?«

»Eliza, hast du das Dunkle Schwert mitgebracht?« Gwendolyn streichelte ihrer Tochter über die schwarzen Locken.

»Ja. Aber Papa? Geht es ihm gut? Und Pater Saryon? Ist er unversehrt?«

»Natürlich, Kind, sonst wäre ich nicht zu dir gekommen«, antwortete Gwendolyn mit einem beruhigenden Lächeln. »Dein Vater ist ungehalten, weil du das Dunkle Schwert genommen hast, aber wenn du es zurückgibst, wird er dir verzeihen.«

»Mutter, ich mache mir Sorgen um Papa. Da war Blut auf dem Fußboden! Und sie haben die Schafe getötet. Alle Schafe sind tot, Mutter!«

»Du weißt, wie jähzornig dein Vater ist.« Gwen seufzte. »Er glaubte an einen Überfall, als die Technomanten in unser Haus eindrangen. Ihr Anführer gibt zu, daß sie unüberlegt handelten, und hat sich entschuldigt. Dein Vater hat eine leichte Wunde davongetragen, nichts Ernsthaftes. Du bereitest ihm den größten Schmerz, Eliza. Er glaubt, du habest ihn hintergangen!«

»Ich wollte ihn nicht hintergehen.« Elizas Stimme zitterte. »Ich dachte, wenn ich ihnen das Schwert gebe, würden sie uns in Ruhe lassen und wir könnten weiterleben wie zuvor! Das ist alles, was ich wollte.«

»Ich verstehe, Tochter, und dein Vater wird es auch verstehen. Komm mit und sag es ihm selbst. Mein Herzblatt!« Gwendolyn streckte die Hand aus. »Wir haben so wenig Zeit! Gib mir das Schwert, und unsere Familie ist wieder vereint.«

Ich sah Scylla an und wartete darauf, daß sie Eliza an die Mahnung erinnerte, sich erst mit eigenen Augen davon zu überzeugen, daß die Geiseln am Leben und wohlbehalten waren. Nicht, daß ich Gwendolyn mißtraute, aber immerhin war es möglich, daß sie unter Zwang handelte.

Eliza stieß einen tiefen Seufzer aus, als fühlte sie sich von einer schweren Bürde befreit.

»Ja, Mutter. Ich gebe dir das Dunkle Schwert.«

Sie drehte sich um und ging zurück zu unserem Gleiter. Gwendolyn blieb in der Nähe der Mauer stehen und wandte das Mutterauge nicht für eine Sekunde von ihrer Tochter ab.

Ich rechnete damit, daß Scylla einen Einwand erhob, doch sie schwieg. Schließlich lag die Entscheidung bei Eliza.

Beim Gleiter angelangt, öffnete sie die hintere Tür und bückte sich, um das Schwert herauszunehmen. Ich nehme an, daß Mosiah ihr den Entschluß auszureden versuchte, doch wenn es so war, blieb es bei einem kurzen Wortwechsel. Eliza schlug ärgerlich die Tür zu und kam zu uns zurück, beide Hände um den Griff des Dunklen Schwertes gelegt, dessen Spitze zum Boden wies. Mosiah stieg aus dem Gleiter und folgte ihr, rasch, lautlos.

Eliza wandte ihm den Rücken zu. Sie sah ihn weder, noch hörte sie ihn, und Gwendolyn hatte nur Augen für ihre Tochter. Mosiah in seiner schwarzen Kutte war in der Dunkelheit kaum zu erkennen, auch ich sah ihn nur, weil ich erwartet hatte, daß er so etwas tat. Ich war überzeugt, daß er uns getäuscht hatte, daß er versuchen wollte, sich das Dunkle Schwert mit Gewalt anzueignen. Scylla sah ihn auch, doch sie beobachtete nur, immer noch dasselbe kleine Lächeln um die Mundwinkel.

Nun, sie hatte so gut wie zugegeben, daß sie sich von ihm angezogen fühlte. Aber was war mit ihrem Treueschwur gegenüber Eliza? Offenbar konnte ich keinem von diesen beiden trauen. Womöglich steckten sie unter einer Decke.

Ich mußte handeln.

Wäre es mir möglich gewesen, hätte ich Eliza eine Warnung zugerufen, so aber konnte ich nur einen unartikulierten Schrei ausstoßen und zeigte mit der ausgestreckten Hand auf Mosiah.

Eliza schaute mich an, verwundert und erschreckt.

Ich streckte wieder die Hand aus und versuchte, ihr durch Mimik und Gesten begreiflich zu machen, daß Gefahr drohte.

Sie wollte sich eben umdrehen, als Mosiah bei ihr war. Er griff nach dem Dunklen Schwert.

Trotz ihrer Überraschung bemühte sie sich tapfer, die Waffe festzuhalten, doch Mosiah war stark und wand sie ihr mit Leichtigkeit aus den Händen. Dann, zu meinem größten Erstaunen, wirbelte er herum und schleuderte die Waffe mit aller Kraft so weit fort von sich wie nur möglich. Mitten in die Toröffnung hinein.

Das Schwert verschwand, als wäre es eins geworden mit der Dunkelheit.

Gwendolyn machte Anstalten, Eliza zu packen, aber Mosiah sprang dazwischen und rammte sie zu Boden.

Eliza schrie auf, doch plötzlich verstummte sie mit einem erstickten Laut.

Gwendolyn verschwand. Mosiah rang mit einem Wesen in kurzem, weißem Gewand, weißen Stiefeln, weißen Handschuhen und einer grinsenden Totenkopfmaske unter einer weißen Kapuze.

»Ein Befrager!« Scylla pfiff durch die Zähne.

»Lauft!« schrie Mosiah, während er seinen weißgekleideten Gegner auf den Boden drückte. »Da kommen noch mehr!«

Tatsächlich sahen wir uns inmitten eines Kreises von Silber gefangen, als ringsum die *D'karn-darah* aus dem hohen Gras aufsprangen.

»Laufen wohin?« fragte Scylla.

Die *D'karn-darah* verlegten uns den Weg zum Gleiter, und sie kamen näher. Mosiah schlug den Kopf des

Befragers auf den Boden. Dessen sich aufbäumender Körper streckte sich, dann lag er still; Mosiah schnellte in die Höhe und war mit wenigen Sätzen bei uns und vorüber.

»Das Tor!« keuchte er. »Worauf wartet ihr?«

Die *D'karn-darah* hatten einen Halbkreis gebildet und rückten näher, allerdings nicht sehr schnell. Fast schien es, als hätten sie die Absicht, uns auf das Tor zuzutreiben, das uns als einziger Fluchtweg offenstand.

Eliza stand wie gelähmt und starrte auf das widerwärtige Geschöpf, das die Gestalt ihrer Mutter angenommen hatte. Ich faßte nach ihrer Hand und zog sie mit, Scylla ergriff ihren anderen Arm.

»Euer Majestät, wir müssen Euch vor diesen Bösewichten, die Euch übelwollen, in Sicherheit bringen«, sagte sie in bestimmtem Ton. »Hier entlang! Durch das Tor!«

Eliza nickte und fing an zu laufen, aber sie stolperte über ihre langen Röcke. Scylla und ich halfen ihr auf und nahmen sie zwischen uns. Mosiah hatte sich zu uns gesellt, wir waren nur noch ein, zwei Meter vom Tor entfernt, als er mit einem lauten Ruf stehenblieb, die Arme ausbreitete und uns aufhielt. Er deutete auf einen Gegenstand auf dem Boden, der aussah wie eine silberne Münze.

»Paßt auf! Eine Stasismine! Nicht darauftreten!«

Ich schaute zurück und sah, daß die *D'karn-darah* jetzt schnell zu uns aufschlossen; sie hatten darauf vertraut, daß die Mine uns aufhalten würde und beeilten sich nun, um uns nicht entkommen zu lassen.

Was brachte mich auf den Gedanken, daß wir nur das Tor erreichen mußten, um in Sicherheit zu sein? Würden unsere Verfolger uns nicht einfach hinterherkommen? Höchstens konnten wir hoffen, daß sie uns in der Dunkelheit und im Wald aus den Augen verloren, aber sie waren uns so dicht auf den Fersen, daß ich auch darauf nicht zu bauen wagte.

Natürlich weiß ich heute, was mich anzog. Gut, daß ich es damals nicht wußte, ich hätte es nie und nimmer geglaubt. So aber hatte ich nicht die Wahl zwischen glauben und nicht glauben, ich stürmte durch das Osttor, betrat die Stadt Zith-el und wußte augenblicklich, daß Scylla recht hatte mit ihrer Theorie.

Magie gab es in Fülle auf Thimhallan.

in der Dunkelheit und im Wald aus den Augen zu verlieren, aber sie waren [illegible] auf den [illegible], daß [illegible] wieder [illegible] zurückzukehren [illegible].

Natürlich weiß ich nicht, was [illegible] Gut, das ist es damals [illegible] ich hoffe, es [illegible] und nim-[illegible] geglaubt [illegible] hat [illegible] auch [illegible] Welt zwischen Dunkelheit und [illegible] das [illegible] Zahl [illegible] und [illegible] [illegible] Theorie [illegible] Magie gab es [illegible] [illegible].

Kapitel 19

Magie ist die Substanz und Essenz des Lebens – so die Philosophie des Landes und all seiner Bewohner. Leben und Magie sind ein und dasselbe. Sie können voneinander weder getrennt noch unterschieden werden.

Die Abenteuer um das Dunkle Schwert

Ich kann mich nicht erinnern, die Besinnung verloren zu haben, doch kam es mir vor, als wäre ich aus einem Schlaf erwacht. Dann fühlte ich mich auf einmal zusammengepreßt, die Luft wurde aus meinem Brustkasten gedrückt wie in einer Schraubzwinge. Es war vorbei, bevor ich mich richtig besonnen hatte. Sehen konnte ich nur ein vages Schimmern von Farben, hören nur unbestimmte Geräusche.

Plötzlich überkam mich ein gräßliches Gefühl zu fallen, wie in einem Alptraum, doch es war ein glimpflicher Sturz, ich landete auf den Füßen und lief blindlings weiter, die Angst vor Verfolgern im Nacken. Fast sofort stolperte ich über den Saum eines langen Gewandes.

Ehe ich mich's versah, fand ich mich auf allen vieren wieder, mit vom Stoff des Gewandes aufgescheuerten Knien, und ich hatte mir die rechte Hand an einer Baumwurzel zerschrammt.

Der unvermittelte Sturz half mir nicht eben dabei, mein beim Passieren des Tores aus den Fugen gegangenes mentales Equilibrium wiederzugewinnen. Ich blieb in der Hocke sitzen, holte zitternd Luft und schaute mich um. Mein erster Gedanke galt Eliza: War sie in Sicherheit? Der zweite Gedanke war mit Frage- und Ausrufungszeichen versehen: Was in des Almins Namen war mit mir geschehen?!

Verschwunden waren Blue jeans und Pullover, statt dessen trug ich ein langes weißes Gewand, eine Kutte. Sie war ganz aus Samt, außerordentlich fein und weich und glatt. Obwohl gut gearbeitet, war die Kutte schlicht, schmucklos bis auf eine rote Borte an den Ärmeln und am Saum, der mir bis zu den Knöcheln reichte.

Ein befremdlich kühles Gefühl auf dem Kopf veranlaßte mich, die Hand zu heben, und ich mußte feststellen, daß mein langes Haar fort war, kurzgeschnitten, so daß es kaum noch die Ohren bedeckte und – ich hatte eine Tonsur! Vorsichtig und mit nicht geringem Entsetzen betastete ich den runden, kahlgeschorenen Fleck oben auf meinem Kopf.

Die Magie des Tores mußte diese Veränderung bewirkt haben, eine andere Möglichkeit gab es nicht, doch hatte ich nicht eben erst gelesen, daß das Tor Besucher in Geschöpfe aus dem Zoo verwandelte? Nirgends war ich auf einen Hinweis gestoßen, daß die Bewohner Zith-els Katalyten in ihrem Zoo hielten, als ein solcher jedoch war ich gekleidet – ein Katalyt Thimhallans.

Ich war plötzlich Katalyt eines Thimhallans, das es längst nicht mehr gab!

Ich grübelte über diesen erstaunlichen und verwunderlichen Vorfall nach und fragte mich, was ich als nächstes tun sollte. Soweit ich sehen konnte, befand ich mich mutterseelenallein in einem dichten, schattigen Wald. Wäre ich nicht über meine Kutte gestolpert, wäre ich kurz darauf stracks gegen den Stamm einer altehrwürdigen Eiche geprallt. Ich war umgeben von

Bäumen, Eichen zumeist, dazwischen einige Kiefern und Farne, die um das Sonnenlicht eiferten, das spärlich durch das üppige Laubdach drang. Gerade stellte ich zu meiner Erleichterung fest, daß ich nirgends die herzförmigen Blätter der Kij entdecken konnte, als mir etwas zu Bewußtsein kam – Sonnenschein?

Es war fast Nacht gewesen, als wir durch das Tor stürmten.

Langsam stand ich auf, die weiße Kutte fiel in weichen Falten um meinen Körper. Ich konnte wohl schlecht meine Gefährten durch Rufen auf mich aufmerksam machen, und das war vermutlich gut so. Aller Wahrscheinlichkeit nach hätte ich nur unsere Verfolger auf meine Spur gebracht. Statt dessen hielt ich nach allen Seiten Ausschau, um vielleicht einen Hinweis auf ihren Verbleib zu entdecken. Fast im selben Moment, als ich mich bewegte, hörte ich eine gedämpfte Stimme sagen: »Reuven, bist du das? Hier drüben.«

Eine zweite Stimme antwortete: »Majestät? Seid Ihr verletzt?«

Ich stolperte durch das Unterholz in Richtung der ersten Stimme, die ich als Mosiahs identifiziert hatte, und gelangte zu einer kleinen Lichtung. Er stand mit dem Rücken zu mir, denn er hatte sich nach der zweiten Stimme umgedreht, die Scyllas ähnelte, wenn auch mit einem fremden Akzent.

Wir hörten Metall klirren und Ketten klingeln und ein Prasseln im Gestrüpp und wieder Scyllas Stimme, die nach Ihrer Majestät rief.

Ich berührte Mosiahs Arm, um ihn auf mich aufmerksam zu machen.

Er fuhr herum, seine Brauen schossen in die Höhe, sein Mund klappte auf und seine Augen wurden groß. Sein Mienenspiel verriet mir eindeutig: Die weiße

Kutte und die Tonsur waren nicht nur Ausgeburten meiner Phantasie, wie ich verzweifelt gehofft hatte.

»Reuven?« Es war eine Frage.

»Ich glaube schon«, antwortete ich mit Fingerzeichen. »Ganz sicher bin ich nicht. Weißt du, was geschehen ist?«

»Keine Ahnung«, antwortete er so spontan und nachdrücklich, daß ich ihm glaubte. Mein erster Verdacht war gewesen, er oder die anderen *Duuk-tsarith* könnten verantwortlich sein für die Transformation, jetzt wußte ich, sie hatten nichts damit zu tun.

Ein Aufblitzen von Metall in einiger Entfernung erregte meine Aufmerksamkeit.

Ein Ritter in einem silbernen Plattenpanzer über einem Kettenhemd kam zwischen den Bäumen hervor, die blanke Klinge in der Hand. Er blieb stehen, beugte sich über etwas am Boden und schob das Schwert rasch in die Scheide.

»Majestät!« rief er. »Seid Ihr verletzt?«

»Mir fehlt nichts, Herr Ritter. Das einzige, was verletzt wurde, ist meine Würde.«

Der Ritter streckte eine mit einem eisernen Gantelet bekleidete Hand aus.

Eine juwelenblitzende schmale Hand reckte sich ihr entgegen, eine Gestalt in dem langen geraden Rock eines altmodischen Reitkostüms erhob sich vom Waldboden.

Es war Eliza oder vielmehr, es war Eliza gewesen, jetzt war sie mir so fremd wie ich mir selbst. Der gepanzerte Ritter war unzweifelhaft Scylla.

»Gütiger Almin«, flüsterte Mosiah und nahm mir damit die Worte aus dem Mund, die auszusprechen mir versagt war.

»Was hat das zu bedeuten?« fragte ich mit Gebärden.

Er merkte es vermutlich gar nicht, weil er unverwandt Scylla anstarrte.

Ich versuchte es erneut. »Die Technomanten? Sind sie uns gefolgt?«

Er schaute sich um, zuckte die Schultern und schüttelte dann den Kopf. »Falls sie uns gefolgt sind, sind sie nirgendwo zu sehen, und das entspräche nicht ihrer Art. Die *D'karn-darah* zeichnen sich nicht unbedingt durch Subtilität aus.«

Woraus ich folgerte, wenn sie uns gefolgt wären, hätten sie uns bereits in ihrer Gewalt. Ich atmete freier. Etwas Gutes hatte die Sache also scheinbar doch, obwohl mir die alte Spruchweisheit vom Regen und der Traufe in den Sinn kam.

Der Ritter klopfte respektvoll Erde von Elizas Reitkostüm aus blauem Samt mit schwarzen Paspeln. Ein goldener Kronreif schimmerte in ihrem schwarzen Haar, kostbare Ringe glitzerten an ihren Fingern. Mir wurde allmählich zu meinem Erstaunen bewußt, daß ich sie kannte. Dies war die Eliza, die ich bei jenem kurzen Blick in ein anderes Leben gesehen hatte. Die Kleidung war anders, doch sonst stimmte alles überein: das kunstvoll geflochtene und aufgesteckte Haar, ihre Haltung, das Geschmeide. Sie zupfte sich zerknirscht Zweige aus dem Haar und wischte sich Schmutz und Grasflecken von den Händen; jede ihrer Bewegungen wirkte anmutig und aristokratisch.

»Wo sind Unser Erzwinger und Unser Priester?« fragte sie besorgt und schaute sich um. »Ich hoffe, sie sind dem Mob unbeschadet entkommen.«

»Ich denke schon, Euer Majestät. Der Katalyt befand sich neben mir, als wir das Tor passierten, der *Duuk-tsarith* war hinter uns. Der Mob hatte uns noch nicht eingeholt. Die meisten waren am Westtor und attackierten die Karosse. Unser Ablenkungsmanöver hat hervorragend gewirkt, alle glaubten, Ihr wärt in der Kutsche. Keiner ist auf den Gedanken gekommen, daß Ihr es wagen könntet, zu Fuß die Stadt zu betreten.«

»Meine tapferen Ritter.« Eliza seufzte. »Wir fürchten, viele werden schwere Wunden davongetragen haben um unseretwillen.«

»Sie haben Euch ihr Leben geweiht, Majestät, wie ich auch.«

Mosiah setzte sich in Bewegung, er schlüpfte geräuschlos durch das Dickicht zwischen den Bäumen. Ich folgte ihm und bemühte mich, ebenfalls ganz leise zu sein, aber schon beim ersten Schritt trat ich auf einen Zweig, der mit lautem Krachen unter meinem Fuß zerbrach.

Im Nu hatte Scylla das Schwert gezückt und stellte sich schützend vor ihre Monarchin. Eliza schaute neugierig und ohne Furcht in unsere Richtung, als Mosiah und ich in das Licht traten, das durch den Laubbaldachin sickerte.

Ich rechnete damit, das gleiche Erstaunen auf ihren Gesichtern zu sehen wie bei Mosiah, vielleicht sogar ausgelacht zu werden wegen meines kuriosen Haarschnitts.

Doch beider Mienen verrieten weiter nichts als Erleichterung und Freude, und auch Scyllas Stimme drückte diese Gefühle aus.

»Dem Almin sei Dank! Ihr seid unversehrt!« Dann fügte sie in militärischem Tonfall hinzu: »Waren Angehörige des Pöbels dreist genug, Euch durch das Tor zu folgen, Erzwinger?«

Mosiah schaute ostentativ über seine Schulter und nach allen Seiten. »Eine überflüssige Frage, wie Ihr zweifellos selbst sehen könnt.«

»Vergebung, Erzwinger«, erwiderte Scylla merklich

kühler, »aber ihr *Duuk-tsarith* verfügt über magische Hilfsmittel, welche mir leider nicht gegeben sind.«

»Ebenfalls Vergebung, Herr Ritter« – Mosiah ahmte sarkastisch ihre Ausdrucksweise nach –, »aber habt Ihr vergessen, daß mein *Leben* aufgebraucht ist und ich vorläufig nicht fähig bin, von meiner Magie Gebrauch zu machen?«

Scylla deutete mit einer Kopfbewegung in meine Richtung. »Aber Ihr habt einen Katalyten zu Eurer Verfügung. Er mag ein Hauskatalyt sein und nicht eigens geschult für die speziellen Bedürfnisse von euch Hexenmeistern, doch im Notfall dürften seine Dienste genügen, nehme ich an.«

Aller Augen richteten sich auf mich.

»Pater Reuven, Ihr seid verletzt!« Eliza wies auf meine Hand, und erst jetzt fiel mir auf, daß sie blutete. Bevor ich ihr zu verstehen geben konnte, es sei nichts, bloß ein Kratzer, hatte sie bereits ein Taschentuch aus dem Ärmelaufschlag gezogen und wollte damit das Blut abtupfen. Das Tüchlein war mit Spitze eingefaßt und bestand aus florfeinem Batist. Ich zog die Hand zurück.

»Ziert Euch nicht, Hochwürden«, schalt sie in einem Ton, der merken ließ, daß man ihr zu gehorchen pflegte. Sie umfaßte meine Hand und wischte mit dem Taschentuch das Blut und den Schmutz ab. »Wir werden nach dem *Theldara* schicken, sobald unsere Zusammenkunft beendet ist und Wir uns in den Mauern Unserer Stadt in Sicherheit befinden.«

Ihre Berührungen waren sanft und behutsam, um mir nicht weh zu tun, aber dennoch bereiteten sie mir Schmerz, einen Schmerz, der zwar nicht körperlicher Natur war, aber vergleichbar damit, von einer glühenden Klinge durchbohrt zu werden.

Eliza fuhr fort: »Die Schramme ist nicht tief, aber sie

könnte sich entzünden, wenn sie nicht behandelt wird.«

Ich bekundete mit einem Neigen des Kopfes demütigen Gehorsam und Dankbarkeit für die Güte, die sie mir bezeigte.

Mir fiel auf, daß sie den Blick gesenkt hielt, um mich nicht ansehen zu müssen, und daß ihre Hand, die meine hielt, ein wenig zitterte.

»*Pater* Reuven«, sagte Mosiah scharf. »Weshalb nennt Ihr ihn so?« Wie es schien, wollte er vorläufg auf das rätselhafte Spiel eingehen, jedenfalls bequemte er sich zu den altertümelnden, einstmals höfischen Anredeformeln.

Eliza schaute ihn verwundert an. »Ihr richtet das Wort an mich, Erzwinger, ohne zuvor angesprochen worden zu sein? Wir müssen uns in *wahrhaft* großer Gefahr befunden haben, daß Euch darüber jegliche Etiquette abhanden gekommen ist! Aber Ihr habt recht.« Eine bezaubernde Röte stieg in ihre Wangen, sie schaute mich unter ihren langen Wimpern hervor an. »Wir sollten *Pater Bene Meritus* sagen, seit Reuven in einen höheren Rang erhoben wurde. Ihr müßt uns vergeben, Hochwürden«, fügte sie ernsthaft hinzu, »diese Ernennung erfolgte erst vor so kurzer Zeit, daß Wir uns noch nicht an den neuen Titel gewöhnt haben.«

Meine Hände sagten: »Zu verdanken habe ich sie nur Eurer Majestät Intervention bei Bischof Radisovik.«

Sie schenkte mir ein kühles, gemessenes Lächeln mit den Lippen und ein sprühendes, frohes Lächeln mit den Augen. Sie verstand mich? Sie verstand die Zeichensprache, als unterhielten wir uns auf diese Weise bereits seit Jahren und hätten uns nicht nur in einem Flugmobil zum Zeitvertreib ein paar Stunden damit beschäftigt. Und ich hatte schon vorher gewußt, daß sie mich verstehen würde.

Nur mir selbst blieben die eigenen Worte rätselhaft! Wer war dieser Bischof Radisovik, den ich erwähnt hatte? Der einzige Radisovik, den ich kannte, befand sich bei König Garald auf der Erde. Ein Teil von mir wußte, worum es ging, ein Teil von mir hatte meinen Händen die Worte eingegeben. Ich war überzeugt, wenn ich tief in mich hineinschaute, würde ich sehen und verstehen.

Feigling, der ich war, wandte ich den Blick ab. Ich war nicht bereit für die Wahrheit. Noch nicht.

Mosiah drehte unauffällig den Oberkörper ein wenig zur Seite und fragte mich mit lautlosen Lippenbewegungen: »Hast *du* eine Ahnung, was hier los ist?«

Ich konnte nur langsam den Kopf schütteln.

Scylla schaute zum Himmel auf, der als blaues Mosaik durch das Blätterdach zu erkennen war. »Später Vormittag, Zeit für das Rendezvous. Wir sollten uns auf den Weg zum Treffpunkt machen, ich habe gehört, daß immer noch Zentauren diesen Wald unsicher machen. Zuerst aber« – ihr Blick suchte Mosiah – »sollten wir uns vergewissern, daß uns niemand folgt.«

Mosiah wandte sich um und hielt mir den Arm hin.

»Öffnet das Exeunt. Gewährt mir *Leben*, Katalyt«, befahl er, und sein Tonfall sagte deutlich, daß wir nun das Ende dieser Farce erleben würden.

Weglaufen! Nichts von alldem, was mir in den letzten, ereignisreichen Tagen begegnet war, auch nicht die Technomanten, hatte mich so in Angst versetzt wie diese Aufforderung. Nicht Angst davor, kein *Leben* gewähren zu können, sondern die Gewißheit, *daß* ich es tun konnte, erfüllte mich mit blinder Panik.

Ich wäre wohl geflüchtet, hätten nicht Elizas Augen

auf mir geruht. Sie betrachtete mich voller Stolz und Zuneigung. Ich streckte eine bebende Hand aus und umfaßte Mosiahs Arm, dann trat ich im Geist zurück und machte Platz für den anderen Reuven.

»Almin«, betete er mit meinen Gedanken, »gewähre mir *Leben*.«

Das Exeunt öffnete sich, die Magie Thimhallans strömte in mich ein.

Ich fühlte das *Leben* unter meinen Füßen pulsieren, das von den Organismen in der Erde nach oben drängte. Ich spürte die Wurzeln der Eichen, wie sie sich in den Boden gruben, Nährstoffe und Wasser aufsaugten, und wie die Eiche nahm ich Nahrung in mich auf, *Leben*, Magie.

Ich atmete sie ein. Ich hörte ihr Lied. Ich roch und schmeckte sie, als sie mein Wesen durchströmte. Ich sammelt sie in mir und gab sie dann als wundersames Geschenk an Mosiah weiter.

Seine Augen weiteten sich vor Staunen, als er das *Leben* in seinen Körper fließen spürte. Er zuckte unwillkürlich zurück, wollte in einem ersten Impuls die Vebindung unterbrechen, sträubte sich wie ich gegen das Unerklärliche. Aber die nüchterne Vernunft überwog. Wir befanden uns in einer gefährlichen Lage. Er brauchte *Leben*, ich gab es ihm. Also hielt er still. Und dann war es vorbei, ich war leer. Als Katalyt besaß ich weder die Gabe der Magie, noch konnte ich *Leben* in mir speichern, mir war nur gegeben, als Vermittler zu fungieren. Jetzt war ich erschöpft und brauchte viele Stunden Ruhe, um mich zu erholen, und noch mehr Zeit, ehe ich wieder die Kraft fand, ein Exeunt zu öffnen. Dennoch fühlte ich mich gesegnet, denn in mir spürte ich die Berührung der Welt und all ihrer Geschöpfe, eine Berührung, die mir ewig bleiben würde.

Angefüllt mit *Leben*, einigermaßen verwirrt von den merkwürdigen Vorgängen, schaute Mosiah von einem zum anderen – von mir, ausgelaugt und müde und zugleich tief beglückt, zu Scylla, die ungeduldig die Stirn runzelte und mit den Fingern auf das Heft ihres Schwertes trommelte, und zu Eliza, die gelassen und erhaben etwas abseits von uns stand, beschienen von einem Sonnenstrahl, der auf dem goldenen Diadem in ihrem schwarzen Haar funkelte.

»Mir wäre wohler, wenn ich wüßte, was zum Teufel das alles hier bedeuten soll«, brummte er vor sich hin, dann legte er mit einem ergebenen Schulterzucken die flache Hand an den Stamm der nächsten Eiche und beugte sich vor, als unterhielte er sich mit ihr.

Im Geäst über meinem Kopf begann es zu knarren und zu knacken, als striche der Wind durch die Kronen, und diese Unruhe sprang über, erst auf den Nachbarbaum und von diesem auf den nächsten, bis sämtliche Bäume um uns in Bewegung gerieten, die Äste schwenkten, Zweige herabfallen ließen und die langen Arme ausstreckten, um weiter entfernt stehende Vettern zu berühren.

Blätter raschelten, Schatten huschten; Mosiah stand bei der Eiche, die Wange an den rauhen Stamm gepreßt.

Nach einer Weile schien die Aufregung ein wenig nachzulassen.

»Dieser Teil des Zoos ist sicher«, berichtete er, »verhältnismäßig. Eine Horde Kentauren hat in der Nähe ihr Lager, aber sie sind auf der Jagd und kehren erst bei Einbruch der Dunkelheit zurück. Sie sind der Grund, weshalb niemand uns gefolgt ist. Auch der Pöbel hat es nicht gewagt, Majestät.« Letzteres mit einem Unterton von ironischer Skepsis. »Eure Ritter konnten sich, ohne Verluste zu erleiden, durch das

Westtor zurückziehen, obwohl ich befürchte, daß Eure Karosse zerstört worden ist.«

Eliza dankte mit einem wohlwollenden Neigen des Kopfes für diese Meldung und lächelte, als sie hörte, daß die Getreuen, die für sie ihr Leben eingesetzt hatten, davongekommen waren, ohne einen Blutzoll entrichten zu müssen.

»Des weiteren«, berichtete er weiter und beobachtete das Mienenspiel der beiden Frauen, »ist das Dunkle Schwert nirgends zu entdecken. Die Bäume wissen nichts von einer derartigen Waffe.«

»Nun, das will ich auch nicht hoffen«, meinte Scylla. »Ihr glaubt doch nicht, daß es einfach hier herumliegt?«

»Weshalb sollte ich das nicht glauben, da ich es hier hineingeworfen habe«, entgegnete Mosiah, aber sehr leise. Nur ich verstand ihn.

»Außer uns hält sich noch eine weitere Person in diesem Zoo auf«, fuhr Mosiah fort. »Ein Katalyt, der Kleidung nach zu urteilen. Er befindet sich auf einer Lichtung, ungefähr zwanzig Schritte östlich von unserem derzeitigen Standort.«

»Ausgezeichnet!« Scylla nickte zufrieden. »Das wird Pater Saryon sein.«

Ich japste und wollte aufgeregt mit den Händen Fragen stellen, aber Mosiah gebot mir unauffällig Einhalt.

Seine Augen waren schmal geworden. »Was meint Ihr damit? Ihr habt von einem Rendezvous gesprochen, etwa mit Saryon? Wie hat er fliehen können? Ist Joram bei ihm?«

Nun war es Scylla, die erstaunt dreinschaute. Eliza richtete sich hoch auf und maß Mosiah mit einem kalten Blick.

»Das ist ein grausamer Scherz, den Ihr Euch

erlaubt, Erzwinger!« wies Scylla ihn zurecht. »Nach Joram zu fragen!«

»Ich mache keinen Scherz, glaubt mir«, entgegnete Mosiah. »Sagt mir, was ist mit Joram?«

»Ihr kennt die Antwort sehr genau, Erzwinger«, sagte Scylla streng. »Der Kaiser von Merilon ist tot. Er starb vor zwanzig Jahren, im Tempel der Nekromanten.«

»Wie ist er gestorben?«

»Von der Hand des Scharfrichters.«

»Aha!« Mosiah stieß einen erleichterten Seufzer aus. »Nun weiß ich, was geschehen ist!«

Kapitel 20

»Weil er wider das Gesetz zurückgekehrt ist und die Gefahr des Untergangs über Thimhallan gebracht hat, wird über diesen Mann Joram das Todesurteil verhängt.«

Bischof Vanya; **Der Herrscher von Merilon**

Scylla musterte Mosiah mit zusammengezogenen Brauen.

»Ich fürchte, Ihr habt eine ernsthafte Verletzung davongetragen, Erzwinger. Ein Schlag auf den Kopf vielleicht?«

Mosiah legte die Hand an die Stirn. »Ja, für einen Moment war mir ... Ich wollte nichts sagen, um Ihre Majestät nicht zu beunruhigen.« Er verneigte sich förmlich vor Eliza. Sein Ton war respektvoll, jede Spur von Sarkasmus verflogen.

Eliza hatte aus ihrer Verärgerung über sein unpassendes Benehmen kein Hehl gemacht, bei diesen Worten jedoch wandelte sich der Ausdruck ihres Gesichts, sie trat an ihn heran und musterte ihn besorgt. »Geht es Euch jetzt wieder besser, Erzwinger?«

»Vielen Dank, Majestät. Kein Grund zur Besorgnis. Allerdings fürchte ich, daß es in meinem Gedächtnis Lücken geben könnte. Wenn irgend etwas, das ich sage oder tue, Euch merkwürdig erscheint, schreibt es bitte dieser Ursache zu, und ich kann Euch nur bitten, Geduld zu haben mit meiner Unwissenheit.«

Geschickt! dachte ich. Sehr geschickt. So verschafft er sich die Möglichkeit, nach Belieben Fragen zu stellen, und sie werden glauben, es liegt nur an der Beule an seinem Kopf.

»Selbstverständlich, Erzwinger.« Die Königin zeigte sich verständnisvoll. »Und nun sollten wir uns auf den Weg machen, um Pater Saryon zu treffen. Wir sind bereits verspätet, und er wird sich Sorgen machen. Herr Ritter, wollt Ihr vorangehen?«

»Wie Ihr befehlt, Euer Majestät.«

Scylla, das Schwert gezückt, warf einen Blick zum Himmel, um sich zu orientieren, dann schaute sie sich um und entdeckte zwischen den Bäumen einen Pfad, der, nach den Abdrücken gespaltener Hufe zu urteilen, von einem Tier ausgetreten worden war.

»Das ist ein Kentaurenpfad«, warnte Mosiah. »Ist das nicht gefährlich?«

»Ihr habt selbst gesagt, sie wären auf der Jagd«, entgegnete Scylla. »Wir sind in Eile, und auf diese Art kommen wir schneller voran, als wenn wir uns durch das Unterholz schlagen müßten. Davon abgesehen, sie ziehen es vor, über einsame, hilflose Wanderer herzufallen – solche wie Pater Saryon.«

»Das stimmt«, lenkte Mosiah ein. »Wenn Ihr dann die Führung übernehmt, Herr Ritter, werde ich die Nachhut übernehmen.«

Auf dem Weg an ihm vorbei, um sich an die Spitze des Trüppchens zu setzen, blieb Scylla stehen und schaute ihm direkt in die Augen.

»Seid Ihr sicher, daß Ihr wieder im Vollbesitz Eurer Kräfte seid, Erzwinger?« erkundigte sie sich mit aufrichtiger Sorge in der Stimme und teilnahmsvollem Blick.

»Ja«, antwortete er verdutzt. »Vielen Dank.«

Sie grinste ihn an und schlug ihm gegen den Oberarm, mit solchem Enthusiasmus, daß er zusammenzuckte, dann wandte sie sich ab und betrat vorsichtig und wachsam den Kentaurenwechsel. Eliza, die langen Röcke gerafft, folgte ihr.

Auf Mosiahs Gesicht spiegelte sich Verwirrung, eine Verwirrung, die nur zum Teil Folge der seltsamen und rätselhaften Situation war, in der wir uns wiedergefunden hatten, sondern es war die Verwirrung eines Mannes zu jeder Zeit, an jedem Ort, der sich mit den seltsamen und rätselhaften Launen einer Frau konfrontiert sieht.

Endlich schüttelte er den Kopf, zuckte die Schultern und winkte mir mitzukommen.

Der Pfad war breit genug für uns beide nebeneinander, auch wenn die Spuren verrieten, daß die Kentauren in Einerreihe hintereinanderzugehen pflegten.

Ich sagte in der Fingersprache: »Du scheinst zu wissen, was mit uns geschieht.«

Er warf mir einen Seitenblick zu. »Du scheinst dir auch dein Teil zu denken.«

Offenbar wartete er auf eine Erklärung. »Ich hatte Visionen von mir in einem anderen Leben.« Besser konnte ich es nicht beschreiben. »Eliza und Scylla gehörten auch dazu. Ich habe bis jetzt nichts davon gesagt, weil ich mir nicht sicher war, ob ...«

»Beschreib mir, was du gesehen hast.«

Das tat ich und entschuldigte mich, es wäre nicht viel und kaum geeignet, uns weiterzuhelfen. »Es schien mir keinen Sinn zu ergeben.«

»Einen Sinn ergibt es auch jetzt noch nicht«, sagte er mit grimmiger Miene. »Wir sind in eine andere Zeit versetzt worden, eine alternative Zeit. Aber warum? Wie sind wir hierhergekommen? Und weshalb erinnern du und ich uns an eine andere Zeit, Scylla und Eliza hingegen nicht? Und wie finden wir zurück?«

»Die Technomanten?« schlug ich vor. »Vielleicht haben sie uns diese Falle gestellt? Was war das für ein

Ding, mit dem du vor der Mauer gekämpft hast? Das Ding mit der weißen Maske, das aussah wie Gwendolyn?«

»Eine Angehörige des Kylanistischen Ordens der Technomanten«, erklärte Mosiah. »Man kennt sie als die Befrager. Sie besitzen die Fähigkeit, Gesicht und Gestalt und Stimme einer anderen Person anzunehmen, um das Opfer so weit zu bringen, daß es ihnen gibt, was sie haben wollen: Wertgegenstände, Informationen, Geständnisse. Du hast es bei Eliza gesehen. Auf diese Art, mit dieser Methode, können sie fast jede Organisation unterwandern.«

»Woher hast du gewußt, daß es *nicht* Gwendolyn war? Konntest du durch die Verkleidung hindurchsehen?«

»Ihre Tarnung ist nicht so leicht zu durchschauen. Sie taten zuviel des Guten, indem sie die Befragerin von Magie Gebrauch machen ließen. Während der ganzen langen Zeit der Observation habe ich Gwen kein einzigesmal *Leben* benutzen sehen. Nicht einmal, wenn sie allein war. Eliza bemerkte es und fand es merkwürdig, aber sie wünschte sich zu sehr, es wäre ihre Mutter, um darüber nachzudenken. Außerdem, ich habe Jorams Verletzungen gesehen. Das waren keine Bagatellen, und die echte Gwendolyn wäre nie und nimmer so beiläufig darüber hinweggegangen.«

»Weshalb hat sie die Tarnung aufgegeben?«

»Ein solches Trugbild aufrechtzuerhalten erfordert sehr viel magische Energie. Sie konnte nicht diese Energie aufbringen und sich gleichzeitig gegen mich zur Wehr setzen, deshalb habe ich mich auf sie gestürzt.«

»Und wenn du dich nun geirrt hättest?«

»Aber ich habe mich nicht geirrt. Und selbst wenn ich mich geirrt hätte, und es wirklich Gwendolyn gewesen wäre, dann hätte ich die Gelegenheit gehabt, sie zu retten.«

»Glaubst du, daß sie die Gefangene der Technomanten ist?«

»Einerseits ja, weil es ihnen gelungen ist, ein wirklich überzeugendes Trugbild von ihr zu schaffen, andererseits nein, weil Smythe sie nicht als eine der Geiseln genannt hat.«

»Aber was kann ihr sonst zugestoßen sein?«

Mosiah schüttelte den Kopf. Entweder wußte er es nicht oder wollte es nicht sagen.

Ich versuchte es mit einer anderen Frage. »Diese Stasismine – was war das?«

»Wäre einer von uns darauf getreten, hätte sie uns alle in einem Stasisfeld gefangen. Wir hätten uns nicht von der Stelle rühren können, bis die Technomanten gekommen wären, um uns daraus zu befreien.«

Ich zögerte, die nächste Frage zu stellen, weil ich mich vor der Antwort fürchtete.

»Was, wenn all das hier nicht wirklich ist, eine Halluzination? Vielleicht beeinflussen sie unser Gehirn?«

»Wenn dem so wäre«, antwortete er mit einem schiefen Lächeln, »dann bezweifle ich, daß sie deinem Gehirn erlauben würden, diese Möglichkeit in Erwägung zu ziehen. Natürlich besteht die Möglichkeit, daß die Technomanten dafür verantwortlich sind, obwohl ich mir nicht vorstellen kann, zu welchem Zweck sie uns in eine andere Zeit versetzen sollten, wenn sie uns in der vorigen schon fast genau da hatten, wo sie uns haben wollten.«

Er schwieg einen Moment, dann sagte er halblaut: »Einst gab es auf Thimhallan jene, die das Mysterium der Zeit praktizierten. Die Seher.«

»Ja, aber sie sind in den Eisenkriegen untergegangen«, gab ich zu bedenken. »Danach ist nie wieder einer von ihrer Art erstanden.«

»Stimmt. Nun, wir müssen unsere Augen und Ohren offenhalten und zusehen, ob wir den Schlüssel zu diesem Geheimnis finden können. Joram ist tot.« Mosiah überlegte. »Wie würde Thimhallan aussehen, wenn Joram von der Hand des Scharfrichters den Tod gefunden hätte? Wenn Joram gestorben wäre, bevor er den Born des Lebens zerstören und die Magie freisetzen konnte? Ich frage mich . . .«

Er versank in Grübeln und blieb ein oder zwei Schritte hinter mir zurück, um anzudeuten, daß er allein sein wollte. Auch ich hing meinen Gedanken nach, bis ich bemerkte, daß Eliza aus den Augenwinkeln zu mir herschaute, und ihr Lächeln schien mir zu signalisieren, daß ich mich zu ihr gesellen sollte.

Mein Herz schlug schneller, als ich zu ihr hinging. Mit einem bedeutungsvollen Blick auf Scyllas Rücken, um mir zu sagen, dies solle ein Gespräch unter uns sein, begann Eliza mit Fingerzeichen zu mir zu sprechen. Es belustigte mich, daß meine Sprache – kläglicher Ersatz für eine Stimme – nun zu einer Sprache der Heimlichkeit und Intrige wurde.

»Unser Streit gestern tut mir leid«, sagten Elizas Finger. »Wirst du mir verzeihen, Reuven?« Ich wußte genau, welchen Streit sie meinte, obwohl ich es einen Moment zuvor noch nicht hätte sagen können. Wie bestimmte Worte oder Bilder Erinnerungen an einen Traum auslösen, so stand mir bei ihrer Bemerkung die ganze Szene vor Augen, nur sehr viel klarer als ein Traum. Es war kein Traum. Es war Wirklichkeit, wenigstens in diesem Hier und Jetzt war es Wirklichkeit.

Vielleicht lag es an dem Einfluß des *Lebens*, das durch meinen Körper strömte, aber mein anderes

Selbst, der Reuven von der Erde, wich immer weiter in den Hintergrund zurück.

»Ich habe dir nichts zu verzeihen, mein Herz«, antwortete ich.

Ich schaute sie an: ihr schimmerndes schwarzes Haar, der goldene Glanz des Kronreifs, die im Sonnenlicht blitzenden Juwelen, bis beim nächsten Schritt der Schatten der Bäume allen Glanz dämpfte außer dem ihren.

Ich liebte sie. Meine Liebe strömte von mir zu ihr, wie das *Leben* von mir zu Mosiah geströmt war.

Ich liebte sie, seit wir Kinder gewesen waren, und ich würde nicht aufhören, sie zu lieben, was immer geschehen mochte, bis zu dem Tag, an dem ich diese Liebe wie ein kostbares Geschenk in die Hände des Almin gab und auf ewig in seine Gnade einging.

Die Bilder unserer Vergangenheit, unserer Jugend und unserer Gegenwart waren jedoch immer noch lückenhaft – ich erinnerte mich an sie als einen Säugling, ich erinnerte mich an eine unterschwellige Angst, die meine Kindheit durchzog. Ich erinnerte mich an Jahre des Studiums im Baptisterium, Ferien zu Hause, mit ihr, die meine Ziehschwester war und so viel mehr außerdem. Ich erinnerte mich daran, wie ich einen übermütigen Wildfang verlassen hatte und bei meiner Rückkehr einer wunderschönen, temperamentvollen Frau gegenüberstand. Doch wer hatte uns aufgezogen? Wo hatten wir gelebt? Das war ein weißer Fleck in meinem Gedächtnis.

»Mir lag nur deine Sicherheit am Herzen«, teilte ich ihr mit.

»Du weißt genau, daß es keinen anderen Weg gibt«, antwortete sie. »Ich muß es tun, als Erbin meines Vaters.« Sie schaute mich aufmerksam an und wartete auf eine Antwort.

»Ich verstehe. Ich habe es von Anfang an verstanden. Um ehrlich zu sein, ich habe diese Dinge nur gesagt, um dich zu ärgern. Hat es nicht wunderbar gewirkt? Ich dachte, du würdest mir einen Kinnhaken verpassen, wie in alten Zeiten.«

Ich hoffte, sie zum Lachen zu bringen. Als Kind war es mein größtes, wenn auch tadelnswertes Vergnügen gewesen, sie zu necken, bis sie die Beherrschung verlor und mit ihren kleinen Fäusten auf mich losging. Obwohl ich stets behauptete, das unschuldige Opfer zu sein, pflegte man mir nicht zu glauben, und wir wurden nach solchen Vorfällen beide ohne Abendessen ins Bett geschickt.

Sie lachte nicht, doch wenigstens ein Lächeln nötigte die Erinnerung ihr ab. Impulsiv griff sie nach meiner Hand und flüsterte: »Wie früher, Reuven, kann ich mich darauf verlassen, daß du den glitzernden Flitter wegfegst, den die anderen über meine Pflichten streuen. Du allein zeigst mir die häßliche Wahrheit dahinter, aber auch die Hoffnung. Gib es zu« – in ihren Augen glomm ein Fünkchen Triumph –, »wenn ich mich geweigert hätte zu kommen, wärst du enttäuscht gewesen.«

»Ich wäre der Ansicht gewesen, daß du einmal in deinem Leben eine kluge und vernünftige Entscheidung getroffen hast.« Ich setzte eine strenge Miene auf. »Ich wäre nur enttäuscht gewesen, wenn du mir nicht erlaubt hättest, dich zu begleiten.«

»Aber wie könnte ich dich zurücklassen?« fragte sie boshaft und fügte, alle Heimlichkeit vergessend, laut hinzu: »Tagelang würde ich dich jammern hören: ›Eliza durfte gehen und ich nicht!‹«

»Pst!« Scylla schaute sich nach uns um. »Vergebung, Euer Majestät, es ist nur ...«

»Wir befinden uns nicht auf einem Picknickausflug,

Euer Majestät«, rügte Mosiah, der zu uns aufgeschlossen hatte.

»Ihr habt recht, alle beide.« Eliza war ernst geworden. »Es wird nicht wieder vorkommen.«

Scylla war ein paar Schritte weitergegangen und hatte zwischen den Bäumen hindurchgespäht. »Wir sind fast da«, sagte sie jetzt über die Schulter. »Erzwinger?«

Die Eichen hatten gerauscht und ihre Äste geschüttelt, während wir vorbeigingen, und ich nahm an, daß sie Mosiah auch weiterhin über die Vorgänge im Wald Bericht erstatteten.

»Pater Saryon befindet sich auf der Lichtung. Er ist allein und in großer Angst, weil er uns kommen gehört hat, aber nicht weiß, daß wir es sind. Ich schlage vor, daß wir uns ihm zeigen.«

»Ich gehe allein vor«, sagte Scylla. »Ihr bleibt hier bei Ihrer Majestät.«

»Ach, Unsinn!« Eliza verlor die Geduld. »Wir gehen alle zusammen. Wenn es eine Falle ist, sind wir bereits hineingetappt. Komm, Reuven!«

Als wir auf die Lichtung hinaustraten, stießen wir auf einen älteren Priester, der sich beklommen nach rechts und links umsah. Bei unserem Anblick stieß er einen erleichterten Seufzer aus. Er lächelte und streckte Eliza und mir je eine Hand entgegen.

»Meine Kinder«, begrüßte Saryon uns herzlich.

Tränen verdunkelten meinen Blick. Jetzt kannte ich den Mann, der Eliza und mir ein Vater gewesen war, den Mann, der zwei Waisen in sein Haus und sein Herz aufgenommen hatte.

Kein Wunder, daß ich in jenem anderen Leben Saryon die Liebe eines Sohnes für seinen Vater entgegengebracht hatte. Solche Liebe kennt keine Grenzen und überwindet selbst den Abgrund der Zeit.

Er gab mir seine Hand und schaute mit Freude und Stolz auf meine weiße Kutte mit dem roten Besatz. Die Farbe Weiß kennzeichnete mich als einen Hauskatalyten, also als Angehörigen eines Ordens, der im Dienst einer vornehmen Familie steht. Rot war das Ehrenzeichen für einen Pater Bene Meritus, ein hoher Rang für jemanden meines Alters.

Als er sich vor Eliza verbeugen und ihre Hand küssen wollte, kam sie ihm zuvor, warf die Arme um seinen Hals und gab ihm einen herzhaften Schmatz auf die Wange. Beglückt drückte er sie an sich und streichelte ihr Haar, während er die ganze Zeit meine Hand festhielt. So feierten wir ein frohes Familientreffen auf dieser Lichtung in dem Zoo von Zith-el.

»Es ist so lange her, seit ich euch beide gesehen habe«, sagte er schließlich und ließ uns los, um uns liebevoll zu betrachten.

»Wir sind überzeugt, der Kaiser würde Euch die Erlaubnis geben, Uns in Merilon zu besuchen«, meinte Eliza, eine kleine Falte zwischen den Brauen.

»Nein, nein, Kaiser Garald hat recht.« Saryon seufzte. »Auf den Straßen lauern Gefahren, große Gefahren.«

»Die Transversalen sind sicher.«

»Die *Thon-li* weigern sich, dieser Tage für die Sicherheit zu garantieren. Menju der Magier hat viele Verbündete auf Thimhallan. Nicht, daß ich um mich selbst Angst hätte, nein«, fügte er mit einem Aufflackern von Kampfgeist hinzu. »Ich bin mehr als bereit, mich zur ewigen Ruhe zu betten, wieder vereint zu sein mit deinem Vater und deiner Mutter.« Er tätschelte Elizas Hand. »Aber ich kann die schwere Bürde nicht ablegen, die mir zu tragen bestimmt ist. Noch nicht. Noch immer nicht.«

Ich blinzelte mir die Freudentränen aus den Augen,

und als ich nun Pater Saryon deutlicher erkennen konnte, erschrak ich über sein Aussehen. Er schien über seine Jahre hinaus gealtert zu sein, wirkte grau und gebeugt, als wäre die Bürde, die er zu tragen hatte, nicht imaginärer, sondern greifbarer Art. Sein Mut und Geist waren stark wie eh, nur der Leib war verbraucht.

Scylla und Mosiah hatten am Rand der Lichtung gewartet, um unser Wiedersehen nicht zu stören und um sich zu vergewissern, daß wir nicht doch in einen Hinterhalt geraten waren. Jetzt kamen sie beide heran und verneigten sich respektvoll vor Saryon. Er begrüßte Mosiah freundlich und beglückwünschte ihn dazu,in Königin Elizas Dienst aufgenommen worden zu sein. Mosiah stand mit nach der Art der *Duuktsarith* gefalteten Händen vor ihm, stumm und wachsam.

Scylla war Saryon offenbar nicht bekannt, denn Eliza präsentierte sie als ihren Ritter und Hauptmann der Garde.

Scylla war höflich, aber kurz angebunden, ihr ganzes Benehmen verriet Ungeduld.

»Wir sollten uns hier nicht länger aufhalten als unbedingt nötig, Euer Majestät. Mit Eurer Erlaubnis möchte ich vorschlagen, daß wir unverzüglich unseren Weg fortsetzen.«

»Seid Ihr einverstanden, Pater Saryon?« Eliza musterte ihn besorgt. Auch sie war erschüttert über sein verhärmtes Aussehen. »Ihr seht müde aus. Seid Ihr zu Fuß gekommen? Wollt Ihr ausruhen?«

»Für mich gibt es keine Ruhe, bis mein Werk getan ist. Dennoch«, er schaute Eliza ernst und prüfend an, »dennoch bin ich bereit, dieses Geheimnis mit in mein Grab zu nehmen, wenn du nur im geringsten zweifelst, Tochter. Bist du bereit, diese schwere Verantwortung auf dich zu nehmen? Hast du die Gefahren bedacht, denen du ausgesetzt sein wirst?«

Eliza nahm seine Hände zwischen die ihren. »Ja, Hochwürden, oder nein, *Vater*, der einzige Vater, den ich je gekannt habe. Ja, ich habe die Gefahren bedacht. Man hat sie mir in allen Einzelheiten ausgemalt.« Sie lächelte mir zu, bevor sie sich wieder an Saryon wandte. »Ich bin bereit, die Verantwortung auf mich zu nehmen, zu beenden, wenn es sein muß, was mein Vater begann.«

»Er wäre stolz auf dich gewesen, Eliza«, sagte Saryon zärtlich. »So stolz.«

»Euer Majestät ...«

»Ja, Scylla, wir kommen. Hochwürden, Ihr müßt uns führen; Ihr seid der einzige, der den Weg kennt.«

Saryon schüttelte den Kopf, und ich nahm an, der Weg, an den er dachte, war nicht der sonnenbetupfte Pfad durch den Wald, sondern der für uns Sterbliche ewig ins Dunkel gehüllte Pfad, der in die Zukunft führt.

Eliza ging neben ihm her, liebevoll untergehakt, was ihm sichtlich das Herz erwärmte. Weil der Pfad für uns drei zu schmal war, ließ ich mich einige Schritte zurückfallen und ging allein zwischen Saryon und Eliza vor und Scylla und Mosiah hinter mir.

»Wahrscheinlich bin ich von dem Schlag auf den Kopf immer noch etwas verwirrt«, sagte Mosiah gerade, »aber was gibt es zu fürchten, außer den üblichen Gefahren, die jedem drohen, der unvernünftig genug ist, einen Spaziergang durch den Zoo von Zithel zu unternehmen? Ihr habt selbst gesagt, die Zentauren würden uns nicht angreifen.«

Scylla stieß ein geringschätziges Brummen aus. »Das Gefecht wäre eher und anders beendet, als sie es gedacht hätten, wenn sie es täten. Nein, es sind nicht die Zentauren, die ich fürchte, weder Nachtwürger noch Riesen, noch Elfen.« Sie schwieg einen Moment, dann fügte sie hinzu: »Mich wundert, daß Ihr es nicht erratet.«

»Ihr fürchtet die *Duuk-tsarith.* Zu denen ich gehöre.«

»Schon, aber Ihr wart immer ein unabhängiger Geist, Mosiah, und habt Euch nicht gefürchtet, Euren eigenen Weg zu gehen, wenn Euch der andere falsch dünkte. Aus diesem Grund hat Ihre Majestät Euch ausgewählt, um uns zu begleiten. Ihr seid der einzige von ihren Erzwingern, dem sie glaubt, vertrauen zu können.«

»Und was fürchtet Ihr, das die *Duuk-tsarith* tun könnten?«

»Nun, daß sie versuchen, sich das Dunkle Schwert zu verschaffen, selbstverständlich.«

»Deshalb also sind wir hier«, sagte Mosiah nachdenklich. »›Ich bin bereit, die Verantwortung auf mich zu nehmen‹, hat die Königin gesagt. Eliza will das Dunkle Schwert benutzen. Und Pater Saryon weiß, wo es ist.«

»Genauso ist es. Hat Ihre Majestät Euch den Sachverhalt nicht erklärt, bevor wir aufgebrochen sind?«

»Vielleicht hat Ihre Majestät nicht soviel Vertrauen zu mir wie Ihr«, bemerkte Mosiah trocken.

Scylla seufzte. »Man kann ihr kaum einen Vorwurf machen, nach allem, was geschehen ist. Kaiser Garald glaubt, daß die *Duuk-tsarith* seine Oberhoheit anerkannt haben und seinen Befehlen gehorchen werden. Sicherlich, sie haben ihm bisher keinen Grund gegeben, an seiner Loyalität zu zweifeln, aber dennoch . . .«

»Ihr mißtraut ihnen.«

»Das Dunkle Schwert ist eine große Versuchung. Es könnte ihnen unvorstellbare Macht verleihen, besonders wenn es ihnen gelänge, das Geheimnis seiner Herstellung zu entdecken, um ein ganzes Arsenal solcher Waffen zu schmieden.«

»Ich wüßte nicht, wie. Keiner mit *Leben* kann damit etwas anfangen. Das Dunkle Schwert würde ihm die Magie aussaugen und ihn hilflos machen.«

»Dieser Schlag auf den Kopf scheint wirklich großen Schaden angerichtet zu haben«, bemerkte Scylla. »Vielleicht sind es auch Nachwirkungen der Verletzungen, die ihr beim Einsturz von Lord Samuels Haus während der Schlacht erlitten habt. Was immer, Ihr seid offenbar nicht in der Lage, klar zu denken. Die ohne *Leben* im Orden der *Duuk-tsarith* werden das Dunkle Schwert führen. Ihr selbst wart es, der mir erzählt hat, einzig aus diesem Grund wären die ohne *Leben* überhaupt rekrutiert worden. Und dann ist auch allgemein bekannt, daß die *Duuk-tsarith* nicht an die Prophezeiung glauben. Wie viele andere halten sie es für einen politischen Schachzug, ausgebrütet von dem Kaiser und Radisovik, um die Rebellen einzuschüchtern.«

»Mein Schädel brummt«, klagte Mosiah, und es klang durchaus überzeugend. »Wie lautet diese Prophezeiung?«

Scylla senkte die Stimme. »Daß der Teufel selbst eine Armee gegen uns führen wird. Dämonen, bewaffnet mit der Glut der Hölle, werden sich vom Himmel auf uns stürzen und alles Leben auf Thimhallan vernichten.«

Ich war so erschrocken, daß ich mich zu den beiden herumdrehte.

»Die Hch'nyv«, sagte ich in der Gebärdensprache zu Mosiah.

»Was?« fragte Scylla. »Ich verstehe nicht. Wovon spricht er?«

»Er bezieht sich auf ein früheres Gespräch zwischen uns. Unwichtig.« Mosiah gab mir durch eine knappe Handbewegung zu verstehen, ich solle warten. »Und wann soll sich diese Prophezeiung erfüllen?«

»Morgen um diese Zeit werden die Dämonen angreifen. So wurde es Bischof Radisovik verkündet: ›Nur das Dunkle Schwert in der Hand von Jorams Erben kann Thimhallan vor dem Untergang bewahren.‹«

»Und wer brachte dem Bischof diese Infor ... die Prophezeiung?«

»Ein Wesen aus Licht«, antwortete Scylla ehrfurchtsvoll. »Ein Engel des Almin.«

»Ich kann verstehen, daß meine Brüder von den *Duuk-tsarith* skeptisch sind«, äußerte Mosiah. »Mir selbst fällt es auch schwer, daran zu glauben.«

Scylla holte tief und hörbar Atem, wie um zu einem Tadel oder einer längeren Rede anzusetzen, dann aber stieß sie ihn langsam wieder aus. »Dies ist nicht der Augenblick für eine weitere unserer theologischen Debatten. Aber wisset, daß ich für Eure Seele fürchte und jeden Abend für Euch bete.«

Darauf wußte Mosiah nichts zu sagen, und auch Scylla schwieg einen Moment.

Ich lauschte und beobachtete sie beide so gut es ging, während ich ein Auge auf den Pfad gerichtet hielt. Er machte den Mund auf, um etwas zu sagen, aber sie kam ihm zuvor.

»Mir wäre lieber, die Königin hätte darüber mit Euch gesprochen!« sagte sie und fügte in entschiedenem Ton hinzu: »Wie auch immer, es ist recht und billig, daß Ihr Bescheid wißt, aber was ich Euch jetzt sage, muß ein Geheimnis bleiben. Der Kaiser hat eine Botschaft zur Erde geschickt, an General Boris.«

Scylla verstummte, wahrscheinlich, damit Mosiah

Gelegenheit hatte, seiner Erschütterung Ausdruck zu verleihen, doch er nahm die Neuigkeit mit größter Gelassenheit hin.

»Was ist falsch daran? General Boris und König – ich meine, Kaiser Garald, sind immerhin Freunde.«

»Pst! Laß das niemanden hören! Hüte dich, es auch nur zu denken! Auch für einen Kaiser ist es ein Akt des Hochverrats, mit dem Feind zu fraternisieren.«

»Der Feind, ich verstehe. Und was meinte unser Feind General Boris zu dieser himmlischen Botschaft?«

»Daß der Teufel wahrhaftig über uns kommen wird, wenn auch in anderer Gestalt, als wir erwarten. Boris berichtete uns von einer Eroberungsmacht, die bereits die Außenposten der Erde zerstört hätte und sich nun mit großer Geschwindigkeit der Erde selbst näherte. Er sagte, die Erdstreitkräfte würden alles in ihrer Macht Stehende tun, um Thimhallan zu beschützen, doch als Schlußbemerkung fügte er hinzu, er fürchte, eine Niederlage sei unvermeidlich, und er riet uns, Vorbereitungen zur Verteidigung zu treffen.«

Wieder tauschten Mosiah und ich einen Blick, und ich wandte mich seufzend ab. Die Hch'nyv. Eine andere Erklärung gab es nicht. Ich hatte gehofft, wir hätten sie in jener anderen Zeit zurückgelassen, doch offenbar existierte die Bedrohung durch sie auf allen Ebenen. Sie kamen, und das auch noch termingerecht. Uns blieben weniger als achtundvierzig Stunden, um sie aufzuhalten.

Das Dunkle Schwert in den Händen von Jorams Erben. Das Dunkle Schwert in Jorams Händen. Wie konnte ein Schwert in irgend jemandes Händen das Vorrücken einer Armee von Fremdwesen aufhalten, wenn Neutronenbomben, Photonentorpedos, Laserkanonen – die ausgeklügeltsten, wirkungsvollsten

Tötungsmaschinen, die menschliche Intelligenz je ersonnen hatte – nicht einmal ihre Rüstung anzukratzen vermochten?

Plötzlich fühlte ich mich sehr müde, meine Füße schlurften über den Boden. Alles war so vergeblich! Hoffnungslos! Unsere kläglichen Bemühungen dienten zu nichts anderem, als die Spinne darauf aufmerksam zu machen, daß wir in ihrem Netz zappelten. Ich dachte gerade, um wie vieles besser es wäre, sich in Gesellschaft von ein paar Flaschen guten Weins unter diesen schönen Eichen niederzulassen und ein letztes Prost auf die Menschheit auszubringen, als mich etwas wie ein Rammbock zwischen die Schulterblätter traf.

»Nicht verzweifeln, junger Mann!« sagte Scylla und stützte mich fürsorglich, nachdem sie mich mit ihrem aufmunternden Rückenklopfen fast zu Boden geschleudert hätte. »Bald wird Jorams Erbin im Besitz des Dunklen Schwertes sein, und dann haben wir nichts mehr zu fürchten.«

Sie schritt an mir vorbei, um sich an die Spitze unseres Trupps zu setzen, einem Wink von Eliza folgend, den ich nicht einmal bemerkt hatte, so düster waren die Gedanken, die mir durch den Kopf gingen.

Die ganze Zeit schon hatte unser Pfad in sanfter Neigung abwärts geführt. Die Eichen wichen Pappeln und Eschen, diese wiederum machten Weiden Platz. Bereits seit längerem hatte ich das Rauschen von Wasser vernommen, und als wir um eine Wegbiegung gingen, sahen wir den Fluß. Der Hira, wenn ich mich recht erinnerte, er fließt mitten durch das Herz von Zith-el. Wie die Bewohner von Zith-el, benahm sich der Hira im Innern der Stadt zahm und gesittet und wurde ungebärdig und gefährlich und tückisch, sobald er in die Wildnis des Zoos entkam.

Die Sonne gleißte auf der Wasserfläche, lag warm auf meinem Gesicht. Wenn ich den Blick hob, sah ich weiße Wolkengespinste wie durchsichtige Schleier über den blauen Himmel wehen. Der wollflockige Samen der Pappeln trieb heran wie ein sommerlicher Schneesturm.

Das Wasser war grün, wo es ruhig dahinströmte, weiße Gischt, wo es über Felsen strudelte, schwarz unter den überhängenden Zweigen der Bäume, die das Ufer säumten. Ein Stück vor uns fiel mir eine mächtige Weide auf, die, weit über den Fluß geneigt, die Spitzen ihrer dichtbelaubten Zweige müßig in den Fluten treiben ließ. Ihre freiliegenden Wurzeln waren knorrig und klobig wie die Knöchel an der Faust eines Boxers, von der Anstrengung, sich in der Erde festzukrallen.

»Dort.« Pater Saryon streckte die Hand aus. »Dort liegt unser Ziel.«

Dem Ufer folgend, näherten wir uns der Weide, und keiner von uns sprach ein Wort. Ich weiß nicht, was die anderen dachten, doch in meiner Phantasie sah ich den Fluß rotgefärbt von Blut, den Weidenbaum brennend wie eine Fackel vor dem blauen Himmel, der von Rauchschwaden verdunkelt wurde. Doch während ich zuvor verzweifelt gewesen war, empfand ich nun Zorn.

Wir würden kämpfen, um dies zu bewahren: die Sonne, den Himmel, die Wolken, den Baum. Mochte es aussichtslos sein, mochte niemand übrigbleiben, um davon zu künden, wir würden kämpfen bis zum bitteren Ende.

Pater Saryon zeigte auf irgendeinen Punkt flußabwärts und sagte etwas. Ich konnte ihn über dem Rauschen des Wassers nicht verstehen, deshalb ging ich weiter, bis ich bei Scylla und Eliza stand. Mosiah blieb zurück. Als ich mich nach ihm umdrehte, sah ich ihn auf dem Pfad knien, offenbar in einer Unterhaltung mit einem stattlichen Raben begriffen, dessen Haltung an einen Menschen erinnerte, der die Hände in die Taschen gesteckt und nachdenklich den Kopf zwischen die Schultern gezogen hat.

Den *Duuk-tsarith* dienten Raben häufig als zusätzliche Augen oder Ohren.

»... nicht mehr weit«, erklärte Saryon. »Dort in der Biegung. Seid vorsichtig, der Pfad am Ufer ist morastig und sehr glitschig.«

Vom Waldweg führte eine Art Stufe zu dem Uferpfad hinunter; das Wasser in einem kleinen Strömungstümpel hatte an dieser Stelle die Böschung unterspült. Saryon wollte sich umständlich an den Abstieg machen, doch ich hielt ihn zurück und bot an, als erster hinunterzugehen, um den anderen eine helfende Hand zu reichen.

Scylla bezog Posten auf dem höchsten Punkt des Pfades und beobachtete von dort die Umgebung, während ich, den Saum meiner Kutte gerafft, halb springend, halb schlitternd den Abstieg bewältigte. Sobald ich wieder festen Stand hatte, drehte ich mich um und streckte Eliza die Arme entgegen.

Sie sprang ohne zu zögern und sehr geschickt. Eigentlich brauchte sie meine Hilfe nicht, aber sie landete trotzdem in meinen Armen.

Für einen kurzen Moment hielten wir einander fest und schauten uns in die Augen. Sie liebte mich! In diesem Moment wußte ich, daß sie mich so innig liebte wie ich sie. Mein Glück strahlte wie das Sonnenlicht auf dem Wasser, doch es war nur ein kurzes Aufleuchten, denn sogleich schob sich eine dunkle Wolke darüber, und aus der Tiefe stieg kalt und trübe das Wissen um die Vergeblichkeit unserer Liebe.

Eliza war Königin von Merilon, und ich war ihr Hauskatalyt, noch dazu stumm. Sie hatte Pflichten und Verantwortung ihrem Volk gegenüber, Pflichten, bei denen ich ihr helfen konnte, im Rahmen meiner bescheidenen Berufung und *nur* im Rahmen meiner bescheidenen Berufung. Sie war versprochen. Ich kannte ihren zukünftigen Gemahl gut – er war der Sohn von Kaiser Garald und erheblich jünger als Eliza, man wartete darauf, daß der Junge mündig wurde. Diese Hochzeit knüpfte Blutsbande zwischen den Königreichen Merilon und Sharakan und diente so dem Wohl des Staates.

Vorausgesetzt natürlich, daß uns die Hch'nyv nicht vorher alle auslöschten.

Eliza löste sich aus meiner Umarmung. »Du mußt jetzt Pater Saryon helfen, Reuven«, sagte sie leise, ging zum Ufer, wandte mir den Rücken zu und starrte hinaus auf die glitzernde Wasseroberfläche. Ich beobachtete sie und sah, wie sie einmal die Hand an die Augen hob, doch nur flüchtig, und die Bewegung wiederholte sich nicht.

Sie kannte ihre Pflicht und hatte sich gefügt. Wie konnte ich angesichts ihres Beispiels weniger stark sein?

Ich streckte Pater Saryon die Hand entgegen und half ihm zum Ufer hinunter.

»Vor zwanzig Jahren war das kein Problem«, sagte er. »Wenigstens nicht, soweit ich mich erinnern kann. Ich kam allein zurecht, aber damals war ich auch noch ein gehöriges Stück jünger.« Er trat dicht an mich heran und schaute mir prüfend ins Gesicht. »Bedrückt dich etwas, Reuven?«

»Ja«, antwortete ich mit einem Handzeichen.

Sein Blick wanderte von mir zu Eliza, die uns immer noch den Rücken zuwandte, und ein kummervoller Ausdruck trat auf sein Gesicht. Er wußte es also, wußte es wahrscheinlich schon seit längerer Zeit.

»Es tut mir leid, mein Sohn«, sagte er. »Ich wünschte ...«

Doch ich sollte nie erfahren, was er wünschte, denn er brachte es nicht über die Lippen. Kopfschüttelnd ging er zu Eliza und legte ihr tröstend die Hand auf den Arm.

Scylla landete mit scheppernder Rüstung neben mir, der Aufprall ließ den Boden erbeben. Meinen Versuch, sie zu stützen, wischte sie unwirsch beiseite.

»Wo bleibt der Erzwinger?« fragte sie barsch, drehte sich um und schaute zum oberen Weg hinauf.

Mosiah stand dort, eine düstere, ominöse Gestalt in seinem flatternden schwarzen Gewand, neben sich den Raben, der sich mit stoischer Gelassenheit vom Wind die Federn zausen ließ.

»Pater Saryon«, rief er. »Wo wollt ihr hin?«

Saryon schaute zu ihm hinauf. »In der Flußbiegung gibt es eine Höhle ...«

»Nein, Hochwürden.« Mosiahs Stimme klang gebieterisch. »Ihr müßt einen anderen Weg finden, dort ist es zu gefährlich. Der Rabe hat mich gewarnt. Diese Höhle ist das Lager eines Drachens der Finsternis.«

Sogar Scylla erschrak, Eliza erbleichte und griff sich mit der Hand an die Kehle. Nur Pater Saryon schien von der Neuigkeit nicht im mindesten beunruhigt zu sein. Er nickte und lächelte. »Ja, ich weiß.«

»Ihr wißt es!« Mosiah sprang, umbauscht von seiner schwarzen Kutte, von der Erdstufe herunter. Der Rabe schlug mit den Flügeln und flatterte auf seine Schulter. »Ihr wißt es und geht trotzdem?«

»Seid Ihr Euch«, fügte Scylla hinzu, »der Gefahr bewußt, in die wir uns begeben? Eine Armee von

Hexenmeistern könnte nicht gegen einen Drachen der Finsternis bestehen, sollte er erwachen und uns angreifen.«

»Ich bin mir der Gefahr durchaus bewußt«, antwortete Saryon, energisch wie zu seiner besten Zeit, »und habe ihr schon einmal getrotzt, allein, vor zwanzig Jahren. Nicht aus freiem Entschluß, sondern aus Verzweiflung. Ich brauche eure Ermahnungen also ganz und gar nicht.«

Er schaute uns der Reihe nach aus schmalen Augen an. »Wenn ihr das Dunkle Schwert haben wollt, ist diese Höhle der Ort, an der wir es finden. Der Drache der Finsternis ist der Hüter des Dunklen Schwertes.«

Kapitel 21

Saryon fing Joram auf, als er zusammenbrach. Als er die Hand auf das Gewand legte, fühlte er die warme Feuchtigkeit von Jorams Blut, das durch seine Finger tropfte, wie schwerer roter Wein.

Der Herrscher von Merilon

Eliza lauschte aufmerksam Mosiahs Argumenten, mit denen er sie davon abhalten wollte, weiterzugehen. Sie fragte Pater Saryon, ob es eine Möglichkeit gäbe, das Dunkle Schwert zu bekommen, ohne sich in die Höhle des Drachen zu wagen. Als er verneinte, sagte sie, es sei ihr fester Wille, Pater Saryon zu begleiten, aber sie werde nicht von uns verlangen, sie zu begleiten. Im Gegenteil, hiermit erteile sie uns den ausdrücklichen Befehl zurückzubleiben und auf ihre Wiederkehr zu warten. Unnötig zu sagen, uns diesem Befehl der Monarchin zu beugen waren wir nicht gewillt. Nach einigem Hin und Her machten wir uns auf den Weg zu der Höhle, alle fünf.

»Wenigstens«, kommentierte Mosiah, der hinter mir ging, »brauchen wir nicht mehr zu fürchten, von der Hand der Hch'nyv zu sterben.«

»Wie Pater Saryon gesagt hat«, gab ich ihm zu verstehen, »steht der Drache unter einem Bann. Wenn ich mich recht erinnere, ist es möglich, sich eine dieser Echsen gefügig zu machen, wenn man den Zauberstein berührt, den die Hexenmeister in ihre Stirn eingebettet haben.«

»Vielen Dank, Meister Enzyklopädius«, antwortete Mosiah sarkastisch. Wir waren aus dem Sonnenschein in die Schatten unter den Weiden und Pappeln längs des Ufers getreten. »Nur jemand, der sehr stark und mächtig ist, kann hoffen, einem Drachen seinen Willen aufzuzwingen. Ich habe den größten nur möglichen Respekt vor Pater Saryon, aber ›stark‹ und ›mächtig‹ sind nicht die Begriffe, die ich benutzen würde, um ihn zu beschreiben.«

»Ich glaube, ihr unterschätzt ihn«, widersprach ich. »Er war stark genug, um sich zu opfern, als man Joram in Stein verwandeln wollte. Er war stark und mächtig genug, um Joram zu helfen, Blachloq zu bezwingen.«

Mosiah ließ sich nicht überzeugen. »Zwanzig Jahre ist es her, seit er das Dunkle Schwert in der Höhle des Drachen versteckt hat. Selbst wenn es ihm damals gelungen sein sollte, den Drachen zu bannen, kann dieser Bann unmöglich bis heute gehalten haben!«

Auch wenn es mir schwerfiel, ich mußte Mosiah recht geben. Die Drachen der Finsternis waren von ihren Schöpfern als Mordbestien erschaffen worden, die auf Kommando töteten. Während der Eisenkriege entkamen einige der Kreaturen ihren Herren und richteten Blutbäder unter unseren eigenen Truppen an. Nach dem Ende des Krieges waren die *D'karn-duuk*, Schöpfer und Meister der Drachen, fast alle tot. Die wenigen, die die Kämpfe überlebt hatten, waren verstört und ausgebrannt, so daß sie die gefährlichen Kreaturen nicht mehr beherrschen konnten. Die Drachen der Finsternis streiften ihren Bann ab und begaben sich unter die Erde, um sich in der ewigen Nacht unterirdischer Gänge und Höhlen vor dem Sonnenlicht zu verbergen, das sie fürchteten und verabscheuten.

Sie hegen keine Liebe für die Menschen, denn sie vergessen nicht, wer sie zu ihrem Leben in Dunkelheit verurteilt hat, und sie hassen uns dafür.

Wir hatten mittlerweile den Höhleneingang erreicht, blieben stehen und betrachteten ihn mit gemischten Gefühlen. Der Zugang war ein großes schwarzes Loch in der grauen Felswand, nichts hinderte uns daran, geradewegs hineinzuspazieren, außer der Tatsache, daß es halb unter Wasser stand. Der Fluß teilte sich hier, und ein Nebenarm, reißend und tief, strömte in die Höhle hinein.

»Damit ist Euer Plan zunichte«, sagte Mosiah. »Der Fluß hat seinen Lauf geändert, der Weg ist versperrt. Es sei denn, Ihr befehlt uns, in diese tückischen Fluten zu springen und zu schwimmen.« Der Rabe, der über uns auf einem Ast saß, stieß ein heiseres Krächzen aus.

Ich schäme mich zuzugeben, daß ich im ersten Moment nichts anderes empfand als Erleichterung, aber dann schaute ich Eliza an.

Bis zu diesem Augenblick hatte sie gefaßt und mutig alle Gefahren und Rückschläge ertragen, aber diese Enttäuschung war zu groß. Sie ballte die Fäuste.

»Aber wir *müssen* hinein!« rief sie heftig. »Ich werde schwimmen, wenn es nicht anders geht.«

Der Flußarm, der in die Höhle strömte, war ein ungestümer Wildfang mit kleinen, kreiselnden Strudeln und gefährlichen Wirbeln, die zwischen scharfkantigen Steinen brausten und schäumten. Schwimmen kam nicht in Frage.

»Wir könnten ein Floß bauen«, schlug Scylla vor. »Ein paar Stämme zusammenbinden. Vielleicht könnte der Erzwinger mit seiner Magie . . .«

»Ich bin weder ein Bildner noch ein *Pron-alban*, ein Handwerker«, entgegnete Mosiah kalt. »Ich verstehe nichts vom Bootsbau und bezweifle, daß man hier die Geduld aufbringen wird zu warten, bis ich mir die nötigen Kenntnisse angeeignet habe.«

»Ich habe keineswegs von Euch verlangt, einen ausgewachsenen Dreimaster auf Kiel zu legen.« Scyllas Augen blitzten zornig. »Aber ich denke doch, es sollte möglich sein, daß Ihr vermittels eines der Euch zu Gebote stehenden Feuerzauber das Innere eines Baumstamms ausbrennt, so daß wir ein Kanu bauen können.«

»Kanu!« schnaubte Mosiah. »Wieso nehmen wir nicht Euren Kopf, hohl genug dürfte er sein! Ist Euch je der Gedanke gekommen, daß ich alles mir verbliebene *Leben* brauchen werde, um uns aus den Klauen dieses Drachen zu befreien? Denn mein Gefühl verrät mir, daß er nicht unbedingt begeistert sein dürfte, uns zu sehen.«

Die ganze Zeit schon hatte Pater Saryon versucht, etwas einzuwerfen, endlich bekam er die Gelegenheit. »Habt ihr so wenig Vertrauen zu mir, meine Freunde, daß ihr glaubt, ich führe euch zu einer versunkenen Höhle?«

Er lächelte bei diesen Worten, doch wir alle hörten den Vorwurf heraus, besonders Eliza und ich.

»Vergebt mir, Hochwürden«, sagte Eliza reuevoll. »Ihr habt recht, ich sollte Euch vertrauen.«

»Wenn nicht zu mir, so doch wenigstens zum Almin.« Dabei warf Saryon einen Blick auf Mosiah, der verriet, daß er wenigstens einen Teil unserer früheren Unterhaltung mitgehört hatte.

Mosiah äußerte sich nicht. Er stand schweigend da, die Arme verschränkt, die Hände in den weiten Ärmeln seiner Kutte verborgen.

Saryon sprach weiter, im bestimmten Ton des Ortskundigen: »Es gibt einen Pfad, da drüben. Ein Felsband, auf dem wir trockenen Fußes einen Seitengang erreichen, der in das Innere der Höhle führt.«

Der Uferpfad machte einen Bogen nach links, um den Stamm einer knorrigen Weide herum, deren Stamm und dichter Schopf einen Teil des Höhleneingangs verdeckten. Saryon teilte die schlanken Zweige, und wir sahen den Sims, von dem er gesprochen hatte.

Mosiah bot an vorzugehen, und ich nahm an, es sei ein Versuch, für seine Unbeherrschtheit Wiedergutmachung zu leisten.

»Folgt mir erst, wenn ich euch ein Zeichen gebe«, warnte er.

Den Raben auf der Schulter, betrat er die Höhle und war bald unseren Blicken entschwunden. Ich fragte mich, wozu er den Vogel mitgenommen hatte, bis der Rabe, einer riesigen Fledermaus ähnelnd, aus dem Höhleneingang geflattert kam, und ich begriff, daß er der Bote war.

»Ihr könnt kommen«, verkündete er krächzend. »Einer nach dem anderen.«

Eliza betrat als nächste den schwarzen Schlund, entschlossen und ohne Angst. Die Angst, die ich um sie hatte, reichte allerdings für uns beide. Ich schaute ihr nach, solange es möglich war, als hielte mein Wille allein sie auf dem schmalen Sims fest, und sie müßte fallen, sobald mein Blick sie losließ.

Der Rabe hatte sie begleitet, und ich wartete voll quälender Ungeduld auf seine Rückkehr. »Sie ist drüben. Schickt den nächsten.«

»Du gehst, Reuven«, forderte Saryon mich auf. In seinen Augen stand ein Lächeln.

Ich konnte nicht glauben, daß ich wahrhaftig begierig darauf war, diese Höhle zu betreten, aber jetzt hätte mich nichts und niemand mehr zurückhalten können. Kalte, klamme Luft schlug mir entgegen, und ich mußte einen Moment warten, bis meine Augen sich an die Dunkelheit gewöhnt hatten. Das Licht von draußen glänzte auf den eiligen Wellen und erhellte für ein kurzes Stück meinen Weg. Anfangs war der Pfad breit, so daß ich verhältnismäßig unbehindert ausschreiten konnte, bald aber wurde er schmaler und das Weitergehen zum Balanceakt.

Der Sims führte um eine Felsschulter herum, die den Eingang verdeckte. Ich hatte erwartet, mich von dort an in pechschwarzer Dunkelheit weitertasten zu müssen und war erstaunt, diesen Teil der Höhle in ein warmes, rötliches Licht getaucht zu finden. Einer der Stalaktiten an der Decke verbreitete Licht und Wärme, als wäre der Stein erhitzt worden. Ich konnte den Pfad sehen, ein grauer Strich über dem glänzenden schwarzen Wasser. Der Rabe flog an mir vorbei, zurück zu Mosiah.

Ich verstand jetzt, weshalb der Erzwinger darauf bestanden hatte, als erster zu gehen. Er hatte sich in die Dunkelheit gewagt, um für uns andere den Weg zu erleuchten.

Der Pfad stieg an und wurde nochmals schmaler, bis ich gezwungen war, mich mit dem Rücken zur Wand seitwärts weiterzuschieben. Ein falscher Schritt, und ich stürzte in die unheimlichen, gischtenden Fluten. Schweißperlen bildeten sich auf meiner Stirn, rannen über meine Brust, ich fror in der kalten Luft. Nie zuvor in meinem Leben hatte ich mich so verlassen gefühlt, als wäre ich die einzige lebende Seele hier und dies der Eingang zur Unterwelt.

Noch ein Schritt, und ich sah das Ende, und dort standen Mosiah und Eliza und warteten auf mich. Ich war so erleichtert und begierig darauf, sie zu erreichen, daß es mich drängte, alle Vorsicht in den Wind zu schlagen und diese wenigen letzten Meter möglichst rasch hinter mich zu bringen.

»Langsam«, warnte Mosiah. »Das ist die schwierigste Stelle.«

Ich beherrschte meine Ungeduld, drückte mich so eng an den Felsen, daß ich mir die Haut vom Rücken schrammte, und tastete mich Schritt für Schritt auf das Ende des Simses zu. Er verbreiterte sich allmählich, ich konnte etwas schneller gehen. Endlich sank ich taumelnd in Elizas Arme, wir hielten uns gegenseitig fest, fühlten die Nähe und Wärme des anderen, und allmählich verblaßte die Vorstellung, in das tosende Wasser zu stürzen und zu ertrinken. Ich konnte Saryon nicht genug dafür danken, daß er mich vorgeschickt und mir so diesen kostbaren Augenblick mit ihr geschenkt hatte.

Mosiah beobachtete uns mit einem leicht sardonischen Lächeln um den Mund, auch wenn er nichts sagte, sondern nur den Raben mit der Anweisung »Der Nächste« zum Eingang zurückschickte.

Pater Saryon tauchte auf, und er bewegte sich dermaßen unbeholfen und täppisch vorwärts, daß wir, zum Zuschauen verurteilt, mehr als einmal den Atem anhielten und glaubten, nun müsse er fallen. Doch jedesmal gelang es ihm auf wunderbare Weise, das scheinbar Unvermeidliche abzuwenden und im letzten Moment mit Händen oder Füßen irgendeinen Halt zu finden.

Nach viel Hangen und Bangen stand er schließlich bei uns und wischte sich den Schmutz von den Händen. »Das war erheblich leichter als bei meinem ersten Besuch hier«, sagte er mit halblauter Stimme. Obwohl der Drache am tiefsten Grund der Höhle schlummerte, wollten wir nicht riskieren, ihn zu stören. »Ich hatte damals keinen Magier zur Seite, der mir den

Weg erleuchtete.« Er dankte Mosiah mit einem Kopfnicken. »Und ich war behindert durch das Dunkle Schwert.«

»Was hat Euch damals eigentlich zu diesem waghalsigen Unternehmen veranlaßt, Hochwürden?« fragte Mosiah. Im Schatten der Kapuze war die obere Hälfte seines Gesichts unsichtbar, bis auf die Augen, die den rötlichen Schimmer des von magischer Glut erfüllten Stalaktiten widerspiegelten. Er hatte den Raben geschickt, Scylla zu holen. »Wurdet Ihr verfolgt?«

Saryon antwortete nicht gleich, ihm war anzusehen, daß er sich nicht gern an die Ereignisse von damals erinnerte. »Wenn ich darüber nachdenke – nein, ich glaube, ich wurde nicht verfolgt, aber wie sollte ich das wissen? Außerdem war es klüger, davon auszugehen, *daß* man mir auf der Spur war. Was mich in diese Höhle führte? Instinkt vielleicht, der Instinkt des gehetzten Wildes, das einen dunklen Ort sucht, um sich dort zu verstecken. Oder vielleicht in der Hand des Almin.«

Mosiah zog eine Augenbraue in die Höhe, wandte sich ab und richtete den Blick auf das Felsband. Wir hörten das Klirren von Metall gegen Stein, und er murmelte: »Soviel zum Überraschungseffekt.«

Das Geräusch wiederholte sich nicht. Nach kurzem Warten kam Scylla um die Biegung in Sicht, der rote Schimmer des Stalaktiten spiegelte sich wie Feuersglut in ihrer silbernen Rüstung.

Sie kam nur sehr langsam voran. Der Harnisch hinderte sie daran, sich mit dem Rücken an den Fels zu pressen, wie wir anderen es getan hatten. Sie schob sich Fußbreit um Fußbreit weiter, die Finger in den Stein gekrallt, und dann blieb sie stehen, lehnte den Kopf nach hinten gegen die Tunnelwand und schloß die Augen.

»Sag ihr«, trug Mosiah dem Raben auf, »jetzt ist nicht die rechte Zeit für ein Nickerchen!«

Der Rabe flog zu Scylla hinüber. Wir konnten nicht verstehen, was sie sagte, aber das Ächzen, mit dem sie die Worte hervorstieß, war bis zu uns zu hören.

»Sie sagt, sie könne sich nicht bewegen«, berichtete der Rabe. Er landete neben Mosiah auf dem Pfad und kratzte sich mit einer Kralle den Schnabel. »Sie weiß, daß sie abstürzen wird.«

Starr vor Angst klammerte Scylla sich an die Felswand. Mein Herz zog sich vor Mitleid zusammen. Mir war es genauso ergangen, und nur der Almin wußte, was mir die Kraft verliehen hatte, trotzdem weiterzugehen. Der Anblick Elizas, denke ich.

»Sie braucht Hilfe«, sagte Pater Saryon und raffte seine Kutte.

Mosiah schüttelte den Kopf. »Ich gehe. Ich habe keine Lust, euch beide aus dem Fluß zu ziehen!«

Er nahm ein zweites Mal den gefährlichen Sims in Angriff und arbeitete sich bis auf Armeslänge an Scylla heran.

»Was ist los?« fragte er.

Scylla war nicht fähig, den Kopf zu drehen, um ihn anzusehen. Sie war kaum fähig, die Lippen zu bewegen. »Ich – ich kann nicht schwimmen!«

»Heilige Einfalt!« sagte Mosiah aufgebracht. »Wenn du in den Fluß fällst, Mädchen, brauchst du dir keine Sorgen wegen deiner Schwimmkünste mehr zu machen. Du gehst unter wie ein Stein in dieser Rüstung.«

Scylla lachte kurz und freudlos auf. »Du bist mir ein wahrer Trost und Beistand!« stieß sie zwischen zusammengebissenen Zähnen hervor.

»Ich habe meine magischen Kräfte«, erklärte Mosiah. »Ich will keinen Gebrauch davon machen, außer es muß sein, aber ich werde dich nicht fallen lassen.

Sieh mich an. Sieh mich an, Scylla.« Scylla überwand sich dazu, den Kopf zu bewegen und Mosiah anzuschauen.

Er streckte die Hand aus. »Hier, halt fest.«

Die Rüstung scharrte über den Fels, als Scylla den Arm hob und langsam ausstreckte. Er umfaßte ihre Hand und hielt sie fest. Erleichterung glättete ihre angespannten Züge, sie setzte sich in Bewegung. Er zog sie mit sich, ohne Hast, aber stetig, bis sie sicheren Grund erreichten, wo Scylla mit einem lauten, schluchzenden Aufatmen zu Boden sank und das Gesicht in den Händen vergrub.

Ich glaube, wäre nicht ihre Rüstung gewesen, hätte Mosiah sie umarmt, so aber könnte er genausogut einen eisernen Ofen umarmen.

»Ich habe mich mit Schande bedeckt«, flüsterte Scylla in leidenschaftlicher Selbstanklage. »Vor den Augen meiner Königin!«

»Wodurch? Indem du gezeigt hast, daß du menschlich bist, wie wir alle? Ich für meinen Teil war froh, das zu erfahren, denn ehrlich gesagt fing ich langsam an zu zweifeln.«

Scylla ließ die Hände sinken und schaute ihn an, als argwöhnte sie einen Doppelsinn in seinen Worten. Seine Miene drückte gelinde Belustigung aus und Sympathie, sonst nichts.

»Ich danke Euch«, sagte sie mit rauher Stimme. »Ihr habt mir das Leben gerettet, Erzwinger, ich stehe in Eurer Schuld.« Kleinlaut trat sie zu Eliza und ließ sich vor ihr auf ein Knie nieder. »Vergebt mir, Euer Majestät, meine Feigheit im Angesicht der Gefahr. Solltet Ihr den Wunsch haben, daß ich von diesem Posten des Vertrauens zurücktrete, auf den Ihr mich erhoben habt, werde ich es verstehen.«

»Aber Scylla!« rief Eliza in herzlichem Ton. »Wir

stimmen mit Unserem Erzwinger überein und sind froh, nun zu wissen, daß Ihr Schwächen habt wie jeder von uns. Es ist schwer, Vollkommenheit zu lieben.«

Überwältigt von Bewegung, konnte Scylla einen Moment lang nicht sprechen. Schließlich wischte sie sich mit dem Handrücken über Augen und Nase, stand auf und warf mit trotzigem Stolz den Kopf zurück.

»Wohin gehen wir jetzt, Hochwürden?« fragte Eliza.

Wir waren so sehr mit dem Pfad hinter uns beschäftigt gewesen, daß wir keinen Gedanken an den Weg vor uns verschwendet hatten. Der Fluß machte einen Bogen nach rechts. Unser Sims führte nur noch ein kurzes Stück weiter, doch an seinem Ende sahen wir die dunkle Öffnung eines Tunnels.

»Abwärts«, antwortete Saryon.

Kapitel 22

»Vielleicht ist der Mörder geflohen ...«
»Das bezweifle ich. Er hat nicht bekommen, was er haben wollte.«

Saryon und Joram; **Der Herrscher von Merilon**

Es ging abwärts. Und abwärts. Und abwärts.

Eine Fackel leuchtete uns voran. Mosiah war bereit gewesen, noch etwas von seinem *Leben* zu opfern, doch es erwies sich als unnötig.

»Ihr findet eine Kienfackel, Feuerstein und Zunder in einer Nische gleich hinter der Tunnelöffnung«, erfuhren wir von Saryon. »Ich habe das alles selbst dort zurückgelassen, für den Fall, daß ich eines Tages zurückkehre.«

»Werkzeuge der Schwarzen Magie«, bemerkte Mosiah mit einem kleinen Lächeln, Anspielung auf das vergangene Thimhallan, als der Gebrauch solcher Werkzeuge wie Zunder und Feuerstein verboten war. Sie gaben den *toten* Dingen *Leben*.

Scylla trug die Fackel und ging mit Saryon voraus. Eliza und ich folgten ihnen, Hand in Hand. Vom heutigen Tag an würde unser Leben nie mehr sein wie früher. In wenigen Stunden waren wir vielleicht tot. Was bedeutete es, daß sie Königin war und ich ihr Hauskatalyt? Unsere Liebe, in früher Kindheit aufgekeimt, war gewachsen und stark geworden wie die Eiche, und wenn man den Baum auch fällen konnte, entwurzeln konnte man ihn nicht.

Mosiah kam als letzter, allein; der Rabe hatte sich

geweigert, uns auch nur in die Nähe des Drachen zu begleiten.

Der Gang führte in engen Windungen, fast wie eine Korkenzieherspirale, steil in die Tiefe. Er war leicht zu begehen, beunruhigend leicht, fast zog er uns in die Tiefe, ein Umstand, der in uns böse Vorahnungen weckte.

»Dieser Tunnel ist keineswegs natürlichen Ursprungs«, äußerte Mosiah.

Saryon stimmte ihm zu.

»Nein. Das dachte ich auch, als ich ihn seinerzeit entdeckte.«

Mosiah blieb ruckartig stehen. »Und Ihr seid ihm dennoch gefolgt, Hochwürden? Wenn alles mögliche, von Greifen bis zu Nachtwürgern, dort unten lauern konnte? Vergebung, Hochwürden, aber Ihr wart nie vom Schlag eines Abenteurers. Ich glaube, Ihr solltet uns darüber aufklären, wie Ihr die Höhle gefunden habt. Bevor wir weitergehen.«

Mit dieser Forderung zog er sich Elizas Unmut zu. »Ihr beleidigt Pater Saryon«, wies sie ihn zurecht. »Wir werden das nicht . . .«

Saryon hob beschwichtigend beide Hände. »Schon gut, mein Kind.« Er schaute sich um, entdeckte einen Felsvorsprung und ließ sich darauf nieder. »Mosiah hat recht. Und versuche nicht, mich glauben zu machen, Tochter«, fügte er mit einem für sie bestimmten Lächeln hinzu, »daß du nicht auch gern wissen möchtest, was uns erwartet, wenn wir unten angekommen sind. Überdies kann ich eine Verschnaufpause brauchen, nur darf sie nicht zu lange dauern. Wir müssen das Lager des Drachen vor Anbruch der Nacht erreichen, während er noch schlaftrunken und lethargisch ist.«

»Amen dazu«, sagte Mosiah.

Was nun folgt, ist Pater Saryons Geschichte, in seinen eigenen Worten.

»Ich habe mich manchmal gefragt, was geschehen wäre, hätte nicht Simkin Menju den Magier durch eine Täuschung dazu gebracht, ihn zur Erde zu schicken. Manches wäre vielleicht anders gekommen. Ich bin überzeugt, daß Simkin, wäre er hier gewesen, Jorams Leben gerettet hätte. Kaiser Garald ist nicht meiner Meinung, und ich muß zugeben, daß ich seinen Standpunkt verstehen kann. Es besteht kein Zweifel daran, daß Simkin den Köder ausgelegt hat, mit dem man Joram in die Falle locken wollte, denn Simkin war es, der erwähnte, Joram könnte unter Umständen im Tempel der Nekromanten Hilfe für deine arme Mutter finden. Genau dort lauerte der Scharfrichter ihm auf und tötete ihn.

Nie werde ich diesen schrecklichen Tag vergessen.

Ich hatte Gwen und Joram auf seine Bitte hin zum Tempel begleitet, obwohl ich mich fürchtete, diesen übel beleumdeten Ort zu betreten. Joram war verzweifelt, Gwendolyn schien sich mit jedem Tag weiter von ihm zu entfernen. Sie sprach nur noch zu denen, die tot und gestorben waren, während sie den Lebenden keinerlei Beachtung mehr schenkte, auch nicht ihrem eigenen Gemahl, den sie doch einst von Herzen geliebt hatte. Als Simkin uns die alberne Mär von seinem kleinen Bruder auftischte, der von den Toten geheilt worden war, griff Joram danach wie ein Ertrinkender nach einem Strohhalm.

Ich versuchte, ihn davon abzubringen, doch er wollte nicht auf mich hören. Simkin riet uns, wir sollten uns um die Mittagsstunde oben im Tempel einfinden, wenn die Magie am stärksten sei. Der Kaiser ist überzeugt, Simkin wußte, daß der Scharfrichter dort auf Joram wartete, doch ich glaube das nicht. Ich glaube, Simkin wollte Joram nur aus dem Weg haben, damit Simkin in Jorams Gestalt die Reise zur Erde antreten konnte. Was er dann auch tat.

Nun, es kommt wohl nicht mehr darauf an, geschehen ist geschehen. Jedenfalls stiegen dein Vater und ich zum Tempel hinauf. Ich blieb bei Gwen, die von den Stimmen der Toten bedrängt wurde. Joram stand vor dem Altar. Ich hörte einen scharfen Knall, danach drei weitere.

Im ersten Moment war ich starr vor Schreck, denn ich wußte nicht, die Vorboten welcher Schrecknisse diese Geräusche möglicherweise waren.

Nach dem vierten Knall herrschte Stille, und als ich mich umschaute, bemerkte ich zunächst nichts Ungewöhnliches. Ich wollte Gwendolyn in den Tempel führen, ein sicherer Ort, wie ich glaubte, da sah ich Joram gegen den Altar sinken. Er drückte die Hand gegen die Brust, zwischen seinen Fingern quoll Blut hervor.

Ich lief zu ihm hin, fing ihn auf und ließ ihn behutsam zu Boden gleiten. Damals wußte ich nicht, was ihm geschehen war, später erfuhr ich dann, ein hinterhältiges Werkzeug der Schwarzen Magie hatte ihn getötet, eine Waffe, die ›Revolver‹ heißt.

Aber was hätte mir das Wissen genützt? Joram starb, und ich konnte nichts tun, außer ihn in meinen Armen zu halten.

›Das Dunkle Schwert‹, höre ich ihn heute noch sagen, mit stockender, vor Schmerz brüchiger Stimme. ›Nehmt es, Hochwürden ... Verbergt es vor ihnen ... Mein Kind!‹ Er umklammerte mit der Kraft des Sterbenden meine Hand, und ich glaube, nur sein Wille hielt ihn lange genug am Leben, um diesen letzten Wunsch auszusprechen. ›Wenn mein Kind in Not ist, müßt Ihr das Schwert ...‹

Ich hatte nicht gewußt, daß Gwen gesegneten Leibes war. Joram wußte es, und das war ein weiterer Grund, weshalb er so verzweifelt bemüht gewesen war, einen Weg zu finden, um ihr zu helfen.

›Ich werde tun, was du willst, Joram‹, gelobte ich ihm unter Tränen.

Er schaute an mir vorbei zu Gwen, die sich über ihn beugte.

›Ich komme‹, sagte er zu ihr, schloß die Augen und glitt davon, um sich zu den Toten zu gesellen.

Sie streckte die Hand aus, nicht nach dem Leichnam, sondern nach der Seele. ›Mein Geliebter. Ich habe lange, lange auf dich gewartet.‹

Ihr wißt, was dann geschehen ist. Die Streitkräfte von Menju dem Magier attackierten Thimhallan. Unsere Armeen wurden besiegt, hinweggefegt. Wäre es nach seinem Willen gegangen, hätte man unser ganzes Volk ausgerottet, aber der Mann, den wir jetzt als General Boris kennen, hielt schützend die Hand über uns.

Menju bestand nicht auf weiterem Blutvergießen. Er hatte erreicht, was er wollte. Er versiegelte den Born des Lebens, so daß keine Magie mehr in unsere Welt strömte. Ihrer Kräfte beraubt, klagten die meisten unserer Landsleute bitter, daß sie ebensogut tot sein könnten. Viele begingen Selbstmord. Es war eine furchtbare Zeit.

Glücklicherweise war Garald als Nachfolger seines Vaters und König von Sharakan fähig und in der Lage, rasch zu handeln und die Zügel in die Hand zu nehmen. Er rief die Nigromanten, die die Schwarzen Künste praktizieren, und sie lehrten unser Volk den Gebrauch von Werkzeugen, um zu tun, was sie in der Vergangenheit mittels Magie vollbracht hatten. Nach und nach, im Lauf der Jahre, bauten wir unsere Städte wieder auf, wenn auch bescheiden und schlicht, weit entfernt von dem einstigen Glanz.

Doch so weit war es noch nicht. Joram war tot. Mir war eine doppelte Verantwortung auferlegt oder vielmehr eine dreifache. Das Dunkle Schwert, Gwen und das Kind, das sie unter dem Herzen trug. Wer immer Joram getötet hatte, mußte sich noch im Tempel befinden, und wahrhaftig sah ich den Scharfrichter sich erheben und in unsere Richtung kommen.

Er war ein mächtiger *Duuk-tsarith*. Ich konnte nicht hoffen, gegen ihn zu bestehen. Plötzlich jedoch wurde er zurückgestoßen, bis an den Rand des Plateaus. Ich sah, wie er sich wehrte, doch sein Gegner war unsichtbar!

Und dann begriff ich – die Toten gaben uns eine Chance zu entkommen.

Ich hob das Dunkle Schwert auf und griff nach Gwendolyns Hand. Sie folgte mir widerstandlos, und wir flohen von diesem traurigen Ort. Als später der Kaiser Soldaten schickte, um Jorams Leichnam zu holen, fand man ihn im Innern des Tempels der Nekromanten aufgebahrt. Die Hände der Toten hatten ihm die letzte Ehre erwiesen, der zu seinen Lebzeiten *tot* gewesen war.

Ganz Thimhallan befand sich in Aufruhr, wie man sich denken kann. So schlimm es für manche gewesen war, mir kam es zupaß, denn niemand kümmerte sich um einen ältlichen Katalyten und eine junge Frau, die man für seine Tochter hielt. Mein erster Gedanke war, im Baptisterium Zuflucht zu suchen, wohl aus alter Gewohnheit heraus, war es doch so lange mein Zuhause gewesen. Als ich dort ankam, erkannte ich, daß ich einen Fehler gemacht hatte, denn trotz der chaotischen Zustände gab es dort Leute, die mich kannten und mit Joram in Verbindung brachten. Um wirklich in Sicherheit zu sein, mußte ich mit Gwen in einen Teil des Landes gehen, in dem wir beide fremd waren.

Während unseres kurzen Aufenthalts im Baptisterium lief mir ein Kind über den Weg, ein Knabe, vielleicht fünf Jahre alt. Eine Waise, sagte man mir. Seine Eltern wären Katalyten gewesen und gleich während der ersten Angriffe ums Leben gekommen. Der Junge war stumm, ob verstummt infolge des Schocks, als er seine Eltern sterben sah, oder ob bereits ohne die Gabe der Sprache geboren, vermochte niemand zu sagen.

Ich schaute dieses Kind an, das unfähig war, sich durch Worte mitzuteilen, und las in seinen Augen die gleichen Gefühle – Leere, Trauer, Verlust –, die mir das Herz beschwerten. Ich nahm ihn mit mir. Ich nannte ihn Reuven.

Wir gingen nach Zith-el. Obwohl ich gehört hatte, daß der Krieg gerade in dieser Stadt schwere Zerstörungen angerichtet hatte, war es ein Ort, an dem mich ganz sicher niemand erkennen würde.

Den magischen Wall um die Stadt gab es nicht mehr, die Geschöpfe aus dem Zoo waren zum größten Teil geflohen und in die Wildnis zurückgekehrt. Die Einwohner waren verstört und vegetierten dahin wie in einem bösen Traum befangen. All die himmelstürmenden Gebäude lagen in Schutt und Asche, aber Zith-el ist auch eine Stadt unter der Erde, und die Überlebenden zogen sich dorthin zurück.

Wir fanden einen Unterschlupf für uns, wenig mehr als eine Nische in einem der Tunnel. Dort wohnten Gwen, der kleine Reuven und ich und lebten von den Nahrungsrationen, die unsere Eroberer verteilten.

Gwen kehrte nicht wieder in die Welt der Lebenden zurück. Sie war glücklich in Gesellschaft der Toten, denn Joram war bei ihr. Nachdem sie seine Tochter geboren hatte, starb sie und war mit ihm vereint. Reuven und ich blieben allein mit dem Säugling zurück. Ich gab der Kleinen den Namen Eliza.

Doch ich greife vor.

Während der ganzen Zeit hatte ich das Dunkle Schwert bei mir gehabt, und nicht ein Tag verging, an dem ich nicht fürchtete, jemand könnte mich finden und damit auch das Schwert. Menju der Magier suchte danach, erzählte man. Damit es ihm nicht in die Hände fiel, beschloß ich, es an einem Ort zu verstecken, wo niemand es je entdecken würde.

Ich betete zum Almin um Beistand, und in jener Nacht träumte mir, daß ich durch den Zoo ging. Am nächsten Morgen wickelte ich das Dunkle Schwert in eine Decke und folgte dem Fingerzeig, den ich erhalten hatte. Ein gefährliches Unterfangen, könnt ihr mit Fug und Recht sagen, denn obwohl viele der Kreaturen den Weg in die Freiheit gefunden hatten, einige waren geblieben, zum Beispiel die Zentauren.

Doch mir war, als ob der Almin mich leitete, und obwohl ich in den Tagen vor Jorams Tod mit Ihm gehadert hatte – angesichts des Friedens, den Joram im Tode gefunden zu haben schien und der ihm im Leben versagt geblieben war –, fühlte ich in mir die Gewißheit, daß es am besten sei, auf Seinen weisen Ratschluß zu vertrauen.

Ich wanderte durch den Wald, auf der Suche nach etwas, von dem ich nicht wußte, was er war. Dann sah ich, als ich denselben Weg einschlug wie wir heute, den Eingang zu dieser Höhle.

Und ich sah noch etwas. Einen schwarzen Drachen.

Der Drache lag vor der Höhle und erweckte den Anschein, daß er sich sonnte, lang auf dem Boden ausgestreckt, das Haupt auf einen Stein gebettet.

Wie Mosiah schon gesagt hat, in meinen Adern

fließt kein Abenteurerblut. Mein erster Gedanke war Flucht, aber ich machte so eilig auf dem Absatz kehrt, daß ich stolperte. Das Schwert fiel mir aus der Hand und zwischen das Geröll am Ufer, mit einem Klirren, das man meilenweit hören konnte.

Ich erstarrte, gelähmt vor Entsetzen, und wartete darauf, daß der Lindwurm erwachte und sich auf mich stürzte.

Doch er regte sich nicht.

Natürlich, ihr lacht im stillen über mich, weil ihr alle wißt, daß ein schwarzer Drache, ein Drache der Finsternis, nie und nimmer am hellen Tag unter freiem Himmel schlummern würde. Diese Geschöpfe hassen das Sonnenlicht, das ihnen in den Augen brennt und solchen Schmerz verursacht, daß es ihnen die Sinne raubt.

Endlich ging mir auf, was ich von Anfang an hätte wissen sollen. Dieser Drache der Finsternis war entweder besinnungslos oder tot.

Vorsichtig näherte ich mich dem Drachen und konnte sehen, wie seine Flanken sich atmend hoben und senkten. Tot war er nicht.

Dann wurde mir klar, weshalb der Almin mich hierher geführt hatte. Einen besinnungslosen Drachen der Finsternis kann man durch den Zauberstein in seiner Stirn seinem Willen untertan machen. Hier hatte ich den perfekten Hüter des Schwertes, und die Höhle des Drachen war das beste Versteck, das man sich vorstellen konnte.

Ich hatte nicht viel Zeit. Wie schon gesagt, ich glaubte, mir seien die Verfolger auf den Fersen. Die Angst gab mir Mut, sonst wäre ich wohl ganz sicher nicht in der Lage gewesen zu tun, was ich tat.

Ich hatte nie einen Drachen aus der Nähe gesehen. Das Geschöpf war gewaltig, wunderschön, ehrfurchtgebietend. Es war so schwarz, daß es aussah wie aus dem Tag herausgeschnitten, so daß die Nacht dahinter zum Vorschein kam. In seiner Stirn saß ein Diamant, oval und mit glatter Oberfläche, ohne Facetten. Er allein funkelte im Sonnenlicht, das vor dem Leib des Drachen zurückzuschrecken schien, sich nicht in den Schuppen spiegelte und nicht auf den ledrigen Schwingen glänzte.

Ich streckte die Hand aus, die so sehr zitterte, daß meine Fingerspitzen den Diamanten verfehlten und die Haut des Drachen streiften. Sie war trocken und rauh und heiß von der Sonne, und ich zuckte zusammen, als hätte ich rotglühendes Eisen berührt. Entschlossen nahm ich mich zusammen und legte die Hand auf den Diamanten.

Ein Gefühl von Macht und absoluter Autorität durchströmte mich. Nichts und niemand konnte mich überwinden. Ihr werdet wieder lachen, aber ich sage euch, daß ich noch nie etwas Ähnliches erlebt hatte oder seither erlebt habe. Ich hatte solches Vertrauen in mich selbst und meine Fähigkeiten, daß mir war, als könnte ich ganz allein Zith-el wieder aufbauen, Stein um Stein. (Ja, wir benutzten Ziegelsteine, diese Produkte der Nigromantie.)

Den Drachen zu bannen, ihn meinem Willen zu unterwerfen, schien mir ein leichtes zu sein. Ein Kinderspiel. Worte machtvoller Magie loderten in meinem Kopf, ich sprach sie aus.

Der Drache regte sich nicht, gab durch nichts zu erkennen, daß der Zauber gewirkt hatte.

Das Gefühl der Zuversicht verebbte.

Ich zog die Hand zurück und merkte, daß sie feucht war. Feucht von Blut.

Natürlich! Deshalb war der Drache von der Sonne überrascht worden! Er war verletzt! Er war nachts aus seiner Höhle hervorgekommen, wahrscheinlich, um am Fluß zu trinken, dann war er zusammengebrochen und jetzt im Freien der Sonne ausgeliefert.

Hatte der Bannspruch gewirkt? Konnte er bei einem Drachen wirken, der in einer Art Koma lag und ihn nicht hörte? Aber gewiß, beruhigte ich mich selbst, auch die *D'karn-duuk* hatten sich die Drachen gefügig gemacht, wenn sie in diesem Zustand waren.

›Aber‹, wandte diese perfide innere Stimme ein, die immer bereit ist, die Rolle des Advocatus diaboli zu übernehmen, ›der Drache sollte von der Sonne betäubt sein, nicht getroffen von einem der Todesstrahlen der Mundanen. Und wenn er nun so schwer verletzt ist, daß er stirbt?‹

Ein vernünftiger Mensch – oder ein weniger verzweifelter – hätte dem Ort den Rücken gekehrt. Aber ich hatte hier den besten Hüter und das beste Versteck für das Dunkle Schwert und konnte mich nicht von der Vorstellung freimachen, daß der Almin mich aus diesem Grund hierher geführt hatte. Ich beschloß zu warten, wenigstens bis zum Einbruch der Dämmerung. Falls sich herausstellte, daß der Zauber nicht seine Wirkung getan hatte, spekulierte ich darauf, daß der Drache nach dem Erwachen noch träge war und mir eine Frist blieb, um mich in Sicherheit zu bringen. Ich setzte mich in einiger Entfernung von dem schlafenden Lindwurm auf einen Felsblock und wartete darauf, daß es Nacht wurde.

Die ereignislosen Stunden boten mir eine ausgezeichnete Gelegenheit, den Drachen zu studieren. Ich war beeindruckt von der Schönheit und Großartigkeit der Kreatur, und mich betrübte der Gedanke, daß sie zu keinem anderen Zweck erschaffen worden war, als dem, zu töten. Dem Drachen der Finsternis ist ein Haß auf alle anderen Lebewesen eigen, sogar solche seiner eigenen Art. Er ist nicht imstande, Nachkommen hervorzubringen, und wenn das letzte dieser grandiosen Geschöpfe stirbt, schließt sich das Buch ihrer Geschichte endgültig.

Gut so, sagt ihr. Mag sein. Die Wege des Almin sind unerforschlich.

Ich beobachtete seine gleichmäßigen Atemzüge und kam schließlich zu der Auffassung, daß der Drache nicht sterben würde.

Hier, in der Tiefe des Waldes, brach die Dämmerung früh herein. Sobald die länger werdenden Schatten sich über seine Augen breiteten, begann der Drache sich zu regen. Sein mächtiger Leib lag am Ufer, doch ein Flügel hing in den Fluß. Ich hörte die Wellen gegen die Steine plätschern und sah das Schulterblatt zucken. Der Drache schnaubte und prustete, und der Unterkiefer schabte über den Fels, als er den Kopf bewegte, um noch tiefer in den Schatten zu rücken.

Das Herz schlug mir bis zum Hals, und ich hätte die Flucht ergriffen, wäre nicht ein hoffnungsvolles Zeichen gewesen. Der Diamant im Haupt des Drachen begann schwach zu leuchten. Daraus schloß ich, daß der Zauber gewirkt hatte.

Ich hoffte. Und betete.

Während der Tagesstunden hatte ich ungeduldig auf die Nacht gewartet, nun schien es mir, daß sie allzuschnell hereinbrach, ihr schwarzes Tuch senkte sich mit erbarmungsloser Unaufhaltsamkeit auf uns herab. Der Drache war eins mit der Dunkelheit; wie sehr ich die Augen auch anstrengte, ich konnte seine Umrisse nicht mehr ausmachen.

Der Diamant strahlte jetzt sehr hell, mit einem gleißenden, frostigen Glanz. Er spendete keine Helligkeit. Ich konnte den Drachen in seinem Schein nicht sehen, nur den Stein selbst. Als er plötzlich in die

Höhe stieg, wußte ich, daß der Drache nun vollends erwacht war und den Kopf gehoben hatte.

Ich stand hastig auf, das Dunkle Schwert ließ ich auf der Erde liegen. Eine Waffe in der Hand, wäre ein beruhigendes Gefühl gewesen, doch ich fürchtete, die Magie des Schwertes könnte den Bann unwirksam machen. Im Notfall konnte ich es immer noch schnell an mich nehmen.

Der Drache wandte den Kopf hin und her. Ich konnte wegen des Diamanten seine Bewegungen verfolgen, und ich hörte die Geräusche, die er verursachte – das Scharren der Krallen, die den Körper von seinem felsigen Bett in die Höhe stemmten, das Rauschen, mit dem sich die Schwingen aus dem Wasser hoben.

Der Drache suchte nach mir. Als sein Gespür ihm sagte, daß auch der letzte Schimmer Sonnenlicht vergangen war, öffnete er die Augen.

Sie schimmerten bleich und kalt wie Mondlicht.

Ich wandte den Blick ab, denn auch wenn das Geschöpf nun unter meinem Bann stehen sollte, man verliert seinen Verstand, wenn man in die Augen eines Drachen der Finsternis blickt.

Der Drache erhob sich auf die Hintertatzen, entfaltete seine Schwingen und spannte sie aus.

Ich war überwältigt. Ich glaube fast, hätte ich mein Leben hergeben müssen, dieser furchtbare, unvergleichlich großartige Anblick wäre mir den Preis wert gewesen.

Abertausende winzige Funken weißen Lichts glitzerten in der Schwärze der Flügel, als wären sie aus dem Stoff des sternenübersäten Himmels gemacht. So gelingt es dem Drachen als einem Geschöpf der Nacht, sich unentdeckt auf den Feind zu stürzen. Diese winzigen Lichtpunkte dienen nicht allein der

Tarnung, sie sind auch tödliche Waffen. Ein kurzer Schlag des Flügels, und sie regnen herab wie Sternenstaub, der sich mühelos durch Rüstungen und Fleisch brennt.

Die Lichtpunkte glitzerten vor meinen Augen, doch keiner fiel auf mich nieder. Der Bann hatte gewirkt. Ich sandte ein Dankgebet zum Almin empor.

Die opalisierenden Augen starrten mich an, tauchten mich in ihren bleichen Schein. Ich hielt den Blick gesenkt.

›Du bist der Meister‹, sprach der Drache, und seine Stimme bebte vor Haß.

›Ja‹, erwiderte ich mit aller Kühnheit, die ich aufzubringen vermochte. ›Ich bin der Meister.‹

›Ich stehe unter dem Gebot, dir zu gehorchen. Was ist dein Begehr?‹

›Dieser Gegenstand‹, sagte ich und hob sehr vorsichtig das Dunkle Schwert vom Boden auf. Ich mußte die Furcht in meinem Herzen unterdrücken, damit das Schwert nicht Gefahr ahnte und den Bann zerstörte. ›Ich befehle dir, ihn mit in deine Höhle zu nehmen und zu bewachen. Niemand darf es berühren, außer mir oder Jorams Erbe.‹

Ich hielt das Schwert hoch, und nun war es der Drache, der seine Augen beschirmte. Die Lider sanken herab, verdeckten das mondweiße Licht. Ein Erschauern lief durch die ausgebreiteten Schwingen, die trügerischen Sterne erloschen. Es war so dunkel, daß ich das Schwert in meinen Händen nicht sehen konnte, doch seine Nullmagie mußte für dieses Geschöpf der Magie so verderblich und hassenswert sein wie das Licht des Tages.

›Nimm es weg! Verhülle es!‹ zischte der Drache voller Zorn und Schmerz. Ich beeilte mich und schlug die Decke um das Dunkle Schwert.

Sobald das Schwert zugedeckt war, öffnete der Drache die Augen wieder. Sein Haß auf mich hatte sich verzehnfacht, meine Angst vor ihm ebenfalls.

›Ich werde das Dunkle Schwert hüten‹, sagte der Drache. ›Ich habe keine Wahl, du bist der Meister. Aber du mußt es selbst nach unten in meine Behausung tragen und es dort unter einem Hügel aus Steinen begraben, bis kein Teil davon mehr zu sehen ist. Ich bin hungrig, dies ist die Zeit, zu der ich jage. Doch fürchte nichts. Ich kehre zurück, und ich werde tun, was du verlangst. Du bist der Meister.‹

Mit weit ausgebreiteten Schwingen sprang der Drache vom Uferfelsen und schwang sich in die Lüfte. Ich verlor ihn sofort aus den Augen, denn ich konnte nicht unterscheiden, was Nachthimmel und was Drache war.

Leichten Herzens betrat ich mit dem Dunklen Schwert die Höhle und stieg hinunter bis auf ihren tiefsten Grund, wo ich auf dem Boden glänzende Schuppen und blanke Knochen verstreut liegen sah. Die Behausung des Drachen.

Ich suchte für das Schwert einen Platz in einiger Entfernung von der Stelle, die mir sein Schlafplatz zu sein schien, und errichtete darüber aus Steinen einen großen Hügel.

Ich war kaum fertig geworden, als der Drache zurückkehrte, durch einen Hintereingang, denn er befand sich plötzlich in der Höhle. Ein toter Zentaur hing zwischen seinen Kiefern.

Er betrachtete den Hügel, den jetzt ein bleiches, kaltes Leuchten umgab.

›Geh‹, befahl er und fügte widerwillig hinzu: ›Meister.‹

Ich gehorchte nur zu gern, denn der Blutgeruch, der von dem frisch getöteten Zentauren ausging, verursachte mir Übelkeit. So schnell mich meine Beine trugen, kehrte ich zurück in die Welt wirklicher Sterne. Als ich den Höhleneingang erreichte, war ich erschöpft und konnte nicht mehr weiter, deshalb rastete ich dort bis zum Morgen. Bevor ich mich bei Tagesanbruch wieder auf den Weg machte, suchte ich ein gutes Versteck für das Feuerzeug und die Fackel, die ich im Tunnel bei mir gehabt hatte, und kehrte nach Hause zurück.

Das Dunkle Schwert war so sicher versteckt wie nur menschenmöglich. Oftmals habe ich mich gefragt, ob es noch in der Höhle sein mochte, ob der Drache es getreulich hütete, ob der Bann noch wirkte. Gelegentlich war ich versucht hinzugehen und mich zu überzeugen, aber dann überkam mich jedesmal ein Gefühl der Zuversicht, das mir sagte: Der Tag ist noch nicht gekommen.

Es war der Almin, der mich beruhigte.

Deshalb bin ich nie wieder hiergewesen, seit ich vor zwanzig Jahren das Dunkle Schwert unter einem Steinhügel in der Höhle des Drachens der Finsternis zurückließ.

Ich wäre auch jetzt nicht an diesen Ort zurückgekehrt, aber das zuversichtliche Gefühl ist nicht mehr in meinem Herzen, sondern statt seiner ein Drängen, eine Furcht, die mir sagen, es ist der Wille des Almin, daß das Dunkle Schwert in die Welt zurückgebracht wird.

Daß ich es Jorams Erben übergebe, Jorams Tochter.«

Kapitel 23

»Haben sie wirklich im Tod Frieden gefunden? Sind sie glücklich?«
»Sie werden es sein, wenn du sie befreist.«

Joram und Gwendolyn;
Der Herrscher von Merilon

Ich konnte nicht anders, ich mußte Mosiah einen triumphierenden Blick zuwerfen, um ihn mit der Nase darauf zu stoßen, wie sehr er sich bei der Beurteilung Saryons geirrt hatte.

Mosiah schien mit seinen eigenen Gedanken beschäftigt zu sein und bemerkte es nicht. »Es gibt einen Punkt in Eurer Geschichte, den ich merkwürdig finde, Hochwürden. Ihr habt gesagt, die Magie sei von Thimhallan verschwunden. Doch Pater Reuven hat mir *Leben* gewährt, und alles hier atmet Magie. Ich kann es fühlen.«

Saryon betrachtete Mosiah mit erstauntem Gesichtsausdruck. »Nun, selbstverständlich, mein Sohn. Du warst zum Teil verantwortlich für das Wiedererstarken der Magie. Der Angriff auf den Born des Lebens ...«

»Seht es ihm nach, Hochwürden«, unterbrach ihn Scylla. »Im Handgemenge mit dem Pöbel am Osttor hat er einen heftigen Schlag auf den Kopf erhalten und kann sich seither an manche Dinge nicht mehr erinnern.«

»Ich wäre Euch zu Dank verbunden, wenn Ihr mir helfen könntet, diese Lücken in meiner Erinnerung zu schließen, Hochwürden«, sagte Mosiah. »Damit ich weiß, was mich erwartet.«

»Nun ...« Pater Saryon war perplex. »Da gibt es nicht viel zu erzählen, nehme ich an. Beziehungsweise, es gibt eine ganze Menge zu erzählen, aber uns fehlt die Zeit. Da wären jene, die sich selbst als Apostaten, als Jünger der Dunklen Vier, bezeichnen und die von der Erde eintrafen. Ein Mann mit Namen Kevon Smythe entriß König Garald die Macht, und fast wäre es ihm gelungen, ihn ermorden zu lassen, doch Garald wurde rechtzeitig gewarnt und entkam.

Du und König Garald, ihr habt in der Wildnis das Leben von Gesetzlosen geführt. Kannst du dich nicht mehr daran erinnern?« Saryon schaute Mosiah erwartungsvoll an, der aber lächelte nur und schwieg.

»Und dann ist Simkin nach Thimhallan zurückgekehrt ...«

»Ah«, sagte Mosiah nur und verstummte wieder.

»Simkin kehrte zurück. Er brachte Garald die Nachricht, daß der Born des Lebens nicht zerstört worden war, sondern nur versiegelt ...«

Genau die Theorie, die wir aufgestellt hatten! Ich machte Mosiah mit einem Zeichen darauf aufmerksam, der mir mit einem Zeichen zu verstehen gab, ich solle mich zurückhalten.

»Die Dunklen Jünger allerdings verfügten über eine geheime Quelle. Sie leiteten das magische *Leben* ab und gebrauchten es für ihre Zwecke. Mit einem wagemutigen Handstreich gelang es dir, Mosiah, Garald und seinem Freund James Boris, den Born zu öffnen, so daß die Magie wieder in unsere Welt strömte. Dadurch wurden wir in die Lage versetzt, Smythe und den Dunklen Jüngern Widerstand zu leisten. Smythe flüchtete zurück auf die Erde.

Garald kehrte auf den Thron von Sharakan zurück

und war gleichzeitig Regent von Merilon. Ich reiste nach Sharakan, um ihm meine Glückwünsche auszusprechen und ihm meine Mündel vorzustellen.« Saryon schaute liebvoll auf Eliza und mich. »König Garald zeigte sich beeindruckt von Elizas Schönheit, und es berührte ihn tief zu erfahren, daß sie Jorams Tochter war. Er gewährte ihr das Recht, als Jorams Erbin Anspruch auf den Thron von Merilon zu erheben.

Eliza wurde von Garald zur Königin von Merilon gekrönt. Reuven begab sich ins Baptisterium, um seine Ausbildung zum Katalyten zu beginnen. Merilon und Sharakan schlossen ein Verteidigungsbündnis. Kardinal Radisovik wurde nach Vanyas Tod zum Bischof geweiht. Seine Eminenz war so gütig, mich zu Elizas Berater zu ernennen, bis zum Tag ihrer Mündigkeit.« Saryon lächelte und schüttelte den Kopf. »Nach meiner Ansicht hätte man keinen Ungeeigneteren für diese Aufgabe finden können, doch Radisovik widerlegte jeden meiner Einwände, so daß alles abgemacht und besiegelt war, bevor ich recht wußte, wie mir geschah. Zu meinem Glück brauchte Eliza sehr wenig Führung.«

Eliza griff nach Saryons Hand und drückte sie dankbar.

»Die Zeiten sind schwer«, fuhr Saryon mit einem Seufzer fort. »Wir verfügen wieder über Magie, aber sie ist schwach. Obwohl die Barriere um Thimhallan neu errichtet wurde, wissen wir, daß Magie nach außen sickert, und es scheint, daß wir nichts dagegen tun können. Unzweifelhaft sind Smythe und seine Dunklen Jünger dafür verantwortlich.

Wir sind gezwungen, uns auf eine Kombination aus Zauberei und Stahl zu verlassen. Die *Duuk-tsarith* sind immer mächtiger geworden, da ihre Fähigkeit, Magie zu absorbieren, größer ist als die aller anderen. Kaiser Garald vertraut ihnen, aber ich ...« Er stockte betreten.

»Ich verstehe, Hochwürden«, sagte Mosiah ruhig. »Allmählich kehrt meine Erinnerung zurück. Ihr habt guten Grund, vielen der *Duuk-tsarith* nicht zu vertrauen.«

»Ich vertraue *dir,* Mosiah«, antwortete Saryon. »Darauf kommt es an. Ritter« – er lächelte Scylla an – »schützen in dieser neuen Epoche das Reich. Garald, anfangs als Erretter gefeiert, verliert im Volk immer mehr an Ansehen. Smythe, auf der Erde im Exil, hat seine Anhänger auf Thimhallan. Sie schüren Unfrieden in den unteren Klassen; sie prophezeien das Ende der Welt, wenn man Smythe nicht zurückkehren läßt, um es zu verhindern.

Ihr wißt von der Warnung, die Bischof Radisovik erhalten hat?«

Wir nickten.

»Das Dunkle Schwert muß an den Schöpfer der Welt zurückgegeben werden. So lautete die Botschaft, aber wir sind nicht sicher, was sie bedeuten soll. Der Schöpfer Thimhallans war Merlyn, doch er ist seit vielen Jahren tot und begraben ...«

»Nicht, wenn man Simkin glauben will!« schoß es mir plötzlich durch den Kopf. Während ich darüber nachdachte, hörte ich einen Moment lang nicht auf das, was Saryon sagte.

»... zurückgebracht von Jorams Sproß. Kaiser Garald kam in eigener Person zu mir« – Saryon errötete verlegen –, »um die Herausgabe des Dunklen Schwerts von mir zu erbitten. Ich sagte zu, doch unter der Bedingung, daß es mir erlaubt sei, selbst das Schwert zu holen und es selbst an Eliza zu übergeben, Jorams Tochter. Der Kaiser gab mir sein Ehrenwort, daß man uns nicht folgen würde, daß niemand versuchen würde, uns das Schwert zu rauben.«

»Des Kaiser Ehrenwort ist nicht das Ehrenwort der *Duuk-tsarith*«, gab Mosiah zu bedenken.

»Aber sie sind doch gewiß verpflichtet, sich an das Gebot des Kaisers zu halten?« verwunderte sich Saryon, und mir kam es vor, als hoffe er auf Bestätigung.

»Seit wann, Hochwürden? Auf der Erde gibt es ein Sprichwort: ›Sie haben ihre eigenen Prioritäten‹. Ich kann mir nicht vorstellen, daß sie sich von der Verkündigung eines himmlischen Boten beeindrucken lassen.«

»Glaubt Ihr, daß man uns gefolgt ist?« fragte Eliza.

»Ich glaube, wir sollten sehr vorsichtig sein«, antwortete Mosiah ernst. »Und daß wir jetzt lange genug ausgeruht haben.«

Wir setzten unseren Weg fort, schneller und mit erhöhter Wachsamkeit. Es war bereits später Nachmittag, uns blieben weniger als vierundzwanzig Stunden bis zum Auftauchen der Hch'nyv. Der Teil von mir, der sich an die Erde erinnerte, fragte sich bang, ob unser Planet bereits unter Beschuß lag.

Sinnlos, sich wegen Ereignissen zu grämen, auf die ich keinen Einfluß hatte. Ich konnte nur versuchen, hier meinen Mann zu stehen. Wir folgten auch weiterhin dem gewundenen Gang, der steil in die Tiefe führte, vielleicht das Werk ebenjener Hexenmeister, die auch die Drachen der Finsternis geschaffen hatten.

Wir konnten ungehindert ausschreiten und kamen gut voran, dennoch müssen wir fast eine Stunde unterwegs gewesen sein, weshalb ich glaube, daß wir mindestens drei oder vier Meilen tief in das Innere Thimhallans hinabgestiegen sind.

Von dem Drachen, von dem man nur hoffen konnte,

daß er die Gewohnheit beibehalten hatte, tagsüber zu schlafen, war weder etwas zu hören noch zu sehen, doch unsere Geruchsnerven bezeugten seine Anwesenheit.

Die Luft wurde nach und nach zum Schneiden dick, ein scheußlicher Brodem aus altem Urin, Dung und Aas zog uns entgegen, so daß wir schon bald gegen einen Brechreiz ankämpften und uns die Taschentücher oder was gerade an Stoff zur Hand war, vor die Nase hielten.

Der einzige Trost, wenn man es so nennen will, kam von Mosiah. »Der Dung riecht frisch«, behauptete er. »Das bedeutet wohl, daß Euer Drache noch lebt, Hochwürden, und immer noch in dieser Höhle sein Lager hat.«

»Ich hatte den Geruch nicht so schlimm in Erinnerung«, bemerkte Saryon mit durch den Ärmel seiner Kutte gedämpfter Stimme.

»Der Drache hatte zwanzig Jahre Zeit, daran zu wirken«, äußerte Scylla. »Ich wage nicht mir vorzustellen, was wir noch alles da unten finden werden. Die verschmähten Reste seiner Mahlzeiten wahrscheinlich.«

Eliza schüttelte sich. »Zum Glück fressen Drachen keine Menschen, wenigstens sagt man das. Wir schmecken nicht gut.«

»Ihr solltet nicht alles glauben, was man so sagt.« Diese ominöse Bemerkung Mosiahs machte der Unterhaltung wirkungsvoll ein Ende.

Unser Enthusiasmus schwand rapide, nicht jedoch unsere Hoffnung, und Hoffnung war es, die uns weitertrieb. Wir waren müde, die Beine taten uns weh, dazu kam die Übelkeit von dem Gestank, der alles verseuchte, sogar das Trinkwasser, das wir mitgebracht hatten.

Wir schlurften um die nächste Biegung, als Scylla, die an der Spitze ging, plötzlich stehenblieb und die Hand hob.

Der Schein der Fackel, der zuvor über die endlos gekrümmten Wände des Ganges gewandert war, fiel jetzt ins Leere.

Eine ungeheure gähnende Schwärze tat sich vor uns auf.

»Die Behausung des Drachen«, flüsterte Saryon, doch so leise er es auch sagte, es erschien uns überlaut.

Wir wagten kaum zu atmen, denn in der Dunkelheit hörten wir andere Atemzüge, schnaufende Atemzüge, als betätige jemand einen gigantischen Blasebalg.

Wir zögerten, auf dem Punkt höchster Anspannung, wenn der Spieler am Kasinotisch auf die Würfel haucht, dann für einen unerträglich langen Augenblick die Faust darüber schließt und nach der Augenzahl fragt. Und dann wirft.

»Ich gehe zuerst«, sagte Saryon. »Kommt erst nach, wenn ich rufe. Falls der Drache sich auf mich stürzt, Scylla, Mosiah« – er schaute beide eindringlich an –, »erwarte ich von euch, daß ihr alles in euren Kräften Stehende tut, um meine Kinder zu beschützen.«

»Ich verspreche es, Hochwürden«, sagte Scylla ehrerbietig und hob ihr Schwert, mit dem Griff nach oben.

»Auch ich gebe Euch mein Versprechen.« Mosiah bequemte sich nicht zu einer zusätzlichen Geste. »Viel Glück. Es tut mir leid . . .« Er sprach den Satz nicht zu Ende.

»Leid?« wiederholte Saryon milde. »Was tut dir leid, mein Sohn?«

»Es tut mir leid wegen Joram.«

Saryon hob die Augenbrauen. Joram war immerhin schon seit zwanzig Jahren tot.

Er war tot für sie, aber nicht für Mosiah.

Eliza umarmte Saryon. Ihre Augen schwammen in Tränen, aber sie lächelte tapfer. »Der Almin sei mit Euch, Hochwürden«, sagte sie leise. »Mein lieber Vater.«

Auch ich umarmte ihn als meinen Vater. Es war richtig so.

Er rief den Segen des Almin auf uns alle herab und betrat dann allein die Felsenkammer.

Wir warteten im Gang und horchten angestrengt auf das leiseste Geräusch. Ich vergaß darüber sogar den Gestank.

»Drache der Finsternis«, ertönte Saryons Stimme aus der Dunkelheit. »Du kennst mich. Du weißt, wer ich bin.«

Ein Scharren und Schaben, wie von einem mächtigen Haupt, das über Felsen reibt, einem gewaltigen Leib, der sich regt. Und dann erfüllte ein fahles, kaltes weißes Licht die Grotte.

Saryon war zu sehen, eine scharf umrissene schwarze Silhouette vor diesem weißen Licht. Der Drache war nicht zu sehen, denn sein Kopf befand sich hoch, hoch über Saryon, außerhalb unseres Sichtfelds.

Ich rief mir ins Gedächtnis, daß ich auf keinen Fall in die Augen des Drachen schauen durfte.

Wir warteten mit angehaltenem Atem auf die Antwort, die sofortigen Tod bedeuten konnte. Eliza und ich faßten einander bei den Händen.

»Ich kenne dich«, sagte der Drache der Finsternis, seine Stimme troff vor Haß. »Weshalb kommst du her, um meine Ruhe zu stören?«

Wir atmeten wieder.

Der Bann wirkte noch! Impulsiv fiel Eliza mir um den Hals. Ich legte den Arm um sie.

Mosiah warf uns einen strengen, vorwurfsvollen Blick zu. Weder er noch Scylla hatten in ihrer Wachsamkeit nachgelassen. Sie hielt die Fackel in der einen und das Schwert in der anderen Hand; er hatte die Hände ineinander verschränkt und machtvolle Zauberformeln im Sinn und auf den Lippen. Stumm erinnerte er mich daran, daß wir uns nach wie vor in großer Gefahr befanden.

Schuldbewußt wichen Eliza und ich auseinander, doch im Schutz der Dunkelheit fanden sich erneut unsere Hände.

»Ich komme, um dich von der dir auferlegten Pflicht zu entbinden«, rief Saryon. »Und um dich von dem Bann zu lösen. Diese junge Frau ist Jorams Erbin.«

»Ich bin hier.« Eliza ließ meine Hand los und stellte sich zu Saryon.

Scylla und ich, wir beide wollten ihr folgen, doch Mosiah hielt uns mit seitlich ausgestreckten Armen zurück.

»Ihr seid in dem Bannspruch nicht erwähnt worden!« erklärte er rasch. »Ihr könntet den Zauber brechen!«

Seine Vorsicht war vernünftig. Er wußte sicherlich mehr über Bannsprüche und Zauberformeln als ich, deshalb fügte ich mich, auch wenn ich all meine Selbstbeherrschung aufbieten mußte, um draußen im Gang stehenzubleiben, während Eliza sich allein in tödliche Gefahr begab.

Scylla war blaß, ihr Gesicht hager und verkniffen. Auch sie erkannte die Weisheit in Mosiahs Worten, und doch litt sie Qualen bei dem Gedanken, daß ihre Königin fortging und ihr Ritter ihr nicht folgen konnte. Schweiß perlte auf ihrer Stirn, sie biß sich auf die Unterlippe.

Unser Los war das Warten.

Eliza und Saryon standen vor dem Drachen, umflossen von dem fahlen Schein, der nicht erhellte, sondern allem, was er berührte, ein gespenstisches, graues Aussehen verlieh.

»Sie ist ohne *Leben*«, grollte der Drache. Und dann wiederholte er mit furchtbarer Stimme die Prophezeiung: »›Dem Königshaus wird einer geboren werden, der tot ist und doch lebt, der wieder stirbt und wieder zum Leben erwacht. Und bei seiner Wiederkehr hält er in seinen Händen das Ende der Welt.‹«

»Das galt meinem Vater«, sagte Eliza mit ruhigem Stolz.

»Du bist wahrhaftig, was du behauptest zu sein. Nimm dein Eigentum an dich, entferne es aus meiner Behausung. Es hat in den vergangenen zwanzig Jahren meinen Schlaf gestört.«

Eliza und Saryon gingen zu einem großen, länglichen Steinhügel linker Hand und begannen die Steine beiseitezuräumen. Sie beeilten sich, um nicht länger als unbedingt nötig an diesem Ort verweilen zu müssen.

Wir drei, dazu verurteilt, untätig abzuwarten, wagten nicht, uns zu rühren. Obwohl wir den Drachen nicht sehen konnten, spürten wir, daß er sich unserer Anwesenheit bewußt war. Sein Haß und sein Widerwille waren beinahe fühlbar. Es gelüstete ihn, uns zu töten, nicht um seinen Hunger, sondern um seinen Rachedurst zu stillen. Der Bann hinderte ihn daran, aber wie lange noch?

Dann war es soweit. Saryon und Eliza standen vor dem geöffneten Steinhügel. Zum ersten Mal erblickte sie, was ihr Vater geschaffen hatte, und fühlte sich abgestoßen. Der Mut drohte sie zu verlassen. Dann aber preßte sie die Lippen zusammen, bückte sich und hob das Dunkle Schwert auf.

Ohne Vorwarnung spie die Dunkelheit schwarzgekleidete Gestalten aus. Fünf umzingelten uns, weitere materialisierten sich in der Höhle des Drachen, wie Ausgeburten der Nacht in dem weißen Licht.

»Still!« warnte Mosiah mit gedämpfter, eindringlicher Stimme. »Verhaltet euch ruhig und geht wieder, schnell, oder ihr stürzt uns alle ins Verderben!«

»Schweig, Verräter.«

Einer der *Duuk-tsarith* hob die Hand, Mosiah krümmte sich in plötzlichem Schmerz zusammen und fiel auf die Knie. Doch er war nicht besiegt.

»Narren!« stieß er hervor.

Scylla stellte sich mit gezücktem Schwert zwischen ihn und seine Ordensbrüder.

Derselbe *Duuk-tsarith* bewegte erneut die Hand. Scyllas stählerne Klinge wurde zu Wasser, das an ihrem Arm hinunterlief und auf den Felsboden tropfte. Sie starrte mit offenem Mund auf ihre leere Hand.

»Was hat das zu bedeuten?« verlangte Pater Saryon aufgebracht zu wissen.

»Übergebt uns das Dunkle Schwert«, befahl ein anderer Erzwinger. Er näherte sich Eliza. »Gebt es uns, und Euch wird kein Leid geschehen.«

»Wir bedürfen Eurer nicht. Verlaßt uns. Wir werden das Schwert dem Kaiser bringen!«

»Es gibt keinen Kaiser mehr«, entgegnete der *Duuk-tsarith*. »Garald und sein falscher, lügnerischer Bischof sind gestürzt worden. Wir herrschen jetzt über Thimhallan. Gebt uns das Schwert.«

Eliza wich zurück.

»Ihr habt kein Recht . . .«

Rote Flammen schossen aus den Fingerspitzen des *Duuk-tsarith*, griffen als feurige Tentakel nach Eliza, um sie zu fesseln und gefügig zu machen.

Instinktiv hob sie das Dunkle Schwert, um sich gegen die Magie zu schützen.

Die Feuerschlangen berührten das Schwert.

Das Arkanum saugte sie gierig in sich auf und verströmte ein stärker werdendes bläulich-weißes Leuchten.

»Das Kind des Verräters Joram ist hiermit zum Tode verurteilt«, verkündete der *Duuk-tsarith.*

Magie wogte und gleißte, es zuckte wie von Blitzen.

»Halt! Keine Zaubersprüche!« rief Saryon entsetzt. Er kam stolpernd angelaufen und warf sich zwischen Eliza und den *Duuk-tsarith.* »Der Drache ...«

Das Dunkle Schwert trank die Magie. Das Leuchten steigerte sich zu weißer Glut, blendend, unerträglich grell ...

Der Drache der Finsternis brüllte auf vor Schmerz und Wut. Er hob die Flügel, die todbringenden Sterne glitzerten, die unheilvolle Macht seiner Blicks verbreitete Schrecken und Wahnsinn. Saryon krallte die Hände an die Schläfen und taumelte, dann brach er zusammen. Ein flimmernder Sternenregen ging auf uns nieder, setzte die schwarzen Gewänder der *Duuk-tsarith* in Brand. Sie und ihre Zaubersprüche vergingen in der schrecklichen Lohe.

»Ihr Narren!« wiederholte Mosiah mit der grimmigen Ruhe höchster Verzweiflung. »Ihr habt unser aller Verderben besiegelt!«

Ich hielt nach Scylla Ausschau, konnte sie aber nirgends entdecken. Allein und waffenlos schien sie sich aufgemacht zu haben, um im Kampf gegen den Drachen einen ruhmreichen Tod zu finden.

»Eliza!« schrie ich und stürzte in die Höhle, nicht

um sie zu retten, denn nichts und niemand hätte das gekonnt, sondern um mit ihr zu sterben.

Ich lief, und es kam mir vor, als wäre ich von einer himmelhohen Klippe gesprungen. Ich breitete die Arme aus und merkte, ich konnte fliegen.

Kapitel 24

»Simkin ist ein kolossaler Lügner. Ich verstehe nicht, wie du ihn ertragen kannst«
»Er ist ein amüsanter Lügner. Und das unterscheidet ihn.«
»Unterscheidet ihn?«
»Von euch.«

Mosiah und Joram; **Kind des Todes**

Erneut das beängstigende Gefühl, als würde ich zerquetscht, die Luft aus meinem Brustkorb gepreßt, mein ganzer Körper plattgedrückt wie der einer Maus, die sich in eine winzige Ritze zwängt. Der Flug endete abrupt und schmerzhaft mit einem Purzelbaum. Ich rollte einen steinigen Abhang hinunter, bis ich unsanft gegen eine Mauer prallte.

Einen Moment lang blieb ich liegen, benommen und zerschlagen und blutend und schnappte nach Luft wie ein Fisch auf dem Trockenen. Schließlich ermannte ich mich und schlug die Augen auf, todesmutig bereit, mit meinen geringen Kräften zu tun, was ich konnte, um Eliza und mich gegen den Drachen zu verteidigen.

Ich schaute mich um, blinzelte.

Der Drache war verschwunden.

Die *Duuk-tsarith* waren verschwunden. Pater Saryon war verschwunden. Scylla war da und Mosiah und Eliza. Wir befanden uns in einer Höhle. In *der* Höhle. Der Geruch war derselbe. Der Boden war bedeckt mit Unrat, verstreuten Knochen. In der Mitte der Höhle stand Eliza, das Dunkle Schwert in beiden Händen.

Sie ließ es fallen, kam zu mir geeilt, beugte sich über mich.

»Reuven! Das war ein böser Sturz! Alles in Ordnung?«

In Ordnung? Nein, irgend etwas war nicht in Ordnung.

Zum Beispiel war Eliza nicht mehr in ihr Reitkostüm aus blauem Samt gekleidet, kein goldener Kronreif schmückte ihre Stirn. Sie trug den einfachen langen Wollrock und die schlichte Bluse, die sie angehabt hatte, als wir zu dieser merkwürdigen Reise aufgebrochen waren.

Ich wollte mich aufrichten und achtete darauf, daß mir der Saum der langen Kutte nicht zwischen die Füße geriet, allerdings trug ich keine lange Kutte. Ich hatte Jeans an und einen blauen Pullover.

»Scylla! Komm schnell! Er ist verletzt!« rief Eliza.

Scylla, im Kampfanzug und im vollen Schmuck ihrer silbernen Ohrstecker, die im Licht der Taschenlampe funkelten, ging neben mir in die Hocke und musterte mich prüfend. Sie strich mir das Haar aus der Stirn.

»Eine Platzwunde, nicht sonderlich tief. Die Blutung hat schon aufgehört. Vielleicht hat er eine Zeitlang Kopfschmerzen, aber sonst ist nichts passiert.«

Eliza zog ein Taschentuch hervor – ein einfaches weißes Taschentuch – und tupfte mir damit das Blut von der Stirn.

Ärgerlich schob ich ihre Hand weg, rappelte mich auf und musterte, mit dem Rücken an die Höhlenwand gelehnt, unter gerunzelten Brauen hervor die beiden Frauen, die mich ihrerseits verwundert ansahen. War das eine Halluzination gewesen? Ein Traum?

Falls ja, dann war es ein Alptraum gewesen und noch dazu der realste, den ich je gehabt hatte.

»Was ist los?« fragte Mosiah und trat zu uns.

»Reuven ist über einen Stein gestolpert und hingefallen und hat sich den Kopf aufgeschlagen«, berichtete Eliza. »Scylla meint, es sei nichts Ernstes, aber ich weiß nicht recht. Er starrt mich an, als wäre ich ein Drache, der ihn in Stücke reißen wollte!«

»Und du«, Scylla wandte sich Mosiah zu, »wo hast du gesteckt?«

»Ich weiß nicht«, antwortete er schroff. »Wo glaubst du denn, daß ich gesteckt habe?«

»Woher zum Teufel soll ich das wissen?« Scylla machte ein erstauntes Gesicht. »Was ist los? Hast du dir auch den Kopf angeschlagen?«

Mosiah wurde ernst. »Ja«, sagte er nachdenklich. »Wenn ich überlege – so war es.«

Er wußte es! Er war dort gewesen, wo immer das sein mochte! Schwach vor Erleichterung lehnte ich mich gegen die Höhlenwand und bemühte mich, meine Gedanken zu sammeln. Die meisten waren zu weit verstreut, um sie zu fassen, aber wenigstens wußte ich, daß ich nicht im Begriff stand, den Verstand zu verlieren. Ich wollte Mosiah eine der tausend Fragen stellen, die mir durch den Kopf gingen, doch er gab mir heimlich ein Zeichen: »Sag nichts. Noch nicht.«

»Na, wer sagt's denn.« Scylla staubte mir mit einer Herzlichkeit den Pullover ab, die mich fast wieder umgeworfen hätte. »Nun siehst du schon ein bißchen besser aus.«

Eliza bückte sich nach dem Dunklen Schwert. Aus heiterem Himmel überfiel mich die schreckliche Vision eines schwarzen Drachen, der ihr mit bluttriefenden Pranken das Schwert aus den Händen riß.

Sie stürzte. Die Pranken zerfetzten und zerrissen ihr Fleisch. Ihre Schreie ...

Die Vision verging, nicht aber das Grauen. Mein Körper war schweißüberströmt, ich fror in der klammen Luft der Felsgrotte.

»Euch ist bewußt, daß wir uns in der Höhle eines Drachen befinden, oder?« fragte Mosiah in scharfem Ton.

»Scylla hat es mir gesagt.« Eliza zuckte die Schultern. Die Sorge um ihren Vater drängte alles andere in den Hintergrund.

»Von Anno dazumal«, winkte Scylla ab. »Keine Bange. Alle Drachen sind umgekommen, als der Born des Lebens zerstört wurde.«

»Sie *riecht* bewohnt.« Mosiah runzelte die Stirn. »Und wie ist das Dunkle Schwert hierhergelangt? Ich habe es durch das Tor geworfen ...«

»Und hättest beinahe ein Schischkebab aus mir gemacht«, ließ sich aus einem dunklen Winkel eine vorwurfsvolle Stimme vernehmen. »Bär am Spieß. Teriyaki Teddy. Glück für dich, daß ich in der Nähe war. Diese Folienfreaks hätten es mitgehen lassen, wäre ich nicht gewesen. Was die Höhle angeht, die ist hermetisch versiegelt. Wie Tupperware. Hält den Moder jahrhundertelang frisch.«

Scylla ließ den Strahl der Taschenlampe durch die Höhle wandern, um den Besitzer der Stimme zu finden.

»Teddy!« jubelte Eliza.

Wahrhaftig, Meister Petz saß dort an einen Stalagmiten gelehnt.

»Ich dachte schon, ihr findet niemals her«, beschwerte er sich grämlich. »Wo habt ihr euch herumgetrieben? Auf Picknicks wahrscheinlich. Kaffeefahrten nach Brighton. Und ich kann mich hier mopsen.

Ihr ahnt nicht, wie monumental ich mich gelangweilt habe.«

Eliza, das Dunkle Schwert in der Hand, ging zu Teddy hin und beugte sich nieder, um ihn aufzuheben.

Die schwarzen Perlaugen des Plüschbären glitzerten erschreckt, der rundliche Pelzkörper rutschte zur Seite. »Igitt! Komm mit dem greulichen Ding nicht in meine Nähe!«

»Das Dunkle Schwert?« fragte Eliza in verwundertem Ton und fügte dann hinzu: »Ach so, ich verstehe.«

»Ich nicht«, warf Mosiah ein. »Das Dunkle Schwert stört seine magischen Fähigkeiten. Er kann es nicht in seiner Nähe ertragen. Und doch behauptet er, es hergebracht zu haben!«

»Du würdest Augen machen, wenn du wüßtest, was ich alles tun kann, wenn ich nur will!« Simkin schniefte beleidigt. »Und ich habe nie behauptet, ich persönlich hätte es hergebracht. Ich habe noch ein paar Freunde auf dieser Welt, müßt ihr wissen. Leute, die mich schätzen. Meinen guten Kumpel Merlyn, zum Beispiel.«

»Merlyn. Natürlich.« Mosiah kräuselte die Lippen. »Und Kevon Smythe ist der zweite auf der Liste?«

»Schweigen ist Gold.« Das pelzige Gesicht griente.

»Wen interessiert es, wie das Schwert hierhergekommen ist.« Eliza wurde ungeduldig. »Wir haben es, und jetzt müssen wir meinen Vater, meine Mutter und Pater Saryon finden.«

Verblüfft schaute ich Mosiah an.

»Euer Vater, Joram«, fragte er langsam. »Er ist am Leben?«

»Natürlich ist er das!« antwortete sie und wiederholte leidenschaftlich: »Natürlich ist er das.«

»Aber ja, Joram lebt, keine Aufregung«, äußerte der

Bär in gelangweiltem Ton. »Allerdings hat er miserable Laune, aber ich kann's ihm diesmal nicht übelnehmen. Eingesperrt in einer Gefängniszelle mit nur dem glatzerten Vertreter des Klerus als Gesellschaft . . .«

Eliza umklammerte mit weißen Knöcheln das Heft des Schwertes. »Du hast ihn gefunden? Es geht ihm gut?«

»Er hat schon bessere Tage gesehen, wie die Herzogin von Orleans bemerkte, als sie ihren Gemahl am Türklopfer aufgespießt fand. Er ist bei Bewußtsein und kann feste Nahrung zu sich nehmen. Der Herr Papa, nicht der Herzog. Für ihn konnten wir nichts tun, außer jeden Sonntag seinen Kopf polieren.«

»Was ist mit meiner Mutter?«

»Zilch. Nada. Null. Tut mir leid und so weiter, aber ich habe nicht einmal eine Nasenspitze von ihr gesehen, aber das wäre auch kein so gutes Zeichen, oder? Jedenfalls wird sie nicht an demselben Ort gefangengehalten wie Euer Vater und Meister Hypnagogus, das steht fest.«

»Du bist dort gewesen.« Mosiah war skeptisch.

»Selbstverfreilich.«

»Im Kerker der Technomanten. Wo man Saryon und Joram gefangenhält.«

»Wenn du diese deine schwarze Kapuze vom Kopf nehmen würdest, Freund Mosiah«, bemerkte der Bär schnippisch, »könntest du möglicherweise besser hören. Habe ich das nicht eben gesagt? Ich war gerade von dort zurückgekommen, als du dieses monströse Produkt des Schmiedehandwerks nach mir geworfen hast.«

»Und wo ist dieses Gefängnis?«

»Genau dort.« Und der Bär richtete einen gelangweilten Blick in die Höhe.

»Über uns!« entfuhr es Eliza. Als Simkin zugab, nichts über den Verbleib ihrer Mutter zu wissen, hatte sie blaß und niedergeschlagen ausgesehen, aber nun strömte wieder Farbe in ihre Wangen.

»In den oberen Kammern der Höhle. Nicht weit. Ein schöner strammer Marsch an einem Sommertag, steil bergauf natürlich, aber denkt nur, wie das eure Waden kräftigen wird.«

Das waren einerseits willkommene Neuigkeiten, andererseits waren sie auch höchst beunruhigend. Wir warfen uns gegenseitig betroffene Blicke zu.

»Ich behalte den Eingang im Auge«, sagte Scylla. »Und redet nicht so laut.«

Die Warnung kam etwas zu spät. Wir hatten nicht geschrien, aber wir hatten auch nicht unbedingt geflüstert. Und der Schall trug bestimmt weit in diesen Kavernen aus nacktem Fels.

»Wenn die Technomanten sich in den Kammern über uns befinden, weshalb hast du das Dunkle Schwert ausgerechnet hierher gebracht?« hakte Mosiah nach. »Außer, du wolltest es ihnen in die Hände spielen.«

»Wenn ich das wollte, würde ich nicht mit euch in diesem übelriechenden feuchten Loch sitzen, oder?« Simkins Knopfnase zuckte. »Ich wäre da oben, wo es trocken und behaglich ist und das Ausmaß der Geruchsbelästigung sich auf das Odeur von Kevon Smythes billigem Cologne beschränkt. Er mag ein Mann des Volkes sein, aber ich begreife nicht, weshalb er auch so riechen muß.«

»Warum das Dunkle Schwert hierher bringen?« wiederholte Mosiah mit fadenscheinig werdender Langmut.

»Weil, mein lieber, begriffsstutziger, intelligenzmäßig untermöblierter Freund, dies ganz eindeutig der *letzte* Ort ist, an dem man danach suchen wird! In diesem Moment stellt man bei der Suche nach euch ganz Zith-el auf den Kopf, aber seht ihr jemanden hier unten herumstöbern?«

»Klingt logisch«, meinte Scylla.

»Bei ihm klingt immer alles logisch«, brummte Mosiah. »Warum haben wir, als wir gekommen sind, die Technomanten nicht gesehen oder sie uns?«

»Das hättet ihr, wenn ihr den Vordereingang genommen hättet.«

»Du behauptest, wir sind von hinten gekommen?«

»Ich habe keine Leuchtschrift gesehen ›Notausgang‹ oder ›Zu den Mülltonnen‹, aber wenn du es so nehmen willst, ja, ihr seid durch die Hintertür gekommen.«

»Ist mein Vater in einer Zelle eingesperrt?« wollte Eliza wissen. »Wird er bewacht? Und von wieviel Mann?«

»Zwei. Wie gesagt, alle sind überzeugt, ihr seid in Zith-el . . .«

Scylla verließ ihren Posten am Eingang und kam zu uns zurück. »Dann sollten wir jetzt unser Glück versuchen«, meinte sie. »Und keine Zeit verlieren.«

»Ich traue ihm nicht über den Weg.« Mosiah verschränkte grimmig die Arme vor der Brust. »Er hat seinerzeit Joram betrogen und seinen Tod verursacht – *fast* seinen Tod verursacht«, berichtigte er sich. »Was immer Simkin tut, tut er zu seiner eigenen Belustigung. Laß dich nicht täuschen, Eliza. Ihm liegt nichts an dir, nichts an Joram, nichts an irgendeinem von uns. Ich bin überzeugt, wenn er glaubte, von den Hch'nyv wäre auch nur das kleinste bißchen Zeitvertreib zu erwarten, würde er seinen orangenen Lappen schwenken und sie zum Landeplatz dirigieren.«

Eliza schaute sich zu dem Bären um, der jedoch

hatte die Augen geschlossen und schnarchte melodisch. »Simkin!« sagte sie beschwörend.

Die Lider klappten auf. »Wie? Was? Oha, pardon. Muß wohl eingedöst sein während des kleinen Vortrags. Wobei ich anzumerken hätte, was unser langatmiger Freund hier auszuwalzen geruhte, entspricht voll und ganz der Wahrheit. Man kann mir nicht trauen. Nicht über den Weg.«

Die schwarzen Perlaugen glitzerten, der mit schwarzem Wollgarn aufgestickte Mund verzog sich spöttisch. »Hört auf Mosiah, den weisen *Duuk-tsarith*. Nun, wir hier sind ein vertrauenswürdiger Club. Wir sind ganz Ohr, alter Freund. Zumindest könnte auch ich das sein, nebenbei bemerkt – ganz Ohr, heißt das. Wie sieht denn *dein* Plan für unsere große Befreiungsaktion aus?«

Mosiah preßte die Lippen zusammen. Ich bin sicher, er dachte daran, daß es in jenem anderen Leben die *Duuk-tsarith* gewesen waren, die uns in den Rücken gefallen waren. Auch Simkin wußte davon, sein hämisches Zwinkern verriet es. Er wußte es, und er lachte über uns.

Eliza traf ihre Entscheidung. »Wenn die Technomanten irgendwoanders nach uns suchen, sollten wir diese Gelegenheit, meinen Vater und Saryon zu retten, nicht ungenutzt lassen. Vielleicht bietet sich uns nie wieder eine solche Chance.«

»Es könnte eine Falle sein«, warnte Mosiah. »Genau wie die Befragerin in der Gestalt deiner Mutter eine Falle war.«

»Damit müssen wir rechnen«, antwortete Eliza ruhig, »doch selbst wenn es so wäre, es macht keinen großen Unterschied mehr, oder? Unsere Zeit läuft ab.«

»Aber welche Zeit? Das ist hier die Frage«, murmelte Mosiah.

Eliza hörte es nicht, aber ich, und es gab mir Stoff zum Nachdenken.

»Was ist mit dem Dunklen Schwert?« fragte sie. »Nehmen wir es mit?«

»Zu gefährlich«, äußerte Scylla. »Wenn sie uns kriegen, wäre es gut, noch einen Trumpf im Ärmel zu haben. Weshalb es nicht hier lassen, wo es in Sicherheit ist?«

»Einfach so?«

Scylla leuchtete mit der Taschenlampe durch die Höhle, ließ den Strahl an einer Stelle verharren. »Dahinten liegen Steine. Wir können sie nehmen und damit das Schwert zudecken.«

Eliza legte das Schwert auf den Boden, dann machte sie sich gemeinsam mit Scylla daran, Steine zusammenzutragen und einen Hügel darüber aufzuschichten. Für mich war es, als sähe ich einen Videofilm rückwärts laufen. Ich sah zu, wie sie den Hügel errichteten, den Eliza und Pater Saryon eben erst vor meinen Augen abgetragen hatten. Das war zu viel für meinen armen Verstand.

Ich suchte Zuflucht bei Mosiah, der wie das Denkmal eines *Duuk-tsarith* dastand und seine Aufmerksamkeit zwischen dem Eingang und den beiden Frauen teilte.

»Erklär du mir, was mit uns passiert!« beschwor ich ihn in der Zeichensprache.

»Meinst du unser munteres Bäumchen-wechsel-dich durch die Zeit? Ich habe auch nur Vermutungen. Wie es scheint, gibt es eine Zeitebene parallel zu der, in der wir uns momentan befinden. Eine alternative Zeitebene, denn dort ist Joram vor zwanzig Jahren gestorben, und hier war es Simkin, in Jorams Gestalt, der durch die Kugel des Assassinen ›starb‹. Doch warum geschieht das? Und wenn Scylla und Eliza in beiden Welten vertreten sind, wie kommt es, daß nur du und ich uns dieser doppelten Existenz bewußt sind?«

»Und des Rätsels Lösung?«

Er zuckte die Schultern. »Ich weiß nicht mehr als du, Reuven. Einer Sache bin ich mir jedenfalls ganz sicher. Die Hch'nyv waren eine Gefahr in jener Welt. Sie sind eine Gefahr in dieser. Wie Ihre Majestät sagte, unsere Zeit läuft ab.«

Ich stellte die Frage, die mich am meisten quälte. »In jener anderen Welt war unsere Zeit ebenfalls abgelaufen, nicht wahr?« Wir wurden alle getötet. Ich weiß es, denn wenn ich versuche, einen Blick hinüber zu werfen, sehe ich nichts mehr. Ich empfinde nur einen großen und furchtbaren Zorn auf jene, die uns verraten haben und Trauer über das, was unwiderbringlich verloren sein wird.«

»Du hast recht.« Mosiah nickte. »Der Drache hat uns getötet. Ich sah dich sterben. Ich sah Eliza sterben. Ich hatte meinen eigenen Tod vor Augen.« Er runzelte die Stirn. »Die einzige von uns, die ich nicht gesehen habe, ist Scylla. Nun, wenn das nicht interessant ist.«

Ich wartete darauf, daß er fortfuhr, doch er sagte nichts mehr, also fragte ich ihn: »Glaubst du, man hat uns eine zweite Chance gegeben?«

»Entweder das«, antwortete Mosiah, »oder jemand fühlt sich aufs beste unterhalten von unserem Sträuben gegen das Unausweichliche.«

Wir schauten beide auf den Plüschbären hinunter, der friedlich schlummernd am Fuß des Stalagmiten saß. Natürlich konnte es Einbildung sein, aber ich glaubte, Teddy schmunzeln zu sehen.

Kapitel 25

»Ich geb's nicht gerne zu, aber das geht mir durch Mark und Bein!«

Simkin bei der Verwandlung in einen Baum;
Kind des Todes

Das Dunkle Schwert lag unter dem Hügel begraben, ein Hügel, der bis auf den letzten Stein das genaue Ebenbild dessen war, den ich in der Parallele gesehen hatte. Ich konnte ihn nicht betrachten, ohne daß mir ein Frösteln vom Steißbein her den Rücken hinaufkroch, und ich war froh, als wir die Höhle verließen.

Diesmal gingen wir den gewundenen Gang hinauf statt hinunter und lernten erst so richtig zu würdigen, wie steil er war. Es sah nicht danach aus, als hätten die Technomanten die unteren Ebenen durchsucht, was auch immer der Grund dafür sein mochte. Nach der dicken unberührten Staubschicht auf dem Boden zu urteilen, war seit Jahren niemand mehr hiergewesen, möglicherweise seit der mittels Magie bewerkstelligten Erschaffung des Tunnels nicht. Trotzdem gingen wir kein Risiko ein und bewegten uns so geräuschlos wie möglich vorwärts, geführt von einem ätherischen Simkin und dem schwachen, gespenstischen Leuchten seines orangenen Cachenez.

Simkins Transformation hatte unter Zwang stattgefunden. Bevor wir die unterirdische Kammer verließen, hatte Mosiah darauf bestanden, Teddy zu tragen, um zu verhindern, daß er Dummheiten machte.

»Kommt nicht in Frage!« Teddy war empört über

die Zumutung und beschwerte sich in allen Tonarten. Da Mosiah sich sowohl gegen die Drohungen von Meister Petz als auch Elizas Interventionen als immun erwies, hatte Simkin schließlich seine Plüschbärengestalt aufgegeben und sich bequemt, ›nackt‹, wie er es nannte, vor uns zu erscheinen.

»Es kostet mich gewaltige Anstrengungen, diese Gestalt aufrechtzuerhalten, wie ihr sehen könnt. Oder nicht sehen könnt«, klagte er in leidendem Ton, während er vor uns herging. Der orangefarbene Schimmer seines Halstuchs erleuchtete Mosiah und mir den Weg. Scylla und Eliza folgten uns mit Elizas Taschenlampe

»Eigenartig«, bemerkte Mosiah. »Die Kijwinde soll genügend magisches *Leben* finden, um zu gedeihen. Und du nicht?«

»Die Kijwinde«, bemerkte Simkin hochmütig, »ist eine Pflanze.«

»Exakt«, antwortete Mosiah trocken.

»Oh, überaus witzig. Ha-ha-ha und so weiter. Wenn ich dich höre, quillt mir das *Leben* aus allen Poren, und ich verplempere es für allerlei Schabernack, verstreue es bei übermütigen Kapriolen ohne Sinn und Verstand in alle vier Winde. Nehmt bitte zur Kenntnis«, er setzte eine gekränkte Miene auf, »daß ich in zwanzig Jahren nicht einmal die Kleider gewechselt habe. In zwanzig Jahren!«

Er betupfte sich die Augen mit dem orangenen Schal, der das einzig Stoffliche an ihm war.

»Vielleicht verbrauchst du deine Magie für andere Zwecke.« Mosiah klopfte auf den Busch. »Wie zum Beispiel, uns in der Zeit hin und her hüpfen zu lassen.«

»Wofür hältst du mich?« fragte Simkin indigniert. »Für einen billigen Vergnügungspark? Es gibt eine

Menge Orte, zu denen ich dich mit Vergnügen schicken würde, Mosiah, aber Kobolz schießen zwischen den Nanosekunden gehört nicht dazu.

Parbleu!« Simkin blieb stehen und beäugte uns argwöhnisch. »*Seid* ihr zwischen den Jahren herumgehüpft wie Zeittouristen? *Perambulatio aetatum?* Und *mich* habt ihr nicht mitgenommen!«

»Was gibt's?« Scylla schloß zu uns auf. »Was ist denn nun schon wieder?«

»Nichts«, antwortete Mosiah.

»Dann setzt euch in Bewegung! Wir haben keine Zeit herumzustehen und zu schwatzen!«

Damit marschierte sie an uns vorbei und setzte sich an die Spitze.

»Nun hast du meinetwegen einen Rüffel gekriegt!« Simkin ließ schuldbewußt den Kopf hängen, ein Abbild der Zerknirschung, dann lachte er auf und glitt schwerelos davon, um sich zu Eliza zu gesellen und ihr schamlos den Hof zu machen.

»Ein interessanter Punkt, findest du nicht«, meinte Mosiah leise. »Es stimmt, daß Simkin nicht bei uns war, in der anderen Zeit. Und Simkin würde niemals einen Ball veranstalten, an dem er selbst nicht teilnimmt!«

Er hatte nicht unrecht. Dennoch, wenn ich mich umschaute und voller Unbehagen den Fleck Orange dicht neben Eliza schweben sah, mußte ich daran denken, daß Simkin in jeder der alternativen Zeitbahnen Joram verraten hatte. Weshalb sollte es diesmal anders sein?

Nur würde er diesmal nicht Joram verraten. Den Judaskuß gab er diesmal Jorams Tochter.

Bergauf kam mir der Gang viel länger vor als bergab. Als wir uns nach einer Ewigkeit dem Ende näherten, zitterten meine Beine, ich japste nach Luft, und die wahren Schwierigkeiten lagen erst noch vor uns.

Ich war davon ausgegangen, daß der obere Teil der Höhle genauso aussah wie in der alternativen Zeit, einmal angenommen, daß Mosiah recht hatte mit seiner Vermutung und es zwei Zeitebenen gab. Bald stellte sich heraus, daß ich mich geirrt hatte. Plötzlich knipste Scylla, die als erste um eine Biegung ging, die Taschenlampe aus und sprang zurück.

»Licht!« flüsterte sie. »Da vorne!«

Jetzt bemerkte ich auch den Widerschein einer anderen Lampe an den dunklen Wänden des Ganges. In der oberen Höhle hatte es keine Beleuchtung gegeben, erinnerte ich mich, wir waren froh über die von Saryon bei seinem ersten Besuch zurückgelassene Fackel samt Zunder und Feuerstein gewesen.

»Was ist da oben?« fragte Mosiah Simkin.

»Stein, Luft, Wasser.« Simkin wedelte mit seinem Tüchlein. »Oh, du legst Wert auf Details! Nun, sehen wir einmal.« Er legte tiefsinnig die Stirn in Falten. »Dieser Gang endet am Fluß. Am Ausgang – oder am Eingang, wie man's nimmt – gibt es eine kleine Kammer, rechter Hand, wenn man vor dem Tunnel steht. Oder ist es links, wenn man zum Fluß schaut? Natürlich, falls man sich *im* Fluß befindet, liegt sie eher hinter einem und ...«

»Simkin, bitte!« Eliza hörte sich an, als wäre sie den Tränen nahe.

»Wie bitte? Tut mir leid, gutes Kind. Ehrlich.« Simkin schlug sich reuevoll an die Brust. »Ich habe vergessen, daß du persönlich involviert bist. Nun gut. Wo war ich? Im Fluß ... Richtig, in den Fluß wollen wir nicht. Sofern es sich vermeiden läßt. Ist auch nicht nötig, Joram und der Pater Alopezius werden in der kleinen Kammer gefangengehalten, die rechts, nein, links ... Wie auch immer, die kleine Kammer. Nicht zu verfehlen.«

»Nein, und sie werden uns nicht verfehlen«, sagte Mosiah grimmig. »Wenn wir weitergehen, laufen wir ihnen geradewegs in die Arme. Hätte ich nur genug *Leben* ...«

»Ich verstehe nicht, worauf Ihr wartet, Erzwinger. Ihr habt doch einen Katalyten zur Hand«, sagte Eliza. »Pater Reuven. Er mag ein Hauskatalyt sein und nicht eigens für die speziellen Bedürfnisse von euch Hexenmeistern geschult, doch in einem Notfall dürften seine Dienste genügen, nehme ich an.«

»Pater Reuven!« Scylla kicherte. »Zu komisch.«

Mosiah und ich lachten nicht. Wir starrten Eliza an. Sie hatte sich angehört, als befänden wir uns noch in der Parallele, und dieselben Worten gebraucht wie Scylla in einer ähnlichen Situation.

»Weshalb schaut ihr mich so an? Was habe ich gesagt – du meine Güte.« Eliza blinzelte verwirrt. »Was *habe* ich nur gesagt? Und warum habe ich es gesagt? Pater Reuven. Hauskatalyt. Aber es klingt so selbstverständlich ...«

Mosiah richtete den Blick auf mich, er schien zu überlegen.

Plötzlich streckte er den Arm aus. »Katalyt«, sagte er leise, »gewährt mir *Leben*.«

Ich wollte lachen. Meine Finger wollten sagen: »Ich weiß nicht wie ...« Aber ich wußte es. Ich erinnerte mich. Ich erinnerte mich an das köstliche Gefühl, wenn das *Leben* in mich einströmte. Ich erinnerte mich, wie ich mit der einen Hand nach der Magie greifen mußte, während die andere Mosiahs Arm umfaßte. Ich war das Gefäß, die Magie strömte in mich ein, und für den einen kurzen Augenblick war ich gesegnet.

Ich schloß die Augen und rief das *Leben* von Thimhallan zu mir.

Zuerst fühlte ich nichts, und Furcht zu versagen, Eliza zu enttäuschen, regte sich in mir. Ich konzentrierte mich mit aller Macht, ich betete zum Almin, flehte ... Das *Leben* kam plötzlich, es brach in einem gewaltigen Schwall über mich herein, wie lange aufgestaut und endlich befreit. Mein Körper prickelte und brannte, als wäre jeder Tropfen Blut ein winziger Funke. Das Gefühl war unerträglich schmerzhaft, nicht angenehm wie in der Parallele.

Von Panik ergriffen versuchte ich es zu beenden, versuchte, die Hand zurückzureißen, doch Mosiah ließ mich nicht los. Der Strom der Magie manifestierte sich als ein blauer, knisternder Bogen von mir zu ihm, der sich um seinen Arm wand und um meinen.

Der Bogen flackerte, erlosch. Ich war leer, von einem Gefühl der Kälte statt von Feuer erfüllt, so daß ich innerlich taub und am ganzen Körper zitternd auf die Knie sank.

Eliza kniete neben mir nieder und legte den Arm um mich.

»Reuven, geht es dir gut?«

Ich nickte, obwohl ich mich ausgelaugt und elend fühlte.

»Gütiger Almin«, sagte Scylla beeindruckt. »So etwas habe ich noch nie erlebt!«

»Und wirst du vermutlich auch niemals wieder.« Mosiah massierte seinen Arm. »Das war die Übertragung von *Leben* von einem Katalyten zu einem Hexenmeister. Wir glaubten, mit solchen Übertragungen wäre es vorbei, seit die Magie verging, denn seit dem Ende des Krieges wurde sie nicht mehr erfolgreich durchgeführt. Merkwürdig«, murmelte er vor sich hin. »Äußerst merkwürdig.«

»Weniger merkwürdig, falls die Magie nicht vergangen ist«, erinnerte ihn Scylla.

Simkin gähnte. »Während ihr euch hier alle als Zauberlehrlinge betätigt, werde ich ein wenig rekognoszieren. Übrigens wollte ich noch sagen, das hier macht mir richtig Spaß!«

»Warte – verflucht!«

Mosiahs Hände griffen ins Leere, Simkin war verschwunden.

»Und was nun?« fragte ich in der Zeichensprache.

»Liefern wir uns den Technomanten aus«, antwortete Mosiah bitter. »Viel anderes bleibt uns nicht übrig.«

»Unfug«, wies Eliza ihn in bestimmtem Ton zurecht. »Wir warten hier auf seine Rückkehr. Er kommt bestimmt zurück. Ich habe Vertrauen zu Ted ... Simkin.«

»Wie dein Vater.« Mosiah schaute sich um und erstarrte. »Wir vermissen noch jemanden.«

Die für uns unsichtbare Lichtquelle spendete soviel Helligkeit, daß wir ein Stück den Gang hinuntersehen konnten. Scylla war nirgends zu erblicken.

»Zurück!« drängte Mosiah und begann, Eliza und mich den Gang hinunterzuschieben. »Zurück in die untere Höhle. Wir können uns dort verschanzen ...«

»Pst! Hierher!« unterbrach ihn ein durchdringendes Flüstern.

Eine Hand winkte aus der Dunkelheit, der dazugehörige Arm wurde sichtbar und Scylla folgte. »Ich habe noch eine Nische entdeckt. Wir können uns hier verstecken und alles beobachten!«

Eliza warf Mosiah einen vorwurfsvollen Blick zu und ging zu Scylla.

Ich schaute ihr unschlüssig nach. Mosiah umfaßte mit eisernem Griff meinen Arm.

»Gab es beim letztenmal eine zweite Nische in der Höhle?«

Ich schüttelte den Kopf. »Aber es war dunkel. Und ziemlich chaotisch.«

»Ja, nicht wahr?« Mosiahs Tonfall war kühl.

Scyllas Nische lag genau gegenüber dem Tunnel, durch den wir gekommen waren, und man hatte von dort einen ungehinderten Blick auf eine kleine Grotte. Zwei Technomanten, von Kopf bis Fuß in Silber gehüllt, standen vor dem Eingang auf Wache.

Lange Minuten vergingen. Nichts geschah, und ich dachte, daß Simkin wenigstens in einem Punkt ehrlich gewesen war: Die Technomanten mußten überzeugt sein, daß ihre Gefangenen sicher waren und wir weit weg. Entweder das, oder die Gefangenen befanden sich nicht dort. Ich begann mich schon zu fragen, ob Simkin uns auf eine falsche Fährte gelockt hatte, als einer der Technomanten redete.

»Zeit, nach ihnen zu sehen«, sagte er.

Der andere nickte, machte auf dem Absatz kehrt, tat einen Schritt und schlug der Länge nach hin.

»Vermaledeites Ding!« fluchte der Mann, als er sich wieder aufrappelte.

»Was zum Teufel ist dir denn passiert?« fragte sein Kamerad, der sich nach ihm umgedreht hatte.

»Ich bin über einen Stein gestolpert! Über den da!« Der Technomant streckte anklagend den Finger aus.

»Nun, dann paß nächstens auf, wo du hintrittst.«

Der Technomant starrte erbost auf den Stein des Anstoßes. »Ich könnte schwören, der war eben noch nicht da.«

»Du bist einfach ein Tolpatsch.« Der andere zuckte die Schultern.

»Nein, im Ernst. Ich bin heute ein paar dutzendmal hier ein und aus gegangen, und ich schwöre, der Stein hat da nicht gelegen!« Er hob ihn auf. »Ich will verdammt sein!« sagte er bestürzt. »Dieser Stein hat – Augen!«

Wir in der Nische schauten uns an. Keiner von uns sprach es aus, aber wir alle dachten es.

Simkin.

»Was zum Teufel treibt ihr beiden da? Herumstehen und einen Stein analysieren«, ließ sich eine dritte Stimme vernehmen. Ich erkannte sie und Mosiah ebenfalls.

»Smythe!« wisperte er.

»Wenn ihr das Studium der Geologie aufnehmen wollt«, fuhr Smythe fort, »dann während eurer Freizeit und nicht im Dienst.«

Die beiden Technomanten nahmen Haltung an. Smythe erschien, er kam aus der Richtung des Höhleneingangs. Er trug nicht den Geschäftsanzug, in dem ich ihn das letztemal gesehen hatte, sondern das goldbetreßte Gewand aus der holografischen Aufzeichnung. Der Lichtschein fiel auf sein Gesicht, aber wäre nicht vorher der kurze Wortwechsel gewesen, hätte ich ihn nicht wiedererkannt. Die kultivierten, angenehmen Züge waren eine Maske des Grimms und ließen die Wut ahnen, die in ihm schwelte. Vier in Silber gehüllte Leibwächter folgten ihm.

»Aber, Sir, dieser Stein ...«

»Handelt es sich um Arkanum?«

»Nein, Sir, anscheinend nicht. Gewöhnlicher Kalkstein vermutlich. Aber er ...«

»Arkanum ist das einzige Gestein, an dem ich interessiert bin. Werft das Ding in den Fluß.«

Der Technomant schaute wieder auf seinen Stolperstein und schien Einwände erheben zu wollen. Ein

Blick in Smythe' finsteres Gesicht belehrte ihn jedoch eines Besseren, er hob den Arm und schleuderte den Stein in das schwarze, strudelnde Wasser.

Ich hätte schwören können, daß ich einen leisen, empörten Aufschrei hörte, als der Stein durch die Luft segelte. Er traf platschend auf die Wasseroberfläche und ging unter – wie ein Stein.

»Wie geht es den Gefangenen?« fragte Smythe. »Irgendwelche Veränderungen?«

»Der Zustand von diesem Joram hat sich verschlechtert, Sir. Er wird nicht mehr lange unter uns sein, wenn man ihn nicht behandelt.«

Eliza neben mir stieß einen erstickten Laut aus.

»Pst!« hauchte Scylla.

Mosiah warf beiden einen warnenden Blick zu. Ich tastete nach Elizas Hand. Sie war eiskalt.

»Ich werde mit Joram sprechen«, sagte Smythe. »Wenn es ihm wirklich so schlecht geht, ist er vielleicht bereit zu kooperieren. Zwei von euch kommen mit mir, ihr anderen wartet hier draußen.«

Smythe betrat die Felsenkammer, die als Gefängniszelle diente. Zwei seiner Leibwächter folgten ihm, die Zurückbleibenden bezogen im Gang Posten.

Wir konnten nichts anderes tun als warten. Nicht nur brachten wir uns selbst in Gefahr, wenn wir versuchten, gegen eine solche Überzahl zu kämpfen, wir setzten das Leben der Gefangenen aufs Spiel, denn es war damit zu rechnen, daß die Technomanten ihre Gefangenen töteten, bevor sie befreit werden konnten.

Wir kauerten in der Dunkelheit und strengten unsere Ohren an.

Die erste Stimme, die sich vernehmen ließ, war die Pater Saryons. Sie klang kräftig und verärgert, also ging es ihm gut. Ich schloß die Augen und sandte ein Dankgebet zum Almin empor.

»Joram ist sehr krank, wie Sie sehen können, Mr. Smythe. Er braucht umgehend ärztliche Versorgung. Ich bestehe darauf, daß man ihn zum Außenposten bringt. Dort verfügt man über die medizinischen Einrichtungen, um . . .«

»Gewiß«, antwortete Smythe, und seine Stimme war glatt und jovial. »Wir werden ihm das Gegenmittel für das Gift verabreichen – sobald er mir verrät, wo das Dunkle Schwert zu finden ist.«

»Gift?« Saryon war entsetzt. »Ihr habt ihn vergiftet?«

»Ein langsam wirkendes Toxikum. Dasselbe benutzen wir, um die Organismen in unseren Tanks abzutöten. Es bewirkt ein langsames und schmerzhaftes Sterben, habe ich mir sagen lassen. Nun, mein Freund, wo ist das Dunkle Schwert? Verraten Sie es uns, und Sie werden sich viel besser fühlen.«

»Er weiß es nicht!« antwortete Saryon zornig.

»Oh, ich glaube doch, daß er es weiß. Er hat es seiner Tochter gegeben, damit sie es versteckt. Wir haben sie mit dem Schwert gesehen, also sparen Sie sich die Mühe, es zu leugnen. Wir sind ihr auf der Spur . . .«

»Wenn ihr etwas geschieht . . .«

Die Stimme war schwach, aber sie gehörte eindeutig Joram.

Wir hörten scharrende Geräusche und einen unterdrückten Aufschrei.

Eliza barg das Gesicht an meiner Schulter. Ich hielt sie fest, und die Wut auf Smythe, die mich in diesem Moment überkam, erschreckte mich. Ich hatte mich immer für einen Pazifisten gehalten, nun wurde mir bewußt, daß ich fähig war zu töten.

»Nicht! Laßt ihn in Ruhe!« rief Saryon, und wir hörten ein Rascheln, als ob er sich schützend vor Joram geworfen hätte. »Er ist schwach und krank.«

»Es wird ihm bald noch viel schlechter gehen, wenn er nicht kooperiert.«

»Tot nützt er euch überhaupt nichts mehr!«

»Er wird nicht sterben. Wenigstens vorläufig nicht. Sie haben ganz recht, Hochwürden, ich brauche ihn. Gebt ihm das Stimulans. So. Das wird ihn ein Weilchen am Leben halten. Er wird sich nicht besonders gut fühlen, doch er wird leben, und das ist mehr, als man von Ihnen behaupten kann, Pater Saryon. Für Sie habe ich keinerlei Verwendung. Ich habe eigene Katalyten, die sich bereithalten, dem Dunklen Schwert *Leben* zu gewähren, sobald wir es gefunden haben.

Hören Sie mir zu, Joram. Sie haben fünf Minuten, sich zu überlegen, ob Sie mir nicht doch verraten wollen, wo Ihre Tochter sich versteckt hält. Falls Sie sich weiterhin uneinsichtig zeigen, wird man Pater Saryon bei lebendigem Leib die Haut abziehen, eine ausgesprochen unangenehme Art zu sterben. Fesselt seine Hände und Füße.«

Wir vier starrten uns in ratlosem Entsetzen an. Fünf Minuten, um zu handeln, fünf Minuten, um die Geiseln zu befreien, oder man würde Pater Saryon foltern und töten. Es waren sechs Wachen, plus Kevon Smythe, und wir waren nur vier.

»Scylla, du hast deine Waffe.« Mosiah ergriff die Initiative. »Du ...«

»Wie kommst du darauf?« unterbrach sie ihn. »Ich habe keine Waffe.«

Mosiahs Augen verengten sich ungehalten. »Du hast keine Pistole? Was bist denn du für eine Agentin?«

»Eine kluge«, entgegnete Scylla. »Ich habe die Erfahrung gemacht, wenn man eine Waffe trägt, ist das wie eine Einladung für andere, auf dich zu schießen.«

»Dann haben wir keine Wahl, nehme ich an.« Mosiahs Züge verhärteten sich. »Wir müssen es mit allen sechs *D'karn-darah* aufnehmen ...«

»Sieben«, berichtigte Scylla.

Ein weiterer silbergekleideter Technomant schien die Höhle betreten zu haben. Ich sage »schien«, weil er, soweit ich es beurteilen konnte, aus dem Nichts aufgetaucht war. Der Neuankömmling stellte sich hinter die beiden Wachen am Eingang, streckte eine silberbehandschuhte Hand aus und tippte einem der Männer auf die Schulter.

Es war ausgerechnet der Technomant, der den Stein in den Fluß geworfen hatte. Er zuckte zusammen und wirbelte herum. Sein Gewand umwallte ihn wie flüssiges Quecksilber.

»Was zum Teufel – wer bist du?« blaffte er. »Was willst du? Und schleich dich nicht wieder von hinten an mich heran. Es ist schlimm genug, auf diesem vermaledeiten Planeten zu hocken, mit Steinen, die Augen haben und Gott weiß was noch! Also, was willst du?«

»Ich bringe eine Nachricht vom HQ für den Meister.«

»Er ist in der Zelle.«

»Es ist dringend.«

»Ich gehe und sage ihm Bescheid«, erbot sich der zweite Technomant.

»Warte.« Der erste schien mißtrauisch geworden zu sein. »Weshalb hat man die Nachricht nicht auf dem üblichen Weg geschickt – durch die Sehersteine?«

»Weil sie nicht funktionieren. Probier's.«

Der erste Technomant hielt sein Handgelenk ans Ohr.

Der zweite folgte seinem Beispiel und schaute den ersten an, der die Schultern zuckte und mit einer

Kopfbewegung auf die Zelle wies. Sein Kamerad ging, um den *Meister* zu rufen.

Smythe kam heraus. Sein Gesicht hatte eine cholerische rote Farbe, die Brauen waren finster zusammengezogen.

»Was soll das heißen, die Sehersteine funktionieren nicht?« fragte er barsch.

»Wir kennen den Grund nicht, Sir«, erklärte der neuangekommene Technomant. »Vielleicht liegt es an dieser Höhle, die das Signal abblockt. Ich habe eine dringende Nachricht für Sie, Sir.«

»Dann heraus damit!«

Der Kopf mit der silbernen Haube drehte sich, schaute in die Richtung der anderen *D'karn-darah*. »Sie ist nur für Ihre Ohren bestimmt. Höchste Geheimhaltungsstufe, Sir.«

Smythe warf einen unschlüssigen Blick auf den Zelleneingang, die ungesunde Röte seines Gesichts vertiefte sich. »So ein gottverdammtes Pech, ich hatte ihn fast soweit! Ich hoffe nur, es ist wirklich wichtig.« Er wandte sich an eine der Wachen. »Erinnere Hochwürden daran, daß er noch drei Minuten hat. Drei Minuten.«

»Gehen wir dorthin, Sir«, sagte der Bote und zeigte ausgerechnet in die Richtung unserer kleinen Nische.

Er und Smythe kamen näher.

Unter dem silbernen Gewand des *D'karn-darah* wurden beim Gehen die silberbeschuhten Füße sichtbar, und plötzlich fiel mir auf, daß der Technomant orangene Strümpfe trug.

»Simkin!« hauchte Mosiah mir ins Ohr.

Unglaublich, aber es war Simkin, getarnt als Technomant, und er führte Kevon Smythe geradewegs zu unserem Versteck.

»Dieser Bastard!« flüsterte Mosiah ingrimmig.

»Und wenn es das letzte ist, was ich tue, ich werde ihn ...«

»Still doch!« zischte Scylla.

Eliza umklammerte meine Hand. Wir wagten nicht, uns zu bewegen, aus Angst, er könnte uns hören. Jeder Atemzug klang in unseren Ohren wie ein Sturmwind, jeder Herzschlag wie Donner. Mosiahs Körper spannte sich. Er sammelte seine magischen Kräfte für eine letzte, tödliche Attacke.

Verzweifelte, chaotische Pläne jagten sich in meinem Kopf, allesamt grotesk und nicht im mindesten brauchbar.

Vier Schritte noch, und Kevon Smythe trat uns auf die Füße. Einer, zwei, der *D'karn-darah*, der Simkin war, blieb stehen.

Smythe drehte sich zu ihm herum.

»Also, was gibt's?« fragte er gereizt.

»Sir«, antwortete Simkin, »die Abgesandten der Hch'nyv sind eingetroffen.«

Ich hörte ein dumpfes Ächzen, als hätte Mosiah einen Schlag in den Solarplexus erhalten. Scylla stieß leise den Atem aus.

Smythe' Gesicht verfärbte sich von Rot zu einem fahlen Gelb, als hätte er innerhalb einer Sekunde alles Blut aus dem Körper verloren. Auf seinen Zügen malte sich ein derartiger Schrecken, daß ich beinahe Mitleid für ihn empfand. Er faßte sich sofort wieder, aber ein Rest dieser Angst blieb.

»Was wollen sie?« fragte er mit einer vor Beherrschung tonlosen Stimme.

»Das Dunkle Schwert«, antwortete Simkin lakonisch.

Smythe warf einen zornerfüllten Blick auf das Gefängnis. »Noch haben wir es nicht, aber bald. Sie müssen uns mehr Zeit geben.«

»Die Erdstreitkräfte sind auf dem Rückzug, die Eroberung beginnt. Die Frist läuft ab. Das waren ihre Worte an uns. Ihre religiösen Führer sind es, die keine Ruhe geben. Ihre Götter oder was immer sie anbeten mögen, haben sie gewarnt, das Dunkle Schwert wäre eine gefährliche Bedrohung.«

»Ich weiß alles über ihre verdammten Götter!« entfuhr es Smythe mit vor Angst und Wut bebender Stimme. Wieder konnte man merken, wie er sich mit aller Gewalt zur Ruhe zwang. »Wir haben eine Abmachung getroffen. Erinnert sie daran. Sie bekommen die Erde im Tausch für das Dunkle Schwert. Wir haben Thimhallan. Sie versorgen uns mit *Tod*. Wir versorgen sie mit *Leben*. Wir werden das Dunkle Schwert beschaffen und ihnen übergeben, doch zu einem Zeitpunkt unserer Wahl. Sagt ihnen das.«

Simkin schüttelte den silberverhüllten Kopf. »Sie werden nicht mit Unterlingen verhandeln, als die sie uns betrachten.«

Smythe zerbiß einen Fluch zwischen den Zähnen, in qualvoller Unentschlossenheit schaute er zum Gefängnis.« Nun gut. Ich kümmere mich selbst darum.« Er machte auf dem Absatz kehrt, schritt davon und gab mit lauter Stimme Befehle.

»Leibwache, zu mir! Ich werde im HQ gebraucht, und ihr begleitet mich. Ihr zwei – tötet den Priester. Wie, ist mir gleichgültig, aber laßt euch Zeit und sorgt dafür, daß Joram einen Logenplatz hat.«

»Und wenn er sich zu reden entschließt?«

»Bestärkt ihn in diesem weisen Entschluß. Und dann schafft ihn zu mir ins HQ. Mit dem Teleporter.«

»Zu Befehl, Sir. Sollen wir den Priester trotzdem töten?«

»Was glaubt ihr denn?« fragt Smythe ungeduldig. »Ich habe keine Verwendung für ihn.«

»Sehr gut, Sir. Könnten Sie jemanden hierlassen, um uns zu helfen, Sir? Der Teleporter funktioniert nicht einwandfrei auf diesem Planeten.«

»Ich bleibe und leihe ihnen eine hilfreiche Hand«, äußerte Simkin unter seiner silbernen Maske.

»Sehr gut.« Smythe hatte es nun offensichtlich eilig. Er verließ die Höhle, seine Leibwächter im Schlepptau.

Ich schaute auf die anderen und sah meine eigenen Gefühle – Abscheu, Entsetzen, Wut – auf ihren Gesichtern widergespiegelt. Mir war unbegreiflich, wie irgendein Mensch so von Machtgelüsten besessen sein konnte, daß er sich auf einen Handel mit einem hassenswerten Feind einließ, einen Handel, bei dem er Millionen seiner Mitmenschen auf dem Altar seines Ehrgeizes opferte.

Die beiden Technomanten traten in die Zelle, um die Gefangenen zu holen, Simkin blieb draußen stehen, schaukelte auf den Fersen hin und her und summte vor sich hin. Es war ein unmelodisches Summen und zerrte an den Nerven. Er schaute nicht einmal in unsere Richtung oder gab uns ein noch so kleines Zeichen.

Ich begann zu glauben, daß wir uns geirrt hatten: Vielleicht war dieser Technomant doch nicht Simkin. Vielleicht war er nur ein Technomant mit einem ausgefallenen Geschmack in punkto Fußbekleidung.

Mosiah teilte meinen Zweifel. »Dieser Idiot! Was tut er? Falls er es ist . . .«

»Ob er es ist oder nicht«, bemerkte Scylla, »er hat uns Smythe vom Hals geschafft und vier der Wächter. Wir sollten endlich handeln.«

»Wir warten, bis sie die Geiseln aus der Zelle bringen«, sagte Mosiah. »Sie benutzen wahrscheinlich ein

Stasisfeld, und wir haben keine Ahnung, wie man es aufhebt.«

»Gut überlegt.« Scylla nickte. »Wie gehen wir vor?«

»Wir?« Mosiah schnaubte. »Ich bin der einzige mit einer Waffe, und das ist meine Magie.«

»Auch eine Laserpistole könnte nichts gegen diese Schutzkleidung ausrichten, die sie tragen. Außerdem, so ganz waffenlos bin ich auch nicht.«

»Ach nein?«

»Du wirst schon sehen. Ich garantiere dir, daß ich einen außer Gefecht setze, wenn du den anderen übernimmst.«

Mosiah schien nicht begeistert zu sein, aber es war nicht der Augenblick, um zu streiten.

Wir hörten schlurfende Geräusche aus der Zelle. Simkins Summen wurde lauter und wenn möglich noch nervtötender.

»Scylla, du wartest auf mein Zeichen«, ordnete Mosiah an. »Reuven, Eliza, ihr kümmert euch um Joram und Pater Saryon.«

»Wohin bringen wir sie?« fragte Eliza.

»In den Tunnel. Zurück in die Kaverne, wo das Schwert versteckt ist.«

»Und was dann?«

»Darüber denken wir nach, wenn es soweit ist.«

Simkins Summen trieb mich zum Wahnsinn. Ich hatte noch nie einen so eigenartigen und durchdringenden Laut aus einer menschlichen Kehle gehört. Aber so war Simkin eben. Die beiden Technomanten erschienen.

Einer hielt Pater Saryon gepackt.

Er sah aufgeregt und ängstlich aus, doch ich wußte, diese Angst galt Joram, nicht ihm selbst, obwohl er derjenige war, der sterben sollte.

Immer wieder drehte er den Kopf und versuchte,

über die Schulter zu blicken, zu Joram, der hinter ihm aus der Grotte gezerrt wurde.

Als sie ihres Vaters ansichtig wurde, stieß Eliza einen erstickten Wehlaut aus und legte sofort die Hand über den Mund, um zu verhindern, daß ihr noch ein Ton entschlüpfte.

Jorams Haut hatte eine fahlgraue Farbe, sein Gesicht war von Schweißperlen übersät. Blut verklebte sein Haar, quoll aus einer tiefen häßlichen Wunde an seiner Wange, die fast bis auf den Knochen ging. Er hielt den linken Arm umklammert, der kraftlos herunterhing. Sein Hemd war zerrissen und blutig, der linke Ärmel förmlich blutgetränkt. Das Stimulans, das Fieber und der Zorn verliehen seinen Augen einen unnatürlichen Glanz. Er sah elend aus, aber ungebrochen und erfüllt von einem grimmigen Trotz.

»Laßt Pater Saryon gehen. Dann und nur dann, werde ich euch sagen, wo das Dunkle Schwert verborgen ist.«

»Du wirst es uns auf jeden Fall sagen«, antwortete der Technomant hinter ihm. »Wenn du den Priester siehst, wie wir ihm die Haut in Streifen vom Leib ziehen, wirst du uns alles sagen.«

Sein Kamerad stieß Pater Saryon zu Boden.

Wegen der gefesselten Hände hilflos, stürzte er schwer auf den Felsboden und stieß einen Schmerzensschrei aus. Ich wäre am liebsten auf der Stelle aus unserem Versteck hervorgestürzt, aber die Vernunft und Mosiahs geflüsterte Warnung hielten mich zurück.

Simkin trat zu Pater Saryon und schaute auf ihn hinunter.

Man hörte ein scharfes, knackendes Geräusch.

Der Technomant neben Simkin riß die Augen auf, ächzte und wich zurück.

»Was tust du da?« rief er schrill.

»Befehle ausführen«, erwiderte Simkin liebenswürdig. »Ich reiche dir eine helfende Hand.«

Damit hielt er ihm seine eigene Hand entgegen, die er am Gelenk abgebrochen hatte.

Kapitel 26

Die Magie, die zu besitzen Joram sich sehnte und die er jeden Morgen in seiner Seele erwachen zu fühlen hoffte, blieb ihm versagt.
Als er fünfzehn wurde, hörte er auf, Anja zu fragen, wann ihm die wahre Magie zuteil werden würde.
Tief in seinem Innern kannte er die Antwort bereits.

Kind des Todes

»Wegen so einer Kleinigkeit brauchst du keineswegs den Kopf verlieren«, fügte Simkin hinzu. Er hob den Kopf von seinen Schultern – schraubte ihn ab, wäre eine bessere Bezeichnung – und warf ihn dem Technomanten zu. »Fang!«

Der Mann verfügte eventuell über ein gewisses Maß an magischen Kräften, obwohl nach meiner bisherigen Erfahrung die Technomanten so besessen von Technologie waren, daß Magie kaum eine Bedeutung für sie besaß. Bestimmt war er niemals mit Magie in dieser aberwitzigen Form konfrontiert worden. Er stierte, als Simkin seine Hand abbrach. Doch als Simkins Kopf, noch umhüllt von der silbernen Haube, mit flatterndem Kragen auf ihn zugeflogen kam, riß er mit einem erstickten Schrei die Arme vor das Gesicht. Simkins Kopf explodierte mit einem Knall, bei dem mir fast das Herz stehenblieb und die Höhle erbebte – und überschüttete uns mit einem Regen von Gänseblümchen.

»*Jetzt!*« schrie Mosiah.

Leben durchströmte ihn, während er lief, und bewirkte die Transformation. Die schwarzen Gewänder umzüngelten ihn, glätteten sich und bedeckten seinen Körper als struppiges schwarzes Fell. Sein Kopf verformte sich, bildete eine Schnauze mit gelben Reißzähnen unter schwarzen, gekräuselten Lefzen. Seine Beine wurden zu den Beinen eines Tieres, seine Hände zu Pranken mit sichelförmigen Krallen. Der Saum der Kutte drehte sich zu einem Schweif mit einem Widerhaken, scharf wie ein Rasiermesser. Mosiah hatte sich in einen Nachtwürger von der Art, die man Blindwüter nennt, verwandelt, eine der gefürchtetsten Kreaturen der alten Hexenmeister.

Der Technomant ließ die Arme sinken und starrte verwundert auf die Blumen, die rings um ihn niedersanken. Sie sollten sein Grabschmuck sein, denn als nächstes erblickte er seinen Tod: einen Blindwüter, der auf ihn zukam, aufrecht und so groß wie ein Mensch, mit geiferndem Rachen und krallenbewehrten Pranken, die sich nach seiner Kehle reckten.

Die silbernen Gewänder der Technomanten schützten ihre Träger wie eine Rüstung gegen Angriffe aller konventionellen Waffen. Aber man konnte einen Nachtwürger schwerlich als konventionelle Waffe bezeichnen. Mosiah stürzte sich auf den Technomanten. Die silberne Folie sprühte knisternd Funken, und der Nachtwürger kreischte vor Schmerz, doch er schlug die Krallen in das Fleisch des Technomanten und riß ihn zu Boden.

Der zweite Wächter ließ sich von der Magie, die ihn umbrandete, nicht so leicht verwirren wie sein Kamerad. Eine Waffe erschien in seiner Hand, eine Sichel, von der ein unheilvolles Leuchten ausging. Er stand über Pater Saryon gebeugt und schwang die Sichel in drohendem Bogen. Die Klinge durchschnitt singend die Luft, der hohe Ton erinnerte mich an Simkins unmelodisches Summen.

Eliza und ich blieben zurück, aufgewühlt, voller Angst um die Gefangenen. Wir konnten nichts tun. Saryon lag auf dem Boden. Mit jedem Schwung kam ihm die Sichel ein wenig näher. Joram befand sich hinter dem Technomanten, er lehnte an der Höhlenwand, von der Wirkung des Gifts brannten seine Augen. Er setzte sich taumelnd in Bewegung, wollte den Technomanten von hinten niederschlagen.

Der Mann hörte ihn, holte aus und traf Joram mit dem Griff der Sichel gegen die Schläfe. Joram stürzte und fiel dicht neben Pater Saryon zu Boden. Noch einmal versuchte er den Oberkörper hochzustemmen, frisches Blut strömte über sein Gesicht, dann sank ihm der Kopf zwischen die Arme, und er lag still.

Eliza schrie auf und wollte zu ihrem Vater eilen, ungeachtet der Gefahr. Ich hielt sie fest, zog sie zurück.

»Erlaubt mir, Majestät«, sagte Scylla und ging – mit leeren Händen – auf den Technomanten zu.

»Sei auf der Hut, Scylla!« rief der Nachtwürger mit Mosiahs Stimme. Von seinen Lefzen troff mit Blut vermischter Geifer, seine Krallen glänzten rot, Blut näßte sein schwarzes Fell. Ich schaute auf das blutige Ding zu seinen Füßen und bereute es sofort. Wie zum Hohn war der bis zur Unkenntlichkeit zerfleischte Leichnam des Technomanten übersät von Gänseblümchen.

»Diese Sichel kann einem Menschen das *Leben* aussaugen«, warnte Mosiah.

»Ich weiß nicht, weshalb du glaubst, das könnte mir etwas anhaben«, erwiderte Scylla augenzwinkernd und mit einem breiten Grinsen.

Sie näherte sich dem Technomanten, beobachtete

seine Bewegungen und stieß plötzlich das Bein in die Bahn der schwingenden Sichel. Eliza hielt sich die Augen zu. Ich wartete voller Entsetzen darauf, mitansehen zu müssen, wie die grausame Klinge Scylla verstümmelte.

Die Sichel traf ihren Kampfstiefel und zerbarst in Tausende von umherspritzenden, winzigkleinen Splittern, als wäre sie mürbe und zerbrechlich gewesen wie Eis. Unter der silbernen Haube des Technomanten waren keine Emotionen zu erkenne, doch ich konnte mir vorstellen, wie er verdutzt auf seine Waffe starrte. Allerdings faßte er sich rasch wieder, hielt den Griff der Sichel wie eine Keule und schlug nach Scylla.

Wieder flog ihr Bein in die Höhe, der Absatz ihres Stiefels traf den Kopf des Technomanten genau dort, wo sich unter der enganliegenden Silberhülle der Nasenrücken abzeichnete. Ich hörte ein scheußliches, knirschendes Geräusch und dachte erst, es wäre der Energieschild des Schutzanzugs, der reagierte, um die Attacke abzuwehren. Ein roter Fleck erblühte auf der Gesichtsmaske. Das Geräusch war das Brechen der Nase des Mannes gewesen. Er taumelte nach hinten und fiel um. Als er auf dem Boden lag, machte ihm ein Tritt gegen den Kopf den Garaus.

»Was ist los da drin?« rief eine Stimme von draußen. »Alles in Ordnung?«

»Mehr Technos«, sagte Mosiah, noch in der Gestalt des Nachtwürgers. Seine stechenden roten Augen glühten. »Das ist die Mannschaft, die den Teleporter bewacht. Sie werden gleich hier sein, sie haben ein Gleitboot! Los, los!« Er schwenkte die blutigen Pranken und trieb uns zur Eile an. »Nehmt Pater Saryon und Joram und verschwindet. Ich sorge dafür, daß man euch nicht verfolgt.«

Saryon kniete neben dem besinnungslosen Joram, auch Eliza war an der Seite ihres Vaters und hielt seine Hand.

Ich fragte mich, wie wir es anstellen sollten, ihn zu transportieren, denn er war ein großer muskulöser Mann.

»Ich lasse ihn nicht zurück«, erklärte Saryon kategorisch.

»Ich auch nicht.« Eliza liefen die Tränen in Strömen über das Gesicht, aber ich glaube nicht, daß sie sich dessen bewußt war.

»Smythe besitzt das Antitoxin für dieses Gift.« Saryon schaute Eliza an. »Weißt du, wo das Dunkle Schwert ist?«

»Ja, Pater.«

»Dann müssen wir es holen und ihm geben. Nur so können wir vielleicht deinem Vater das Leben retten.«

»Wir müssen damit rechnen, daß er seinen Teil der Abmachung nicht einhält«, gab Scylla zu bedenken.

»Uns bleibt nichts anderes übrig, als zu beten und zu hoffen«, meinte Saryon verzweifelt. »Ich sehe keinen anderen Ausweg.«

»Auf jeden Fall müssen wir ihn von hier fortbringen«, drängte Scylla. »Wenn die Technomanten ihn finden, lassen sie ihn dafür büßen, daß Ihr ihnen entkommen seid.«

Sie berührte Jorams Stirn. Ihre geschickten Hände strichen behutsam, aber fest über die zerschundene Haut, wischten das Blut ab.

Joram schlug die Augen auf und blinzelte, als schaute er in ein blendend helles Licht.

»Die Wachen antworten nicht. Irgend etwas ist faul«, sagte die Stimme draußen. »Ich werde nachsehen.«

»Fort mit euch!« knurrte Mosiah. Er lief davon, um

sich im Schatten dicht hinter dem Höhleneingang zu verstecken.

»Laßt mich«, sagte Joram und wehrte unseren Beistand ab. »Ich brauche keine Hilfe.«

Tatsächlich gelang es ihm unter großer Mühe, sich zu erheben, doch wäre nicht Scylla zur Stelle gewesen, um ihn zu stützen, hätte er sich nicht auf den Beinen halten können.

»Reuven«, rief sie, »du nimmst ihn von der anderen Seite.«

Ich tat wie geheißen, eilte an Jorams Seite und legte ihm den Arm um die Taille. Er schaute erst Scylla und dann mich finster an, und einen Moment lang dachte ich, er würde sich gegen uns sträuben.

»Wenn Sie uns nicht erlauben, Ihnen zu helfen, Sir«, sagte Scylla in bestimmtem Ton, »werden Sie keine zehn Schritte weit kommen. Und wenn Sie nicht weiterkönnen, wird Ihre Tochter bei Ihnen bleiben und Pater Saryon ebenfalls. Sie fallen zusammen mit Ihnen in die Hände der Technomanten, und damit ist alles verloren, was Sie sich bemüht haben zu beschützen. Wollen Sie das?«

Jorams abweisende Miene lockerte sich, er schüttelte den Kopf. »Nein. Ich werde deine Hilfe annehmen.« Er schaute mich an. »Und Reuvens.«

»Eliza, du gehst voran«, kommandierte Scylla. »Beeil dich.«

»Warte!« Eliza wandte sich an Pater Saryon. »Wo ist Mutter? War sie mit euch im Gefängnis?«

»Nein, Kind.« Saryon machte ein besorgtes Gesicht. »Sie war nicht bei uns. Ich dachte, du wüßtest vielleicht ...«

Eliza schüttelte den Kopf.

»Hier ist sie nicht«, meinte Saryon, »und das ist ein gutes Zeichen. Wenn die Technomanten sie gefangengenommen hätten, hätten sie bereits Gebrauch von ihr gemacht, um uns zu erpressen. Ich denke, daß ihr die Flucht gelungen sein muß.«

»Aber wo ist sie?«

»Möglicherweise habe ich eine Ahnung«, antwortete Saryon. »Mach dir keine Sorgen. Ich glaube, wo immer sie sein mag, sie ist in Sicherheit. Sicherer, als wir es sind.«

Eliza gab ihrem Vater einen sanften Kuß auf die blutige Wange, dann griff sie nach Saryons Hand und zog ihn mit sich in den Gang, der in die Tiefe führte. Scylla und ich, Joram zwischen uns, folgten ihnen, so schnell es uns möglich war. Nur bei den ersten Schritten stöhnte Joram gepeinigt auf, dann biß er die Zähne zusammen und verschloß die Lippen über seinem Schmerz.

Hinter uns hörten wir ein raubtierhaftes Brüllen und einen Schrei, unwillkürlich schaute ich mich um, und dabei fiel mein Blick auf die traurigen Zeugen einer kleinen Tragödie. Dort, auf einem Haufen silberner Gewänder, lag ein Teddybär. Sein Kopf fehlte, desgleichen beide Arme.

Das orangene Band, das als kecke Schleife seinen Hals geziert hatte, hing melancholisch über dem Torso.

Ich eilte weiter, froh darüber, daß Eliza dieser Anblick erspart geblieben war.

»Sehr merkwürdig«, äußerte Saryon, nachdem wir auf dem Weg nach unten ungefähr eine Meile zurückgelegt hatten, »dieser Ort kommt mir bekannt vor. Dabei weiß ich, daß ich in meinem ganzen Leben noch nicht hiergewesen bin.«

»Nicht in diesem Leben vielleicht, Pater«, sagte

Scylla, »aber wer weiß, wo Sie sich in anderen Leben herumgetrieben haben?«

Saryon drehte sich zu ihr um und lächelte matt, aber höflich über den, wie er glaubte, kleinen Scherz, auch wenn er denken mochte, dies sei nicht die Zeit für Frohsinn. Eliza war von der Aufgabe in Anspruch genommen, uns mit Scyllas Taschenlampe den Weg auszuleuchten und achtete nicht darauf, was gesprochen wurde. Joram verwandte seine ganze Kraft darauf, Fuß vor Fuß zu setzen, die Schmerzen machten ihn taub und blind für alles andere außerhalb seines kleinen Kosmos der Leiden.

Nur mir fiel auf, daß vielleicht mehr hinter Scyllas Bemerkung stecken mochte, als es den Anschein hatte. Ich sah an Joram vorbei zu ihr hin und begegnete ihrem verschmitzten Blick. Ich konnte nicht fragen, meine Hände waren damit beschäftigt, Joram zu stützen.

Nicht, daß ich die Wahrheit ahnte. Ich bin nicht sicher, ob ich jemals des Rätsels Lösung gefunden haben würde, doch ich fing an zu erkennen, wie ein paar kleine Teile des Puzzles zusammenpassen könnten und wünschte mir, Mosiah wäre hier, um mir zu sagen, wie er ihre Worte deutete.

Der Gedanke, daß Mosiah tot sein könnte, bedrückte mich. Wir hatten noch nichts von ihm gehört. Nur der Umstand, daß wir noch nicht von den Wachen eingeholt worden waren, gab zu der Vermutung Anlaß, daß er lange genug gelebt hatte, um sein Versprechen zu erfüllen.

Wir hasteten weiter. Joram wurde um so schwerer, je mehr seine Kräfte schwanden und er sich auf uns stützen mußte. Auf Scylla ruhte der Großteil seines Gewichts, aber auch ich hatte meinen Teil zu tragen, meine Schultern schmerzten von der Anstrengung.

Dann stellte ich mir vor, welche Schmerzen er wohl ertrug, stumm, ohne ein Wort der Klage, und ich schämte mich. Entschlossen verbannte ich meine eigenen Beschwerden in den Hintergrund meines Bewußtseins und marschierte weiter.

Saryon blieb plötzlich stehen. »Mir gefällt das nicht«, sagte er. »Da unten haust etwas. Riecht ihr das nicht? Ein Drache.« Er runzelte die Stirn. »Ein Drache der Finsternis.«

»Etwas *hat* da unten gehaust«, erwiderte Eliza und ließ den Strahl der Taschenlampe über die glatten Wände, den glatten Boden des Ganges wandern. »Ich bin nicht sicher, was es war, doch es existiert schon lange nicht mehr. Es muß gestorben sein, als die Magie von Thimhallan verschwunden ist. Weshalb glaubt Ihr, daß es ein Drache sei?«

»Ich weiß nicht.« Saryon war verwirrt. »Der Gedanke kam mir plötzlich.« Er war klug, und er hatte fast sein ganzes Leben in dem von Magie beherrschten Thimhallan verbracht. Als er Scylla anschaute, drückte seine Miene Verwunderung und Unbehagen aus, offenbar erschien ihm jetzt ihre scherzhafte Bemerkung in einem anderen Licht. »Vielleicht sollten wir hier auf Mosiah warten. Lieber nicht weitergehen, bis wir herausgefunden haben, was ihm zugestoßen ist. Seid ihr sicher, daß wir noch tiefer in diesen fürchterlichen Abgrund hinuntersteigen müssen?«

»Ja, Pater«, antwortete Eliza. »Es tut mir leid, aber wir müssen weitergehen. Das Dunkle Schwert ist dort unten.«

Bei diesen Worten hob Joram den Kopf. Seine Blässe war erschreckend, das getrocknete Blut überzog sein Gesicht mit einem schwarzen Streifenmuster. Er hatte mit geschlossenen Augen halb besinnungslos zwischen uns gehangen und die Füße schleifen lassen. Hätte ich nicht seinen Herzschlag unter meinem Arm gefühlt, hätte ich geglaubt, er sei tot. Seine Tochter von dem Dunklen Schwert sprechen zu hören, war vermutlich das einzige gewesen, was ihn zu sich bringen konnte.

»Wo ist es?« fragte er, und es war kaum mehr als ein Hauch. »Gut versteckt?«

»Ja, Vater«, antwortete Eliza, und ihr Mitleid mit seinem Leiden schnürte ihr die Kehle zu. »Es ist gut versteckt. O Vater, es tut mir so leid! Ich hatte kein Recht ...«

Er schüttelte den Kopf. »Ich war es, der kein Recht hatte«, widersprach er, und dann fiel ihm der Kopf auf die Brust.

Seine Augen schlossen sich, und er wurde in unseren Armen schlaff.

»Was immer geschieht, ich brauche eine Pause!« gab ich verzweifelt durch Zeichen zu verstehen. Ich hatte Angst, daß er mir entgleiten könnte.

Scylla nickte, und wir ließen ihn behutsam auf den Boden des Ganges sinken.

Schmerzhafte Wärme floß durch meine verkrampften Schultern. Ich biß mir auf die Lippen, um nicht aufzuschreien.

»Wird er wieder gesund?« fragte Eliza angstvoll und kniete neben ihm nieder. Sie strich ihm das schwarzlockige Haar aus dem Gesicht, Haar, das bis auf den Schimmer von Grau an den Schläfen, genau wie das ihre war. »Er sieht furchtbar krank aus.«

»Die Zeit läuft ab«, gab Scylla zu. »Sowohl für Joram, als auch für uns und all die anderen, die auf uns zählen.«

»Ich bin völlig durcheinander«, sagte ich ihr in der Fingersprache. »Ich weiß überhaupt nicht mehr, welche Zeit wir haben – welche Uhrzeit. Wie lange bleibt uns noch?«

»Bis Mitternacht heute«, antwortete Scylla nach einem Blick auf die grünleuchtende Uhr an ihrem Handgelenk.

»Dann verläßt das letzte Schiff den Außenposten?« erkundigte sich Saryon.

Scylla warf ihm einen eigenartigen Blick zu. »Das letzte Schiff ist bereits gestartet«, antwortete sie kühl. »Um Mitternacht werden die Hch'nyv im Orbit auftauchen.«

»Wie?« An meinen aufgeregten Gesten konnte man erkennen, wie entsetzt ich war. »Wie sollen wir das Dunkle Schwert zur Erde bringen? Und wozu? Weshalb machen wir mit diesem Wahnsinn weiter? Wir werden so oder so alle sterben!«

Sie wollte antworten, als das Geräusch von sich rasch nähernden Schritten durch den Tunnel hallte. Wir alle verstummten. Scylla sprang auf und stellte sich schützend vor uns.

»Licht aus!« zischte sie.

Eliza knipste die Taschenlampe aus. Wir drängten uns im Finstern zusammen, umgeben von unserer Angst, die wie etwas Lebendiges zu atmen und zu wachsen schien. Dann hörte ich eine Stimme, eine leise Stimme, Saryons Stimme, die ein Gebet zum Almin sprach. Seine Hand schloß sich stark und warm um die meine. Seine Geste war Trost und liebevolle Mahnung, daß wir uns in der Hut dessen befanden, der größer war als wir. Mochte uns auch ein baldiges, schreckliches Ende bestimmt sein, wir waren nicht allein. Ich sprach selbst ein stummes Gebet, bat um Vergebung für meinen Mangel an Vertrauen und um Kraft, um diesen Weg bis zu Ende zu gehen.

Eine Gestalt tauchte aus der Dunkelheit auf und

wäre fast gegen Scylla geprallt. »Was zum ...«, fluchte jemand.

»Mosiah!« Scylla stieß einen tiefen Seufzer der Erleichterung aus.

Eliza machte Licht.

Mosiah schaute mit gerunzelter Stirn von einem zum anderen. »Was in drei Teufels Namen soll das hier sein?« fragte er unwirsch. »Ein Picknick? Warum ...«

Sein Blick fiel auf Joram, der besinnungslos auf dem Boden lag. »Oh.« Er schüttelte den Kopf, dann sah er Scylla an. »Ist er tot?«

»Nein, aber es geht ihm nicht gut«, antwortete sie ausweichend, mit einer unauffälligen Kopfbewegung zu Eliza hin.

»Wir können nicht warten. Ich habe mich um die Technomanten gekümmert, aber jeden Moment kann durch den Teleporter Verstärkung eintreffen; ich konnte sie nicht daran hindern, ein Notsignal abzusetzen. Wir müssen das Dunkle Schwert holen und so schnell wie möglich von hier verschwinden! Du hilfst mir, ihn zu tragen.«

»Du siehst aus, als könntest du dich kaum mehr selbst auf den Beinen halten«, sagte Scylla, als sie sich gemeinsam bückten, um Joram aufzuheben. »Hast du noch *Leben* übrig?«

»Nicht viel.« Mosiah ächzte vor Anstrengung. Er hatte seine menschliche Gestalt wieder, aber die Transformation mußte ihn viel Kraft gekostet haben. Scylla hatte recht: Er sah zum Umfallen erschöpft aus.

»Vielleicht könnte ich dir noch einmal *Leben* gewähren«, sagte ich schüchtern. Ich fühlte mich schuldig, weil ich nicht stark genug gewesen war.

Saryon musterte mich erstaunt. »Du hast Mosiah *Leben* gewährt, Reuven? Wie? Wann?«

»Das zu erklären, dauert zu lange, Hochwürden«, antwortete Mosiah statt meiner.

Er und Scylla, Joram zwischen sich, setzten sich in Bewegung. Mein Angebot lehnte er mit der Begründung ab, ich solle meine Kräfte sparen, uns könne noch einiges bevorstehen.

Um Mitternacht wollten die Hch'nyv Thimhallan angreifen. Smythe und seine Technomanten brannte die Zeit nicht weniger auf den Nägeln als uns; sie würden auf der Suche nach uns und dem Dunklen Schwert jeden Stein umdrehen. Wo gab es einen Ort, an dem wir hoffen konnten, vor ihnen sicher zu sein? Und wie sollten wir mit einem Schwert, und sei es noch so mächtig, die gewaltigen Heerscharen der Hch'nyv zurückschlagen? Und auf rein menschlicher Ebene erinnerte mich Mosiahs Erwähnung des Wortes *Picknick* daran, daß wir seit einer Ewigkeit nichts gegessen hatten.

Unser Wasservorrat schrumpfte. Wir alle waren hungrig und durstig, und wer konnte schon sagen, wie lange es dauerte, bis wir etwas zu essen und zu trinken fanden? Joram war dem Tode nahe. Vielleicht hatte er das glücklichere Los gezogen – ich erschrak, als ich mich bei diesem Gedanken ertappte.

Mein Schicksal vertrauensvoll in die Hände des Almin legen, das hatte Saryon mir stumm geraten. Doch es fiel mir sehr schwer, auf den Almin zu vertrauen, wenn Vernunft und Logik so klar und deutlich gegen uns sprachen.

Ich bemühte mich, trotz allem das kümmerliche Flämmchen Zuversicht in mir zu nähren, als ich ein Geräusch hörte, das jede Hoffnung zunichte machte.

Es war ein Geräusch, das ich schon einmal gehört hatte, in diesem selben Gang, aber in einem anderen

Leben, einem Leben, dem auf besonders gewaltsame und schreckliche Weise ein Ende gemacht worden war.

Atemzüge, wie von einem Sturmwind in den Bäumen, tönten aus der Höhle, die gar nicht mehr weit unter uns lag.

Kapitel 27

»Auf die Unvernunft!« rief Simkin, und nebeneinander torkelten sie in das künstliche Flammenmeer hinein, gefolgt von den fröhlich klingelnden Champagnergläsern.

Der Weg nach Merilon

»Der Drache«, sagte Mosiah. »Der Drache der Finsternis.«

»Aber das ist unmöglich!« ächzte Saryon. »Die Drachen waren Geschöpfe der Magie. Sie müssen alle gestorben sein, als das *Leben* von Thimhallan verschwand.«

»Das *Leben* ist nicht verschwunden, Hochwürden. Der Born ist geborsten, aber die Magie ist nicht ausgeströmt, wie wir dachten.«

»Wir glauben jetzt, daß der Born versiegelt wurde«, fügte Scylla hinzu.

»Da ist kein Drache, unmöglich«, wandte Eliza ein. »Wir sind doch gerade erst dort unten gewesen.«

»Wenn du dich erinnerst, ich habe gleich gesagt, die Höhle *riecht* bewohnt«, entgegnete Mosiah.

»Aber ... Ich verstehe immer noch nicht ...« Saryon schaute uns verwirrt an. »Woher weißt du, daß ein Drache der Finsternis in dieser Höhle wohnt? Es könnte irgendein anderes Tier sein. Ein Bär vielleicht.«

»Ein Bär? Aber natürlich. Wie der gute alte Teddy! Nun, das erklärt alles. Oder auch nicht, wie man's nimmt. Was die Höhle angeht, die haben wir inzwischen mehrmals besucht. Um die Wahrheit zu sagen, wir sind schon einmal darin gestorben.« Mosiah schaute Scylla an. »Sind wir das nicht, Herr Ritter?«

Scylla zuckte die Schultern. »Wenn du es sagst?« Sie verdrehte die Augen, beugte sich zu mir hinüber und flüsterte: »Wir müssen ihn bei Laune halten.«

»Eins steht jedenfalls fest«, warf Eliza ein, »das Dunkle Schwert ist dort unten. Wir müssen in die Höhle zurückkehren, um das Schwert zu holen.«

»Wir können uns unmöglich mit einem Drachen der Finsternis anlegen«, protestierte Saryon vehement. »Es sind furchtbare Geschöpfe. Furchtbar!«

»Der Drache ist vor uns, aber die Technomanten sind hinter uns«, hielt Mosiah ihm entgegen. »Wir können nicht zurück.«

Endlich, wie gesagt, dämmerten mir, wenn nicht alle, so doch einige Zusammenhänge. Ich berührte Saryons Arm, um ihn auf mich aufmerksam zu machen.

»Ihr könnt den Drachen bannen, Hochwürden«, sagte ich ihm in der Fingersprache.

»Nein«, wehrte er hastig ab. »Unter gar keinen Umständen.«

»Doch. Ihr habt es schon einmal getan, in jenem anderen Leben.«

»In welchem anderen Leben?« Saryon schaute mich verständnislos an. »Ich soll einen Drachen gebannt haben? Ich bin sicher, an so etwas würde ich mich erinnern.« Seine Stimme klang ein wenig gereizt. »Und ich versichere dir, in meinem Gedächtnis findet sich nichts dergleichen.«

»Wenn es noch gelingen soll, müssen wir uns beeilen«, warnte Mosiah. »Sobald die Nacht hereinbricht, erwacht der Drache und verläßt die Höhle, um zu jagen. Jetzt ist früher Abend.«

Eliza wachte über ihren Vater und teilte ihre Aufmerksamkeit zwischen uns und ihm. Sie verstand nur teilweise, was wir sagten, aber sie bemerkte die Dringlichkeit und unterbrach uns nicht damit, nach Erklärungen zu verlangen. Sie vertraute uns. Ich lächelte ihr beruhigend zu.

»Ich sage euch doch, ich weiß nicht, wie man einen Drachen bannt!« Saryon schüttelte den Kopf.

»Doch«, versicherte ihm Mosiah. »Ihr seid der einzige von uns, der es weiß und tun kann. Ich kann es nicht.«

»Du bist *Duuk-tsarith*!« argumentierte Saryon.

»Aber ich wurde auf der Erde ausgebildet. Die einzigen Drachen, die ich je gesehen habe, wurden durch Spezialeffekte erschaffen. Mir fehlt jetzt die Zeit für ausführliche Erklärungen, doch in einer alternativen Zeit, Hochwürden, einer Zeit, in der Joram vor zwanzig Jahren gestorben ist, seid Ihr einem Drachen der Finsternis begegnet – eben diesem Drachen der Finsternis, wie ich glaube –, und es ist Euch gelungen, ihn Eurem Willen zu unterwerfen. Denkt nach, Hochwürden! Die Seminare im Baptisterium. Alle Katalyten mußten die Zaubersprüche der Hexenmeister lernen.«

»Ich ... Es ist so lange her ...« Saryon legte die Hände an die Schläfen, als hätte er Kopfschmerzen. »Wenn ich versage, sterben wir alle eines furchtbaren, gräßlichen Todes.«

»Darüber sind wir uns im klaren«, sagte Mosiah.

Mir fiel auf, daß Scylla die ganze Zeit geschwiegen hatte. Sie hatte sich mit keinem Wort in das Gespräch eingemischt, um zu überreden oder zu argumentieren. Ich verstand noch nicht ganz, aber ich begann zu verstehen, falls das einen Sinn ergibt.

»Pater Saryon.« Es war Joram, der sprach.

Während unserer Diskussion hatte keiner von uns bemerkt, daß er zu sich gekommen war. Eliza hielt seinen Kopf auf dem Schoß. Sie wischte ihm den Schweiß von der fieberheißen Stirn, streichelte sein feuchtes Haar und beobachtete ihn ängstlich und liebevoll.

Joram lächelte, er hob die Hand. Saryon eilte zu ihm, kniete nieder und drückte sie an seine Brust. Er mußte sehen, wie wir alle, daß Joram nur noch sehr kurze Zeit zu leben hatte.

»Pater Saryon«, sagte er, und man hörte ihm an, welche Anstrengung ihn das Sprechen kostete. »Es ist Euch oft genug gelungen, mir Euren Willen aufzuzwingen. Was ist dagegen schon ein Drache?«

»Ich werde mein Bestes tun«, flüsterte Saryon mit brüchiger Stimme. »Ich werde mein Bestes tun. Ihr anderen wartet hier.«

Er stand auf und wäre auf der Stelle den Gang hinuntergelaufen, hätten wir ihn nicht zurückgehalten.

»Ihr könnt nicht den Drachen bannen und gleichzeitig das Dunkle Schwert holen«, erklärte Mosiah. »Das Schwert würde den Bann aufheben.«

»Du hast recht«, gab Saryon zu.

»Ich gehe mit und hole das Schwert . . .«

»Nein, ich hole das Schwert«, unterbrach ihn Eliza bestimmt. »Es ist meine Aufgabe, mein Vermächtnis.«

Ein schmerzliches Zucken verzerrte Jorams Gesicht. Er schüttelte den Kopf, doch er war zu schwach, um Einwände zu erheben oder zu verbieten. Eine einzelne Träne zog eine Spur über seine blutverkrustete Wange, eine Träne des Bedauerns, der Reue.

Eliza sah diese Träne, beugte sich über ihren Vater und legte die Arme um ihn. »Nicht, Vater!« Sie weinte mit ihm. »Ich bin stolz, diese Last zu tragen! Stolz darauf, deine Tochter zu sein. Du hast diese Welt zerschmettert, vielleicht ist es an mir, sie zu bewahren!«

Sie küßte ihn und erhob sich rasch. »Ich bin bereit.«

Ich fürchtete, Mosiah würde es nicht dulden und versuchen, sie von ihrem Vorhaben abzubringen, doch nachdem er sie einen Moment lang prüfend gemustert hatte, verneigte er sich. »Sehr wohl, Euer Majestät. Ich werde mitkommen und Reuven selbstverständlich auch. Vielleicht bedarf ich meines Katalyten.«

Seine Worte erfüllten mich mit soviel Stolz, daß er fast meine Angst verdrängte. Fast. Ganz konnte ich das Grauen des letzten Mals nicht vergessen, als wir dem Drachen der Finsternis gegenübergestanden hatten. Entsetzen und Schmerz meines eigenen Todes. Schlimmer noch – die Qual, Eliza sterben zu sehen. Entschlossen verdrängte ich die Erinnerung in die hinterste Kammer meines Gedächtnisses und schob den Riegel vor. Ich hätte sonst nie den Mut gefunden, noch einen Schritt zu tun.

»Jemand muß bei meinem Vater bleiben.« Eliza schaute mich an. »Ich hatte gehofft, daß Reuven ...«

»Ich bleibe bei Joram«, meldete sich Scylla. Sie grinste uns an, der Ring in ihrer Augenbraue blitzte. »Ihr seid jetzt auf euch selbst gestellt.«

»Ich verstehe allmählich überhaupt nichts mehr«, klagte Saryon.

»Ihr müßt Vertrauen haben«, gab ich ihm zu verstehen.

»Und du bist unverschämt zu deinem Lehrer«, antwortete er mit einem schattenhaften Lächeln. Er stieß einen ergebenen Seufzer aus. »Dann kommt also. Wir wollen gehen und diesen Drachen Mores lehren.«

Der Abscheu der Drachen der Finsternis vor dem Sonnenlicht ist so groß, daß sie, obwohl sie sich in den tiefsten und dunkelsten Höhlen Thimhallans verbergen, die Stunden des Tages verschlafen. Auch dieser Drache schlief, nach seinen regelmäßigen Atemzügen zu urteilen, aber unruhig und nicht sehr fest, wie es den Anschein hatte. Wir hörten den gigantischen Leib sich bewegen, das Schaben des Schuppenpanzers auf dem felsigen Boden. Aus einem anderen Leben erinnerte ich mich daran, was der Drache über das Dunkle Schwert in seiner Behausung gesagt hatte, daß es seine Ruhe störte. Entweder lag es daran, oder die Zeit seines Erwachens war nahe.

Auch an den Gestank erinnerte ich mich, nur schien er noch schlimmer geworden zu sein. Wir alle hielten uns Mund und Nase zu, allerdings war es mehr eine symbolische Geste, als daß es half. Langsam und so geräuschlos wie möglich tasteten wir uns die letzten Meter vorwärts, im Dunkeln, weil wir fürchteten, der Schein der Taschenlampe könnte den Drachen wecken und seinen Zorn erregen. Noch eine Biegung, und wir standen am Eingang der Höhle, in der der Drache sein Lager hatte.

Der Diamant in seiner Stirn strahlte in einem kalten, harten Glanz, der die Dunkelheit noch dunkler erscheinen ließ. Wir konnten den Drachen nicht sehen. Wir konnten überhaupt nichts sehen, nicht einmal uns gegenseitig, obwohl wir dichtgedrängt beisammen standen, Seite an Seite.

Die Atemzüge des Drachen hallten in dem Gang wider. Er regte sich erneut, und der Boden unter unseren Füßen erbebte, als er sich auf die Seite rollte und sein Schweif gegen die Wand der Höhle schlug. Der Diamant senkte sich, offenbar hatte der Drache das Haupt auf die Seite gedreht. Wir standen in der undurchdringlichen Schwärze, gelähmt von Angst und Ehrfurcht.

Ich hätte mich nicht überwinden können, in diese

Höhle hineinzugehen. Ich weiß nicht, woher Saryon den Mut nahm, es zu tun. Andererseits, woher hatte er den Mut genommen, sich anstelle von Joram in Stein verwandeln zu lassen?

»Wartet hier«, sagte er flüsternd zu uns. »Das muß ich allein tun.«

Er ließ uns stehen und trat seinen schweren Gang an. Sehen konnte ich ihn nicht, aber ich hörte seine Kutte rascheln und das gedämpfte Tappen seiner Schritte. Seine Gestalt schob sich zwischen mich und den Drachen und verdeckte den Glanz des Diamanten.

Eliza umfaßte meine Hand, ich erwiderte ihren Griff. Ab und zu hörte ich geflüsterte Worte und nahm an, daß Mosiah seine Zauberformeln repetierte. Gut gemeint, aber leider hatten wir die Erfahrung machen müssen, daß sie uns nicht helfen konnten.

Die *Duuk-tsarith*! Lagen sie hier auf der Lauer wie in der Zeitparallele? Würden sie versuchen, das Dunkle Schwert in ihren Besitz zu bringen?

Ich griff nach Mosiahs Hand und stellte meine Frage durch Druck der Finger in seine Handfläche. Wenn er meine Worte nicht sehen konnte, konnte er sie doch fühlen.

»Der Gedanke ist mir auch gekommen«, antwortete er, den Mund an meinem Ohr. »Ich habe telepathisch nach meinen Brüdern gesucht. Sie sind nicht hier.«

Eine Sorge weniger.

Saryon hatte ich darüber nicht vergessen. Im Geiste war ich bei ihm, jeden Schritt seines Weges. Der Drache schnaufte und regte sich wieder. Ein Schimmer bleichen Lichts stahl sich durch einen Spalt zwischen seinen Augenlidern. Mir blieb das Herz stehen. Eliza umklammerte meine Hand so fest, daß blutunterlaufene Stellen zurückblieben, doch ich kann mich nicht erinnern, in jenem Moment etwas gespürt zu haben.

Saryon verhielt den Schritt, blieb stehen. Der Drache stieß einen tiefen Seufzer aus, und die Lider schlossen sich. Das Licht erlosch.

Wir am Höhleneingang fügten unsere Seufzer dem des Drachen hinzu.

Saryon ging weiter. Nach meiner Schätzung mußte er inzwischen ganz nah am Kopf des Drachen sein. Ich konnte den Diamanten jetzt wieder sehen, weil der Drache seine Lage verändert hatte, der riesige Schädel war auf die Seite gedreht und ruhte auf dem Kieferknochen. Dann sah ich eine Hand, Saryons Hand, zwergenhaft, durchscheinend, vor dem grellen, frostigen Glanz des Diamanten auftauchen.

Die Hand verharrte einen Moment. Wahrscheinlich betete Saryon zum Almin um Kraft, wie ich zum Almin flehte, ihn zu beschützen, uns alle zu beschützen.

Saryons Hand berührte den Diamanten.

Der Edelstein gleißte. Der Drache zuckte, ein Beben lief durch seinen Körper. In der Parallele war der Drache der Finsternis verletzt gewesen, gefangen in der Falle hellen Sonnenscheins. Dieser Drache war vermutlich kerngesund und befand sich in der Dunkelheit seiner Höhle in seinem Element. Ein Grollen stieg aus der Tiefe seiner Brust, die Krallen scharrten über den Fels.

»Jetzt!« flüsterte Mosiah drängend, als könnte Saryon ihn hören. »Worauf wartet er noch! Er soll den Bannspruch aufsagen!«

Was mag es für ein Gefühl sein, die Hand auf das Haupt eines Drachens zu legen und zu spüren, wie die gewaltige Kreatur sich unter seinen Fingern regte? Ich kann meinem Herrn nicht verdenken, daß er an diesem Punkt zauderte.

Mosiah trat einen Schritt vor, Eliza drückte die Wange an meinen Arm.

Der Diamant stieg in die Höhe – der Drache erhob sein Haupt.

Saryon stieß einen erschrockenen Laut aus, der bis zu mir drang, dann preßte er die Hand auf den Diamanten.

Er sprach Worte, die ich nicht verstand. Worte der Macht und Autorität. Der Drache erstarrte, als sei er Teil der Felsen um uns herum.

Saryon beendete die Zauberformel, nahm die Hand von dem Diamanten und trat zurück.

Dies war der Moment, der über Leben und Tod entschied. Der Drache reckte den Kopf in die Höhe. Die Lider hoben sich von den Augen, und ihr fahler Schein, wie das Licht eines winterlichen Mondes, flutete durch die Höhle.

»Nicht in seine Augen schauen!« warnte Mosiah, so laut, daß Saryon ihn hören konnte.

Der Drache breitete seine Schwingen aus. Ich hörte das Rascheln und Knarren der Sehnen und Tausende von winzigen, todbringenden Lichtern funkelten in der Schwärze der Höhle.

Der Drache sprach, seine Stimme bebte vor Haß, und ich atmete leichter.

»Du bist der Meister«, sagte er.

»Das bin ich«, antwortete Saryon mit fester Stimme. »Du wirst tun, was ich befehle.«

»Ich tue es, weil der Bann mich zwingt zu gehorchen«, erwiderte der Drache. »Hüte dich, daß dein Zauber nicht an Kraft verliert. Was ist dein Begehr?«

»In deiner Höhle befindet sich ein Gegenstand, der für uns von großem Wert ist. Wir wollen ihn holen und mit uns nehmen. Danach werden wir dich nicht mehr behelligen.«

»Ich kenne diesen Gegenstand«, sagte der Drache. »Es ist ein Schwert aus Licht. Es schmerzt meine Augen, es stört meine Ruhe. Nehmt es und hebt euch von hinnen.«

»Ein Schwert aus Licht?« flüsterte Eliza verwundert.

»Eliza«, rief Saryon, ohne den Blick von dem Drachen abzuwenden. »Komm und hilf mir, das Dunkle Schwert zu holen.«

»Geh mit ihr, Reuven«, forderte Mosiah mich auf.

Ich hätte ohnehin nicht anders gekonnt. Zusammen betraten wir, Eliza und ich, die Höhle des Drachen. Das Licht seiner Augen fiel auf uns, hüllte uns ein.

Obwohl er unter Saryons Zauberbann stand und uns kein Leid zufügen durfte, wollte der Drache uns dazu verleiten, in seine Augen zu schauen, so daß wir vom Wahnsinn ergriffen wurden. Und war es nicht vielleicht diesen Preis wert, einen Blick auf ein Geschöpf von solch erhabener, grausamer Schönheit zu werfen?

Um der Versuchung zu widerstehen, schaute ich auf Eliza. Sie hatte nur Augen für den Steinhügel, unter dem das Dunkle Schwert begraben lag.

»Beeilt euch, meine Kinder«, ermahnte Saryon uns mit leiser, ruhiger Stimme.

Erinnerte er sich nun doch an jene andere Zeit? An die Zeit, in der wir seine Kinder waren? Ich hoffte es. Trotz unseres tragischen Endes in der Parallele sollte er wissen, daß die Liebe, die ich für ihn empfand, sich ebenso aus jener Zeit speiste wie aus der unseren. Er war mein Vater.

Eliza und ich machten uns daran, den Hügel abzutragen. Wir arbeiteten so schnell wir konnten, nahmen die Steine und warfen sie zur Seite. Endlich hatten wir das Schwert freigelegt. Es leuchtete nicht, wie ich nach den Worten des Drachen fast erwartet hatte. Es reflektierte das opalisierende Licht aus den Augen des Drachen nicht, statt dessen schien es die Schwärze des Drachen widerzuspiegeln. Eliza umfaßte das Heft des Dunklen Schwertes und hob es hoch.

»Verbirg es!« schrie der Drache, er schloß die Lider, und wir standen in vollkommener Dunkelheit.

Hastig wickelte Eliza das Schwert in die Decke, die neben dem Steinhügel gelegen hatte.

»Nehmt es und hebt euch hinweg!« Der Drache wand sich, sein Schweif peitschte Wände und Boden, als litte er gräßliche Qualen.

»Hierher!« rief Saryon, und seine Stimme war unsere einzige Orientierung, denn sehen konnten wir nichts.

Hand in Hand, getröstet von der gegenseitigen Berührung, gingen Eliza und ich vorsichtig in die Richtung, aus der seine Stimme erklungen war. Wir mußten aufpassen, um nicht zu stolpern, denn der Boden war übersät von Geröll, Knochen und wer weiß was. Dieser Marsch quer durch die Höhle des Drachen, in pechschwarzer Finsternis, während wir die gewaltigen Kiefer schnappen und die Krallen seiner Tatzen Furchen in das Felsgestein kratzen hörten, war das blanke Grauen. Doch Saryons Stimme, kaltblütig und besonnen, geleitete uns durch diesen Alptraum.

»Hier, ich bin hier!« Endlich war seine Stimme ganz nah, seine Hände griffen nach uns, er zog uns an sich. »Meine Kinder!« Er schloß uns in die Arme, und ich wußte nun ganz sicher, daß er in jene alternative Zeit geblickt hatte. »Meine Kinder!« wiederholte er.

Mein Herz schwoll vor Liebe zu ihm, und diese Liebe verstärkte meine Liebe zu Eliza, bis all diese Liebe sich ausbreitete und mich ganz erfüllte, so daß kein Raum mehr übrigblieb für Angst. Ich hatte keine Angst mehr vor der Dunkelheit oder dem Drachen, nicht vor den Technomanten und nicht einmal vor den Hch'nyv. Uns mochte ein grauenhaftes Schicksal erwarten, vielleicht sah ich nie wieder die Sonne aufgehen, vielleicht war ich vor dem Morgen tot. Aber dieser Moment mit diesem gesegneten Gefühl in mir, das mein Herz erwärmte, war Entschädigung für alles.

Saryon zog uns enger an sich, ich fühlte, wie sein Körper sich spannte.

»Seid vorsichtig«, raunte er. »Jemand ist hier bei uns!«

»Hochwürden«, ertönte Mosiahs Stimme fast im selben Moment. »Verlaßt die Höhle, kommt her! Sofort!«

Das schmerzgepeinigte Brüllen des Drachen war verstummt, er lag reglos auf dem Boden, die Augen bis auf einen schmalen Spalt geschlossen, so daß nur ein Streifen milchiger Helligkeit hindurchsickerte. Noch immer spürte ich seinen Haß, aber dieser Haß wurde nun überlagert von Furcht.

»Hochwürden!« Mosiahs Rufen klang drängend.

»Wartet«, sagte Saryon leise.

Eine Gestalt tauchte vor uns auf, mitten in der Höhle. So wie sie dastand, ruhig und unbesorgt, hätte sie ebensogut bei uns zu Hause im Wohnzimmer stehen können. Sie nahm keine Notiz von dem Drachen, der bis an die Wand zurückgewichen war, so weit von ihr entfernt wie möglich.

»Mutter!« hauchte Eliza.

Mosiah war neben uns. »Es könnte wieder eine Falle sein!«

Mein erster Gedanke war, daß die Technomanten außerordentlich mutig oder außerordentlich verzweifelt sein mußten, um vor einem so ungnädigen Publikum wie dem Drachen der Finsternis einen Mummenschanz zu veranstalten. Doch fraglos beschrieb ›verzweifelt‹ durchaus treffend den Zustand, in dem wir Kevon Smythe zuletzt gesehen hatten.

Gwendolyn sah genauso aus wie bei unserer ersten Begegnung, nur daß die von Sorge und Kummer eingekerbten Linien aus ihrem Gesicht verschwunden waren. Ihre Miene drückte heitere Gelassenheit aus. Sie hatte nur Augen für ihre Tochter, und kein Befrager hätte den Blick voller Liebe und Stolz nachahmen können, mit dem sie Eliza anschaute.

»Es ist meine Mutter«, sagte Eliza sehnsüchtig. »Ich bin ganz sicher.«

»Warte«, riet Mosiah erneut zur Vorsicht. »Geh nicht zu ihr. Noch nicht.«

Weil sie sich an das letzte Fiasko erinnerte, blieb Eliza neben Saryon stehen. Sie wünschte sich, diesmal möchte die Erscheinung wirklich sein, aber wie konnte sie das glauben? Woher war Gwendolyn gekommen? Und weshalb kam sie ausgerechnet jetzt zu uns, mitten in der Höhle eines Drachen?

»Ich möchte dich mit jemandem bekannt machen, Tochter«, sagte Gwendolyn.

Sie streckte die Hand aus, griff in die Dunkelheit und eine zweite, schimmernde, Gestalt materialisierte neben ihr. Ich fühlte mich an Simkin erinnert, denn diese zweite Erscheinung hatte die gleiche ätherische, aquarellfarbene Beschaffenheit, die Simkin kultivierte, wenn er nicht gerade als Werbeträger für die Spielzeugindustrie repräsentierte. Gwen zog die Gestalt näher heran, so daß wir sie besser sehen konnten.

Und dann erkannte ich sie. Ich riß die Augen auf und drehte den Kopf, um Eliza anzuschauen. Ich streckte sogar die Hand aus und berührte sie, um mich zu vergewissern, daß sie wirklich war. Eliza stand neben mir und Eliza stand vor mir, beide zur gleichen Zeit oder eine in dieser Zeit und die andere in jener. In derjenigen, die vor mir stand, erkannte ich Königin Eliza. Sie trug das blaue Reitkostüm, der goldene Kronreif glitzerte in ihrem schwarzen Haar.

Mosiah holte zischend Atem, Saryon lächelte wehmütig. Er hielt den Arm um Eliza gelegt und stützte sie.

»Was – was ist das?« rief Eliza, meine wahre Eliza, verstört. Sie starrte auf ihr Abbild im Spiegel der Zeit. »*Wer* ist das?«

»Du bist es, meine Tochter«, antwortete Gwendolyn. »Du, wie du es hättest sein können, unter einem anderen Stern. Sie kann nicht zu dir sprechen, denn in ihrer Zeit ist sie tot. Nur ich kann ihre Worte hören. Sie will euch beweisen, euch allen« – ihr Blick wanderte über jeden von uns, verweilte am längsten auf Mosiah – »daß alles, was ihr erlebt habt, wirklich gewesen ist. Daß *ich* wirklich bin.«

»Das verstehe ich nicht!« Eliza schüttelte hilflos den Kopf.

»Sieh dich an, Eliza. Sieh dich an, und öffne dein Bewußtsein dem Unmöglichen.«

Eliza starrte lange auf die irisierende Gestalt, dann schaute sie sich plötzlich zu Saryon um, der lächelte und mit einem Kopfnicken ihre unausgesprochene Frage bejahte. Als nächstes suchte ihr Blick mich, und ich bedeutete ihr: »Ich bin, wie du mich kennst, in dieser Zeit und in der anderen.«

Ihre Lippen teilten sich, ihre Augen glänzten. Sie schaute zu Mosiah, der widerstrebend den kapuzenverhüllten Kopf neigte.

»Ich bin Euer Erzwinger, Majestät«, sagte er mit einem Anflug von Ironie in der Stimme.

»Euer Majestät«, wiederholte sie träumerisch. »So hat Scylla mich genannt, und mir ist es nicht aufgefallen. Bis jetzt. Also hat ein Teil von mir es gewußt, von Anfang an.«

»Und jetzt, meine Tochter«, fuhr Gwendolyn fort, »hör mir gut zu und tu, was ich dir sage. Du mußt das Schwert zu Merlyns Grabmal bringen. Sofort. Auf der Stelle. Um Mitternacht muß es auf seinem Sarkopharg liegen!«

»Merlyn?« Eliza war überrascht. »Teddy hat dauernd von Merlyn gesprochen. Er sei auf der Suche nach einem Schwert, das er verloren hat ...«

»Gütiger Almin!« Mosiah schnaubte verächtlich.

»Aber ... was ist mit Vater? Du kannst es nicht wissen, Mutter!« Eliza hatte ihre größte Sorge nicht vergessen. »Aber sie haben ihn vergiftet! Ich muß ihnen das Schwert geben oder Vater stirbt!«

»Bring das Schwert zu Merlyns Grabmal«, wiederholte Gwen.

»Weshalb?« fragte Mosiah scharf. »Weshalb ausgerechnet dorthin?«

»Vertrau mir, Tochter.« Gwendolyn ignorierte Mosiah. »Hab Vertrauen zu dir selbst. Folge deinem Herzen.«

Ein Schrei zerriß die Dunkelheit. Hinter uns im Tunnel, wo sie bei Joram zurückgeblieben war, rief Scylla: »Mosiah! Sie kommen! Seid auf der Hut! Ich kann sie nicht aufhalten ...« Ihre Stimme brach ab.

Wir hörten schleifende, schabende Geräusche und dann das Trampeln schwerer Stiefel. Der Drache hob den Kopf, Zorn grollte in seiner Brust. Die Lider hoben sich, das Licht, das Menschen den Verstand raubte, leuchtete heller.

Gwendolyn war verschwunden und mit ihr die andere Eliza.

»Vater!« rief Eliza.

»Keine Zeit.« Mosiah hielt sie fest, bevor sie davonstürzen konnte. »Wir müssen fliehen. Simkin hat gesagt, es gäbe einen zweiten Ausgang. Pater Saryon! Der Drache! Er muß einen zweiten Weg aus der Höhle kennen. Ihr müßt ihm befehlen, ihn uns zu zeigen.«

»Was? O du meine Güte, nein!« Saryon war entsetzt. Er streifte den Drachen mit einem Seitenblick und schauderte. »Verlangt das nicht von mir. Der Zauber wird schwächer, ich kann es fühlen.«

»Pater Saryon«, flehte Eliza. Sie hielt das in die Decke gehüllte Dunkle Schwert in den Armen. »Mosiah hat recht, dies ist unsere einzige Chance. Wie sonst können wir das Schwert rechtzeitig zu Merlyns Grabmal bringen?«

Er beugte sich nieder und küßte sie auf die Stirn. »Ich habe dir nie etwas abschlagen können. Reuven hat sich immer beschwert, daß ich dich verwöhne, aber schließlich wart ihr zwei alles, was ich hatte.«

Saryon verließ uns und trat noch einmal vor den Drachen hin, er hielt den Blick gesenkt.

»Sorge dafür, daß das Schwert verhüllt ist«, sagte Mosiah zu Eliza.« »Du erinnerst dich, was beim letzten Mal passiert ist.«

Da waren es die *Duuk-tsarith* gewesen, die sich auf uns gestürzt hatten. Eliza hatte das Dunkle Schwert gehoben, um sich zu verteidigen, und seine Macht hatte den Bann aufgehoben. Diesmal hörte ich draußen im Gang Schritte näherkommen. Ich fragte mich, wie es Scylla ergangen sein mochte und hoffte von ganzem Herzen, daß sie unverletzt geblieben war. Joram würden sie, dachte ich, wahrscheinlich nicht weiter quälen. Sie brauchten ihn lebend, solange seine Tochter sich im Besitz des Dunklen Schwertes befand.

»Ich bin der Meister«, sprach Saryon den Drachen

an. »Und ich befehle dir, mir zu gehorchen. Wir sind in Gefahr. Hilf uns, unseren Verfolgern zu entkommen.«

»Du bist tatsächlich in Gefahr, alter Mann«, antwortete der Drache und fletschte höhnisch die furchtbaren, gelben, blutbefleckten Zahndolche. »Und diese Gefahr befindet sich vor dir, nicht hinter dir.«

Der Glanz des Diamanten wurde schwächer; wie Saryon uns gewarnt hatte, der Bann verlor an Kraft. Der Drache schob sich auf uns zu, begann die nachtschwarzen Schwingen zu entfalten, und ich sah bereits die todbringenden Sterne glitzern.

Da richtete sich Saryon hoch auf, und wieder sah ich in ihm, was ich schon einmal in ihm erkannt hatte, als er einem König, einem General und dem gefürchteten Führer der Apostaten gegenüberstand: seine innere Stärke, seine Liebe zu uns und der Glaube an den Schöpfer leuchteten heller als das unreine Licht des Drachen.

»Du wirst mir gehorchen, Wurm!« sagte er mit tönender Stimme.

Das Juwel in der Stirn des Drachen gleißte, brannte mit eisiger weißer Flamme. Der Drache starrte Saryon haßerfüllt an, aber die unsichtbare Macht der Beschwörung zwang ihn, das Haupt zu senken und den giftigen Glanz seiner Augen hinter den Lidern zu bergen.

»Wenn du es wagst, alter Mann, steig auf meinen Rücken.«

»Rasch, meine Kinder!« drängte Saryon. »Mosiah?«

»Ich bleibe und decke eure Flucht.«

»Aber sie werden dich töten!«

»Begleite sie«, sagte der Drache mit einer Stimme wie mahlende Steine. »Ich werde die empfangen, die euch verfolgen. Mir ist danach, *etwas* zu töten!«

Mosiah ließ sich nicht zweimal bitten. Ich vertraute ihm. Er stand zu seinem Wort und hätte uns bis zum letzten Blutstropfen verteidigt, doch er hoffte immer noch, das Dunkle Schwert zu gewinnen und wollte es nicht aus den Augen lassen.

Ich kletterte auf den Rücken des Drachen, hinter Saryon, der sein ganzes Leben lang auf Drachen geritten zu sein schien, dabei wußte ich, er hatte niemals etwas dergleichen getan. Wir hangelten uns an den Knochenverstrebungen des riesigen Flügels hinauf, und ich gab acht – von ihm belehrt –, nicht auf die Hautmembran zu treten, die leicht zerreißen konnte. Ich fühlte den Körper des Drachen unter mir beben, so wie die Erde rings um einen Vulkan vibriert, der kurz vor dem Ausbruch steht. Anschließend halfen Saryon und ich Eliza, die sich weigerte, das Schwert auch nur für einen Moment aus der Hand zu geben.

Wir suchten uns jeder einen Platz auf dem knochigen Rückgrat des Drachen, welches sich als höchst unbequem erwies, und Mosiah stieg gerade von dem Flügel zu uns hinauf, als die Technomanten in ihren silbernen Gewändern die Höhle betraten.

»Bedeckt eure Augen«, rief Mosiah und zog sich die Kapuze tief ins Gesicht.

Ich folgte seinem Rat, trotzdem war ich geblendet, so grell war das Leuchten, das aus den Augen des Drachen strömte. Er brüllte und erhob das Haupt und breitete die Flügel aus, doch selbst während er angriff, achtete er darauf, uns nicht abzuwerfen.

Ich hörte gräßliche, qualvolle Schreie. Ein Feuerwerk explodierte auf der Leinwand meiner geschlossenen Lider. Die Schreie verstummten sehr schnell.

Der Untergrund, auf dem ich saß, geriet in wellenförmige Bewegung, die Flügel rauschten, das weiße Leuchten verblaßte. Ein Schwall frischer Luft,

Lebenelixier nach dem fauligen Gestank der Höhle, schlug mir ins Gesicht. Ich öffnete die Augen. Vor mir gähnte eine riesige Öffnung, wie ein großer Kamin, groß genug, um dem Drachen Durchlaß zu gewähren.

Er schwang sich in die Höhe, mit langsamen kraftvollen Flügelschlägen; unser Gewicht bemerkte er überhaupt nicht, wir waren nur lästige Insekten, die sich an seinem Schuppenpanzer festklammerten.

Ich hob den Blick zum klaren Nachthimmel und hielt den Atem an.

Er war übersät von Sternen, viel mehr Sternen, als ich mich erinnern konnte, bei meiner Ankunft gesehen zu haben. Dann traf mich die Wahrheit wie ein betäubender Schlag, im selben Moment, als Mosiah sie in Worte faßte:

»Das sind keine Sterne. Das sind Raumschiffe. Flüchtlinge. Die letzten Überlebenden von der Erde. Sie kommen hierher, zum Ort ihrer letzten Hoffnung. Die Hch'nyv verfolgen sie.«

Kapitel 28

Merlyn schaute darauf mit Augen, die Jahrhunderte vorüberziehen gesehen hatten, und bestimmte, daß man an diesem Ort sein Grabmal errichten solle. So geschah es, und nun ruht er, gebunden von dem Letzten Zauber, in dem Hain, den er liebte.

Kind des Todes

Wir flogen über das nächtliche Thimhallan, während über uns am Himmel die Lichter einer ungeheuren Armada von Sternenschiffen funkelten. Hoffnung leuchtete über uns, Hoffnung und Verzweiflung. Sie mußten uns mit ihren Instrumenten erfaßt haben, und ich fragte mich, was sie sich wohl dachten – ein riesiger geflügelter Schatten, der dicht über den Baumwipfeln dahinstrich. Vielleicht gar nichts. Abgetan als Exemplar gebietstypischer Fauna.

Ein paar kannten die Wahrheit, wußten, daß auf den Radarschirmen ein Drache zu sehen war. König Garald, Bischof Radisovik oder General Boris hätten die Silhouette erkannt. Doch sie konnten nicht wissen, daß dieser Drache der Finsternis uns auf dem Rücken trug. Sie waren hergekommen, weil sie trotz allem an das Gelingen unserer Mission glaubten und weil dies der letzte Zufluchtsort war. Sie konnten nicht wissen, zu welchem Ziel wir unterwegs waren und in welcher Absicht.

Was das anging, wir wußten auch nicht viel mehr. Waren die Technomanten besser informiert? War dies eine Falle? Waren Gwen und Eliza Trugbilder gewesen?

Mosiah schien es zu glauben, aber schließlich war er auch einer von denen, für die ein halbvolles Glas grundsätzlich halbleer ist. Ich wußte nicht, was ich denken sollte. Gwendolyn hatte so wirklich ausgesehen, die Liebe und Zuneigung für ihre Tochter waren echt gewesen, daran bestand für mich kein Zweifel. Und wie hätten die Technomanten es bewerkstelligen sollen, die Illusion einer Eliza aus einer alternativen Zeit zu erschaffen? Wenn ich darüber nachdachte, schwang sich meine Zuversicht auf den Flügeln des Drachen in schwindelnde Höhen.

Dann aber fiel mir ein, daß sie durchaus von jener Zeitparallele wissen konnten, und meine Hoffnung stürzte in bodenlose Tiefen. Smythe und die Apostaten existierten dort ebenfalls. Vielleicht war alles, was wir erlebt hatten, ihr Werk gewesen.

Ich schaute wieder zum Himmel, dem Himmel voller Leben, die an einem seidenen Faden hingen. Ich dachte an die Millionen dort oben, voller Angst, verzweifelt, entwurzelt. Die letzten Überlebenden der Menschheit, aus der einzigen Heimat, die sie je gekannt hatten, in den Weltraum geflohen, ein kalter und einsamer Ort, um zu sterben. Bald würden die Kampfschiffe der Hch'nyv auftauchen, sobald die Eroberung der Erde abgeschlossen war. Ich stellte mir das Ende vor, der Himmel in Flammen ...

Schaudernd wandte ich den Blick ab. Als ich wieder hinschaute, waren Sturmwolken aufgezogen, ein düsterer Vorhang vor dem letzten Akt. Ich empfand es als Erleichterung, nicht mehr den flehenden, vertrauensvollen, panischen Blicken derer ausgesetzt zu sein, deren Weiterleben – ohne daß sie es ahnten – vom Erfolg unserer Mission abhing.

Der Flug war alles andere als ein Vergnügen. Wir flogen durch einen Regenschauer und wurden naß bis auf die Haut. Der kalte Luftstrom, der über die Schwingen des Drachen strich, ließ uns bis ins Mark frieren. Wir rückten eng zusammen, um uns gegenseitig zu wärmen und festzuhalten. Der Rücken des Drachen war breit, und wir saßen zwischen den Flügeln, aber die Wirbelfortsätze bohrten sich schmerzhaft in meinen Allerwertesten, und meine Oberschenkel schmerzten wegen der unbequemen Haltung. Und obwohl der Drache unter dem Zauberbann Saryons stand, uns nach Merilon und zu Merlyns Hain zu fliegen, änderte das nichts an seinem Haß auf uns.

Der Drache verabscheute unsere Berührung, unseren Geruch, und wenn der Bann weniger stark gewesen wäre, hätte er sich augenblicklich auf den Rücken gedreht und uns in den Tod stürzen lassen. Auch so leistete er sich gelegentlich das eine oder andere gewagte Flugmanöver, so daß wir gezwungen waren, uns an seiner Mähne und den Schuppen festzuklammern, bis er sich langsam und merklich enttäuscht wieder austarierte. Ich nehme an, er dachte, wenn einer von uns so unachtsam war hinunterzufallen, war dies sein persönliches Pech, und man konnte ihn dafür nicht verantwortlich machen.

Mosiah und Pater Saryon hielten Eliza fest, die das Dunkle Schwert an sich drückte. Ich klammerte mich an einen Knochenvorsprung unmittelbar über dem Schulterblatt. Unter uns war alles schwarz, außer wenn im grellen Schein der dicht auf dicht folgenden Blitze für den Bruchteil einer Sekunde die Landschaft sichtbar wurde. Zuerst erkannte ich nur dichten Wald, dann die grasbewachsene Fläche der Ebene. Dann entdeckte ich das gewundene, glitzernde Band eines Flusses.

»Der Famirish«, überschrie Saryon das Brausen des Windes.

Der Drache folgte dem Flußlauf, dabei ließ er sich allmählich tiefer sinken, bis es mir vorkam, als würden wir gleich eine Schneise durch den Wald pflügen. Natürlich geschah nichts dergleichen. Der Drache segelte zwar so dicht über den Baumwipfeln dahin, daß manche seinen Bauch gekitzelt haben müssen, doch kein einziges Mal bestand die Gefahr einer Kollision.

Ein Blitz, heller als seine sämtlichen Vorgänger, flog wie ein feuriges Tuch über den Himmel, in seinem Licht erhaschte ich meinen ersten flüchtigen Blick auf das vielgerühmte Merilon.

Die Sage berichtet, als der große Zauberer Merlyn seine Anhänger um sich versammelt und sie von der Erde, wo man sie um ihrer magischen Kräfte willen grausam verfolgte, nach Thimhallan geführt hatte, gelangten sie als erstes zu einem Hain von Eichenbäumen zwischen zwei Gebirgsketten. Merlyn, überwältigt von der Schönheit der Gegend, gründete dort seine Stadt und verfügte, daß dieser Hain seine letzten Ruhestätte sein sollte.

Er und die anderen Beschwörer und Bildner schufen eine schwebende Plattform aus kunstvoll verziertem, durchscheinendem Marmor und Quarz, das Piedestal. Auf dem Piedestal, das zwischen den Wolken schwebte, erbauten sie die Stadt Merilon. Doch was man einst selbst in einer Welt der Magie, in der Wunder alltäglich waren, als Wunder bestaunt hatte, lag jetzt in Trümmern, und über die Ruinen breitete die näherrückende Wildnis ein grünes Leichentuch.

Es war ein trauriger Anblick, ein bedrückender Anblick, der uns allen deutlich vor Augen führte, daß Werke von Menschenhand, so großartig sie auch sein mögen, vergänglich sind, und daß, wenn unsere Zeit vorüber ist, die Natur sich nach Kräften bemüht, alle unsere Spuren auszutilgen.

»Ist Merlyns Grabmal bestehen geblieben, Hochwürden?« fragte Mosiah.

»Aber ja, weißt du es nicht? Nein, selbstverständlich nicht«, beantwortete Saryon seine eigene Frage. »Ich hatte vergessen, wir schwer du bei dem Angriff auf die Stadt verwundet worden bist. Der Hain ist den Flammen zum Opfer gefallen, aber das Grabmal selbst blieb verschont. Das Feuer hat es nicht berührt. Später wurden Stimmen laut, die behaupteten, nicht einmal das Gras um die Stätte wäre verbrannt gewesen, aber das stimmt nicht.« Saryon schüttelte den Kopf und seufzte, von traurigen Erinnerungen übermannt.

Ein weiterer Blitz beleuchtete Elizas blasses Gesicht, auf dem sich Ehrfurcht malte, vermischt mit tiefem Kummer. Sie sah, wie ich, vor ihrem inneren Auge das wiederaufgebaute Merilon jener anderen Zeit und verglich das Bild mit der trostlosen bitteren Wirklichkeit.

Ich schloß die Augen und sah dieses andere, dieses neue Merilon. Ohne schwebende Plattformen, denn niemand besaß mehr die Kraft oder das Wissen für die Erstellung solch komplexer Zauberformeln, die nötig waren, um eine derartige Meisterleistung zu vollbringen. Die Gebäude waren aus gewöhnlichen Ziegeln, nicht aus Kristall, und gründeten in der Erde. Der Palast glich einer Festung, nüchtern, mit dicken Mauern, die gebaut worden waren, um Angriffen standzuhalten, nicht als Schauplatz glanzvoller Bälle. Merlyns Hain war neu bepflanzt worden. Ein Kreis junger Eichen, klein noch, aber kräftig, wuchs um das Grabmal in die Höhe.

Ich sah in die Parallele und sah ihr Ende: Die jungen Bäume loderten im Laserfeuer der Hch'nyv auf und vergingen. Ich verschloß mein Bewußtsein vor diesen Bildern und tat nie wieder einen Blick in jene Zeit.

Der Drache begann zu kreisen und sank in einer weiten Spirale dem Boden entgegen. Wir konnten nicht sehen, was unter uns war, weil das nächste dieser heftigen, plötzlichen Unwetter über uns hereinbrach. Regen peitschte mir ins Gesicht und zwang mich, die Augen zu schließen. Blitze zuckten gefährlich nah, Donner grollte und krachte. Ich sah den Boden erst, als wir ihn schon fast berührten, ein grelles Aufflammen weißen Lichts riß nasses Gras und die verkohlten Stämme toter Bäume aus der Dunkelheit. Für meinen Geschmack ging das alles viel zu schnell, und ich fragte mich, ob der Drache vielleicht vorhatte, sich selbst umzubringen und uns mit ihm und sich dadurch auf einen Streich von dem Zauberbann und seinen Quälgeistern zu befreien.

Im letzten Moment, als ich schon überzeugt war, mein Ende sei gekommen, hob der Drache die Flügel, beschrieb einen eleganten Aufwärtsbogen und streckte die kraftvollen Hinterbeine dem Boden entgegen. Für uns war es eine rauhe Landung. Wir wurden von der Wucht des Aufpralls nach vorn geschleudert; ich schlug mit dem Kopf auf den harten Nackenschild und riß mir an den Schuppen die Hände auf.

»Ich habe euch zu dem Grabmal gebracht«, sagte der Drache. »Nun befreit mich von eurer Anwesenheit.«

Wir erfüllten seinen Wunsch nur zu gerne. Ich rutschte an dem vom Regen schlüpfrigen Hornpanzer zu Boden, drehte mich um und half Eliza, die krampfhaft das Dunkle Schwert umklammert hielt. Sie zitterte vor Kälte, der lange Rock hing ihr tropfnaß um die Knöchel, die Bluse klebte an ihren Brüsten. Das Haar stand ihr als Mähne wirrer, krauser Locken um den Kopf, einzelne Strähnen klebten in ihrem Gesicht. Sie war ernst, gefaßt, entschlossen und bereit zu tun, was immer man von ihr verlangte.

Saryon und Mosiah traten zu uns. Der Drache bäumte sich auf, die todbringenden Sterne funkelten durch den strömenden Regen. Seine fahlen Augen loderten.

»Ich habe deinem Befehl gehorcht«, sagte er zu Saryon. »Befreie mich von dem Bann.«

»Noch nicht.« Saryon erkannte die List des Drachen. »Sobald du in deine Höhle zurückgekehrt bist, soll der Zauber von dir genommen sein.«

Der Drache der Finsternis verabschiedete sich von uns mit einem wütenden Zischen und einem enttäuschten Schnappen seiner Kiefer ins Leere, dann schwang er sich mit einem gewaltigen Satz und kraftvollen Flügelschlägen dem Sturm entgegen, wurde emporgetragen und entschwand in den tiefhängenden Wolken.

Saryons Schultern sanken herab, er atmete auf, von einer schweren Bürde befreit.

»Vielleicht hätten wir dem Drachen befehlen sollen zu bleiben«, sagte Mosiah, »oder wenigstens zurückzukehren, wenn wir ihn rufen. Möglicherweise brauchen wir ihn, um schnell von hier zu fliehen.«

Saryon schüttelte den Kopf. »Er kämpfte gegen mich, und meine Kraft war fast aufgebraucht. Ich hätte den Bann nicht mehr viel länger aufrechterhalten können. Außerdem«, er schaute sich um in Dunkelheit und Wind und Regen, »was auch kommen mag, unsere Reise endet hier.«

»Wo ist das Grab?« fragte Eliza, ihre ersten Worte, seit wir die Höhle des Drachen verlassen hatten.

»Ich weiß nicht genau«, gestand Saryon. »Alles sieht so fremd aus ...«

Das Unwetter flaute langsam ab. Man hörte noch Donnergrollen, aber nun aus weiterer Ferne. Nur die Wolken zogen nicht ab, sie verdeckten das Licht der Sterne und der Sternenschiffe, und nicht einmal mehr im gelegentlichen Niederfahren eines Blitzes konnte man die Umgebung für einen Sekundenbruchteil erkennen. Wir waren so gut wie blind.

»Wir könnten stundenlang herumstolpern und nach dem Grabmal suchen«, klagte Saryon. »Und wir *haben* keine Stunden mehr. Es ist fast Mitternacht.«

Mosiah sprach ein Wort, hob die Hand. Eine Kugel aus weichem gelbem Licht erschien in seiner Handfläche. Kein Anblick hätte tröstlicher sein können. Es war, als hätte er aus einem Sommertag auf der Erde ein Stück Sonnenschein herausgegriffen, um uns hier aufzuheitern und unseren Weg zu erleuchten. Das Licht schien sogar gegen die Kälte zu helfen. Ich hörte auf zu zittern. Eliza brachte ein wehmütiges Lächeln zustande.

»Dort ist das Grabmal.« Saryon streckte die Hand aus.

Das Licht schien auf die vom Feuer zerstörten und ausgehöhlten Stämme der Eichen, die einst die Wächter der heiligen Stätte gewesen waren. Ein trostloser Anblick, bis ich im Näherkommen die noch filigranen, biegsamen Jungbäume entdeckte, die aus dem Samen ihrer Eltern entsprossen und sich darauf vorbereiteten, deren Amt zu übernehmen.

Der Sarkophag aus reinweißem Marmor stand in der Mitte des Baumkreises. Während der übrige Hain einer Wildnis glich, war rund um Merlyns letzte Wohnung ein freier Raum geblieben. Ranken, die in diese Richtung wucherten, bogen ab; das Gras war in die

Höhe geschossen, aber die Halme neigten sich von dem Marmor weg, als wollten sie es aus Respekt vermeiden, ihn zu berühren.

Mosiah hielt das Licht höher, um uns zu leuchten. »Ich erinnere mich daran, wie ich zum ersten Mal hierhergekommen bin«, sagte er leise. »Dieser tiefe innere Friede, der mich überkam. Dies war der einzige Teil von Merilon, wo ich mich wirklich zu Hause fühlte. Gut zu wissen, daß sich trotz aller Veränderungen ringsum die Atmosphäre dieses Ortes erhalten geblieben hat.«

»Es ist ein heiliger Ort«, sagte Pater Saryon. »Der Einfluß von Merlyns Geist ist hier noch zu spüren.«

»Da wir nun glücklich hier sind, was soll ich tun?« meldete Eliza sich zu Wort. »Soll ich das Schwert auf den Sarkophag legen oder ...«

Sie hielt den Atem an, ich ebenfalls. Wir hatten beide im selben Moment dieselbe Entdeckung gemacht.

Etwas lag bereits auf dem Steinsarg, schwarz auf dem weißen Marmor.

»Als hätte ich es nicht gewußt!« knirschte Mosiah und stieß einen bitteren Fluch aus. »Es war eine Falle. Wir ... Eliza! Tu es nicht!«

Er streckte die Hand aus, um sie festzuhalten, aber zu spät. Ihre liebenden Augen hatten sofort deutlich erkannt, was für uns andere nur ein vager Umriß war. Mit einem wilden Aufschrei der Verzweiflung lief Eliza auf das Grabmal zu. Bei dem Sarg angelangt, ließ sie das Dunkle Schwert fallen und warf sich schluchzend mit ausgebreiteten Armen über den Toten, der auf dem kalten weißen Marmor lag.

Joram.

Mosiah schenkte dem Leichnam keine Beachtung, er beeilte sich, das Dunkle Schwert zu holen, das im hohen Gras lag, eine Ausgeburt der Dunkelheit, vor der sein magisches Licht zurückschreckte. Seine Hand berührte es fast, als er plötzlich in der Bewegung innehielt.

»Scylla!« Mosiah ließ den Lichtschein auf sie fallen.

Es war verständlich, daß wir sie nicht früher bemerkt hatten, sie kauerte als formloser dunkler Klumpen im Gras, den Rücken an den Sarkophag gelehnt. Eine Seite ihres Gesichts war voller Blut. Sie öffnete die Augen und blickte zu Mosiah auf.

»Flieht!« stieß sie ächzend hervor. »Nehmt das Dunkle Schwert und ...«

»Dieser zweifellos gut gemeinte Rat kommt ein wenig spät, fürchte ich.«

Ein Mann in weißen Gewändern trat aus dem Schatten der verbrannten Eichen. Mosiah wollte das Dunkle Schwert ergreifen, doch ein Lichtstrahl aus der Dunkelheit traf ihn gegen die Brust, rammte ihn gegen den Steinsarg. Er glitt daran herunter und sank ins Gras.

Kevon Smythe bückte sich und hob das Schwert auf.

»Bedauerlich, daß Sie so spät gekommen sind, meine Liebe«, sagte er zu Eliza. Scylla und Mosiah waren ihm keinen Blick wert. »Wir hatten das Gegengift vorbereitet, aber wie Sie sehen, wird es Ihrem Herrn Vater nichts mehr nützen. Seine letzten Worte galten Ihnen. Er sagte, daß er Ihnen vergibt.«

Ich stürzte mich auf den aalglatten Schuft, der seinen Triumph auskostete. Ich hatte keine Waffe, aber ich glaube – ich weiß –, daß ich die Kraft gefunden haben würde, ihn mit bloßen Händen zu erdrosseln.

Ich kam nicht weit. Starke Hände packten mich, Hände in silbernen Handschuhen. Eine silberne Scheibe wurde an meiner Brust befestigt. Schmerz rieselte durch meinen Körper, und ich stellte fest, daß ich nicht mehr imstande war, mich zu bewegen. Allein zu atmen bedeutete eine ungeheure Anstrengung.

Saryon, der nicht weit von mir entfernt stand, und Mosiah wurden auf die gleiche Art unschädlich gemacht. Ich war froh zu sehen, daß sie Mosiah fürchteten, dann das hieß, er war nicht tot. Scyllas Hände blieben frei, dafür waren ihre Beine mit einer Art Metallspange gefesselt, die man um ihre Kampfstiefel gelegt hatte. Kraftlos schob sie sich in eine sitzende Haltung, und ich merkte, daß die untere Hälfte ihres Körpers gelähmt sein mußte. Sie schaute zu Eliza auf.

»Vergebt mir, Euer Majestät«, sagte sie leise. »Ich habe versagt. Alles ist verloren.«

Eliza antwortete nicht. Ich glaube, sie hatte Scylla überhaupt nicht gehört, so überwältigt war sie von ihrer Trauer. Ihr Kopf lag auf ihres Vaters kalter Brust, mit den Armen hielt sie ihn umschlungen, beschwor ihn mit tausend zärtlichen Worten, zu ihr zurückzukehren, doch er konnte nicht antworten, auch nicht auf ihre geliebte Stimme.

»Holt die Mutter«, rief Smythe. »Laßt uns eine kleine Familienfeier veranstalten.«

Ein Technomant tauchte auf, der Gwendolyn am Arm hinter sich her zerrte. Sie sah elend aus, ihre Kleider waren schmutzig und zerrissen, aber man schien ihr kein Leid zugefügt zu haben.

Die Erscheinung, die wir in der Höhle des Drachen gesehen hatten, mußte ein Trugbild gewesen sein, dachte ich. Doch selbst jetzt noch, da ich den Beweis vor Augen hatte, zweifelte ich. Der Blick voll mütterlicher Liebe, mit dem sie Eliza angesehen hatte – keine Maskerade, und sei sie noch so raffiniert, hätte das vortäuschen können. Ihr erste Sorge galt der weinenden Tochter.

Gwendolyn legte die Arme um Eliza, die schluchzend an die Brust der Mutter sank.

»O Mutter, es ist alles meine Schuld!«

»Still, Kind!« Gwen strich Eliza über das Haar, die schwarzen Locken, die denen ihres Vaters so ähnlich waren. »Es hätte nichts geändert. Hättest du nicht das Dunkle Schwert genommen, hätte dein Vater Gebrauch davon gemacht und wäre getötet worden. Dein Vater liebte dich, Eliza, und er war sehr stolz auf dich.«

Eliza schüttelte den Kopf, sie konnte nicht sprechen. Gwen fuhr fort, ihr tröstend zuzureden.

»Dein Vater hat jetzt seinen Frieden, Kind. Endlich hat er Frieden gefunden und ist glücklich.«

Stille senkte sich über uns, unterbrochen nur von Elizas leiser werdendem Schluchzen. Ich warf einen besorgten Blick auf Saryon. Sein Körper bebte unter dem Aufruhr seiner Gefühle. Tränen rollten ihm über die Wangen, aber er war unfähig, die Hand zu heben, um sie wegzuwischen.

Kevon Smythe stand vor uns und musterte das Dunkle Schwert. Er verzog abschätzig den Mund. »Ein häßliches Ding, nicht wahr?«

»Du bist auch keine Schönheit.«

Ich kannte diese Stimme. Simkin!

Erwartungsvoll, hoffnungsfroh, schaute ich mich um, meine Augen versuchten die Dunkelheit zu durchdringen.

Nichts zu sehen, keine Teekanne, kein Plüschbär, kein aquarelliger Phantomsimkin.

Ich begann zu glauben, daß ich einer Wunschvorstellung erlegen war. Hatte ich wirklich diese Stimme gehört? Hatte sonst noch jemand sie gehört? Smythe betrachtete immer noch triumphierend seine Beute. Die Technomanten, uns mindestens drei zu eins überlegen, schienen sich ganz als Herren der Lage zu fühlen. Weshalb auch nicht? Ihre Gefangenen waren außer Gefecht gesetzt. Scylla kümmerte sich um Mosiah, der langsam wieder zu sich kam. Gwen und Eliza trösteten sich gegenseitig. Saryon weinte um den Mann, der ihm lieber gewesen war als ein Sohn.

Einbildung also, dachte ich und fühlte, wie Resignation von mir Besitz ergriff.

»Wir haben fast Mitternacht, Sir«, sagte einer der Technomanten, an Smythe gewandt.

»Gut, daß Sie mich erinnern. Ich werde mich mit dem Schwert zum vereinbarten Treffpunkt begeben. Wenn ich es den Hch'nyv übergeben habe . . .«

»Werden Sie begreifen, was für ein Narr Sie gewesen sind«, fiel Scylla ihm ins Wort. »Diese Wesen werden sich nicht an die Abmachung halten. Sie werden nicht dulden, daß auch nur ein Mensch am Leben bleibt.«

»Im Gegenteil, sie scheinen uns recht wohlgesonnen zu sein«, entgegnete Smythe selbstgefällig. »Vielleicht, weil wir ihnen gezeigt haben, in welcher Weise wir ihnen von Nutzen sein können.«

»Wir lauten Ihre Befehle für die Zeit Ihrer Abwesenheit, Sir?« fragte der Technomant. »Was geschieht mit den Gefangenen?« Die Bewegung der silbernen Hand schloß uns alle ein. »Hinrichten?«

Smythe ließ sich einen Moment Zeit mit der Antwort. »Nicht alle«, sagte er endlich. »Übergebt den Erzwinger an die Befrager, er wird sich bald wünschen, tot zu sein. Mit dem Mädchen und seiner Mutter sollten sie sich ebenfalls befassen. Joram dürfte ihnen einiges erzählt haben, über die Entstehung des Dunklen Schwertes, woher das Arkanum stammte und so weiter. Sie könnten uns noch von Nutzen sein.«

Ich wandte jedes Quentchen meiner Kraft und meines Willens auf, um mich zu befreien. Ich befahl meiner Hand, sich zu heben, die lähmende Scheibe von meiner Brust abzureißen. Nicht einmal mein kleiner Finger bewegte sich.

»Was den Priester angeht und den kommunikativ eingeschränkten jungen Mann sowie die CIA-Agentin oder was immer sie sein mag«, fuhr Smythe fort, »so übergeben wir sie den Hch'nyv als Zeichen unseres guten Willens. Ihr anderen kümmert euch um die Vorbereitungen für die Landung der ersten Flüchtlingsschiffe. Geht an Bord und beginnt mit der Selektion. Auf Qualität achten! Wir brauchen die Jungen, Kräftigen und Gesunden. Aussortiert werden die Alten, kleine Kinder und alle, die krank oder sonstwie behindert sind. Sie werden den Hch'nyv übergeben, wie vereinbart. Magi, die über *Leben* verfügen und sich uns nicht anschließen wollen, werden auf der Stelle exekutiert. Wenn wir sie erst den Fuß auf den Boden ihrer Heimat setzen lassen, könnten sie uns gefährlich werden.«

Smythe hob das Schwert, das er mit beiden Händen unterhalb der Parierstange umfaßt hielt, vor sein Gesicht.

»Da nun das Dunkle Schwert mein ist . . .«

»*Bin* ich dein? Auf ewig?« jauchzte das Schwert in näselndem Falsett. »Hach, dies ist der glücklichste Tag meines Lebens! Gib Küßchen, Schnuckiputz!«

Das Schwert begann sich zu drehen und zu winden. Der Knauf oben auf dem Heft nickte vor und zurück, die Arme der Parierstange wedelten auf und nieder. Die Klinge vollführte Verrenkungen wie eine Bauchtänzerin. Smythe starrte fassungslos auf das tanzende, sich windende Schwert und hielt es krampfhaft fest, wie er vielleicht eine Schlange festgehalten hätte, von der er fürchtete, sie könnte ihn beißen, wenn er sie fallen ließ.

Die Arme der Parierstange wuchsen in die Länge, der runde Knauf schwoll an, der Griff wurde zum Hals, die Klinge verwandelte sich in den Leib eines Mannes nicht alt, nicht jung, mit einem Fuchsgesicht, umrahmt von einem flaumigen Bärtchen.

Er war ganz in Orange gekleidet, von seinem gefiederten Hut über das samtene Wams bis zu seinen engbehosten, wohlgeformten Beinen und edelsteinbesetzten Escarpins.

Der bestürzte Smythe hielt Simkin fest, einen quicklebendigen Simkin aus Fleisch und Blut, der lachte, die Arme um ihn schlang und ihm einen herzhaften Schmatz auf den Mund gab.

»Meinst du es ernst? Meinst du es wirklich ernst? Bin ich dein?« fragte Simkin, hielt Smythe auf Armeslänge von sich ab und schaute ihm mit einem tiefen Blick in die Augen.

»Ergreift ihn!« brüllte Smythe wutentbrannt und schlug mit den Fäusten auf Simkin ein.

»Falsche Antwort«, bedauerte Simkin.

Ein Technomant sprang vor und heftete ihm eine der silbernen Scheiben an das orangene Wams.

»Ei der Daus, das ist aber nett!« Simkin beäugte die Scheibe mit einem anerkennenden Stirnrunzeln, dann schaute er den Technomanten an. »Aber ich glaube nicht, daß es zu meiner Aufmachung paßt.« Er pflückte die Scheibe ab und befestigte sie nonchalant an der Brust des verdutzten Technomanten.

Ein Ruck ging durch den Körper des Mannes, dann erstarrte er.

»Sag mir, was du mit dem Dunklen Schwert gemacht hast«, verlangte Smythe mit vor Rage fast tonloser Stimme zu wissen, »oder ich gebe den Befehl zu feuern! Du bist tot, ehe du noch einmal Atem geholt hast!«

»Nur keine Hemmungen.« Simkin gähnte, lehnte sich an den Sarkophag und studierte angelegentlich seine Fingernägel. »Wie war das, Smythe? Das Dunkle Schwert? Ich werde dir genau erklären, wo es ist. Es befindet sich in der Obhut eines Drachen, eines Drachen der Finsternis. Du kannst es ihm vielleicht entführen, aber nicht vor Mitternacht. Armes Aschenbrödel. Ich fürchte, man wird dich in einen Kürbis verwandeln.«

Smythe knirschte vor Wut mit den Zähnen. »Erschießt ihn!«

Silberne Gewänder schimmerten und verformten sich. Jeder Technomant hielt eines glatte, silbern glänzende Waffe in der Hand.

Ein gleißender Strahl gebündelten Lichts durchstach die Dunkelheit, traf jedoch nicht Simkin, sondern schlug dicht neben ihm in den Sarkophag. Marmor barst, Steinsplitter flogen durch die Luft. Ein zweiter Laserstrahl flammte, Simkin fing das Licht mit den Händen auf, knetete es wie Lehm, zu einem leuchtenden Ball und warf diesen hoch in die Luft. Der Ball verwandelte sich in einen Raben, der einmal um Simkins Kopf flatterte und sich dann auf dem Steinsarg niederließ, wo er anfing, sich mit einer Kralle den Schnabel zu putzen.

Kevon Smythe' Gesicht hatte weiße und rote Flecke, sein Adamsapfel hüpfte auf und nieder. »Erschießt ihn!« wollte er wiederholen, aber die Stimme versagte ihm den Dienst, so daß er nur stumm die Lippen bewegte, ohne einen Ton herauszubringen.

»Meiner Treu, ich finde Wiederholungen überaus ermüdend«, meinte Simkin träge.

Er schwenkte ein orangenes Schnupftuch, und die

Laserwaffen der Technomanten verwandelten sich in bunte Tulpensträuße. Die Silberscheibe fiel von meiner Brust auf den Boden, wo sie sich in eine Maus verwandelte, die eilig ins hohe Gras huschte. Ich konnte mich wieder bewegen, frei atmen.

Scylla beugte sich vor und streifte die Knöchelspangen ab, wie sie vielleicht ein Paar alte Schuhe abgestreift hätte, dann half sie Mosiah aufzustehen. Er war kreidebleich, aber wieder ganz bei Bewußtsein und traute Simkin nach wie vor nicht über den Weg, soviel verriet der Blick, mit dem er ihn ansah. Saryon wurde ebenfalls befreit, auch er schien nicht ganz glücklich zu sein. Simkin war bester Laune, er hatte seinen Spaß mit uns allen, nicht nur mit den Technomanten. Gewiß, es hatte den Anschein, als wäre er auf unserer Seite, aber wer konnte wissen, für wie lange, besonders, wenn er sich zu langweilen begann.

Vorläufig jedoch amüsierte er sich prächtig.

Die Technomanten warteten mit einem ganzen Arsenal anderer Waffen auf: Von Stasisgranaten über Morphnadler bis hin zu Vampirsicheln mußten sie hilflos erleben, wie sich die Waffen in ihren Händen in nutzlose bis groteske Gegenstände verwandelten – Salzstreuer, Bananen, Uhrenradios und farbenfrohe Cocktails mit kleinen Schirmchen drin. Merlyns Hain wurde zum Schauplatz eines Feuerwerks von außer Rand und Band geratener Magie.

Ich begann um meinen Verstand zu fürchten und war nicht überrascht, einige der Technomanten Fersengeld geben zu sehen.

Mitten in diesem Allotria fiel Simkins Blick auf Eliza. Sie stand neben ihrer Mutter und starrte ihn in verwirrtem Erstaunen an.

Er beendete seine Zaubervorstellung. Mit einer schwungvollen Bewegung zog er seinen Federhut, setzte zierlich das gestreckte Bein vor und verneigte sich elegant. »Euer Majestät.« Dann stellte er sich in Positur, setzte den Hut in einem kecken Winkel auf den Kopf und fragte: »Gefällt Euch mein Anzug? Ich nenne ihn *Apricot Apocalypse*.«

Eliza wußte nicht, was sie sagen sollte. Simkin aus dem Dunklen Schwert entstehen zu sehen, hatte sie aus ihrer Trauer gerissen. Wie wir anderen fragte sie sich, ob er den Sieg brachte oder unser Verhängnis besiegelte.

»Wer *bist* du?« verlangte Kevon Smythe zu wissen.

»Eine Tasche rückständischer Magie«, antwortete Simkin mit einem verschmitzten Lächeln. »Da liegt der Hase im poivre, n'est ce pas? Du kennst mich nicht. Du und deinesgleichen, ihr habt mich nie gekannt. Oh, ihr habt versucht, mich zu manipulieren. Ihr habt versucht, mich zu benutzen. Doch es ist euch niemals richtig gelungen, weil ihr niemals wirklich an mich geglaubt habt.«

Simkin beschrieb ein halbe Pirouette auf einem leuchtend orangenen Absatz. Er tätschelte den Kopf des Raben und strich ihm glättend über das Gefieder, wofür sich der Vogel mit einem garstigen Krächzen revanchierte.

Grinsend wanderte Simkin um den marmornen Sarg und blieb an Jorams Kopf stehen.

Wir beobachteten ihn schweigend. Keiner von uns regte sich, nicht Eliza, nicht Saryon, nicht Mosiah, Smythe oder einer von den Technomanten, die mutig genug waren auszuharren. Simkin hatte uns alle in seinen Bann geschlagen.

Er blickte hinunter auf Jorams wächsernes Gesicht, so still und kalt wie der Marmor, auf dem er lag.

»Er glaubte an mich«, sprach er weiter. »Und dabei konnte er mit mir nicht das geringste anfangen. Ja, ich verriet ihn, verspottete ihn, benutzte ihn. Und was ich jetzt tue, tue ich für ihn.«

Erneut verwandelte sich Simkin, zerfloß, schrumpfte, bis er wieder die unansehnliche Gestalt des Dunklen Schwertes angenommen hatte, nur schmückte diesmal ein funkelnder orangefarbener Edelstein den Griff.

Das Dunkle Schwert legte sich auf Jorams Brust.

Aus dem Westen brauste ein Wind heran, der die Wolkendecke zerriß und vom Nachthimmel fegte. Das Licht von Sternen und Sternenschiffen glitzerte weiß in der Schwärze. Dann erstarb der Wind, kein Lüftchen regte sich mehr. Die Natur hielt den Atem an wie wir auch.

Scylla streckte die Hand aus. »Du kannst jetzt aufwachen, Joram. Es ist fast Mitternacht.«

Joram hob langsam die Lider. Sein erster Blick galt Scylla.

Sie nickte. »Alles ist gutgegangen.«

Da wußte ich, daß meine vagen Ahnungen mich nicht getrogen hatten. *Sie* war es gewesen, die uns im Zickzack durch die Zeit hatte springen lassen. Sie war verantwortlich für die Ereignisse der letzten Zeit. Sie war eine Agentin, wie sie behauptet hatte, aber sie arbeitete nicht für den CIA oder das FBI. Sie war eine Agentin Gottes.

Joram wandte den Kopf und schaute zu Gwen und Eliza.

Gwen lächelte, als wäre sie in die Komödie eingeweiht gewesen. Mit meinen nun offenen Augen sah ich sie umgeben von Scharen schemenhafter Gestalten. Die Toten. Einst war sie deren Stimme gewesen, und sie hatten es nicht vergessen. Sie war der Gefangennahme durch die Technomanten entgangen, die Toten hatten sie entführt und gerettet. Die Vision in der Höhle des Drachen war keine Täuschung gewesen.

Eliza sah stumm auf das Wunder, sie wünschte sich nichts sehnlicher, als zu glauben und wagte es nicht.

»Nein!« schrie Smythe außer sich. »Das kann nicht sein! Du warst tot!«

»›Dem Königshaus wird einer geboren werden, der tot ist und doch lebt, der wieder stirbt und wieder zum Leben erwacht‹«, zitierte Joram. Er setzte sich auf, gesund und munter, und sprang zu Boden.

»Quod erat demonstrandum«, intonierte das Dunkle Schwert.

Joram legte das Schwert auf Merlyns Sarg zurück.

Ein Mann erschien neben dem Sarkophag, hochgewachsen, mit kurzgeschnittenem weißem Haar und einem grauen, struppigen Bart. Er trug eine altertümliche Rüstung über einem Kettenhemd und statt Waffen nur einen Stab aus Eichenholz, umwunden mit Stechpalmenzweigen.

Er bückte sich, streckte die Hand nach dem Dunklen Schwert aus und hob es hoch.

»Du bist kein Excalibur«, sagte er, »aber zur Not . . .«

»Recht vielen Dank«, äußerte das Schwert pikiert.

Der Mann reckte die Klinge in die Höhe und sprach längst vergessene Worte. Licht strömte aus dem Schwert, ein Leuchten, das einige zu blenden schien, denn Smythe kreuzte die Arme vor dem Gesicht, und seine Anhänger hielten sich die Augen zu und senkten die Köpfe, als könnten sie die Helligkeit und den Anblick nicht ertragen.

Ich hingegen konnte meinen Blick nicht abwenden.

Das Leuchten breitete sich aus, trieb die Dunkelheit vor sich her. Eine Kugel aus Licht umgab das Grabmal, eine weitere bildete sich um uns, die wir in der

Nähe standen. Das Leuchten strömte weiter, überflutete den Hain, die Ruinen des gefallenen Merilon, die zerstörte Welt Thimhallan.

Das Leuchten erhellte den Himmel, hüllte die Sternenschiffe ein.

Das Licht hob uns empor.

Ich stand in einer schillernden Kugel, die mit mir in die Höhe stieg. Wenn ich nach unten schaute, sah ich das dunkle, regennasse Gras unter meinen Füßen. Ich sah Smythe aufblicken, voller Staunen, das sich zu Entsetzen wandelte, als er das Verhängnis, das er sich selbst bereitet hatte, auf sich herabschweben sah, um ihm ein Ende zu bereiten. Thimhallan, eine Welt erschaffen von Vertriebenen, versank unter mir.

Nun waren wir selbst Vertriebene, Flüchtlinge auf dem Weg zu einer unbekannten neuen Welt unter einer fernen Sonne.

Doch wir trugen die Magie in uns.

[illegible] [illegible] [illegible] [illegible] [illegible], [illegible]
[illegible] [illegible] [illegible] [illegible] [illegible] [illegible]
[illegible] Elin hat ja.«

[illegible] [illegible] [illegible] [illegible], rollte [illegible] [illegible]
[illegible].

[illegible] [illegible] [illegible] [illegible].

[illegible] [illegible], [illegible] sich [illegible] [illegible] [illegible] [illegible] [illegible] [illegible] das es sich [illegible] [illegible] [illegible] [illegible] [illegible] [illegible], [illegible] [illegible] [illegible] [illegible] [illegible] [illegible] [illegible] [illegible] [illegible] [illegible] [illegible] [illegible], [illegible] [illegible].

[illegible] [illegible] [illegible] [illegible], [illegible] [illegible] [illegible] [illegible] [illegible] [illegible] [illegible] [illegible] [illegible] [illegible] Spuren.

Doch [illegible] [illegible] [illegible] [illegible].

Epilog

Saryon, der mein Manuskript gelesen und mit Verbesserungsvorschlägen nicht hinter dem Berg gehalten hat, ist der Ansicht, daß ich eine detaillierte Erklärung unserer Zeitsprünge einfügen solle, da er fürchtet, einige unserer Leser könnten verwirrt sein. Jedenfalls hätte er es als sehr verwirrend empfunden, diese Sprünge mitzumachen. Als Scylla mir später, nachdem wir uns in unserer neuen Heimat eingerichtet hatten, das Phänomen erläuterte, erschien es mir gar nicht mehr so kompliziert, ich habe deshalb ihre Ausführungen über die alternativen Zeitebenen in einem Appendix zusammengefaßt, der im Anschluß an dieses Nachwort zu finden ist.

Ich habe bereits an früherer Stelle über die verschiedenen Mysterien des *Lebens* berichtet, die auf Thimhallan existierten. Es waren ursprünglich neun, zwei gingen jedoch während der Eisenkriege verloren – das der Zeit und das des Geistes. Man glaubte, alle Ausübenden dieser Mysterien wären gestorben. Das war ein Irrtum. Scylla zum Beispiel gehörte dem Siebenten Mysterium an, dem der Zeit.

Sie war eine Seherin.

Begabt mit der Fähigkeit, sowohl in die Zukunft als auch in die Vergangenheit zu schauen, sagte man von den Sehern, sie kämen der Erkenntnis Gottes am nächsten.

»Uns erscheint die Zukunft nicht als eine lange Straße«, setzte Scylla mir auseinander, »vielmehr sind es für uns zahlreiche Pfade, die von einem Hauptweg abzweigen. Der Sterbliche kann immer nur einen Pfad beschreiten, auf den ihn seine Entscheidungen führen.

Die übrigen stellen Alternativen dar, *was hätte sein können.*«

Die Seher schauten in die Zukunft und sahen die Hch'nyv. Sie sahen die vernichtende Niederlage der Streitkräfte der Erde, die Ausrottung allen menschlichen Lebens.

»Alle Pfade führten zu diesem Ende«, erklärte Scylla, »nur ein einziger nicht und dort war es auch nur eine seiner zahlreichen Verzweigungen. Wenn Joram zu Merlyns Grabmal käme, in der allerletzten Sekunde der allerletzten Minute der allerletzten Stunde der allerletzten Nacht, und in dieser Sekunde Merlyn das Dunkle Schwert übergab, würde es dem größten aller Magier möglich sein, einen Zauber zu wirken, der die Menschheit vor der Zerstörung bewahrte und sie in eine neue Heimat führte.

Unglücklicherweise endete jeder Pfad, den wir einschlugen, um diesen Augenblick zu erreichen, in der Katastrophe.

Gewöhnlich lassen wir der Zeit ihren Lauf, aber diesmal stand zu viel auf dem Spiel. Eine einzige Chance gab es, eine geringe Chance, doch um sie zu nutzen, mußten wir in die Zeit eingreifen – zwischen den einzelnen Alternativen hin und her springen. Und es war ein Unternehmen, welches Fingerspitzengefühl erforderte, denn die Beteiligten mußten kurz vor ihrem Tod aus einer Zeit gerettet und in eine andere versetzt werden. Ihr vier wurdet mitten in alternative Leben hineingestoßen, von denen ihr nie etwas geahnt hattet.

Es war von größter Wichtigkeit, daß zwei von euch – du, Reuven, und Mosiah – sich an die alternative Zeit erinnerten, auch wenn es euch verwirrte, denn ihr mußtet in der Lage sein, die erhaltenen Informationen aus der einen Zeit in die andere mitzunehmen.

Was Eliza und Pater Saryon anging, was sie beide zu tun hatten, war so gefährlich, daß ich es für besser hielt, um ihres eigenen Seelenfriedens willen, wenn sie ahnungslos blieben. Zu wissen, was ihnen bevorstand, hätte sie möglicherweise im entscheidenden Moment zögern lassen. Davon abgesehen – daß sie sich in ihrer eigenen Zeit ganz selbstverständlich zu Hause fühlten –, half es dir und Mosiah, sich schneller darauf einzustellen.«

Scylla grinste mich an. »Besser zwei von euch konfus als alle miteinander.«

Hängt davon ab, aus welchem Blickwinkel man es betrachtet, nehme ich an.

Damit, denke ich, wären die letzten losen Enden zusammengeknüpft, außerdem wird es Zeit, daß ich mein Manuskript zur Seite lege, schließlich ist heute mein Hochzeitstag.

Genau ein Jahr ist seit unserer Ankunft auf dieser wunderbaren neuen Welt vergangen, und Eliza und ich feiern dieses bedeutsame Datum, indem wir uns das Ja-Wort geben.

Ihr Vater, Joram, gibt uns seinen Segen, obwohl er natürlich der festen Überzeugung ist, ich sei nicht gut genug für seine Tochter. Er wird mich nie ins Herz schließen, aber ich glaube, er beginnt eine gewisse Sympathie für mich zu empfinden. Er sagt, er könne viel von Pater Saryon in mir wiedererkennen, und dabei lächelt er sein ernstes Lächeln, so daß ich glaube, es ist als Kompliment gedacht. Zum größten Teil wenigstens.

In Gwendolyn habe ich die Mutter gefunden, die ich nie kannte. Sie hat meinetwegen die Gebärdensprache erlernt, und wir verbringen jeden Tag mehrere Stunden mit Studien, denn sie lehrt mich, was ich wissen muß, um von *Leben* Gebrauch zu machen.

Diese neue Welt ist überreich an Magie. Alle, selbst wir Katalyten, sind ihrer teilhaftig.

Alle, bis auf Pater Saryon. Und Joram.

Joram will es nicht einmal versuchen, obwohl Gwen und Eliza ihn deswegen necken. Er lebt endlich in Einklang mit sich selbst, zufrieden damit, der zu sein, der er ist, was ihm wie eine große Gnade erscheinen muß.

Scylla und Mosiah – die beiden haben geheiratet, kaum daß wir in unserem neuen Teil des Universums angelangt waren. Sie führen ein interessantes, aufregendes und gefährliches Leben, denn, wie das menschliche Herz seine finsteren und verborgenen Winkel hat, so sind sie auch in der gesamten Schöpfung vorhanden.

Pater Saryon ist endlich wahrhaft glücklich und zufrieden. Er verbringt seine Zeit damit, eine neue Relativitätstheorie zu formulieren, da er ausgetüftelt hat, wo Einstein bei der ersten ein Fehler unterlaufen ist.

Was Simkin anbetrifft, von ihm ward, seit wir Thimhallan verlassen haben, weder etwas gesehen noch gehört.

Aber ich schaue immer zweimal hin, wenn ich irgendwo der Farbe Orange begegne ...

Appendix

Diese Erläuterungen sind aus Scyllas Erklärungen zu unserem ›Bäumchen-wechsle-dich durch die Zeit‹ hervorgegangen, wie Mosiah es so wenig stilvoll bezeichnete. Ich habe jede der drei fraglichen Zeitbahnen aufgeschrieben. Man kann verfolgen, an welchen Punkten sie sich in meiner Geschichte geteilt und verzweigt haben.

Erste Alternative

Das Dunkle Schwert ist geschmiedet. Joram geht ins Jenseits hinüber und bleibt zehn Jahre lang fort. Er kehrt nach Thimhallan zurück, um vor Menju dem Magier zu warnen, einem Apostaten (vom Orden der Blutritter), der Thimhallan zu erobern plant. Die Erdstreitkräfte greifen an. Joram begibt sich zum Tempel der Nekromanten, um Hilfe für seine Frau Gwendolyn zu finden, die nicht mit den Lebenden spricht, sondern nur mit den Toten. Von Simkin verraten, findet Joram dort durch die Kugel eines Assassinen den Tod.

Das Dunkle Schwert nimmt der um Joram trauernde Pater Saryon an sich, der Gwen rettet und mit ihr Zuflucht im Baptisterium sucht. Streitkräfte von der Erde bombardieren das Baptisterium, einige Katalyten werden getötet, die übrigen verbergen sich in den zahlreichen Katakomben und unterirdischen Gängen. Dort entdeckt Saryon einen kleinen Jungen, ungefähr fünf Jahre alt, neben den Leichen seiner getöteten Eltern. Saryon rettet das Kind, das er Reuven nennt, und flüchtet mit ihm und Gwen an einen sicheren Ort.

Gwen verharrt in ihrem Zustand geistiger Umnachtung, aber sie ist glücklich, weil sie jetzt mit Joram sprechen kann, der einer der Toten geworden ist. Sie wünscht sich, bei ihm zu sein und bleibt nur so lange bei den Lebenden, bis ihre Tochter Eliza geboren ist. Bald darauf stirbt sie. Saryon trägt nun die Verantwortung für zwei Kinder, Eliza und Reuven. Er flieht mit seinen Schützlingen nach Zith-el.

Die Armeen von der Erde sind siegreich. Menju der

Magier will Thimhallan unter seine Herrschaft bringen. Aus Furcht vor einem Aufstand der Magier befiehlt er, den Born des Lebens zu versiegeln. Der Zustrom von Magie ist unterbrochen, nur nicht für einige wenige Auserwählte – Menju und seine Genossen. Die Magie stirbt in Thimhallan. Die Bevölkerung ist gezwungen zu lernen, ohne sie zurechtzukommen. Um den Aufbau der Städte zu bewältigen, bittet man die einst verachteten und ausgestoßenen Nigromanten um Hilfe.

Bei den Apostaten kommt es zu einem Schisma. Menju wird vor ein Tribunal der *Sol-t'kan* gestellt. Man befindet ihn unzähliger Verbrechen für schuldig, die Hauptanklage lautet, er habe vorgehabt, Thimhallan zu seiner privaten Pfründe zu machen, ohne seine Brüder an den Ressourcen teilhaben zu lassen. Hinrichtung Menjus. Kevon Smythe übernimmt die Führerschaft der Apostaten.

Smythe begibt sich nach Thimhallan.

Saryon erfährt, daß die Apostaten nach dem Dunklen Schwert suchen. Von der Hand des Almin geleitet, wagt er sich in den Zoo, der bei dem Angriff auf Zith-el großen Schaden genommen hat. Der magische Wall, der den Zoo umgab, ist zerstört, die Geschöpfe streifen frei umher. Saryon gelangt zu einer Höhle, die die Behausung eines Drachen der Finsternis ist. Der Lindwurm ist bei den Kämpfen um Zith-el verletzt worden. Im Freien vom Sonnenlicht überrascht, liegt er in einer Art Koma.

Saryon belegt den Drachen mit einem Bann, so daß er gezwungen ist, ihm zu dienen. Er läßt das Schwert in seiner Hut und befiehlt ihm, es nur ihm selbst oder dem Erben Jorams zu übergeben. Der Drache verspricht dies unter der Wirkung des Zauberbanns. Saryon kehrt nach Zith-el zurück und wohnt dortselbst mit seinen angenommenen Kindern Eliza und Reuven.

Smythe will Prinz Garald ermorden lassen, doch der rechtzeitig gewarnte Prinz flieht aus Sharakan, bevor die Soldaten ihn ergreifen können. Er und seine Anhänger verbergen sich in den Außenlanden, stets auf der Flucht vor den Technomanten. Garald träumt davon, Smythe von Thimhallan zu vertreiben, doch ohne Magie vermag er so gut wie überhaupt nichts gegen die mächtigen Technomanten auszurichten.

An diesem Punkt kehrt Simkin von seinen Reisen auf der Erde zurück. Garald beschuldigt ihn, Joram verraten zu haben, und befiehlt ihn hinzurichten.

Simkin feilscht um sein Leben. Er wisse von einer Quelle der Magie, falls Garald interessiert sei ...

Der Born des Lebens ist versiegelt, doch Simkin verrät, daß es einen Zugang gibt, aus dem Smythe und seine Anhänger ihre eigene Magie erneuern. Prinz Garald, sein Freund James Boris, Mosiah und ihre Ritter dringen in das Baptisterium ein und erobern in einem kurzen, aber blutigen Handstreich den Born zurück.

Wieder strömt Magie nach Thimhallan. Garald zwingt Smythe und seine Technomanten, zur Erde zurückzukehren.

Der Gedanke an das Dunkle Schwert läßt Garald keine Ruhe. Er weiß, daß Smythe danach sucht und fürchtet, falls die Technomanten es finden, werden sie es benutzen, um wieder die Herrschaft an sich zu reißen. Garald glaubt, daß Saryon über den Verbleib des Dunklen Schwerts Bescheid weiß. Es gelingt ihm, Saryon und seine Schützlinge aufzuspüren – Reuven und Eliza. Garald ist überwältigt von Elizas Schönheit und errät ihre Herkunft. Saryon enthüllt ihre wahre Identität.

Garald fragt nach dem Dunklen Schwert, Saryon weicht aus.

Garald setzt Jorams Tochter Eliza auf den Thron von Merilon. Merilon und Sharakan schließen ein Bündnis. Bischof Vanya ist gestorben, Kardinal Radisovik hat seine Nachfolge angetreten und verfügt, daß Pater Saryon bis zum Tag ihrer Volljährigkeit Elizas Vormund sein soll. Pater Saryon übernimmt diese Aufgabe nur widerstrebend, er hält sich für ungeeignet. Reuven läßt er im Baptisterium zurück, wo er zum Katalyten ausgebildet wird.

Die Zauberkraft ist zurückgekehrt, aber sie ist schwach. Obwohl man die schützende Hülle um Thimhallan wiederhergestellt hat, sickert Magie ins All, und es scheint kein Mittel zu geben, um diesen Prozeß aufzuhalten.

Das neue Staatswesen stützt sich auf eine Kombination aus Zauberei und Stahl. Die *Duuk-tsarith* sind die Magier, ihnen sind von allen die größten magischen Fähigkeiten geblieben. Prinz Garald bildet Ritter zum Schutz des Reiches aus.

Die Zeiten sind schwierig. Prinz Garald, anfangs als Befreier gefeiert, verliert an Rückhalt im Volk. Smythe, auf der Erde im Exil, hat seine Anhänger auf Thimhallan, die Unfrieden in den unteren Klassen schüren, indem sie das Ende der Welt prophezeien. Außer, man gestattet Smythe zurückzukehren und sie zu retten.

Die Hch'nyv haben Erdkolonien erobert und vernichtet, und die Flotte ihrer Raumschiffe nimmt Kurs auf die Erde. Smythe verhandelt insgeheim mit den Hch'nyv und sagt zu, ihnen die Erde auszuliefern, wenn sie ihm Thimhallan überlassen. Die Hch'nyv haben nicht die Absicht, diesen Vertrag einzuhalten, sondern planen, Smythe zu töten, sobald er ihnen das

Dunkle Schwert übergibt, das, wie ihre eigenen Seher warnen, das Instrument ihrer Niederlage sein wird.

In Gestalt eines Engels erscheint Scylla Bischof Radisovik und warnt ihn vor einem großen Verhängnis, das über die Menschen auf der Erde und Thimhallan hereinbrechen wird. Das Dunkle Schwert muß zu Merlyns Grabmal gebracht werden, und zwar von Jorams Erbin, Königin Eliza. Radisovik informiert König Garald. Zur gleichen Zeit trifft ein Bote von General Boris ein, der die Meldung vom Kommen der Hch'nyv überbringt. Garald ist von der Realität der Gefahr überzeugt.

Garald schickt die *Duuk-tsarith* nach Pater Saryon. Er weiht ihn in die verzweifelte Lage ein und bittet ihn, das Versteck des Dunklen Schwertes preiszugeben. Zu guter Letzt erklärt Saryon sich dazu bereit, doch er will es nur in die Hände der Erbin legen. Garald gibt sein Ehrenwort, daß niemand versuchen werde, ihn daran zu hindern.

Mehr und mehr Leute geraten unter den Einfluß von Smythe. Banden machen das Land unsicher. Eliza reist unter dem Schutz ihrer Ritter nach Zith-el. Unterwegs wird die königliche Karosse angegriffen. Der Königin, ihrem Hauskatalyten Reuven, ihrem Erzwinger Mosiah und einem ihrer Ritter, Scylla, gelingt die Flucht. Sie betreten die Stadt durch ein Seitentor.

Im Wald treffen sie auf Pater Saryon, der sie zur Höhle des Drachen führt.

Der Drache der Finsternis erkennt Saryon, Eliza gibt sich als Erbin Jorams zu erkennen. Sie holt das Schwert aus seinem Versteck. *Duuk-tsarith* erscheinen in der Höhle. Sie glauben nicht an Radisoviks Vision eines Engels, nach ihrer Meinung sind die Hch'nyv Teil eines von den Technomanten inszenierten Komplotts. Die *Duuk-tsarith* haben König Garald gestürzt und die Herrschaft an sich gerissen. Sie fordern das Dunkle Schwert.

Eliza hebt das Schwert, um sich zu verteidigen. Das Dunkle Schwert beginnt den *Duuk-tsarith Leben* zu entziehen. Aber die Nullmagie des Schwertes hebt auch den Bann auf, der den Drachen zwingt, Saryon zu gehorchen.

Der Drache der Finsternis tötet Eliza und alle in der Höhle Anwesenden. Er schleudert das Schwert dort in den Famirish, wo er am tiefsten ist.

Die Hch'nyv zerstören die Erde und Thimhallan. Die menschliche Rasse existiert nicht mehr.

Zweite Alternative

Saryon und Reuven fliegen von der Erde nach Thimhallan, um Joram zu besuchen. Sie warnen ihn vor dem Kommen der Hch'nyv. Saryon versucht Joram zu überreden, mit seiner Familie zur Erde zurückzukehren.

Joram, der glaubt, es könnte ein Trick sein, um ihm das Dunkle Schwert zu entwenden, weigert sich.

In dieser Nacht nimmt seine Tochter Eliza das Schwert an sich und verläßt damit das Haus, um es der Besatzung des militärischen Außenpostens zu übergeben. Reuven bemerkt sie beim Verlassen des Hauses, erkennt die Gefahr und folgt ihr.

Die Technomanten erscheinen, bedrohen Joram und verlangen die Aushändigung des Dunklen Schwertes. Joram will die Waffe aus ihrem Versteck holen und entdeckt, daß sie verschwunden ist. Wie auch Eliza. Joram begreift den Zusammenhang. Er wehrt sich gegen die Technomanten und erhält Hilfe von Mosiah, der Joram und seine Familie beschattet hat.

Die Technomanten nehmen Joram und Pater Saryon gefangen. Sie wollen auch Gwen ergreifen, aber sie wird von den Toten gerettet, die sie in ihr Reich bringen. Reuven und Eliza begegnen Scylla. Sie kehren zum Haus zurück, entdecken Mosiah und erfahren, daß Joram sich in den Händen der Technomanten befindet. Smythe erscheint und verspricht Eliza, daß er im Tausch für das Schwert ihren Vater freilassen werde. Sie solle nach Zith-el kommen, wo die Technomanten ihr Hauptquartier haben.

Scylla, Eliza, Reuven und Mosiah reisen nach Zithel, begleitet von Simkin in Gestalt eines Teddybären.

Eliza und ihre Freunde erreichen das Tor. Eine Befragerin, die Gwens Gestalt angenommen hat, bringt Eliza dazu, ihr das Schwert zu übergeben.

Mosiah durchschaut die Täuschung, bemächtigt sich des Schwertes und schleudert es durch das Tor. Er, Reuven und Eliza betreten die Stadt durch dasselbe Tor – und laufen den wartenden Technomanten genau in die Arme.

In dem folgenden Handgemenge findet Eliza den Tod. Die Technomanten sind im Besitz des Dunklen Schwertes. Sie transportieren das Schwert und ihre Gefangenen zur Erde.

Untröstlich über den Tod seiner geliebten Tochter, an dem er sich die Schuld gibt, stirbt Joram auf der Reise an seinen Verletzungen.

Die Hch'nyv greifen die Erde an. Kevon Smythe übergibt ihnen das Dunkle Schwert und glaubt, daß man ihn verschonen werde.

Ihm bleibt nicht einmal genug Zeit, um seinen Irrtum zu erkennen.

Die Hch'nyv zerstören die Erde und Thimhallan. Die menschliche Rasse wird ausgelöscht.

Dritte Alternative

Wie man nach der Lektüre des Buches weiß, gelang es Scylla durch Lavieren zwischen den Zeitbahnen, eine dritte Alternative zu erschaffen, in der wir die Chance hatten, mit dem Leben davonzukommen. Der Schlüssel war Simkin, und Scylla selbst gestand, daß sie bis zum Ende nicht genau wußte, ob er uns helfen oder aus einer Laune heraus alle dem Verderben preisgeben würde.

»Wir können uns glücklich schätzen, daß die Technomanten keine Gelegenheit ausließen, ihn zu beleidigen. Wie er zu Smythe sagte, sie glaubten nicht an ihn«, erklärte Scylla. »Deshalb war er zum Schluß auf unserer Seite.«

Nicht einmal sie ahnte, behauptet sie wenigstens, daß Simkin die Gestalt des Dunklen Schwertes angenommen hatte. Wenn ich jedoch zurückdenke, ist mir nun klar, daß sich deswegen der Drache so bitter über den grellen Schein des Schwertes beklagte, der seine Augen schmerzte. Der Drache vermochte offenbar besser hinter die Dinge zu blicken als wir.

Das Dunkle Schwert ... Liegt es noch immer in irgendeiner Höhle tief unter der Oberfläche des von Flammen verwüsteten Thimhallan?

In unserem Leben werden wir die Antwort auf diese Frage nicht erfahren, doch wer weiß? Vielleicht, wenn Tausende von Jahren vergangen sind und die Hch'nyv einer mächtigeren Rasse weichen mußten, liest einer unserer Nachfahren dieses mein Buch und kehrt nach Thimhallan zurück, zurück nach Zith-el, um hinunterzusteigen in die Höhle des Drachen ...

Band 20 333
Helmut W. Pesch/
Horst von Allwörden
Die Ringe der Macht
Originalausgabe

Abgeschieden von der übrigen Welt, umschlossen von Meer und Bergen, liegt Elderland, die Heimat des friedfertigen Ffolks. Das Ffolk ist stolz auf seine Geschichte und hortet im großen Museum zu Aldswick viele seltsame und kuriose Dinge aus der Vergangenheit. Doch als die düsteren Schatten dieser Vergangenheit sich auf das Land legen und eine Gefahr heraufzieht, die alle schon längst gebannt geglaubt, treten Geheimnisse zutage, von denen niemand etwas ahnte. Nun muß sich das Ffolk bewähren. Das Schicksal des ganzen Imperiums lastet auf einer kleinen Gruppe treuer Freunde, die zu einer abenteuerlichen Reise aufbrechen, welche sie an die Grenzen der Welt führen wird, zum Anfang und zum Ende der Zeit ...

BASTEI LÜBBE

Sie erhalten diesen Band im Buchhandel, bei Ihrem Zeitschriftenhändler sowie im Bahnhofsbuchhandel.